DESEO

AF274928

JENNIFER GREENE

UNA BUENA
CHICA

Editado por Harlequin Ibérica.
Una división de HarperCollins Ibérica, S.A.
Avenida de Burgos, 8B - Planta 18
28036 Madrid

© 2024 Harlequin Ibérica, una división de HarperCollins Ibérica, S.A.
N.º 549 - 25.10.24

© 2006 Harlequin Enterprises ULC
Una buena chica
Título original: The Soon-To-Be-Disinherited Wife

© 2006 Harlequin Books S.A.
Esposa por unos días
Título original: The One-Week Wife

© 2006 Harlequin Enterprises ULC
Mujer de compraventa
Título original: The Bought-and-Paid-for Wife
Publicadas originalmente por Harlequin Enterprises, Ltd.
Estos títulos fueron publicados originalmente en español en 2007

I.S.B.N.: 978-84-1074-016-7
Depósito legal: M-16823-2024
Impreso en España por: BLACK PRINT
Fecha impresión para Argentina: 23.4.25
Distribuidor exclusivo para España: LOGISTA
Distribuidor para México: Distibuidora Intermex, S.A. de C.V.
Distribuidores para Argentina: Interior, DGP, S.A. Alvarado 2118.
Cap. Fed./Buenos Aires y Gran Buenos Aires, VACCARO HNOS.

MIXTO
Papel procedente de
fuentes responsables
FSC® C159065
FSC
www.fsc.org

Capítulo Uno

Emma Dearborn sintió un exasperante e implacable picor justo en el lugar que no podía alcanzar, entre los omóplatos. No era propensa ni a los picores ni a rascarse nerviosamente, razón de más para recordar haber experimentado esa misma horrible sensación de picor con anterioridad. Sólo le había ocurrido dos veces en la vida. La primera fue cuando hundió el valioso Morgan recién restaurado de su padre en el estuario de Long Island Sound en Greenwich Point a los dieciséis años. El coche se pudo recuperar, su padre casi no lo logra. En la otra ocasión, el tradicional cotillón anual de Navidad se puso feo, y tuvo que volver a casa a pie en medio de una tormenta de nieve, vestida con su largo vestido de raso blanco y tacones, y sin parar de llorar.

Ya no era ninguna novata ni con los coches ni con los hombres. Y esta vez el picor no podía estar relacionado con ninguna inminente situación traumática. Su vida transcurría maravillosamente bien. No había nada ni remotamente malo en su vida. Todo a su alrededor reflejaba una vida serena y satisfecha.

—¿Emma?

El sol de junio se filtraba a través de la ventana con vistas a la piscina. La sala Esmeralda era el único lugar del Club de Campo de Eastwick, Connecticut, donde los miembros podían vestir de manera informal. La piscina estaba repleta de niños recién salidos de la escuela chillando con energía. Dentro, las madres, vestidas con pantalones cortos y sandalias, se codeaban con hombres trajeados que compartían comidas de negocios.

Como acababa de presidir una reunión del comité de recaudación de fondos, Emma llevaba ropa formal. El resto de sus acompañantes vestía ropa más informal. Felicity, Vanessa y Abby estaban allí, en la mesa que Harry, el camarero, les había reservado amablemente junto a las puertas para unas mejores vistas y algo de privacidad para sus cotilleos. Habían crecido todas juntas, habían ido a la misma escuela privada, conocían los momentos más embarazosos de cada una de ellas, momentos que tenían la costumbre de sacar a relucir en aquel tipo de almuerzos, pero ¿para qué estaban las amigas si no era para disfrutar y embellecer los momentos más mortificantes de su vida? Caroline Keating-Spence también las acompañaba esta vez.

—Emma, ¿estás dormida?

Rápidamente giró la cabeza hacia Felicity. No se había dado cuenta de que había desconectado de la conversación.

—No, de verdad. Sólo estaba pensando en la longeva historia que tenemos juntas… y en lo que siempre nos hemos divertido.

—Sí, claro –Vanessa guiñó un ojo a las demás–. Lo disimula muy bien, pero todas sabemos que está prometida. Por supuesto que no estaba escuchando. Estaba en las nubes.

—Eso o ese pedazo de zafiro en el dedo la está deslumbrando. Qué digo, nos deslumbra a todas –dijo Felicity riendo–. Qué anillo de compromiso más original. ¿Cómo van los planes de boda?

De nuevo sintió aquel exasperante picor. Aquello era una completa locura. Su compromiso con Reed

Kelly era otra cosa que iba bien en su vida. Con veintinueve años, había dejado de creer que se casaría algún día. Bueno, en realidad nunca había querido casarse.

—Todo va bien —aseguró—, salvo que Reed parece haber organizado la luna de miel antes de que hayamos terminado los planes de boda.

Todas se rieron.

—Pero habéis fijado una fecha, ¿verdad?

Otro punzante picor.

—En realidad tenemos dos reservas para la sala Eastwick, pero entre mi programa en la galería, y el programa de carreras de caballos de Reed, aún no nos hemos decidido por una de las fechas. Pero prometo que seréis las primeras en enteraros. De hecho, teniendo en cuenta lo rápido que se entera de los secretos este grupo, probablemente os enteréis antes que yo —todas se rieron asintiendo, y luego pasaron a la siguiente víctima.

Felicity, la principal organizadora de bodas de Eastwick, es decir la reina tanto de los cotilleos, siempre venía repleta de noticias. Mientras aireaban los escándalos más recientes, Emma echó una mirada a Caroline, extrañamente callada. Por supuesto que resultaba difícil decir palabra con las demás hablando todas al mismo tiempo. Se habían perdido su tradicional almuerzo el mes pasado, por lo que ahora prácticamente se atropellaban hablando para ponerse al día. Pero Caroline no había compartido las risas. Y ahora Emma había notado que hacía una señal al camarero para que le trajera la tercera copa de vino. El picor había estado a punto de conseguir que Emma también pidiera una copa, pero la visión de Caroline bebiéndose la copa de vino de un solo trago la distrajo. No parecía algo propio de ella.

Caroline no formaba parte del grupo originalmente, porque era un poco más joven y no había ido al mismo curso en la escuela. Emma la había conocido a través de Garrett, el hermano mayor de Caroline, y la había introducido en su círculo de amigas para levantarle un poco la autoestima.

Garrett Keating había sido su primer amor. La imagen de Garrett le trajo los recuerdos de aquella época en su vida en la que aún había creído en el amor, en la que se había sentido enloquecer por el simple hecho de estar en la misma habitación que él, e igualmente miserable cada segundo que pasaba alejada de él. Sabía que todo el mundo pasaba por esa etapa de absurdo idealismo y la superaba en algún momento. Pero, siempre se había arrepentido de haber cortado con él antes de hacer el amor. Había dejado escapar el momento perfecto con el hombre perfecto. Los besos de Garrett habían despertado su sexualidad y femineidad, su vulnerabilidad y entrega. Nunca había llegado a olvidarlo. Cosas de primeros amores. Tenía su rincón en su corazón, y siempre lo tendría. Al ver a Harry aparecer de nuevo junto a su mesa, dejó sus ensoñaciones.

El camarero le sirvió a Caroline su tercera copa de vino, que enseguida se bebió, como si fuera agua. Todo el mundo sabía que había tenido desavenencias con su marido, Griff, el año pasado, pero ahora estaban juntos de nuevo. Todo el mundo les había visto en actitud cariñosa en la feria de arte de la primavera, como si fueran amantes. Entonces, ¿a qué venía ahora lo del vino?

—¡Asesino! —dijo alguien.

—¿Cómo dices? —Emma levantó la cabeza de golpe.

—Estás en las nubes, Em —dijo Abby—. Y no te culpo, con una boda por delante. Estaba contando lo que pasó cuando fui a la policía por lo de mi madre.

–¿La policía? –Emma sabía lo de la muerte de la madre de Abby. Todos lo sabían. Lucinda Baldwin, conocida como Bunny, había creado el *Eastwick Social Diary,* que siempre sacaba todos los trapos sucios de los ricos de Eastwick. Matrimonios, engaños, divorcios, costumbres extravagantes, indiscreciones legales o de negocios. Si era digno de un escándalo, Bunny siempre se enteraba y le encantaba contarlo. Su muerte había sorprendido a todo el mundo–. Sé lo joven que era tu madre, Abby, pero pensaba que habían dicho que tenía una afección coronaria que no habían detectado, y que era de eso de lo que había muerto…

–Eso es lo que yo pensaba también –afirmó Abby–. Justo después de que muriera, no tuve las fuerzas para revisar y guardar todas sus cosas. Me llevó un tiempo… pero cuando finalmente reuní las fuerzas para abrir la caja fuerte de mi madre, esperaba encontrarme sus diarios y sus joyas. Las joyas estaban allí, pero sus diarios no. Habían sido robados. No había otra posibilidad, porque era el único lugar donde los guardaba. Entonces empecé a preocuparme. Y descubrí que alguien había intentado chantajear a Jack Cartright, por la información que había en esos diarios, por lo que mis sospechas fueron en aumento.

–Abby está cada vez más preocupada por la idea de que su madre fuera asesinada –aclaró Felicity.

–Dios mío –un escándalo era una cosa, pero Eastwick apenas si necesitaba la presencia de la policía. No había habido ningún crimen en años, y mucho menos tan grave como un asesinato.

–Por las noches no puedo dormir –admitió Abby–. No puedo dejar de pensar en ello. A mi madre le encantaban los secretos y los escándalos. Y le encantaba escribir el *Eastwick Social Diary.* Pero jamás había tenido ni un gramo de maldad en su cuerpo.

Tenía cantidad de cosas escritas en sus diarios que nunca había publicado porque no quería hacer daño a nadie.

–¿Ésa es la razón por la que crees que fue asesinada? ¿Porque alguien robó esos diarios? ¿Bien para usar la información, o porque tenían un secreto que esconder? –preguntó Emma.

–Exacto. Pero no lo puedo demostrar aún –dijo Abby agitada–. Es decir, los diarios han desaparecido, pero no puedo demostrar que el robo esté relacionado con su muerte. La policía sigue diciéndome que no tengo suficiente evidencia para abrir una nueva investigación. Para ser sincera, han sido muy amables, todos están de acuerdo en que la situación parece sospechosa. Pero no hay nadie a quien puedan arrestar, no hay sospechosos. Ni siquiera puedo demostrar que los diarios fueran robados.

–Pero está segura de que lo fueron –la puso al corriente Felicity.

–Tuvieron que ser robados –asintió Abby–. La caja de seguridad es el único lugar en que mi madre los guardaba. Por desgracia, no hay ninguna evidencia que demuestre que mi madre no guardara los diarios en otra parte, y no hay ni un sospechoso, y la policía no puede actuar meramente porque alguien sepa que algo es verdad.

El grupo entero se arrimó para discutir la inquietante situación, y para apoyar a Abby, pero en cuanto la sala Esmeralda se llenó de niños y familias, resultó imposible mantener una conversación seria. Las mujeres se animaron, charlaron sobre las novedades de cada familia y, finalmente, se dispersaron.

En el aparcamiento, Emma se subió a su SUV, pensando en el preocupante comportamiento de Caroline durante el almuerzo y las sospechas sobre la muerte de Bunny. Pero cuando tomó la calle principal, se le levantó el ánimo instintivamente.

Su galería de arte, Color, estaba a sólo un par de bloques de la calle principal. A Emma no le importaba dirigir el comité de recolección de fondos para el Club de Campo de Eastwick, ni las demás responsabilidades sociales que sus padres le impulsaban a hacer. Si no fuera por sus padres, y un cuantioso fideicomiso que recibiría al cumplir los treinta, no podría hacer las cosas que realmente le gustaban: la galería y su trabajo voluntario con niños.

Aparcó en el estrecho camino de entrada a la galería. El edificio estaba en la esquina de Maple y Oak, y en el mes de junio, una profusa hilera de peonías florecía junto a la valla de estacas blancas. Su edificio había sido una casa privada. Tenía más de doscientos años, era de ladrillo y tenía altos ventanales y docenas de pequeñas habitaciones, que eran su principal ventaja. Aunque siempre parecía haber algo que arreglar, desde las tuberías al sistema eléctrico, tenía una docena de habitaciones para exponer trabajos artísticos completamente diferentes. Los clientes podían vagar por ellas y estudiar con detalle lo que les gustaba en relativa intimidad.

La galería tan sólo cubría costes. Emma sabía que podía haberla gestionado de forma más eficiente, pero siempre había sabido que tenía el fideicomiso. Y no era el dinero lo que le importaba, sino la libertad de hacer el arte accesible a la comunidad, de formar parte de algo bonito en las vidas de la gente. Nunca le había dicho a nadie lo importante que era ese objetivo para ella, que muchos considerarían absurdamente idealista. Su familia suspiraría, como si Emma nunca hubiera llegado a comprender la práctica realidad, al menos la realidad como ellos la entendían. Y a lo mejor tenían razón, pero cuando Emma abrió la ornamentada puerta barnizada en rojo de Color, sintió una oleada de simple felicidad.

—¡Hey, señorita Dearborn! Esperaba que volviera a media tarde. Ha recibido la caja de Nueva York que esperaba. Llegó por FedEx antes de mediodía —Josh, que llevaba trabajando a tiempo parcial para ella desde hacía años, la bendijo con una tímida sonrisa. Tenía alrededor de sesenta años, era delgado como un pincel y pálido como el papel. Decían que había sido un artista. Algunos decían que era gay. Otros que había tenido una larga relación con la bebida. Todo lo que Emma sabía era que había entrado en la galería nada más abrirla y había empezado a ayudarla. Y le había enseñado muchas cosas.

—Estoy impaciente por ponerme con ello. ¿Puedes estar pendiente de los clientes? —tenía que organizar y colgar el envío de láminas de Alson Skinner Clark. Hacía dos semanas, había encontrado una antigua pintura al óleo de Walter Farndon que aún estaba guardada en la habitación trasera, su estudio-taller, y necesitaba algo de restauración y limpieza, algo que le encantaba hacer. Y había una habitación en la segunda planta que estaba vacía, a la espera de que expusiera una colección de artistas locales, otro proyecto que no podía esperar a acometer.

—Por supuesto.

Emma le echó un vistazo a su oficina, guardó su bolso, y se giró para examinar su estudio-taller cuando sonó el teléfono. Al otro lado oyó la familiar voz de su prometido.

—Hola, cariño. Me preguntaba si tendrías tiempo para cenar esta noche. Yo estoy liado casi toda la tarde, pero creo que puedo llegar al centro a eso de las siete.

Instintivamente, se llevó la mano a la espalda para

rascarse aquel extraño e irritante picor que la había estado molestando durante horas, y que de repente se intensificó.

–Claro –dijo–. ¿Qué tal tu día?

–No podía ir mejor. Compré una maravilla de semental…

De pie junto a la ventana, con el teléfono pegado a la oreja, ignoró el picor. El zafiro que llevaba en la mano izquierda era de Sri Lanka. Reed la había llevado a un joyero que le había mostrado una colección de zafiros, y sólo protestó cuando intentó elegir una piedra más pequeña. El anillo era una gema para quitar el hipo. Era símbolo de algo que creía que nunca iba a lograr.

Siempre había estado segura de que el matrimonio no era para ella. Le gustaban los hombres, y adoraba a los niños, pero había tantas parejas en Eastwick, incluidos sus padres, que parecían más fusiones financieras que cosa del amor… Respetaba las elecciones de los demás, pero ella nunca había deseado ese tipo de vida. Pero cuando Reed le pidió la mano… en fin, puede que nunca hubiera conseguido que se le acelerara el corazón, o que le diera vueltas la cabeza, pero era tan buen chico. Era imposible no quererlo. Así que, llegado el momento, dijo que sí enseguida, reconociendo que, probablemente era el único hombre con el que podía imaginarse casada. Era sólo que… no parecía poder sofocar la extraña sensación de pánico que llevaba agobiándola varias horas ya.

–¡No puedo esperar a la hora de la cena! –le aseguró alegremente. Pero al colgar el teléfono, un sentimiento de culpabilidad se apoderó de su corazón. ¿Qué clase de tonta era para preferir pasarse la tarde desempaquetando viejas cajas en su galería a compartir una romántica cena con el hombre al que amaba?

A las cuatro y media de la tarde, el trabajo siempre se convertía en un frenesí. Garret Keating tenía un chófer desde hacía unos cuatro años, no porque no disfrutara conduciendo, incluso en la locura de tráfico de Manhattan, sino porque las crisis siempre parecían surgir de forma automática al final de la tarde. Aquella tarde, como siempre, había salido del banco hacía menos de diez minutos, y su teléfono móvil no había parado de sonar. Sentado en la parte trasera del coche, tenía la cartera abierta y papeles esparcidos por todas partes.

—Keating —ladró al responder a la última interrupción.

Una desconocida voz femenina contestó.

—¿El señor Garrett Keating? ¿El hermano de Caroline Keating-Spence?

—Sí. ¿Qué pasa? —el pulso se le aceleró de inmediato de preocupación.

—Su hermana nos ha pedido que lo llamemos. Soy la señora Henry, la enfermera jefe de día en la UCI en Eastwick…

—Oh, Dios mío. ¿Está bien?

—Creemos que lo estará con un poco de tiempo. Pero las circunstancias son un poco delicadas. Sus padres han estado aquí, pero parecen alterar a su hermana, más que ayudarla. La señora Keating-Spence estaba en un estado mental bastante frágil cuando preguntó por usted…

—Estaré allí en cuanto arregle un par de cosas… es decir, de inmediato, pero ¿qué es lo que le ocurre exactamente?

—Normalmente no lo diría por el teléfono, si no

fuera porque su hermana me ha pedido que le transmita al menos parte de la situación. Su esposo está fuera del país. Sus padres probablemente estén demasiado disgustados para hacer la situación más fácil. Así que…

–Dígamelo.

–Se tomó una gran cantidad de alcohol y medicinas –un breve silencio–. Sus padres, es decir los suyos, aseguran que su hermana tuvo que hacerlo accidentalmente. Pero nadie entre el personal médico tiene ninguna duda de que su hermana sabía perfectamente lo que estaba haciendo –otra breve pausa–. Pienso que es mejor hablar con franqueza. Cuando llegó, ninguno podíamos asegurar si conseguiríamos recuperarla. Ahora ya ha salido de la crisis, pero…

–Estoy en camino –dijo Garrett rápidamente, y colgó.

Ed, el chófer, lo miró a los ojos a través del espejo retrovisor.

–¿Hay algún problema?

–Sí. Tengo que salir de la ciudad de inmediato. Apreciaría que te encargaras de una serie de cosas del apartamento que te voy dejar…

Garrett no paró de correr en las siguientes horas, lleno de sentimientos de pavor y culpabilidad. De camino a Eastwick, no pudo dejar de pensar en Caro. Adoraba a su hermana. Siempre habían estado unidos como una piña frente a sus padres, que jamás habían tenido ni el tiempo ni el interés en criar hijos. Cuando Caroline se casó, lógicamente se retiró un poco. Pero hacía un año, cuando se enteró de que estaba teniendo problemas con Griff, volvió a aparecer, listo para pegarle un tiro al desgraciado que se atreviera a hacer daño a su hermana.

Caroline lo había llamado hacía ya cuatro días, y

no había encontrado tiempo para devolverle la llamada. Había vuelto a llamarlo el día anterior por la mañana, y tenía pensado llamarla esta noche, o a lo mejor se le habría olvidado, como le ocurría con todo últimamente porque el trabajo le absorbía. Pero si era capaz de gestionar millones de dólares al día y de hacer malabarismos con su inmensa carga de trabajo... ¿cómo no había sido capaz de conseguir dedicar unos minutos a su hermana? Su hermana, que siempre había contado con él, que sabía que podía contar con él, le había necesitado, y le había fallado.

Cuando llegó a Eastwick, ya se había hecho de noche, tenía el estómago revuelto, y el corazón roto de dolor. Había tanta gente que pensaba que era de sangre fría, y puede que lo fuera, razón por la cual era tan bueno en los negocios. Pero no lo era cuando se trataba de su hermana. La quería con locura. Esta vez, le había fallado, y no podía perdonárselo.

Una vez en el hospital, corrió hacia la entrada, aún vestido con el mismo traje que había llevado todo el día y sin haber comido en Dios sabe cuánto tiempo. Pero no le importaba. Corrió al ascensor y le dio al botón del tercer piso. No había estado en casa en mucho tiempo, y menos aún en el Hospital General de Eastwick, pero la estructura no había cambiado significativamente desde que era niño. Se conocería de memoria el camino incluso si su familia no hubiera donado un ala o dos del hospital a lo largo de los años. Cuidados intensivos estaba en una zona aislada en la parte trasera de la tercera planta, con el fin de tener un helipuerto en el tejado.

El ala de cuidados intensivos estaba en silencio. Se oían más las máquinas y monitores que a los pacientes. Las luces eran atenuadas después de las nueve. No vio a ninguna enfermera o médico, así que recorrió cada uno de los cubículos con puertas de cristal en busca de su hermana. La unidad sólo tenía diez camas, más de las necesarias normalmente, incluso en situaciones de emergencia. Seis de las camas estaban ocupadas, ninguna de ellas por su hermana. Finalmente, encontró a un médico que salía de la última puerta.

–Soy Garrett Keating. Me han dicho que mi hermana, Caroline Keating-Spence…

–Sí, señor Keating. Ha estado aquí hasta esta tarde. Acabamos de transferirla hace un par de horas a una habitación privada.

–Entonces está mejor –era todo lo que quería escuchar.

–Tendrá que hablar con su médico, pero la enfermera le indicará su habitación…

Esta vez, en lugar de esperar al ascensor, se fue corriendo por las escaleras. Habitación 201. Eso es lo que le habían dicho. Una habitación privada monitorizada veinticuatro horas al día. Garrett sospechaba que era porque su hermana no estaba fuera de peligro aún, o que temían que volviera a intentar suicidarse.

La enfermera no había usado la palabra suicidio específicamente, pero Garrett sabía lo que había omitido, porque conocía a su hermana. Sabía lo que su niñez la había afectado. Lo profundamente que sentía las cosas. Lo celosamente que escondía esos sentimientos. Caroline nunca había podido cerrar la puerta completamente a la depresión.

Se detuvo justo frente a la habitación 201. Se había pasado corriendo las últimas horas, y no quería que su hermana lo viera así. Se quedó parado unos minutos para calmarse, para concentrarse en dar una imagen de tranquilidad y fortaleza. Tras unos momentos, dio un paso hacia la puerta cuando, de repente, una mujer salió de la habitación topándose con él. La muchacha levantó la cabeza. Una melena de pelo oscuro y sedoso caía sobre sus hombros, enmarcando su rostro de elegante estructura ósea, enormes ojos azul violáceo y pálidos labios. Su llamativa apariencia habría llamado su atención incluso si no la conociera... pero la conocía.

En ese momento no pudo recordar el nombre, probablemente porque había perdido la cabeza tras las últimas horas de estrés. Pero con estrés o sin él, recordó sus ojos de inmediato. Recordó haberla besado. Recordó haber bailado con ella sobre la hierba a medianoche, recordó la risa.... Le había hecho reír, y le había enamorado. Por supuesto, de eso hacía siglos.

—Garrett —dijo con voz suave—. Me alegra que estés aquí.

—Emma —en seguida le acudió el nombre a la mente—. ¿Has estado con mi hermana?

—Sí. No son horas de visita, pero... tus padres han estado aquí hasta hace una media hora. Yo estaba en el pasillo, pero la oí hablar y parecía alterada, así que cuando los vi marcharse, entré. No sabía qué otra cosa hacer, salvo permanecer a su lado por si me necesitaba. Ahora se ha dormido —vaciló un poco, y con una incipiente sonrisa dijo—: Me alegro de verte.

—No en estas circunstancias.

—No. Recuerdo haberte oído decir que jamás volverías a Eastwick si estaba en tus manos.

Él recordaba perfectamente haberlo dicho. Por eso había roto con ella hacía años, porque prefería renunciar a cualquier cosa antes que quedarse en aquella maldita ciudad. Eso era lo que había sentido a los veintiún años, una edad en la que pensaba que nunca necesitaría a nadie. Una edad en la que era tan fácil tener pretensiones de superioridad. Al mirar a Emma, pensó que solía tener un aspecto encantador, pero ahora era más que encantador todavía. No llevaba nada llamativo puesto. Sólo ropa cómoda para una visita al hospital, pero la elección de ropa, unos pantalones azules y un suéter de algodón oscuro, resaltaba su altura y delgadez, y veía un orgullo y un aplomo en su postura y en sus ojos que no había tenido de adolescente.

—Querrás entrar a verla. Yo ya me iba...

—Emma, si no te importa… Sí que me gustaría verla ahora mismo. Pero si se ha quedado dormida, ¿podrías esperar un par de minutos? Me gustaría saber tu opinión sobre la situación y...

—Su médico puede darte el informe. Yo no sé...

—Se lo pediré, pero me gustaría escuchar la opinión de una amiga… bueno, si tienes tiempo. Sé que ya es tarde.

—Claro que tengo tiempo —dijo de nuevo con una sonrisa.

Una sonrisa, un regalo. Eso es lo que solía pensar de sus sonrisas y risas. Le había entregado tanto sin pedir nada a cambio. Cada minuto con ella había sido como descubrir algo que nunca había sabido que le faltaba. Sólo verle la cara le volvía a traer esas sensaciones.

Y entonces, entró a ver a su hermana.

17

Capítulo Dos

Paseando de un lado a otro del pasillo donde se encontraba la habitación 201, Emma no paraba de mirar el reloj cada pocos minutos, sin dejar de pensar que no debía quedarse. No era familiar ni de Garrett ni de Caroline, así que no tenía nada que hacer allí. Era simplemente una amiga, y no podía evitar sentirse algo incómoda por su historia con Garrett.

Pero entonces él salió de la habitación de Caroline, y Emma se quedó sin respiración con sólo mirarlo. No era el chico descarado y sexy que recordaba, el chico cuyos besos hacían que le temblaran las rodillas y se le aceleraba el pulso, pero desde luego alteraba sus hormonas con sólo mirarla. De joven tenía un aire a Keanu Reeves. Ahora todavía era alto y delgado, y seguía teniendo el pelo oscuro y una mirada magnética. Vestido con un traje de diseño italiano y una camisa de lino, irradiaba sofisticación, a pesar de lo arrugado y exhausto que parecía estar.

Los recuerdos del pasado le agarrotaron el corazón. En sus tiempos de adolescencia, él había estado como loco por salir de Eastwick, principalmente para escapar de unos padres controladores, un problema con el que ella se podía identificar perfectamente. A ella le hubiera gustado importarle más, pesar más en su decisión, pero no fue así. Garrett jamás había querido una vida fácil. Deseaba cavarse su propio nicho, encontrar su propio lugar, correr riesgos, dejar su nom-

18

bre grabado. Emma había oído que había perseguido sus metas con resolución y ambición, y que jamás había vuelto la vista atrás. Sin embargo, ahora no parecía un pez gordo del mundo de las finanzas. Emma podía ver las líneas de preocupación y de ansiedad marcadas en su rostro.

–Gracias por esperar –dijo.

–¿Entonces Caroline aún duerme?

–Sí. No quería dejarla sola… pero no tiene sentido quedarse sentado ahí cuando está tan profundamente dormida. Y creo que necesita descansar.

Emma asintió.

–Supongo que saldrías corriendo de Nueva York esta tarde. ¿Has podido cenar algo?

Él sacudió la cabeza.

–Pero no quiero alejarme. Si no te importa, sólo quiero hablar contigo un par de minutos.

–Claro. La cafetería del hospital es una pena, pero supongo que podremos conseguir un sándwich o algo medianamente comestible –sabía que él no deseaba alejarse demasiado, pero no era difícil convencerle para tomarse un bocado rápido.

Las opciones de la cafetería eran tan horribles como había prometido Emma. Lo mejor que pudo conseguir fue un sándwich de pavo seco, patatas fritas pasadas, y una taza de café negro como el carbón. Emma le convenció para llevárselo fuera, alejado de los olores y las imágenes del estéril hospital. Justo al otro lado de las puertas había un pequeño jardín con bancos.

–Sienta bien –admitió tomando asiento en uno de los bancos a la luz de un farol. Los dos respiraron aire fresco. Emma casi pudo sentir que se relajaba, o al menos lo intentaba–. Sigo pensando que ha sido culpa mía –confesó–. Caroline me llamó dos veces esta semana. He estado más ocupado que nunca, recibí los mensajes, y pensé en llamarla cuando tuviera tiempo. Nunca dijo que fuera importante o crítico, pero cuando llamaron del hospital, sentí el corazón en la garganta –inspiró y se volvió a mirarla–. ¿Puedes decirme lo que sabes?

–La veo bastante, ya sea en la ciudad o en diferentes actos. No estamos tan unidas como hermanas, pero para mí es una amiga de las que duran toda la vida, Garrett. Esperaba que supiera que podía acudir a mí. Pero el único problema reciente que conocía era el de Griff, y eso fue hace siglos –Emma hubiera deseado poder decir algo más.

–Ésa era mi impresión también –dijo él dándole un mordisco al sándwich–. Que el matrimonio se había arreglado. Caroline me dijo varias veces que estaban más felices que nunca.

–Eso es lo que le parecía a todo el mundo. Se han comportado como recién casados en público. Supongo que te habrá dicho alguien que ahora mismo no está Griff, creo que está de viaje por China durante tres o cuatro semanas. Pero Caroline jamás dijo nada sobre ningún problema con él desde que se reconciliaron.

–Griff siempre ha viajado. Al principio pensé que ése era uno de los problemas entre ellos, el tiempo que se pasa alejado de ella en el extranjero –le dio otro bocado al sándwich–. Pero creo que nunca se ha ido por tanto tiempo como ahora. Y resulta bastante extraño que no estuviera localizable por teléfono.

–Estoy segura de que vendrá tan pronto como pueda.

–Ahora mismo, la única cuestión que me importa es por qué haría mi hermana una cosa así. ¿Qué ha podido ocurrir para que pensara en quitarse su propia vida? –Garrett hizo una bola con el plato y la servilleta de papel–. Si alguien le hizo daño, lo averiguaré, créeme.

Emma pensó que la estilizada figura de Garrett, su elegante traje y apariencia refinada engañaban. Si se encontrara en un callejón con un tipo musculoso y Garrett, sin duda apostaría por Garrett. Siempre había tenido un carácter de acero y era demasiado terco para ceder, incluso cuando debería.

–No se ha confiado a nadie –dijo Emma–. Todas nos hemos preguntado unas a otras. Todo el mundo ha querido ayudar y se siente fatal. Pero a lo mejor empieza a hablar ahora que estás aquí –vaciló un instante, y a continuación dijo–: No quiero decir nada malo de tus padres, pero ha resultado patente que no quería verlos ni decirles nada.

–No me sorprende.

No dijo nada más al respecto, pero tampoco necesitaba hacerlo. Emma conocía a sus padres. Se parecían a los suyos. Ambas familias tenían dinero. Y ambas habían manipulado a sus hijos para que jugaran el juego de la dinastía según sus reglas. Garrett jamás se había dejado absorber. Al menos no como Emma. Sin embargo, a modo de rebeldía, Emma se había mantenido soltera a pesar de los esfuerzos de sus padres por casarla. Deseaban a toda costa que se casara con alguien de buena familia y que tuviera descendencia para continuar con el legado de los Dearborn.

A veces, a Emma le parecía como si Eastwick tuviera algo en común con la vida en un castillo medieval. La gente adinerada con la que había crecido pensaba que las mujeres embellecían las relaciones denominándolas amor, cuando en realidad se trataba de supervivencia, y eso para una mujer significaba atrapar al mejor proveedor. Y el arma más poderosa para conseguir y mantener a un hombre era el sexo. Satisfacer sexualmente al hombre era parte del trabajo de una mujer. Los amigos de Emma pensaban que era una ingenua por pensar lo contrario, pero Emma no discutía con ellos. Simplemente no quería vivir de esa manera. Puede que no existieran los cuentos de hadas, pero prefería vivir sola que terminar en una relación sexual en la que su actuación fuera evaluada.

–¿Qué piensas? –preguntó Garrett–. Por la expresión de tu cara diría que algo ronda en tu mente.

Ella sacudió la cabeza con una sonrisa irónica. El estar con Garrett le había traído recuerdos de aquellas locas e incontrolables emociones que había sentido junto a él, y que no tenían nada que ver con evaluaciones o el sexo como moneda de cambio. Pero esos recuerdos no venían al caso, sobre todo en aquellos momentos, en los que Garrett tenía tantas cosas serias en la mente.

–¿Dónde te hospedas? –le preguntó.

–Me quedo con mis padres –suspiró–. Para ser sincero, no me apetece mucho, pero para empezar, necesito más información de lo que le ocurre a mi hermana. Puede que no estén muy unidos a Caroline emocionalmente, pero espero que tengan alguna pista.

–Pero te resulta incómodo.

–Como poco –por un momento pareció olvidarse de todas las preocupaciones familiares, y se quedó mirando el rostro de Emma a la luz de la luna, su tranquila sonrisa. Y de repente, pareció como si los dos estuvieran solos en su universo privado–. Me alegro de haber tropezado contigo.

–Lo mismo digo. Me alegro de volver a verte… no en estas circunstancias, pero...

–He pensado en ti. Tantas veces –dijo con franqueza, como siempre, y sin bajar la mirada–. Sé que te hice daño, Emma.

–Sí, así es. Pero ha llovido mucho desde entonces. Éramos muy jóvenes los dos.

–Me importabas. En realidad, te quería –pareció recorrer su rostro, su cabello, sus labios… todo su ser con su mirada–. No pienses que no te quería. Nunca quise dejarte, ni hacerte daño. Simplemente me sentía frustrado y a disgusto con la vida que me sentía obligado a vivir aquí, siempre en guerra con mi padre. No podía quedarme aquí.

–Lo entendí entonces, y lo entiendo ahora, Garrett. El daño se reparó hace mucho tiempo, de verdad –sonrió–. Para ser sincera, yo también he pensado en ti. Una vez desaparecido el dolor… sólo me quedaron buenos recuerdos. No hay nada como ese primer sentimiento de estar enamorado, ¿verdad?

–Lo que yo recuerdo es una excitación sexual tan intensa, que estoy seguro de que casi muero de dolor. Todos los viernes nos llevábamos una manta a Silver Point… ¿lo recuerdas? Solía llegar a casa y pasarme el resto de la noche bajo una ducha fría.

Ella se rió.

–Ya, claro –dijo ella.

–¿No me crees? –preguntó sonriendo.

–Creo que sigues teniendo un diablillo dentro –ya no era la quinceañera que se sonrojaba cuando un chico intentaba ligar con ella, pero la mirada en los ojos de Garrett hacía que le hirviera la sangre y se le acelerara el pulso.

Con rapidez y habilidad, desvió la conversación para apartarse de temas personales, y funcionó. Según pasaron los minutos, se fue sintiendo más aliviada al ver que volvían a hablar de forma natural, y al ver que aquellos momentos comiendo al aire fresco, habían hecho desaparecer la tensión de la expresión de Garrett. Aunque, lógicamente, deseaba volver junto a su hermana cuanto antes, necesitaba dejar de lado esa ansiedad por un rato, así que Emma le contó los escándalos del momento, la muerte de Bunny Baldwin, los famosos diarios desaparecidos, la preocupación de la gente por los secretos que pudiera estar ocultando Bunny, el chantaje de Jack Cartright, su boda con Lily y la felicidad que había surgido entre tal embrollo… No estuvo hablando mucho tiempo, tan sólo el suficiente para ponerle al día sobre los personajes más conocidos de la ciudad. En cuanto vio que él se empezaba a inquietar, se puso en pie, y lo mismo hizo él de inmediato.

–Lo sé –dijo leyendo sus pensamientos–. Tienes que volver con Caroline. Y yo tengo que volver a casa y dormir un poco.

–Sí, tengo que subir… pero aún no he tenido la oportunidad de preguntarte sobre ti –y sin perder ni un segundo, preguntó–: No estás libre, ¿no es cierto? ¿Tienes un buen matrimonio?

–Estoy prometida –en cuanto las palabras salieron de sus labios, la embargó cierto sentimiento de culpabilidad, pues no había ni pensado en Reed en unas cuantas horas. Aunque no había hecho nada malo. No había tocado ni besado a Garrett, ni había hecho nada sugestivo.

En el momento en que pronunció la palabra prometida, la expresión de Garrett cambió de inmediato. No dejó de sonreír, pero… fue como si las luces se hubieran apagado. Había cerrado la puerta de golpe a posibilidades que, hasta ese momento, Emma no se había dado cuenta de que estuviera abierta.

De camino de vuelta a la galería de arte, sola en la oscuridad, admitió haberse engañado a sí misma. Puede que no hubiera tocado a Garrett, pero lo había pensado. Y puede que no se hubiera tomado sus comentarios personales muy en serio, pero su pulso se había acelerado como el de una adolescente. Y puede que no hubiera hecho nada malo, pero su deslealtad hacia Reed no dejaba de ser real.

La mayor parte del tiempo vivía en casa de sus padres, donde tenía un apartamento privado en el segundo piso. Pero con frecuencia, se quedaba a trabajar hasta tarde en la galería, y se quedaba a dormir. Hacía algunos años, había convertido la pequeña antesala del primer piso en un pequeño hogar lejos de casa, donde guardaba algunos libros, cosméticos y alguna ropa. La habitación se había ido llenando poco a poco de los más extraños tesoros. Un escritorio chino de hacía dos siglos, velas con lazos de amatista, una alfombra de pelo blanca junto a la cama, un estrecho espejo Luis XIV… eran cosas que le encantaban, pero que combinadas no respondían a ningún estilo de decoración estándar.

Aquella noche ya se había hecho demasiado tarde para conducir a casa, así que al entrar, se dejó caer sobre la cama, se quitó los zapatos, y llamó a sus padres para decirles que se quedaba. Luego se preparó para irse a la cama, y apagó las luces. Estaba exhausta, a pesar de lo cual, se pasó horas tumbada mirando las cortinas blancas de la ventana. Garrett se resistía a desaparecer de su mente. No tenía sentido, se decía a sí misma. Era el hombre equivocado. Reed era el hombre correcto, el hombre con el que se supone que se iba a casar, así que ¿por qué no podía dejar de pensar en Garrett?

Garrett no había tenido intención de dormir, pero debió quedarse dormido, porque cuando abrió los ojos, su cuello y sus rodillas estaban agarrotados de haber permanecido en la misma posición erguida sobre la silla, el reloj de pared indicaba que había pasado más de una hora, y los ojos de su hermana estaban abiertos.

Se levantó de la silla de un salto, olvidando el cansancio, para tomar la mano de Caroline. Él odiaba los hospitales. Nunca sabía qué decir o hacer. Pero una sola mirada a la pálida cara y los tristes ojos de su hermana lo asustaron hasta el punto de querer matar a alguien.

—Garrett —su frágil voz consiguió transmitir amor y alivio al verlo.

—Siento no haberte devuelto la llamada. Lo siento tanto. No sé por qué has hecho esto, y no me importa. Te ayudaré a arreglarlo sea lo que sea.

Ella intentó sacudir la cabeza, pero el esfuerzo parecía agotarla.

—No puedes. Pero… me alegro de que hayas venido —se mojó los labios secos–. Te quiero.

—Yo también te quiero. Quiero que descanses. No tenemos por qué hablar de nada mientras no estés preparada. Sólo quiero que sepas que estoy aquí. Y no dejaré que nadie te presione por ninguna razón, juro…

—Garrett… —sus dedos se apretaron débilmente alrededor de su muñeca–. Sé que quieres ayudarme, pero no puedes arreglarlo. Nadie puede. Hice algo… terrible —se quedó dormida antes de que pudiera decir nada más, y antes de que él pudiera preguntar nada más. Garrett no estaba acostumbrado a que nada lo perturbara, pero la derrota y el temor en la voz de su hermana lo consiguieron. Se quedó allí sentado, preocupado, hasta que una enfermera llegó y lo echó.

Si pensara que iba a ganar algo quedándose con

Caroline, se habría enfrentado a la enfermera. Pero era evidente que Caroline necesitaba descansar más que nada, Y si quería llegar al fondo del asunto, él también iba a necesitar descansar.

La propiedad de los Keating estaba a apenas ocho kilómetros del centro de la ciudad. Era una casa de ladrillo de dos pisos situada en la ladera de una colina, con un cuidado jardín en pendiente. Resplandecía como un castillo gótico a la luz de la luna.

Utilizó sus viejas llaves de la casa para entrar por la puerta de la cocina, e inmediatamente se quitó los zapatos para no despertar a sus padres o al personal de la casa. Le recordaba a su época de adolescente, cuando acostumbraba a entrar de puntillas cuando llegaba entrada la noche a casa. Al entrar en el salón, le dio un puntapié a la pata de la silla. Déjà vu también.

La luz de la luna se filtraba por las ventanas, y una vez sus ojos se adaptaron a la oscuridad, vio que su madre había redecorado de nuevo. Algo de la época francesa. Con un montón de dorados y borlas, y patas de muebles. Muy elegante, si a uno le gustaban ese tipo de cosas. Pero a Garrett no le gustaban.

–¡Garrett! –su padre encendió la luz desde el interruptor que había junto a las puertas de panel que daban a las escaleras.

–Papá –le ofreció un abrazo, sabiendo que a su padre ni se le pasaría por la cabeza hacerlo–. Lo siento. No pretendía despertarte.

–No lo has hecho –Merritt estaba en pijama, pero con el pelo peinado y los ojos cansados pero despiertos–. Tu madre y yo estamos despiertos. Esperándote. Con la esperanza de que hayas conseguido sacarle alguna información a Caroline que nosotros no hayamos conseguido.

En el piso de arriba, sus padres tenían un pequeño saloncito junto a su dormitorio. Sirvieron whisky. Su madre le pellizcó la mejilla y se acurrucó en el sillón junto a la ventana.

–Espero que hayas podido hablar con ella –dijo Barbara enseguida.

Garrett se dejó caer sobre un enorme reposapiés. No tenía intención de repetirles las palabras de su hermana.

–He estado con ella unas horas, pero ha estado profundamente dormida.

–¡No entiendo cómo ha podido hacernos esto!

Garrett no esperaba que ninguno de sus padres le preguntara qué tal estaba él, cómo le iba la vida. La conversación giró inmediatamente en torno a ellos.

–Caroline no os ha hecho nada a vosotros. Se lo ha hecho a sí misma.

Su madre se frotó las sienes, como si estuviera a punto de desbordarse.

–De eso se trata precisamente. La gente hablará. Sobre todo después del escándalo de la muerte de Bunny y esos diarios… Ahora habrá más leña para avivar los cotilleos. La gente podría pensar que hicimos algo, cuando sabes que le hemos dado a esa niña todas las ventajas que podría tener una hija. De verdad, Caroline ha sido egoísta desde el día en que nació...

–Mamá, debe estar muy desesperada por algo, de lo contrario nunca habría hecho algo así.

–Oh, vamos –Barbara se levantó, ondeando su copa–. Siempre ha sido una mimada, y lo que quiere es atención. No piensa ni en mí ni en tu padre, ni en nuestra reputación. Ella tiene todo lo que siempre ha querido en la vida, pero ¿acaso piensa alguna vez en nosotros?

Llevaba diez minutos en casa de sus padres, y ya tenía ganas de pegarse contra una pared. En sólo diez minutos recordó por qué se había marchado de East-wick sin volver a mirar atrás. Pero más tarde, una vez en la cama, recordó lo difícil que había sido dejar a su hermana allí. Y lo doloroso que había sido dejar a Emma.

En esos momentos no le importaba que sus padres le volvieran loco, como siempre. No podía dejar a su hermana presa de los lobos. Se quedaría hasta que su marido volviera de China, y hasta que estuviera seguro de que Caroline iba a estar bien. Lo cual quería decir que tenía que encontrar la forma de dirigir su negocio desde Eastwick por un periodo de tiempo indetermi-nado.

Antes de quedarse dormido, el rostro de Emma vol-vió a su mente. Su espeso cabello brillante solía caer-le por la espalda. Ahora lo llevaba a la altura del hom-bro, pero aún brillaba como la luna sobre seda negra. Sus suaves labios seguían siendo tan evocadores como siempre, al igual que aquellos inolvidables ojos de un azul tan intenso que casi se tornaba en violeta. Unos ojos en los que cualquier hombre podía perderse. Le extrañaba, sin embargo, que no le hubiera mirado co-mo una mujer prometida. Y que a pesar de que su ves-timenta mostraba una mujer exitosa y confiada, tam-poco lo parecía por la expresión de sus ojos.

Desde el momento en que sus ojos se habían en-contrado, acudieron a su mente los recuerdos de los dos rodando por la hierba, de los besos que le robaba tras los partidos de rugby, de cómo tras las clases, pre-tendiendo hablar de los deberes, se quedaba apoyado sobre ella, atrapada entre él y el casillero, sintiendo sus pechos contra el torso. Ella se sonrojaba, pero entonces lo miraba seductoramente bajo sus espesas pestañas ne-gras. En aquellos tiempos Emma era tímida, pero in-contenible y nada cándida. Le encantaba excitarlo, le

29

encantaba el poder que tenía sobre él. Le había hecho arder como el fuego, derretirse ante su mirada desafiante, y frustrarse mucho más.

Pero si estaba prometida, ¿por qué le había mirado de aquella manera? Como si se muriera por sentir las mismas sensaciones de nuevo.

«Te lo estás imaginando», se dijo. Estaba agotado y era incapaz de pensar claramente. Necesitaba descansar y, después, concentrarse en su hermana, no en una mujer que ya estaba atada a otra persona.

Capítulo Tres

Unos días después, Emma estaba a la puerta de Color con un contratista. No había parado ni un momento organizando su tradicional muestra de arte de julio, cuando se encontró con un serio problema de mantenimiento.

—En realidad, señora, la casa no ha empezado a hundirse de ese lado de repente. El problema probablemente venga desde hace tiempo.

—Pues nadie lo había notado antes —Emma tenía ganas de tirarse de los pelos. Los problemas de mantenimiento no eran nuevos. Las casas de más de doscientos años tenían terribles imprevistos con regularidad. Si no era un problema de podredumbre, eran cables corroídos, o termitas—. ¡Es que no puedo permitirme empantanarlo todo ahora mismo! ¿Podemos retrasarlo hasta octubre?

—Bueno, yo no lo haría, señora.

—Si me llama señora otra vez, usted tampoco llegará a octubre —suspiró, y continuó—: Bien, veamos el plan.

—Sí, bueno, tenemos que reforzar los cimientos. Tirar los antiguos pilares del porche, y montarlos sobre los nuevos cimientos. Así podemos hacer esto despacio, y levantar el segundo piso, poco a poco. Porque no queremos destrozar esta bonita estructura, ¿verdad?

—¿Pero por qué ha decidido hundirse ahora?

–Probablemente porque la casa es más antigua que la Tierra.

–Es fácil para usted bromear. Me va a cobrar… ¿cuánto? ¿Alguna cifra de cinco números?

–Sí, por ahí –confirmó.

Y el problema era que su treinta cumpleaños era el treinta y uno de agosto. Estaba cerca, pero no lo suficientemente como para poder acceder al fondo fiduciario que su abuela había creado para ella. Mientras tanto, sabía que sus padres le prestarían el dinero, pero ese tipo de regalos siempre tenían un alto precio.

Para colmo, Josh eligió ese momento de confusión para asomar la cabeza por la puerta.

–La señora Dearborn está al teléfono, Emma.

–Si no le importa, dígale a mi madre que la llamaré más tarde, ¿de acuerdo? Gracias.

Apenas le había dado su aprobación al constructor para destrozar su presupuesto de primavera cuando se fijó en una mujer que se detuvo frente a la puerta de la verja de madera blanca. Le resultaba familiar. Hacía años, en el instituto, había una chica de carácter rebelde y pelo rizado hasta la cintura, que se vestía de manera poco convencional, e iba maquillada hasta los dientes. Para los estándares de Eastwick, era una mujer hecha y derecha, pero había algo…

–¿Mary? –dijo vacilante–. ¿Mary Duvall? ¿Eres tú?

–Me preguntaba si me reconocerías –dijo la mujer.

–¡Como si pudiera olvidarte! –Emma voló hacia la verja para abrir la puerta y envolver a su vieja amiga en un abrazo. Inmediatamente se olvidó de las frustraciones del día–. Pensaba que aún estabas en Europa viviendo a todo tren. ¡Es maravilloso volver a verte!

–Lo mismo digo, Emma. Por Dios, es para matarte… sigues tan guapa como siempre, salvo por… –su amiga se rió al notar la arcilla bajo las uñas de Emma–. ¿Qué es esto?

–Trabajo de voluntaria un par de horas con niños pequeños en un centro de ayuda a personas que han perdido a algún familiar. Pintamos con las manos, hacemos arcilla… Me encanta… –charló un poco más, mientras trataba de absorber los cambios de su vieja amiga. Había desaparecido justo después de la graduación para viajar por Europa. Era una artista, según había oído. Resultaba simplemente desconcertante verla vestida como una señora mayor de camino a un salón de té, cuando siempre había sido tan extravagante y poco convencional–. ¿Qué estás haciendo tú en la ciudad? ¿Has vuelto para quedarte?

–No sé cuánto tiempo me quedaré. He venido por mi abuelo. No está bien. Es muy mayor, ya sabes. Pero no puede estar solo, así que voy a vivir con él una temporada –Mary señaló el letrero de Color–. La última vez que estuve aquí, tu galería era sólo un sueño.

–Y sigue siendo mi sueño –reconoció Emma ahogando una risa, y entonces, chasqueó los dedos–. Dime, ¿te has traído alguno de tus trabajos? ¿Algo que te gustaría exponer? Tengo una sala para artistas locales, pero para ti siempre encontraría un lugar especial.

–Puede. Me he traído trabajo. Pensé que pasaría mucho tiempo sentada con mi abuelo, así que montaré mi caballete… Mientras tanto, ¿qué me cuentas de ti? ¿Estás casada? ¿Con niños?

–Estoy prometida con Reed Kelly.

–¡Estás de broma! ¿Reed, el criador de caballos de carreras?

–Sí, el mismo.

–Era mayor que nosotros así que, como iba adelantado en la escuela, no lo conocía mucho, pero siempre pensé que era un buen chico.

–Sí, lo es, es… –pero Emma sintió un raro picor en mitad de la espalda. Nada exagerado. Como si un mosquito la hubiera picado. Lo ignoró y continuó hablando unos minutos con Mary hasta que tuvo que irse, y Dios sabía que ella tenía montañas de trabajo esperándola. Los mensajes se habían acumulado en la oficina, tres de ellos de su madre. Un evento para recaudación de impuestos al que quería asistir su madre, la inauguración de una nueva boutique, una recepción para un senador de visita… nada que le interesara a Emma, aunque sospechaba que se vería involucrada en todos ellos. Josh estaba enmarcando una serie de lienzos en el taller, robándole su trabajo favorito, o eso dijo en broma.

Corrió hacia la puerta para recoger un paquete que le habían enviado por UPS, y vio a Garrett caminando por la acera de la oficina inmobiliaria de enfrente. Él se desvió hacia la galería, probablemente porque su coche estaba aparcado en Maple, aunque pareció mirar hacia ella de forma instintiva. Sonrió de inmediato al verla, y aceleró el paso. Emma tuvo la sensación de que la examinaba de arriba abajo. Normalmente no se preocupaba mucho por su apariencia, pero aquél era uno de sus días libres. No sólo había empezado la mañana trabajando con niños pequeños, sino que esperaba pasarse el resto del día entre cajas, marcos y escaleras. Llevaba el pelo recogido con una sencilla pinza de esmalte. Llevaba los labios pintados y unos pendientes de zafiro en forma de estrella de su abuela, pero eso era todo. Sus pantalones eran viejos, al igual que su camiseta morada, demasiado holgada para resultar favorecedora. Pero al parecer, él debía pensar que estaba guapa, porque una descarga sexual brilló en sus ojos.

Ella también sintió una descarga. Para la primera

noche que lo vio, tenía excusas: su hermana estaba enferma, no le había visto en mucho tiempo, estaba cansada... y todo eso. Pero ahora sabía también que sentía un fuerte cosquilleo que no debía sentir. Aun así, cuando vio que se dirigía hacia ella, actuó de forma hospitalaria, y le recibió a la entrada del jardín.

—Es increíble el tipo de gente que atrae este barrio —bromeó Emma.

Él se rió.

—¿De modo que ésta es tu galería?

—Sí —vaciló un instante, resistiéndose por un lado a invitar problemas, y deseando por otro lado comprender la razón por la cual seguía sintiendo tal tormentosa atracción hacia él—. Tengo montañas de trabajo, y apuesto a que tú también, pero entra si tienes unos minutos. Te serviré una taza de café y te enseñaré el lugar. ¿Cómo está Caroline?

—No muy bien. Sigue sin hablar, pero está claro que le ha pasado algo. No se trata sólo de una depresión. Algo en particular ha tenido que desatarla, algo que la está matando de tristeza. ¿No has oído ningún cotilleo?

—Montones, pero nada sobre Caroline. Le cae bien a todo el mundo, Garrett. Y todos esperaban que ella y Griff volvieran a estar juntos después de aquella crisis —le llevó al interior de la galería—. ¿Ha logrado contactar alguien con su marido?

—Seguimos intentándolo. Hemos dejado mensajes en todos los puntos de contacto que tenemos. Es cuestión de que los reciba. Las comunicaciones no son como aquí en China.

Josh se asomó para saludar. Emma le trajo a Garrett una taza de café, y se lió con un cliente al teléfono. Para cuando pudo volver su atención a Garrett, él ya había estado paseando libremente por la galería.

–Dios mío, Emma, lo que has hecho con este lugar.

Sus palabras le alegraron el espíritu más que ninguna otra cosa, así que no pudo resistir mostrarle algunas de sus obras preferidas. A la entrada había un acuario que, en lugar de peces, tenía una sirena esculpida en mármol y con piedras preciosas y semipreciosas incrustadas.

–Encontré al artista y esta maravillosa pieza en una diminuta joyería en Nueva York.

–¿Uno de esos lugares de cosas increíbles? Fascinante. Resulta difícil apartar los ojos de ella.

Eso era exactamente lo que Emma había sentido siempre.

–Vamos, te llevaré arriba –no tuvo que insistir mucho.

Él llevaba pantalones informales color crema y un polo oscuro. De adolescente había sido un adicto al trabajo que generalmente lograba más de lo esperado, pero siempre había sido amable y educado. Aún era una persona con la que resultaba fácil hablar, pero su madurez le había otorgado cierta paz interior. Sus emociones ya no estaban tan a la vista como solían estar. Pero seguía mostrando la misma vitalidad y energía viril. Se preguntaba si habría encontrado a alguien que lo amara de verdad, pues parecía bastante solo.

Le mostró la sala de lacas y alfombras orientales. Tenía reservada la sala más oriental a arte femenino: esculturas, óleos, acuarelas, camafeos de mujeres de todas las formas. La sala occidental, al otro lado del pasillo, mostraba una colección de arte masculina: hombres durmiendo, estudiando, trabajando, luchando, disfrutando de aficiones varoniles… Unas puertas más allá estaba su sala de la luz, que mostraba arte con gemas,

–Vaya, Emma. Has montado la galería más original que jamás haya visto. El modo en que presentas las cosas es… divertido, pero también considerado e interesante.

–Deja de ser tan amable. Se me va a subir a la cabeza –pero sentaba tan bien compartir su pasión. Había dedicado mucho trabajo a cada sala, a cada pieza en exposición, a cada artista que decidía representar–. Oye, no me has dicho lo que hacías en la oficina inmobiliaria. ¿Ahora estás pensando en comprar algo en Eastwick?

–Sí, cuando el infierno se congele –dijo, e indicando el fajo de papeles que llevaba bajo el brazo añadió–. He recogido una lista de alquileres por semanas.

–Creía que pensabas quedarte en casa de tus padres.

–Yo también –dijo con cierto arrepentimiento–. Tenía que haber sabido que no funcionaría. Pero ahora que he pasado un tiempo con Caroline y he hablado con sus médicos, me temo que tendré que quedarme un tiempo. Al menos unas semanas.

–Oh, Garrett, ¿tan preocupado estás de que tu hermana no salga de ésta?

–No lo sé. Todo lo que sé es que no puedo dejarla. Y probablemente me lleve mejor con mis padres si no estamos tan cerca –entró en el cuarto de baño del piso de arriba para ver si había hecho algo allí. Efectivamente, el techo era un mural de arte de cómics, todo superhéroes. Salió riendo, y diciendo que tenía el cuello torcido, pero enseguida volvió al tema de conversación.

–En cualquier caso… he pensado que será mejor que busque algo para hospedarme. Pero por ahora, no estoy muy impresionado con los sitios que me ha sugerido el agente inmobiliario. Están todos algo lejos del centro, lo cual no me interesa, pero tampoco quiero quedarme en un hotel. No me resulta muy difícil ir a Nueva York en avión o helicóptero varias veces por semana. Todo lo que necesito es un lugar sencillo que me sirva de oficina temporalmente. Una cama, una cocinilla, tranquilidad. Un lugar para poner un ordenador, fax, impresora, y ese tipo de cosas. No quiero nada lujoso.

—Si quieres un lugar en el centro, yo conozco uno. Muy cerca de aquí.

—El agente dijo que no había nada por aquí.

—Eso es porque no está oficialmente en el mercado —explicó la situación. La mayoría de las casas de la manzana eran residenciales, pero se habían ido transformando en negocios. Despachos de abogados, de contabilidad, gabinetes de psicología, correodurías... ese tipo de cosas, el tipo de negocio que no requería grandes aparcamientos. Negocios tranquilos que estaban dispuestos a mantener el aire histórico de los edificios—. En cualquier caso, mi vecina, Marietta Collins, se resiste. Le alquiló el piso de arriba a un huésped, un escritor, pero recientemente se mudó. No lo ha anunciado porque sólo quiere alquilarlo a amigos de amigos. No tengo ni idea de cómo es el lugar, a lo mejor no se ajusta a lo que buscas. Pero si quieres, podría llamarla...

Claro que quería. Emma tardó un segundo en marcar el número y averiguar que el lugar estaba aún disponible. Garrett se asombró ante el precio.

—No imagino por qué lo da prácticamente regalado.

—Bueno, puede que sea una ruina de casa. Pero creo que en verdad quiere a alguien en quien pueda confiar para vivir justo encima de ella —por la sorprendida mirada de Garrett, no estaba acostumbrado a que nadie moviera los hilos por él, más bien al contrario–. Será mejor que lo veas antes de que te hagas demasiadas ilusiones. Puede que decidas que el agente inmobiliario tenía mejores sugerencias.

Y aunque Garrett expresó su preocupación por robarle más tiempo de su día de trabajo, ella le acompañó a ver el lugar. Sabía que Marietta estaría intranquila sin una presentación personal. Además, estaba un poco preocupada por ver en qué le había metido. Si el lugar era un desastre, no quería que se sintiera obligado a aceptarlo por ella.

Marietta echó un vistazo a Garrett, sonrió, y les dio las llaves para examinar el piso de arriba a su antojo. La impresión de Emma del apartamento fue exactamente la opuesta a la de Garrett.

–Bueno, no es exactamente un ático, Garrett, pero... –dudaba que el apartamento fuera a lo que Garrett estaba acostumbrado. Antiguamente, el edificio había sido una taberna, en la que los clientes habían dormido arriba, al parecer unos pegados a otros, puesto que sólo había una habitación. Los pequeños detalles habían sido modernizados, pero la estructura original se había conservado. Los suelos crujían, pero habían sido cuidados, porque estaban pulidos hasta brillar. Había una pequeña chimenea de piedra enmarcada con paneles de madera de pino color miel. El baño era lo estrictamente necesario, en un rincón de la cocina estaba el comedor bajo una elegante ventana a la sombra de enormes olmos–. Los muebles son de lo peor –dijo Emma arrepentida.

Garrett examinó las vistas de cada ventana.

–Hablas como una mujer –bromeó–. Hay un sillón y una silla. ¿Qué más necesito?

–Algunas lámparas. Cuadros. Alfombras.

–Tiene un escritorio decente –señaló la reliquia

que podría haber sido la mesa de un maestro en algún siglo pasado. A Emma le encantaban las antigüedades, pero en aquel caso, alguien debería haber tenido el sentido común de tirarla, en el mismo siglo pasado.

–Me había imaginado que habría un dormitorio separado –en su lugar, había una cama doble metida en un hueco lateral bajo el alero del tejado.

–De este modo entrará el aire fresco. Ideal para el verano.

Emma se entretuvo en la cocina, ya que él no parecía demasiado interesado en abrir cajones y armarios.

–Está limpio, lo cual es bueno. Pero no hay ni un plato, ni cacerolas. Ni siquiera un juego de cubertería.

–Platos. ¿Quién quiere platos? El lugar tiene enchufes… montones de enchufes –dijo poniéndose en pie tras examinar la localización de todos los enchufes–. No hace falta mucho esfuerzo para montar un sistema aquí. Y las ventanas están fenomenales. Hay mucha luz.

Ella sacudió la cabeza. Había luz porque las ventanas no tenían ni cortinas ni persianas, pero Garrett parecía más feliz que un niño en un circo. ¿Quién podía comprender a los hombres? Él estaba acostumbrado al dinero. A mucho dinero. A cosas elegantes y comodidades.

–Bueno, no costaría mucho hacerlo al menos habitable. Y en realidad está bastante bien para el precio.

–¿Bien? Es mejor que un sueño.

El lunático corrió hacia ella, haciéndola reír… hasta que vio algo inesperado en sus ojos. A lo mejor no se había dejado llevar por un impulso tonto y exagerado en tanto tiempo que había olvidado cómo era. Emma ni siquiera estaba segura de que supiera que la iba a besar. Pero ella sabía lo que iba a pasar, y sabía cómo salir de un problema así de manera elegante. Y ésa era su intención, eludirlo, pero él se abalanzó sobre ella sin la delicadeza y habilidad que recordaba. Por un instante, pareció un chico tontorrón en la cima de la vida, dando vueltas con su chica en brazos para hacerla chillar… algo alegre, nada peligroso ni malintencionado.

La sensación de sus largos y fuertes brazos envolviéndola desencadenó… algo. Una quietud en su interior. Ya no estaba riendo, ni chillando. Sus labios se inclinaron para encontrarse con los de él, como si fuera la única opción que tenía.

De repente, el único sonido en la habitación era la suave brisa de junio que se colaba por la ventana abierta. Él se adueñó de sus labios como si estuviera desesperado por saborearlos. Y ella se pegó a él, como si estuviera desesperada por que la abrazara alguien, no cualquiera, sino él. El sabor de sus labios provocó una fuerte sensación en lo profundo de su vientre y perdió el equilibrio. Pero él lo encontró. Ella perdió sus sentidos, y él los robó.

Sus manos sostenían su cabeza, y abrieron la pinza que sujetaba su cabellera, que se deslizó, libre, entre sus dedos. Le apartó la cabeza, buscando sus ojos durante un largo y silencioso momento…. y volvió en busca de otro beso. Esta vez con delicadeza. Sus lenguas se encontraron.

Como si sus pechos jamás hubieran conocido a hombre alguno, sus pezones se endurecieron, y ella se pegó aún más a él. Iniciaron un baile íntimo, un baile sin música, pero al ritmo del vals, pecho contra músculo, suave vientre contra erección.

Otro beso. El ritmo de su corazón se aceleró, como si de repente él hubiera acometido un tango, hasta que le faltó la respiración. Su aliento, sus besos, la fuerza de de sus caderas contra las suyas, la tentaban a moverse con él, a desearlo.

Deseo. Menuda palabra para una mujer que no había tenido tiempo para el sexo, que se impacientaba ante la idea de la importancia que todo el mundo le daba al sexo. Que simplemente quería vivir con pasión por las cosas maravillosas que ofrecía la vida.

«Está bien», se dijo. Se imaginaba que aquello se debía a que él estaba tremendamente estresado, eso era todo. Siempre había sido un adicto al trabajo y ahora, además, estaba muy preocupado por su hermana, y nunca había sido un hombre que tolerara bien la frustración. Eso era. Simplemente estaba desahogándose con esos besos.

Pero ella no tenía ninguna presión que liberar. Besarlo apasionadamente, frotarse contra él, incitarlo… nada de eso tenía lógica. No era ella. No se trataba de sexo, ni de pasión. Era algo que venía de una soledad interior muy enterrada. Pero, maldita sea, no había estado sola en todo ese tiempo. Sin embargo, él hacía que se sintiera de ese modo. Como si hubiera estado sola desde la última vez que se besaron de adolescentes. Como si no hubiera deseado a nadie hasta ese momento. Como si meramente hubiera estado haciendo frente a la situación, hasta que Garrett había vuelto y se había apoderado de sus labios haciendo que todo se viniera abajo.

Sintió sus manos deslizándose con suavidad por la espalda, seduciendo con cada caricia. Sus labios siguieron besándola, robándole los sentidos. Hizo que giraran hasta ponerla contra la pared de madera de pino. Era un alivio sentir la firmeza de la madera en su espalda, después de aquellos sedosos besos. Sus manos se deslizaron por sus brazos, y después entre ellos, hasta alcanzar los botones de su camisa. Ella abrió los ojos. Aún no se habían quitado la ropa, pero un par de minutos más de lo mismo, y Emma se las quitaría sin que él tuviera que decirle nada, sin que se lo pidiera. Y sin ni siquiera pensar una sola vez en su prometido. Emma se apartó de repente, se escurrió entre sus brazos, lo miró, y salió corriendo por la puerta escaleras abajo.

Capítulo Cuatro

Al principio, sólo lloviznaba un poco, pero en cuestión de minutos, empezó a diluviar. Emma puso en marcha los limpiaparabrisas a la máxima velocidad, pero no daban a basto, y los cristales empezaron a empañarse. Gracias a Dios, la casa de Reed estaba a pocos kilómetros, porque apenas podía ver nada.

Tenía que ver a su prometido esa misma tarde. El abrazo que había compartido con Garrett no se le borraba ni de la mente, ni del corazón. Había estado mal besar a otro hombre estando prometida, pero mucho peor el hecho de haber respondido con mayor sinceridad y pasión de la que había sentido jamás con Reed. Las chispas que había sentido con Garrett eran cosa de hormonas de adolescente y del primer amor. Garrett había abierto las puertas de viejas emociones encerradas. No tenía ni idea de qué significaban esas emociones, si es que significaban algo, pero ahora no era el momento de preocuparse por eso. Ahora, de lo que tenía que preocuparse era de dar la cara a Reed. Ya no había duda de que algo crítico y elemental en su relación no funcionaba, y no se trataba sólo de que apenas sintieran pasión el uno por el otro.

Jamás había huido de forma deliberada de los problemas y responsabilidades. Lo aprendió de su madre. Desde que Emma tenía uso memoria, recordaba que su madre se pasaba el día tomando pequeños tragos *para suavizar las cosas*. Emma recordaba su infancia siempre andando de puntillas e intentando no hacer ruido para no darle a su madre otra razón para tomarse otro de esos infernales tragos. Así que, no, Emma no era perfecta. Se equivocaba, a veces completamente. Pero al menos no huía.

Al frenar frente a los establos Rosedale, el corazón empezó a latirle con fuerza. El nombre de Rosedale venía de la abuela de Reed y, aunque Reed era el que llevaba todo el negocio, la familia entera estaba involucrada. Los Kelly hacían todo lo relacionado con los caballos, desde cría a entrenamiento para carreras. Por eso aquel lugar siempre estaba lleno de coches y furgonetas. La presencia de una gran cantidad de vehículos por todas partes quería decir que estaba ocupado. Siempre estaba ocupado en esa época de año. Si quería hablar con él, tendría que buscarle y ver si podía dedicarle unos minutos. No podía romper con él por teléfono como una cobarde.

Salió del coche y se dirigió apresuradamente a la oficina, su primera apuesta para encontrarle. La lluvia empapó su camiseta azul celeste y los pantalones, pero era una lluvia cálida. En pocos segundos ya estaba dentro. El olor a caballo, a heno, a cuero y linimento en seguida inundó sus fosas nasales. Pero ese día, su estómago se le revolvió nada más entrar, y no por el olor, sino por los sonidos que le llegaron del extremo del establo. Un semental estaba montando a una yegua, una actividad siempre forzada, dirigida por Reed porque un apasionado semental podía hacer daño, y a menudo lo hacía, a la yegua si no mediaba la intervención de un ser humano. Se utilizaban arneses, poleas, elevadores y todo tipo de cosas para ayudar a que tuviera lugar un apareamiento apropiado.

De inmediato pensó que había sido tonta por ir sin llamar antes. A Reed nunca le habían importado las visitas sorpresa por su parte, pero esta vez era diferente. No se trataba de una mera visita. Su absurdo sentimiento de culpabilidad la había llevado a apresurarse por algo que no era urgente. Pero antes de que pudiera darse la media vuelta, Reed la vio.

–¡Emma! –su rostro se iluminó con una sonrisa de bienvenida–. Qué sorpresa tan agradable –dijo separándose del grupo y dirigiéndose a ella para abrazarla. Pero se detuvo con una tímida sonrisa. Olía a caballo y a sudor. Ésa era una de las cosas que le encantaban de Reed, lo considerado que era con ella. Sin embargo, en aquel momento no le importaba cómo oliera. Necesitaba un abrazo de su prometido. Necesitaba algún tipo de prueba de que estaba loca y de que no debía romper su compromiso. Forzó una sonrisa.

–Veo que he elegido el peor momento para verte. Estás muy ocupado.

–Y con una de tus cosas favoritas, pero Su Alteza parece haber decidido colaborar, así que podemos escaparnos.

Por encima de su hombro, Emma vio al menos a dos personas volviéndose hacia él como si quisieran preguntarle algo.

–Vaya. Creo que realmente he elegido un mal momento. Debí haber llamado.

–Siempre es preferible verte que trabajar. ¿Qué ocurre? –la guió hacia la oficina, que no quedaba muy lejos, pero al menos estaba algo apartada de miradas curiosas. Reed, como buen irlandés, tenía una numerosa familia a la que Emma quería de verdad. Eran gente cálida, amable, efusiva, exactamente lo opuesto a la familia callada y privada de Emma. Pero también eran cotillas. Y Reed dirigía su negocio de la misma manera, como si se tratara de una gran familia. Todo el que llegaba era recibido con una taza de café en la cocina, sin pompa ni protocolo–. Vamos, veo que algo te preocupa. Cuéntamelo –la animó.

Normalmente su oficina en los establos parecía el resultado de un ciclón. Tenía tres líneas de teléfono, un mini frigorífico siempre a rebosar de gaseosas y agua embotellada, y una mesa llena de vendas de caballo, programaciones de carreras, vacunas para los parásitos y ese tipo de cosas.

Emma se frotó las sienes. Siempre le costaba hablar.

–Reed, siento que deberíamos...

Sonó el teléfono. Él hizo una señal rogándole paciencia, y descolgó el auricular al mismo tiempo que le servía una gaseosa. Había alguna confusión con algún entrenamiento. Se apoyó sobre la mesa mientras le señalaba a ella el único asiento, una vieja silla de cuero. Pero Emma no podía sentarse. Se quedó esperando, mirando al hombre con el que había decidido casarse hacía más de un año. Lo conocía de toda la vida. Tenía aspecto de irlandés, pelo castaño, piel clara y sonrisa traviesa. Carácter afable y don de gentes. Nunca parecía echarse atrás por ningún problema. Su buen juicio había transformado el negocio familiar en un próspero negocio.

Emma sintió un nudo en el estómago. Quería a Reed. No tenía ninguna duda. Nadie podía no quererlo. Era un hombre maravilloso, bueno hasta los huesos. Un hombre en quien se podía confiar. Un hombre de familia.

–Vale –dijo al colgar el teléfono–. Tienes toda mi atención.

Emma tomó aire. Oyó el rugido de un motor afuera y unas voces. Un caballo relinchando. Era como tratar de pensar en medio de un tornado. Suspiró de nuevo, y se dio por vencida.

–Reed, éste no es un lugar adecuado para hablar. Simplemente...

–Está bien, está bien –empujó la puerta, que no se cerró del todo, aunque al menos creó un poco de privacidad. Entonces se volvió hacia el teléfono–. Voy a desconectar el busca y el teléfono ahora mismo –pero no antes de que el teléfono sonara de nuevo. Atendió la llamada rápidamente y con impaciencia. Después hizo lo que había dicho, desconectó todo. La miró atentamente–. Sé de qué se trata. Tu madre me ha llamado.

–¿Mi madre?

–Al parecer piensa que no quieres ir a algún tipo de evento en el Club de Campo el sábado. ¿El baile de junio? Total, que me hizo prometerla que iríamos. Ya lo sé, ya lo sé, debí haberte preguntado antes. Sobre todo si no querías ir. Pero, por Dios, va a ser mi suegra, así que cuando me puso entre la espada y la pared, no pude decirle que no...

–Lo entiendo. Pero no, no se trata de eso.

–Bien –dijo con curiosidad, y se recostó sobre la mesa como si estuviera decidido a darle todo el tiempo que necesitara para decir lo que tuviera que decir. Pero Emma oyó de nuevo cierta conmoción afuera, como si un camión hubiera llegado y estuviera descargando. Aquello no iba a llevar a ninguna parte. Aun así, Emma lo intentó, balbuceando:

–Reed... ¿sabes cuántas veces hemos pospuesto el fijar una fecha para la boda?

–Así que de eso se trata. Tienes razón. Mucha razón. De hecho, Weddings By Felicity me llamó. Bueno, no Felicity, sino una de sus asistentes, Rita no sé qué... –Emma abrió la boca para interrumpirlo, pero él levantó una mano–. Es culpa mía, Emma. Sé que Felicity es tu amiga, y además parece una gran persona. Pero naturalmente está molesta con nosotros por no fijar una fecha, sobre todo a estas alturas.

—El caso es que —intentó interrumpir Emma—, creo que hay una razón por la que hemos esperado tanto tiempo.

—Yo también. Tú estás pendiente de la muestra de julio en tu galería, y yo en esta época del año estoy bastante liado. Y como vamos a celebrarlo en casa de tus padres, no parece que hubiera mucho que planear. Quiero decir, no necesitamos alquilar ninguna sala, y el fotógrafo y el cocinero ya los tenemos en la familia, de modo que no hay gran diferencia entre celebrarla el segundo o el tercer sábado de agosto.

—Reed… creo que la razón es algo más complicada que eso.

Él volvió a asentir.

—Sí, lo sé. La verdad es que, y sé que es algo egoísta por mi parte, me pongo un poco nervioso según se va acercando el momento. Cosa de hombres. No es la fiesta en sí lo que me importa. Ya sabes. Con mis amigos, tendríamos una fiesta cada sábado por la noche si pudiéramos sobrevivir a las resacas los domingos por la mañana. Lo que me preocupa es lo de la alta sociedad. Claro que ahora que Bunny no está, y nadie ha retomado ese *Eastwick Social Diary* puede que la gente no haga gran cosa de cada boda, pero…

—Reed, siempre he estado de acuerdo contigo en eso. Nunca he querido una gran boda. Pero una vez se han involucrado mis padres, todo ha cambiado —de nuevo se llevó la mano al estómago, presionando fuerte para calmar esa sensación nauseabunda y de tristeza en su interior—. Yo he pospuesto la decisión de la fecha de la boda tantas veces como tú.

—Los dos hemos estado evitando hablar del tema.

49

Si pudiéramos encontrar un segundo juntos, estoy seguro de que podríamos decidir una fecha.

–Sí, estoy segura, pero la cuestión es... es qué queremos hacer. No estoy tan segura de que sea sólo trabajo por lo que hemos retrasado tanto tiempo el fijar una fecha.

–Emma, sabes que es mejor que me digas sin rodeos qué es lo que estás pensando, porque no sé qué es lo que quieres decir...

Un chico alto y delgado llegó corriendo.

–Señor Kelly. Pretty Lady, ha saltado la valla en los pastizales del este, siguiendo a Wild Wind.

–Maldita sea –Reed agarró su sombrero de la mesa, y miró a Emma nervioso.

–No, está bien. Ve. Hablaremos más tarde.

–Tú eres más importante. Lo sabes. Pero maldita sea.

–Lo sé, lo sé. Hablaremos el sábado por la noche si no tenemos la oportunidad de hablar antes. Vamos, vete, sé que es importante –realmente lo sabía.

De camino de vuelta a casa, seguía lloviendo en consonancia con el humor de su corazón.

Se había equivocado. Se había equivocado irrumpiendo en su trabajo. Intentando hablar de algo serio en medio de ese caos. Y no era que tuviera prisa en tener esa conversación, pues no quería herir a Reed. De hecho, esperaba, con desesperación, que verlo borrara la imagen de Garrett de su mente, y que le hiciera recordar las razones por las cuales había accedido a ser su prometida. Ambos estaban cansados de que la gente les presionara para casarse. Y ambos tenían su vida en Eastwick. Ella adoraba a su familia y respetaba su trabajo y sus sueños. Y él también respetaba su galería de arte, sus metas, las cosas que quería hacer. No se podía imaginar a Reed interfiriendo con nada de lo que jamás había dicho que deseara. Era algo cómodo.

Sin embargo, la idea de casarse con Reed no hacía más que provocarle dolores de cabeza y picores. Puede que lo quisiera... pero no como era debido. Fue Garrett el que había hecho que se diera cuenta de los sentimientos de los que carecía. El anhelo que añoraba. El deseo y el ser deseada que su alma de mujer ansiaba. El sentimiento de pertenencia... Jamás había tenido esos sentimientos en su vida. Quién sabía si podría tenerlos algún día. Lo que sí sabía era que no los tenía con Reed.

A mitad de camino, se encontró con un semáforo en rojo en Whitaker y, de repente, empezó a llorar. Ella. Emma Dearborn, que ni siquiera había llorado al romperse un tobillo en segundo de primaria. Pero resultaba aterrador ver que la vida perfectamente planeada que tenía se desmoronaba.

Garrett empujó la puerta del hospital. La lluvia se había transformado en diluvio, y estaba empapado. Tenía ganas de sacudirse como un cachorrillo.

Los últimos días habían sido más frustrantes que tratar de encontrar una aguja en un pajar. Instalar su oficina y su vivienda en Eastwick había sido fácil gracias a Emma. Pero los problemas de su hermana no dejaban de acecharle. Había hablado con todo aquel en Eastwick que conocía a Caroline y había estado dispuesto a hablar. Pero nadie parecía tener ni idea sobre su vida privada. Aquella mañana no había conseguido nada.

Había empezado hablando con Lily Cartright. Era una persona muy agradable, y muy sincera. Eso sí, estaba enorme como una ballena. Cuando dijo que estaba embarazada de varios meses, Garrett pensó que debían ser al menos tres bebés. Pero el caso era que, al igual que todo el mundo, Lily estaba preocupada por Caroline, pero no sabía nada.

Después lo había intentado con Vanessa Thorpe, otra de las amigas de su hermana. Como se había casado con un hombre rico bastante mayor que ella, los chismosos se cebaban con ella. A Garrett le traían sin cuidado los cotilleos sobre su vida personal. Había tenido la esperanza de que supiera algo sobre Caroline, pero no había sido así.

Luego, lo había intentado con dos hombres. Frank Forrester debía de tener unos setenta años, pero como era casi parte del Club de Campo de Eastwick, Garrett pensó que sería una estupenda fuente de información. Y lo había sido, pero no sobre Caroline. Harry, el camarero de la sala Esmeralda conocía los secretos de todo el mundo, pero era bastante cerrado. Aun así, le juró a Garrett que si hubiera sabido algo sobre su hermana, se lo habría dicho.

En definitiva, nadie tenía ni la más mínima idea de qué había provocado la repentina depresión de Caroline. Y Garrett no sabía controlar su frustración. Y sabía que la preocupación por su hermana no era el único causante de su humor. Emma tenía parte de culpa. No la había visto en días. Entre el tiempo que le quitaba su trabajo y la búsqueda de información de su hermana, no había tenido la oportunidad ni de encontrarse con ella por casualidad. Pero su conciencia no le dejaba tranquilo, se sentía avergonzado, y odiaba ese sentimiento.

No podía negar que tuviera defectos, iba pensando Garrett al aflojarse el cuello de la camisa en el sofocante ascensor. Mucha gente decía que era un adicto al trabajo. Era egoísta, excepcionalmente directo, terco e implacable. Pero las mujeres siempre decían que era igual de implacable en la cama, un amante maravilloso. Eso era bueno, salvo que sabía que luego era un poco pésimo a la hora de acordarse de volver a llamar. De hecho su nombre brillaba por su ausencia en la columna de las relaciones comprometidas. Sin embargo, ninguna mujer le había dejado como Emma le había dejado el otro día.

Jamás se acercaba a mujeres que estaban comprometidas. La caza furtiva no era para él. Pero, por Dios santo, ¿qué hacía Emma correspondiendo como si fuera la mujer más solitaria si estaba felizmente enamorada de otro? No encajaba.

—¡Garrett!

Por si no tenía suficientes problemas para un día, el destino le trajo a su madre, que salía de la habitación de Caroline y se dirigía rápidamente hacia él. Su madre siempre parecía vestida para tomar el té en la Casa Blanca. Trajes de chaqueta y perlas, y perfumada de la cabeza a los pies con la fragancia personal que algún químico había creado para ella.

—Estoy tan, tan contenta de verte, querido —su madre lo agarró por el brazo y le llevó a un rincón apartado de las habitaciones y de la enfermería—. Supongo que has venido a ver a Caroline, y antes quiero hablar contigo.

—¿Cómo está?

Su madre miró por encima de su hombro para asegurarse de que nadie podía oírla.

—El médico le ha dado algún tipo de fármaco para la ansiedad, y ha insistido para que vea a otro psiquiatra.

—¿Y crees que eso es algo malo? —dijo Garrett frunciendo el ceño.

—Garrett —su madre hizo un gesto de desesperación con los ojos—. Sé que la palabra depresión está de moda en tu generación, pero todo el mundo tiene momentos duros en la vida, y eso no es razón suficiente para quedarse en la cama o tomar medicación. No os eduqué a ninguno de los dos para ser unos debiluchos.

Él se esforzaba por tener paciencia. Se había dado cuenta hacía ya años de que su madre no era tan fría como aparentaba ser. Simplemente había hecho un gran esfuerzo por tener una buena vida, y temía cualquier cosa que la amenazara.

–Mamá –dijo con tranquilidad–, la depresión no es una debilidad de carácter. Es una enfermedad. Enfadarse con Caroline por ello es como enfadarse con alguien por tener cáncer.

–No tiene ningún cáncer. Está fuerte como un caballo. Ha pasado docenas de pruebas, y no hay nada malo que la mantenga en cama. Tu padre y yo estamos al borde de un ataque de nervios.

Bien, no parecía haber salida por ese lado, así que intentó cambiar de tema.

–¿Ha conseguido contactar alguien con Griff?

–Sí, tu padre por fin consiguió localizarlo anoche. A través de la embajada. No conseguimos hablar con él directamente. Puede que tarde una semana en venir, pero al menos sabemos que viene.

–Bien.

–Exactamente. He venido al hospital para decirle a Caroline que Griff va a venir, pensando que eso la animaría. En su lugar, empezó a sollozar. Lloraba tan fuerte que terminaron sedándola –finalmente, se le acabó la conversación sobre el tema, y empezó otro–. Garrett, me gustaría que vinieras al club el sábado por la noche. Es el baile anual de junio.

–Gracias, mamá, pero prefiero hacer trabajos forzosos en una prisión en Siberia –con eso casi se gana una sonrisa, pero lo consiguió del todo.

–No lo pongas difícil. Te necesitamos. Tenemos que estar unidos, como una familia.

–¿Y a quién le importa si somos una familia unida?

–A todo el mundo. Toda la comunidad se dará cuenta si no vamos. Y la cosa es que será tu hermana la que sufra si la gente empieza a pensar que está mentalmente… desequilibrada.

–Algunas personas juzgarán sin importar lo que hagamos o digamos, pero nadie con quien yo quiera juntarme, ni ver cerca de Caroline. Así que no puedo entender por qué iba a importar eso.

–Garrett, sé que no compartes los mismos valores que tu padre y yo, pero a tu hermana le encanta el club. Tiene tantos amigos allí. Cuando recobre el sentido, querrá volver allí, para asistir a eventos como éste. Así que esto es por ella, no por ti.

–Está bien, está bien, iré.

–¿Irás? –preguntó su madre sorprendida.

–Sí. Sólo tienes que decirme a qué hora –aunque para él fuera una tortura, el saber que era el lugar de encuentro de los amigos de Caroline era motivo suficiente para ir. Alguien sabría algo. Había preguntado a todo el que se le había ocurrido, pero no conocía a todos los amigos de su hermana, porque llevaba mucho tiempo sin ir por Eastwick.

–Es de etiqueta –le advirtió su madre.

«Vaya por Dios», pensó Garrett, pero en alguno de los enormes armarios de la mansión sabía que su madre había guardado dos esmóquines, uno blanco y otro negro. Y ya había llevado uno de esos sofocantes trajes muchas veces antes.

Una vez su madre se hubo marchado, se sentó junto a Caroline otra hora. No llegó a estar lo suficientemente despierta como para hablar, al parecer por los sedantes que le acababan de dar, pero le apretó la mano, consiguiendo que se le hiciera un nudo en la garganta.

De camino a su apartamento alquilado, su frustración y preocupación fueron creciendo. Por el momento, había fracasado en su intento por ayudar a su hermana. Y no estaba acostumbrado al fracaso. Ni a sentirse tan incapaz. A lo mejor el trabajo lo ayudaba a aclararse la mente. Pero apenas aparcó el coche y se apeó, vio una nueva crisis esperándole. Aquella crisis en particular llevaba una estrecha camiseta azul plateada, una falda blanca que parecía tan fina como un pañuelo, y unos brillantes zafiros colgados de un brazalete en la muñeca. También tenía unos ojos más claros que las violetas. Casi los había olvidado durante dos días.

Capítulo Cinco

Garrett sabía que volvería a ver a Emma de nuevo. Estando en Eastwick, estaba garantizado, pero esperaba estar preparado. Algo de tiempo para recordar que era un hombre maduro y exitoso, no un adolescente cargado de hormonas y lujuria.

Bueno, tuvo un par de segundos, porque él la vio antes que ella a él. Estaba en lo alto de las escaleras exteriores de la parte de atrás de la casa. Él había empezado a usar la entrada posterior porque así no tenía que cruzar la casa de la dueña, pero no sabía qué estaba haciendo allí ella. A mitad de camino, vio cajas apiladas junto a la puerta. Ella se volvió a mirarlo.

–Vaya, eres una agradable visión para unos ojos cansados tras un largo día, pero ¿qué es todo esto? –dijo señalando las cajas. Ella lo oyó, y él sabía que le había oído, pero en el instante en que sus ojos se encontraron, se quedó completamente quieta, como si se le hubiera parado el corazón, al igual que el suyo.

Su rostro parecía tan natural y su mirada tan vulnerable. La camiseta hacía que sus pechos parecieran suaves, redondos y tentadores. Y la falda veraniega parecía rápida de quitar. Seductoramente rápida. Una sola mirada, y todo en lo que podía pensar Garrett era en poseerla.

–Yo… –recobró la compostura rápidamente, mostrando una sonrisa–. No he podido dejar de pensar en este vacío apartamento. Siempre tengo cosas sin utilizar en la galería, y ahora que estamos en junio, y que me estoy preparando para una gran muestra en julio, la galería está todavía más llena. Así que he pensado que podrías usar unas cuantas cosas para hacer el apartamento más agradable –levantó alguna de las cosas para que pudiera ver lo que le había traído. Un par de grabados de barcos de vela de Walter Farndon, una escultura de piedra in lapislázuli, un tapiz de tela panameño de vivos colores, un par de enormes toallas de baño azules, una cesta con utensilios básicos de cocina, tales como platos y cuencos blancos, cubiertos, y tazas estampadas. Algunos de los objetos procedían claramente de su galería, pero no todos. Emma casi nunca mostraba sus nervios, pero no paraba de tocarse un pendiente–. No tienes que quedarte con nada que no sea de tu gusto. No tengas problema en… –él no paraba de mirarla–. Pero estoy muy cerca, de modo que pensé que sería una tontería no ofrecerte algunas cosas para alegrar el sitio y hacerte sentir más cómodo…

Él seguía mirándola. Por fin se sentó en el último escalón, dejando el espacio justo para que él se sentara junto a ella. Aunque había dejado de llover, las hojas y ramas estaban aún húmedas, y la luz del sol del atardecer se reflejaba en las gotas que caían. Un par de arbustos de peonías crecían sin control junto a la valla, y el delicado olor de las flores flotaba en el aire dejándole a uno sin respiración. O a lo mejor era ella la que le dejaba sin respiración.

–Ha sido muy amable por tu parte. Pero no creo que hayas perdido parte de tu jornada de trabajo sólo para hacer este apartamento más alegre, algo que de verdad aprecio. Aunque he estado viviendo sin problemas en el apartamento, la verdad es que está bastante vacío.

Ella vaciló, y entonces levantó los brazos en un gracioso gesto de derrota.

–Vaya, normalmente puedo contarle mentiras a la mayoría de la gente sin que me pille. ¿Cómo es que es tan difícil engañarte? Sinceramente, pensé que algunas adiciones ayudarían. Pero tienes razón, admito que también ha sido una excusa para venir. La verdad es que necesitaba verte –levantó las rodillas y se metió un mechón de pelo tras la oreja. De repente ya no parecía la elegante y confiada dueña de una galería de arte, sino la adolescente por la que él había perdido la cabeza una vez hacía ya tiempo–. No me he podido quitar de la cabeza el modo en que salí corriendo el otro día. No recuerdo haber hecho algo tan cobarde en mi vida –reconoció.

–Es gracioso. Yo no vi nada que pudiera parecer cobarde. Vi fue una mujer que parecía bastante agitada. Pero también lo estaba yo. Chica, cómo besas.

–Bueno –dijo sonrojada–, no se trata de cómo yo te besé, sino de cómo me besaste tú.

–Me gusta tu versión de la historia. Resulta demasiado duro para el ego de un hombre admitir que una mujer le ha derrotado con unos simples besos. Resulta más fácil de tragar que mi pericia y atractivo sexual te desconcertaron. Aunque, tengo que decir que jamás había asustado a una mujer, hasta el punto de hacer que salga pitando.

–Para ya –dijo ahogando una leve risa–. Estás haciendo que me sienta mejor, y sé perfectamente que me comporté como una cobarde.

–¿Sabes qué? Estoy seguro de que los dos podemos sobrevivir a un momento delicado.

–Sé que podemos. Ya no somos niños. Es sólo que… habría resultado incómodo, así que quería hablarlo, decir que siento que ocurriera. No pasará de nuevo.

Así tampoco tendrás que preocuparte por encontrarte conmigo.

–De acuerdo. Nos has quitado un peso de encima a los dos.

–Bien.

–Ya ninguno estaremos preocupados –sin embargo, el pulso le latía con fuerza. El problema era estar sentado tan cerca de ella. Ver la luz del sol del atardecer que se reflejaba en el mechón de pelo que le caía sobre la frente. Ver sus brazos rodeando sus rodillas como si fuera una niña. Ver aquellos sensuales ojos violáceos intentando no mirarlo.

–Exacto.

–Háblame sobre el chico con el que estás prometida.

–¿Reed? Reed Kelly, ya sabes, de Rosedale Farms.

–Sí, claro. Estaba un año por delante de mí en la escuela. No lo conocía bien, pero parecía un buen chico.

–Lo es. No puede ser mejor. Tiene una numerosa y maravillosa familia. Es magnífico con los niños y con los caballos. Es bueno, paciente…

–¿Cómo empezasteis a salir juntos?

–Mis padres llevan tratando de casarme años para que les dé nietos. Ya sabes cómo son...

–Sí, lo sé.

–Y estaba harta de sentirme como una pieza de exposición en cenas y reuniónes a la espera del mejor postor. Eastwick puede ser maravilloso, pero no resulta fácil ser soltera en esta ciudad. Y Reed estaba igual. Cada vez que alguna anfitriona necesitaba un hombre disponible lo llamaban. Lo detestaba tanto como yo. Y en una cena, nos encontramos, y empezamos a ir a diferentes eventos juntos para evitar que nos emparejaran.

–Y descubristeis que congeniabais.

–Bueno, no sé si fue eso… es una persona con la que resulta muy fácil estar.

Garrett se levantó. Parecían faltar piezas en aquel rompecabezas. En primer lugar, no podía imaginar el motivo por el que una mujer tan cálida y llena de vida como ella no se había sentido tentada de casarse antes. Y desde luego, no le habría hecho gracia si hubiera repetido diez veces que Kelly era un héroe, pero ¿lo de que resultaba fácil estar con él? ¿Qué clase de definición era ésa para una relación?

Emma también se levantó de inmediato.

–Te ayudaré a meter todo esto si quieres. Aunque será mejor que vuelva a la galería.

–Parece un santo, Emma.

–No, no es un santo, pero es un hombre realmente bueno.

–Sí, no paras de repetirlo. Y te creo. Pero si no lo amas, ¿por qué te casas con él?

Emma no respondió. A lo mejor no podía responderle.

Él continuaba repitiéndose una y otra vez, con la mirada fija en sus labios y en sus ojos, que estaba prometida, y que él no era un cazador furtivo. Pero ni siquiera cuando eran adolescentes había sentido una atracción tan intensa. A la edad de treinta y cinco, parecía una locura descubrir que tenía una enorme carencia en su interior, en su corazón. Un insoportable agujero de soledad que ni siquiera sabía que tuviera, un hueco que sólo podía llenar ella. Ya no tenía excusa para no besarla, quizás porque ella, a escasa distancia y sin intentar ni siquiera apartarse, lo miraba de la misma forma.

–No, Garrett –susurró suavemente.

Él oyó el temblor de su voz, e inmediatamente retrocedió.

–No te habré asustado, ¿verdad? No te haría daño por nada del mundo, Emma.

–Jamás pensé que pudieras.

–Pero no voy a engañarte. Te deseo.

–Siempre has sido irremediablemente honesto, pero ¿no te ha dicho nadie que no tienes por qué ser tan directo? –pretendía hacerle sonreír, quería decir algo que aliviara la tensión que se había creado entre ellos. Pero él no parecía poder hacer aparecer una sonrisa en sus labios en ese momento, ni siquiera por ella. Simplemente, le acarició una mejilla con el dorso de su mano.

–A lo mejor no sientes lo mismo que siento yo.

–Sí lo siento –dijo con un hondo suspiro.

–¿Sientes lo mismo con él? ¿Cuando haces el amor con él? –había intentado eliminar un poco de la brutal honestidad de su carácter, y Dios sabía que no deseaba incomodar a Emma, pero tenía que preguntarlo. Él no podía imaginar sentir por otra persona el desgarre de corazón que sentía en ese momento. No podía imaginarse ninguna otra mujer en su vida si no pudiera sentir lo mismo que sentía en ese momento por Emma.

–No sé. Reed y yo no hemos… tenido ese tipo de intimidad –dijo apartando la mirada.

–¿Cómo? –debía haber oído mal. Ella y Reed estaban prometidos. ¿Cómo no iban a haberse acostado juntos?

Ella suspiró profundamente, dirigió su mirada al cielo, como rogando tener fuerzas, y se dirigió derecha hacia las escaleras. Como si hubieran estado discutiendo sobre el tiempo, dijo:

–Si encuentro más cosas en la galería para dar, te las traeré. Y si alguna de las cosas que te he traído te molesta o no te gusta, simplemente me lo dices y vengo a recogerla.

Él se apoyó en la barandilla mientras la observaba bajar la escalera.

–¿Quiere eso decir que no estás molesta conmigo por haberte hecho unas cuantas preguntas delicadas?

–Claro que estoy molesta. Eres un incordio –se volvió a mirarlo una vez más–. Como siempre. No hay ninguna diferencia. Pero gracias a Dios, ya no tengo diecisiete años.

–Pues tú estás mucho más guapa y desconcertante.

–Siempre te ha gustado poner la mano en el fuego. Pero nos vamos a llevar estupendamente mientras estés en la ciudad –le informó alegremente–. En primer lugar porque estamos a dos pasos el uno del otro, y porque me importa tu hermana y quiero ayudar en lo que pueda. Y en segundo lugar, porque fuiste mi primer amor, cosa que no quiero olvidar, aunque estés siendo un poco pesado.

–Me hago la idea.

–El caso es que no voy a dejar que una pequeña torpeza haga imposible que nos veamos de vez en cuando.

–Que nos veamos… ¿en qué sentido? ¿A qué tipo de encuentro te refieres exactamente?

Ella le hizo un gesto con el dedo. Sí, Emma, Emma Dearborn. La chica fina y elegante de Eastwick. La chica que nunca hacía nada malo en público. La chica que nunca ofendía a nadie. Resultaba encantadora. Cautivadora.

–Mira que eres graciosa.

–No, no lo soy.

–Sí que lo eres –dijo riendo–. Creo que voy a tener que hacer otro intento contigo, Em.

–Como lo intentes, te doy una bofetada –le advirtió… y entonces se dio cuenta de que estaba enterándose todo el vecindario. La oyó suspirar de nuevo y, finalmente, desapareció de su vista.

Él se quedó apoyado sobre la barandilla con una sonrisa tonta en su rostro durante un rato después de que Emma se marchara. Llevaba tiempo sin sonreír.

Esperó a que la culpabilidad volviera a invadirle, y lo hizo. No era correcto sentir lo que sentía cada vez más intensamente por una mujer que no estaba disponible, aunque parecía menos accesible de lo que había creído en un principio. Aunque su conciencia le decía que debía desistir, no podía prometerlo. Lo único de lo que estaba seguro era que deseaba no haber sido tan tonto de perderla la primera vez.

Emma se retorció hasta poder verse el centro de la espalda en el espejo en la galería. Ahí estaba. Ahora sí tenía una excusa para sentirse como un manojo de nervios y sentir picores. La última conversación con Garrett no había dejado tranquilos sus pensamientos. Había hecho el amor con él en sueños. En cuanto pensaba en él, se sonrojaba. Cada mañana, tras elegir ropa interior de seda y encaje, soñaba despierta con quitársela por él y para él. Se rascó la espalda con impaciencia y se lavó las manos. El baile de junio del Club de Campo era al día siguiente, y sería *la noche*. Reed había estado hasta arriba de trabajo toda la semana, así que durante la fiesta tendría que encontrar la manera de estar con él a solas y decirle lo que no había conseguido decirle la última vez. Pero ahora, lo que tenía que hacer era trabajar.

En una de las salas de exposición del primer piso estaba finalizando una exhibición. Iba a llamarla la sala Roja. Había combinado piezas procedentes de diversas partes del mundo con sólo ese color en común, entre ellos un tocado Camerunés, un tapiz suizo y una alfombra afgana, además de un par de esculturas. Sin importar en qué tratara de concentrarse, no paraba de darle vueltas a la cabeza. ¿Qué le debía a Reed exactamente? ¿Cómo podía tomar una decisión basada en los sentimientos por un hombre que había vuelto a entrar en su vida apenas hacía dos semanas? ¿Por qué había tenido que volver Garrett? Sabía que había problemas en su relación con Reed, pero ella podría haberle hecho feliz y haberse contentado, si Garrett no hubiese aparecido.

—Oye, Emma —Josh asomó la cabeza por la puerta. Estaba trabajando en la entrada con un grupo de críos voluntarios. Los dos se habían peleado por quién haría el qué, porque a los dos les encantaba trabajar con adolescentes. Josh había ganado. Por esta vez—. Tu madre al teléfono.

—Gracias —¿acaso podía ser más frustrante ese día? Al parecer sí.

—¿Emma?

—¡Mamá, son sólo las tres de la tarde!

—No he podido evitarlo —Emma oyó el tintineo de los cubitos de hielo—. Tu padre… —el teléfono se cayó, o algo hizo un fuerte ruido—… es tan mezquino. Nada de lo que hago está bien. ¿Vas a venir esta noche? Tienes que venir. Te necesito.

Tras la llamada, volvió a su tarea en la sala Roja, preguntándose por qué no podía librarse de las puntiagudas cuestiones vitales por un día aunque lo intentara. Y para colmo, ni siquiera había conseguido terminar de arreglar las obras de la sala, cuando vio una furgoneta plateada con el logotipo de *Weddings By Felicity*. Unos segundos después entró en la sala una rubia platino de pelo corto con un elegante vestido estampado y tacones altos.

–¡Ah, bien, no estás ocupada!

Emma miró hacia las cajas esparcidas por toda la sala.

–Felicity...

Su vieja amiga señaló la puerta de la oficina con la cabeza, pues tenía las manos ocupadas. En una llevaba una botella de vino, y en la otra, dos copas.

–Tú y yo tenemos que hablar. Ahora mismo. No intentes protestar.

–No. Siempre me alegro de verte, pero...

–No, no. No hay peros. Vamos, mueve el trasero. Vamos a beber y hablar en privado al menos la próxima media hora, y no hay más.

Felicity se parecía un mucho a Meg Ryan de joven. Físicamente claro, porque Meg hacía papeles tan agradables en la pantalla, y Felicity se parecía más en personalidad a un tanque del ejército. Se instaló tras el escritorio de Emma. Había un letrero sobre el escritorio que decía *Nuestras vidas se reflejan en las cosas que elegimos.* Irónico, pensó, porque la galería rebosaba de elegancia y estilo, pero las paredes de su oficina estaban llenas de obras de niños. Pinturas hechas con los dedos, con crema de afeitar, con macarrones, cuentas y botones... Claro que nadie entraba en la oficina excepto ella misma. Bueno, y al parecer amigas mandonas y entrometidas. Felicity rebuscó en su bolso en busca de un sacacorchos, y lo encontró. Sirvió una copa, y apartó los papeles sobre la mesa para acercarle la copa a Emma.

–Si no fuera porque eres una querida amiga, te habría arrastrado por los suelos antes.

–¿A mí?

–Mira –dijo Felicity con firmeza–. Ya sé que Reed ha hecho planes para la luna de miel, lo cual quiere decir que debéis saber la fecha de la boda, pero no me llamáis para fijarla.

–Lo sé, lo siento, sé que no está bien… –miró hacia la copa de vino–. Felicity, sinceramente, no puedo beber en mitad del día.

–Claro que puedes. Porque tenemos que hablar y, ahora mismo, estás demasiado tensa. Ahora escúchame –Felicity se recostó sobre la silla de terciopelo rojo, y apoyó sus largas piernas y altos tacones sobre el escritorio–. He pasado por esto un millón de veces. Conozco a las novias mejor que nadie, y sé que les entra el pánico. Y probablemente a ti más que a nadie. No es nada nuevo, nada de lo que haya que avergonzarse.

–¿Por qué dices eso? ¿Que a mí me da más pánico que a nadie?

–Porque eres de las que se toman el matrimonio más seriamente que el resto de nosotras –dijo Felicity como si fuera algo obvio–. Admítelo. Crees que el matrimonio es para siempre, ¿verdad?

–Pues sí.

–He terminado mi alegato. Eres irremediablemente ingenua. Pero eso no tiene importancia, lo importante es que esos nervios que sientes son la razón de existir de Weddings By Felicity. Para eliminar ese estrés. Y como te quiero, no me importa si tenemos que hacer todo a última hora. Lo conseguiré. Es fácil porque es en la casa de tu madre, y el hecho de que no haya limitaciones de dinero también ayuda –Felicity se tomó un sorbo de vino–. Aunque, he de decir que tu madre me está volviendo loca. Quiere todo a su manera.

Emma estaba escuchando, sólo que… de acuerdo, no estaba escuchando. Llevaba días sin escuchar a nadie y a nada. Desde la tarde que estuvo con Garrett parecía haber sufrido un apagón mental. No parecía poder dejar de repetir las imágenes de aquellos momentos a escasos centímetros de él, en que había deseado besarlo y que la besara más de lo que podía desear vivir o respirar. No había podido pensar ni sentir nada más. Era como si una marea llamada Garrett la hubiera arrasado.

—Oye —Felicity chasqueó los dedos—. Despierta. Recuerda que he sido yo la que ha pagado la botella de vino de primera calidad.

—Sí. Y ha sido muy amable por tu parte. Y siento que mi madre sea un incordio.

—Las madres de las novias y los padres de los novios están incluidos en el paquete —dijo Felicity haciendo un gesto con la mano como para restar importancia—. Puedo con ellos y con tus nervios, si me dejas. Así que, o empiezas a hablar o tendré que darte una bofetada.

Emma sabía que se suponía que debía reírse, pero lo único que salió de su boca fue una pregunta.

—¿Crees que soy distante?

—¿Eh? Estaba hablando de estar nerviosa, no de ser glacial.

—¿Pero crees que lo soy? Es decir… ¿se me ve como alguien menos… sexual… en comparación con el resto del grupo?

—Madre mía, esto va mejorando —Felicity se sirvió otra copa de vino, y se acomodó en la silla—. Cariño, no creo que ninguna de las chicas con las que crecimos lleve un vestido blanco a su boda, si sabes lo que quiero decir —de repente entornó los ojos mirando a Emma—. Dios santo. No es posible que seas virgen, ¿verdad? Nunca imaginé que fuera posible.

—¿A mi edad? Anda ya —se mofó Emma, agarrando la copa de vino para beber un trago.

—*No es* posible —repitió Felicity, aún con los ojos entornados.

–No lo soy, no lo soy.

–Bueno… –finalmente Felicity lo dejó pasar–. Volvamos a la pregunta inicial. ¿A qué venía el comentario de que si creía que eras una persona distante?

Emma no pudo seguir sentada. Se acercó a la ventana, y se rascó la espalda contra el marco.

–Hay muchas razones… por las que ya no estoy segura de ser la persona adecuada para Reed.

–Vale. Por lo de distante y glacial, asumo que se trata del sexo, ¿verdad? Y si es eso lo que te preocupa, relájate –Felicity se relajó de nuevo, como aliviada al descubrir que el problema no era importante–. Vamos, ya sabes que a todo el mundo le pasa lo mismo. Al principio el sexo es increíble. Luego, la lujuria inicial desaparece como la flor de una rosa, y entonces la pareja tiene que trabajar en ello. Eso es lo que hacen los buenos amantes, y acaban bien. Ya sabes cómo es.

–Sí, claro –dijo Emma, y entonces, se llenó ella misma la copa.

–Pero mi teoría es que si no es increíble al principio, entonces no merece la pena continuar la relación. Un hombre que es egoísta desde el principio, nunca mejora. No se trata del sexo, sino de un defecto en el carácter… Reed no es ese tipo de egoísta, ¿verdad? Es decir, apenas lo conozco, pero parece tan...

Felicity no pareció enterarse de nada y siguió hablando. Finalmente, cuando la botella estaba casi vacía, se levantó de la silla para marcharse. Con las copas y el sacacorchos, abrió la puerta, pero allí se paró. Estaba claro que no tenía prisa por marcharse… sobre todo una vez empezó con los cotilleos.

–¿Has oído que la policía ha vuelto a contactar con Abby? Al parecer, ella consiguió que tomaran huellas de la caja de seguridad de su madre, y encontraron las huellas de un pulgar y un dedo índice

¡y resulta que no son de ninguno de los miembros de la familia! Así que están interrogando a Edith Carter otra vez. Ya sabes, la ama de llaves de Bunny...

–No lo entiendo. Después de todo, la madre de Abby no hizo más que contar un montón de chismes. Está claro que nadie querría leer su desliz en un periódico, pero ¿matarla?

–Lo sé, lo sé, pero si alguien tuvo la osadía de chantajear a Jack Cartright, hay que creer que a algunas personas les inquieta bastante que salgan a la luz sus secretos.

–Sí –dijo Emma pensativa.

–Y otro secreto… me crucé con Mary Duvall. Creo que erais buenas amigas.

–Sí, estuvimos bastante unidas en el instituto.

–Me cae muy bien, pero tiene un aspecto tan diferente de cuando estaba en la escuela. De repente ha pasado de rebelde a señorita refinada. Creo que es otro misterio.

–A lo mejor, simplemente, es que ha madurado –dijo Emma secamente.

–Y a lo mejor tiene un oscuro secreto que ha hecho que venga a refugiarse a casa… Oye, he oído que a lo mejor dejan salir a Caroline del hospital en un par de días. No has oído nada de cuál es su problema, ¿verdad?

–No.

–Bueno, tiene que ser algo gordo. Una chica no se toma un tubo de pastillas porque sí. Dios, esta ciudad… las grandes fortunas acarrean grandes secretos, ¿eh?

Cuando por fin se fue Felicity, soltó un suave suspiro. Su familia también tenía secretos. Pero en esos momentos era el suyo el que pesaba tanto en su conciencia que apenas podía pensar.

70

Tendría que pagarlo caro si se echaba atrás a estas alturas de los planes de boda. Pero cuanto más se preocupaba por lo que le debía a Reed, y a sus padres, más se daba cuenta de que nunca se había preguntado lo que se debía a ella misma.

Capítulo Seis

Garrett se apresuró a través de las puertas del hospital, adelantando a gente, a carritos, cualquier cosa. Como el ascensor era demasiado lento, subió por las escaleras. Tropezó en el último escalón. Apenas podía correr con los zapatos de vestir de suela resbaladiza que se había puesto con el esmoquin. Llevaba la pajarita sin anudar, pues jamás había sabido hacerse el nudo, y además, apenas acababa de terminar de vestirse cuando le llamaron del hospital, justo en el momento en que agarraba las llaves del coche para ir al baile del Club de Campo de Eastwick.

–¿Dónde está? –ladró al llegar a la mesa de la enfermera jefe.

Habían cambiado a su hermana de habitación. Ya no estaba en cuidados intensivos, la habían trasladado a la unidad psiquiátrica, donde podrían controlarla las veinticuatro horas. Caroline se había estado recuperando, hasta que aquella tarde había pasado algo que hizo a los médicos temer otro intento de suicidio.

Al llegar a su habitación aminoró el paso para no entrar alterado y ruidosamente. Pero se le encogió el estómago al ver a su hermana. Estaba acurrucada como un bebé sobre la cama, mirando hacia la pared. Tenía las muñecas atadas para evitar que se quitara los tubos intravenosos o que se levantara sola. Deseaba que Emma pudiera estar allí con él. Ella sabría qué decir.

Él sabía trabajar y ganar dinero, pero no sabía cómo tratar con la gente.

Su hermana debió de sentir su presencia, porque de repente giró la cabeza.

–Hola, hermano mayor –murmuró.

–Hola.

Ella vio el esmoquin.

–Vaya, estás tan guapo que desearía poder silbar, pero tengo la garganta demasiado seca. Me han dado algo terriblemente fuerte –no estaba totalmente despejada. Sus ojos no paraban de abrirse y cerrarse de forma lenta–. ¿Te has arreglado para salir conmigo esta noche?

–Si quisieras te llevaría conmigo en dos segundos –acercó una silla y se sentó–. ¿Quién te ha llamado, Caro?

–¿Qué quieres decir?

–Sabes exactamente lo que quiero decir. Estabas evolucionando bien. Todos pensábamos que volverías a casa en un par de días. Y entonces, la enfermera ha dicho que recibiste una llamada esta tarde...

–Esa enfermera de día es una chismosa.

–Y luego te encontró en el baño con un trozo de cristal roto en la mano.

–Fue un accidente. Se me rompió el vaso de agua.

–Para, Caro. No fue un accidente. ¿Quién te llamó? –repitió, y cuando vio que ella no contestaba, dijo–: Sé que fue una llamada local, así que tuvo que ser alguien de Eastwick. ¿Qué demonios está pasando que te tiene tan aterrorizada? Dímelo.

–Ah, Garrett, tú siempre has sido mi caballero de brillante armadura. Siempre intervenías cuando yo tenía problemas con papá. O con el chico equivocado –cerró los ojos–. ¿Recuerdas aquella vez que vinieron a dormir mis amigas a casa? Creo que teníamos doce años. Abrí el mueble de las bebidas cuando mamá y papá se fueron a dormir, y nos emborrachamos y decidimos ir a bañarnos en la piscina. Y entonces apareciste tú, ¿recuerdas?

—Lo recuerdo. Todas se abalanzaron sobre mí, creo recordar. Y el caos por toda la casa…

—Nos salvaste, Garrett —le sonrió—. Tienes engañado a todo el mundo, pensando que eres un adicto al trabajo sin corazón. Pero yo siempre he podido contar contigo, en lo bueno y en lo malo. Eres el único de la familia con integridad. Verdadera integridad.

—Está claro que te están administrando algún tipo de alucinógeno. Y tu simpatía no va a conseguir que te escapes. Ya es hora de que me cuentes qué está pasando.

—Lo que pasa —dijo despacio y con voz poco clara—, es que he cometido un error con el que no puedo vivir.

De nuevo deseó con desesperación que Emma estuviera allí. Emma no era crítica, y sabía cómo tranquilizar a la gente, haciéndoles creer que todo se arreglaría. Pero sólo estaba él.

—No hay ninguna equivocación con la que uno no pueda vivir, Caroline. Nada que no pueda perdonarte. Nada con lo que no pueda ayudarte. Pero no puedo demostrártelo si no me lo cuentas.

—¿Quieres ayudar? Entonces haz que me dejen salir del hospital para volver a casa.

Sí, claro. Para que recibiera otra llamada de la persona que la estaba aterrorizando. Dios, no sabía qué hacer. Pero cuando su hermana se quedó dormida, salió precipitadamente del hospital para ir al Club de Campo. Desde luego, no estaba de humor para fiestas, pero aquel evento era una de las galas más importantes del año. Y alguien en él, sabía lo que le pasaba a Caroline. Y a lo mejor Emma tenía alguna idea sobre a quién interrogar en quien él no hubiera caído.

Al acercarse, vio las luces. Las múltiples puertas de estilo francés de la sala de baile estaban abiertas al patio. La gente bailaba tanto dentro como fuera. Las fuentes brillaban con agua iluminada con colores. Camareros vestidos de traje llevaban bandejas de plata. Los hombres llevaban esmoquin, y las mujeres vestidos de diseño adornados con brillantes joyas.

Garrett se dirigió a la entrada trasera, evitando la multitud, con la esperanza de entremezclarse sin ser visto. En otros tiempos, el club habría pagado a una orquesta, pero actualmente, los miembros del club toleraban todo tipo de música. Aún así, había tradiciones que no cambiaban. Las flores por todas partes, en las muñecas o el pelo de las mujeres y en las mesas.

Al entrar, vio una escena que parecía sacada de un sueño. Gente guapa riendo, bailando, disfrutando los unos de los otros. Y se dio cuenta de que la gente no iba por el prestigio de la fiesta, sino por la necesidad de pertenecer a algo, a alguien. Y pensó que ése debía ser el problema de su hermana. No sabía cómo, ni cuándo, ni por qué, ni quién, pero la única cosa merecedora del tipo de desesperación de Caroline debía de tener su razón de ser en el miedo de perder a alguien. O a lo mejor estaba aplicando al caso de su hermana su propio deseo de pertenecer a alguien, pensó. Nunca había pensado que estuviera solo, o que necesitara a alguien hasta que había vuelto a casa y se había encontrado con Emma. Ahora ese deseo de estar con ella, de pertenecerle, era tan intenso como… Y entonces la vio. Iba moviéndose entre la gente que bailaba en la sala, salió y atravesó el patio. Si no hubiera estado tan absorta, le habría visto, pues estaba de pie en el camino a la sombra de los árboles. Fue directa hacia las puertas de hierro forjado de la piscina del club.

La piscina estaba cerrada esa noche, pero habían dejado las luces del fondo encendidas para crear ambiente. Vio a Emma abrir el pestillo de la puerta, entrar, y desaparecer de la vista de los invitados. Su vestido parecía brillar con la luz color aguamarina. El estilo le recordaba a una túnica romana de color azul zafiro que envolvía uno de sus hombros y caía hasta sus tobillos. Llevaba unos finos cordones dorados alrededor de la cintura y justo debajo del pecho. La sencillez y elegancia del vestido le iba a la perfección. Y aunque le gustaban las joyas, como a todas las mujeres, aquella noche no llevaba ninguna. Su cuello desnudo brillaba por sí solo. Y sus ojos irradiaban más brillo y emoción que cualquier gema. A Garrett se le aceleró el corazón con sólo verla.

Pero no estaba sola. Estaba hablando con el hombre que Garrett trataba por todos los medios de olvidar. Su prometido. Parecía como si estuvieran teniendo una conversación privada muy seria, pues Reed Kelly tenía la postura de un hombre enojado.

Naturalmente, Emma no podía hablar con Reed seriamente en mitad del club de baile, pero tenía la esperanza de poder desaparecer en mitad de la velada y así tener la posibilidad de hablar con él en privado. Ésa era su meta, pero no parecía poder hacerla realidad. Apenas había visto a Reed dos segundos desde que llegaron. Ser la encargada del comité de recaudación de fondos del club no ayudaba, porque todo el mundo, incluida su madre se detenía a hablar con ella.

La frenética actividad social empezó cuando Frank Forrester la acaparó. Frank había sido tan generoso con el club y la comunidad que no podía evitar hablar con él. Además era un encanto, aunque Delia, su mujer actual, era muy extravagante. Muchas mujeres habían visitado la consulta del cirujano plástico, pero los pechos de Delia eran exagerados. Se había decantado por un estrecho vestido de tubo de ostentoso lamé, y llevaba todos los dedos de las manos cubiertos de anillos. Era tan, tan diferente del generoso y discreto Frank.

Luego, Emma tuvo que dedicar unos minutos a su club de amigas. Todas estaban allí, ya fuera con sus novios o algún amigo. Felicity, por supuesto, no paraba de echarle miraditas a Emma, decidida a recordarle su conversación de hacía unos días. Y entonces apareció Mary Duvall, cubierta modestamente de cuello a tobillos, abriéndose paso discretamente entre la multitud, y con aspecto de necesitar una amiga o alguien que la introdujera de nuevo a la vida de Eastwick, así que Emma tuvo que acudir en su ayuda.

Abby Talbot la arrancó del lado de Mary después de un rato para contarle los últimos rumores que corrían sobre la muerte de su madre, y decirle quién iba a retomar la edición de *Eastwick Social Diary*, el cotilleo que más echaba de menos la gente. Abby estaba muy guapa, como siempre, pero la tristeza por la muerte de su madre se reflejaba en sus ojos. Estaba utilizando el baile para hacer preguntas, y quería respuestas. Como si quisiera hacer justicia, y hubiera perdido su fe en conseguirla por medio de la investigación policial.

Después, la acapararon Jack y Lily Cartright. Emma se había involucrado hacía unos años con Eastwick Cares, donde Lily había sido una trabajadora social y se habían hecho amigas. Esta vez, Lily, radiante y pletórica, la buscaba para preguntarle si tenía tiempo libre la próxima semana para un proyecto especial para niños. Emma dijo que sí. Dios sabía lo que le gustaba a Emma trabajar con niños, pero tenía una agenda demasiado apretada para añadir otra cosa más. Pero nunca había sido muy buena diciendo que no a nada que tuviera algo que ver con niños, y además ya se sentía demasiado cansada para intentarlo siquiera.

Reed la encontró y la invitó a bailar un vals, pero fueron separados de nuevo casi de inmediato. Alguien reclamaba su atención, al mismo tiempo que los padres de Garrett aparecieron de improviso junto a ella. Bárbara y Merritt Keating aprovechaban cada oportunidad que veían para decir que su hija, Caroline, estaba bien. Que había tomado *accidentalmente* la medicación errónea, y había tenido una intoxicación.

–Conoces a tanta gente en Eastwick, Emma –dijo Barbara–. Sería de tanta ayuda si contribuyeras a contar lo que en realidad ha pasado.

–Garrett está por aquí. Él también lo irá diciendo. Estamos muy preocupados por algunos rumores desagradables sobre Caroline que hemos oído.

Inmediatamente, Emma empezó a buscar a Garrett con la mirada, pero no lo divisó. Su madre la agarró por el brazo antes de nada. Iba vestida de marfil, su color preferido, y parecía esbelta y elegante. Sólo un ligerísimo titubeo en el habla podría haber dado la impresión de que llevaba bebiendo desde mucho más temprano. Sus hábitos de bebida eran uno de los secretos mejor guardados de Eastwick. Pero esa noche, su alegre murmullo se debía a algo diferente.

–He oído que tú y Felicity ibais a anunciar la fecha de la boda… ¿quizás esta noche? Tengo que admitir que he estado dando alguna que otra pista entre nuestros amigos.

Emma se puso nerviosa. Tenía intención de hablar con Reed aquella noche, pero ahora sabía que tenía que hacerlo inmediatamente, antes de que su madre empezara a extender aún más los rumores de boda. Tenía que encontrar a Reed y, de alguna manera, llevarlo a algún lugar privado. Lo encontró charlando con un tipo con aires de senador, y lo agarró por la muñeca. Él estaba encantado de que lo hubiera liberado de aquella charla.

Una vez en la piscina, Emma empezó diciendo honestamente:

—Reed, no estoy segura de que ninguno de los dos queramos esta boda –y él pareció no creerla. Fue por una copa para Emma, de su vino preferido, y se encaminó a una parte de la piscina donde pudieran estar totalmente fuera de la vista de los asistentes a la fiesta.

Estaba decidido a creer que se trataba de los nervios propios de una novia, o que estaba agobiada por el estrés de organizar la boda. Sin embargo, finalmente pareció entender que las lágrimas en sus ojos no eran por un caso de estrés sin importancia.

—Vamos a ver, Emma. Dímelo claro. ¿Qué está pasando?

Emma estaba desesperada por beberse el vino para calmar sus nervios, pero lo dejó, temerosa de ahogarse de los propios nervios si lo bebía.

—Reed, en realidad no me quieres. Debes saberlo.

—¿Cómo? Claro que te quiero. ¿Por qué iba a pedirte que fueras mi esposa si no quisiera que fueras parte de mi vida?

—Me refiero al deseo sexual, Reed. No sientes gran atracción por mí.

Reed nunca perdía los estribos. Tenía mucha paciencia. Pero Emma podía ver que hacía esfuerzos por mantener la calma en ese momento.

–Tú eres la que no quería que nos acostáramos hasta casarnos.

–Lo sé.

–Estabas convencida de ello. Dijiste que la gente se acuesta como si fuera algo en su lista de cosas que hacer tras salir juntos un tiempo, en lugar de algo único o especial entre los dos. Por eso querías hacerlo de la manera tradicional, querías esperar. Porque querías que fuera algo más.

–Sé que lo dije.

–Dijiste que estabas cansada de valores superficiales. Y yo también. En lo que a mí respecta, no hemos estado esperando porque no nos deseáramos.

–Pero tú no me deseas –dijo pacientemente.

–Claro que sí. Por Dios santo, Emma. Esto es ridículo. Eres una mujer preciosa. No es posible que pienses que el deseo no forma parte del paquete.

–Si me desearas como deberías desearme, no habrías esperado –insistió–. Y lo mismo siento yo. Te quiero. Eres un hombre maravilloso. Y durante mucho tiempo he creído que ese amor que siento por ti haría que fuera un buen matrimonio...

–Pero ahora de repente has cambiado de opinión –dijo con exasperación.

Ella asintió.

–Creo que... al principio funcionaría. Pero a la larga, sé que ambos seríamos desgraciados. Que nos sentiríamos solos. Que nunca tendríamos el tipo de relación que tienen tus padres, sino más bien el tipo de arreglo que tienen los míos, porque simplemente no hay química.

El se quedó en silencio, mirándola, pensando en lo que acababa de decir.

–Podría seguir discutiendo contigo, pero veo que lo tienes decidido. Quieres suspender la boda.

Ella se quitó el zafiro del dedo y se lo ofreció. Al ver que no lo aceptaba, se lo metió en el bolsillo de la chaqueta con suavidad. Pero él ni miró.

–Le diré a todo el mundo que es culpa mía, porque lo es –dijo Emma, pero él rechazó la idea inmediatamente.

–Recibirías muchas más críticas que yo, así que yo asumiré la responsabilidad. Pero ahora mismo… –sacudió la cabeza y se dio media vuelta–. Ahora mismo creo que me voy a marchar, y voy a desaparecer unos días. Si no te importa, no quiero hablar contigo en una temporada –se alejó, y se quitó la chaqueta del esmoquin de camino al coche.

Emma no podía recordar la última vez que se había sentido tan mal. Nunca había querido hacer daño a un amigo, a un buen hombre como Reed. Pero a pesar de lo mal que se sentía por haberle herido, también sentía alivio en el fondo de su corazón. Por primera vez en meses sentía que podía respirar.

Sin lugar a dudas, habría todo tipo de cotilleos en Eastwick a la mañana siguiente. Pero por el momento, estaba libre, y eso incluía la libertad de estar tan apenada como necesitara estar. Se dio la media vuelta con el pensamiento de que tenía que volver a la sala de baile para recoger su bolso y el chal antes de marcharse. Por un instante creyó ver una sombra en movimiento junto a los árboles al otro lado de la verja de hierro. ¿Habría alguien allí? Hubiera o no, se dirigió a la sala de baile, temblorosa por toda la tensión de la escena. Quería marcharse a casa, o a la galería, cuanto antes. Sólo podía pensar en escapar de aquel lugar.

***

81

A las cuatro y media de la mañana, Emma desistió de intentar dormir, y se sentó en el porche de la parte trasera de la galería a tomar una infusión. Aún llevaba puesto el vestido de fiesta, aunque se había descalzado, y se había puesto un viejo suéter sobre los hombros al bajar la temperatura. Debía de estar algo ridícula, pero no había nadie alrededor para verla.

El sol no iba a salir hasta una hora más tarde, y necesitaba respirar un poco de paz antes de enfrentarse al día que tenía por delante. Sabía que no iba a ser fácil.

Antes de abandonar la fiesta, había informado a su madre de que el compromiso estaba anulado para evitar que se pasara el resto de la velada hablando de la boda. Para cuando llegó a la galería, se había enterado todo el mundo y el teléfono no había dejado de sonar. Su madre había llamado varias veces. Luego Felicity y otras amigas. Después su padre. Entre llamadas, había vomitado. Todo el mundo pensaba que era una persona tranquila y serena. Que era la diplomática entre sus amigas, no la instigadora. La pacifista, no la peleona. He ahí la razón. Porque cada vez que tenía un confrontación, sentía náuseas.

Su estómago hacía horas que se había calmado, y había apagado su móvil y todas las líneas fijas de Color. Era tan tarde que no se oía ni un sólo ruido, y la luna había empezado a descender. Tan tarde, que ni siquiera había pasado un sólo coche en horas. Aun así, no pudo encontrar ni una pizca de paz interior. Con la cabeza apoyada contra la pared del porche, oyó el pestillo de la puerta del jardín, y vio una silueta alta. Probablemente debería haber reaccionado con miedo, pero no lo hizo. Para cuando Garrett llegó al escalón del porche y golpeó suavemente en la puerta de malla, ella ya sabía que era él.

Llevaba unos cómodos pantalones viejos y una camiseta, el tipo de ropa que alguien mínimamente inteligente llevaría a esas horas de la mañana. Pero por el momento, ella no se sentía muy inteligente. Se sentía vulnerable y temblorosa. Demasiado vulnerable para desear ver a un hombre que había pasado a significar demasiado para ella.

—Me dije que debía dejarte sola, pero vi la luz en la galería al llegar a casa, y como no se apagaba, empecé a preocuparme porque estuvieras despierta a estas horas. Y veo que lo estás —entró en el porche, cerrando rápidamente la puerta de malla contra los mosquitos. Pero en lugar de acercarse a ella, se fue al extremo más alejado del porche cubierto, y se sentó sobre la alfombra japonesa—. ¿Ves? Me quedo al otro lado del porche para no causar problemas. No pienso hacerlo. Pero… te vi. Con tu prometido. En la piscina.

—Noté que había alguien —su pulso empezó a alterarse con sólo estar cerca de él—. No había razón para que te preocuparas por mí, Garrett.

—Ése es mi trabajo, preocuparme. ¿Cómo podría ser un adicto compulsivo al trabajo si no supiera estar preocupado constantemente? Y estaba intranquilo… Has debido de pasar una mala noche de cuidado.

—Sí, bueno… creo que cualquier mujer pasaría una mala noche si hubiera sido una cretina.

—Después de marcharte la noticia se extendió por todo el club como la pólvora. Pero el cotilleo era que se había roto el compromiso. Nadie sabía quién lo había roto, ni por qué. Todo el mundo pensaba que erais la pareja perfecta.

—Fui yo quien rompió, yo fui la canalla de la historia.

—Te sientes bastante mal, ¿no es así?

—Duele inmensamente. Detesto herir a la gente,

y detesto todavía más haber herido a alguien que no ha sido otra cosa que bueno conmigo. Esto es una…

—¿Mierda?

—Una palabra perfecta para ello.

—¿Quieres desahogarte?

No, la verdad es que no quería, y menos con Garrett. Pero llevaba callada horas, y el silencio no había sido de mucha ayuda para sus sentimientos de culpabilidad.

—Reed ha sido un buen amigo durante años, así que no sólo he perdido a mi prometido, sino a un amigo —Garrett no dijo nada. Simplemente se quedó apoyado contra la pared en su lado del porche igual que ella en el suyo—. Durante mucho tiempo… años… he estado decidida a no casarme. No he querido saber nada del matrimonio. Recuerdo ese tormentoso ardor lascivo que sentía contigo…

—Yo también.

—Pero cuando te fuiste a la universidad y me dejaste ¿sabes qué? Una vez superado el corazón roto, empecé a sentirme aliviada. Incluso tan joven temía esa química —él siguió sin decir nada, sin presionarla, lo que hacía más fácil que se abriera a él—. Mis padres probablemente tengan el matrimonio más desastroso de la zona. Una de esas relaciones terribles, pero de verdad.

—No sé si el de mis padres será mejor.

—Ése es el problema. La riqueza de esta comunidad, el poder, es fabuloso. Tiene tanto potencial de hacer tantas cosas buenas. Y lo hacemos. Y me encanta ese aspecto. Pero cuando se juntan el dinero y el sexo… —sacudió la cabeza expresivamente.

—No estoy seguro de entenderlo… ¿qué tiene que ver con que nunca hayas querido casarte?

—Porque es lo que ocurre siempre. Los matrimonios aquí son como fusiones de empresas. La mujer pone sobre la mesa el sexo, usa sus habilidades sexuales para atraer y conservar al hombre más potente. Y yo sólo…

–¿Qué?

–Nunca he querido vivir mi vida así.

–Vamos, Em. Nunca ha habido ninguna norma que te obligara a vivir según esas condiciones.

–No, pero sí presión. Mis padres y mi abuela deseaban ardientemente que me casara con el hombre apropiado, de la familia apropiada, para empezar a tener niños y continuar la dinastía. Y parecía que Reed era la respuesta, porque era tan buen amigo. Hasta que tú volviste a casa.

–Oye, ¿qué tengo yo que ver?

–Porque yo me había convencido de que la química no era importante. No tenía por qué ser importante. Y no estaba ni remotamente preocupada por mis relaciones sexuales con Reed, ni preocupada porque no fuera a ir bien –se incorporó, y le dedicó a Garrett una severa mirada en medio de la oscuridad, a pesar de no poder distinguir bien su rostro–. Pero me besaste –dijo suavemente–. Y volví a sentir lo que era tener diecisiete años. Ardiente y llena de deseo. Y de repente, ya no era suficiente tener una vida cómoda.

–He sido considerado responsable de una serie de cosas en mi vida, como ser frío y despiadado en los negocios, duro en las negociaciones, o ignorante en lo que a las relaciones se refiere. Pero no creo que nadie haya sugerido antes que mi forma de besar tuviera poder alguno.

–Estás de guasa, pero yo no. Por Dios, Garrett, me has arruinado la vida –dijo, y se levantó.

Capítulo Siete

Garrett la vio acercarse a él en medio de la oscuridad del porche. Suponía que se acercaba para tener una conversación más seria. Acababa de decir que le había arruinado la vida. Pero había algo extraño en su tono de voz. Ese algo también estaba en el brillo de sus ojos cuando se agachó… se puso en cuclillas… y se abalanzó.

En medio de la oscuridad, él sintió cómo su codo le apretaba en las costillas y su trasero sobre su regazo, apretándole en la entrepierna. Su primer beso falló el objetivo. Sus labios lo besaron en la mejilla, pero entonces apuntó mejor. Él percibió un suave indicio de perfume. Sintió el ligero vestido de seda a su alrededor. Y saboreó la dulzura de sus labios. Pero a menos que hiciera algo, y rápido, sospechaba que o le dejaba herido o permanentemente mutilado. El entusiasmo podía ser algo peligroso, sin embargo cortar el beso no parecía ser una buena opción.

Jamás, ni en un millón de años, se hubiera imaginado a Emma asaltándole. No era de ese tipo de chicas. Pero aún más evocadora era su falta de delicadeza. No parecía que hubiese hecho aquello mucho, si es que lo había hecho. Y su falta de experiencia parecía hacer que el pulso se le acelerara. Sin despegarse de ella, usó una mano para inclinarla hasta dejarla tumbada sobre la alfombra. Todavía tenía una pierna debajo de ella, con la rodilla a punto de romperse, pe-

86

ro se las arregló para sacarla y tumbarse con ella. Con ambas manos libres para sujetarla, para rodear su rostro, para conferir presión y emoción a la siguiente tanda de besos.

Se adueñó de su lengua, y la oyó soltar un suspiro, un ronco gemido. Un gemido de deseo.

Su vestido estaba tan sólo sujeto de un hombro, eso era todo. Cuando sus besos se enfilaron hacia abajo, se encontró con el suave latido de su pulso en su cuello, y la frágil línea de su clavícula. Y el hombro desnudo le tenía tan ensimismado, que tenía que saborearlo.

Ella levantó una rodilla, como si quisiera rodearlo con la pierna, pero casi vuelve a golpearlo en la entrepierna.

Garrett nunca perdía el control. Ni en la vida, ni en el trabajo, ni en el sexo. Pero Emma estaba tan desenfrenada, incluso para él por imposible que pareciera, que era difícil mantenerlo.

Durante horas no había dejado de repetirse que debía quedarse fuera de su relación con Reed, que no era asunto suyo. Además, temía que si decía algo avergonzara a Emma, pues nadie quería que alguien presenciara escenas como ésa, que siempre eran desagradables. Pero le había inquietado enormemente la escena que había visto entre ella y Reed. El hecho de que Reed no hubiera luchado por ella como habría hecho cualquier otro hombre por una mujer tan increíble como Emma. Le había inquietado que ella pareciera tan doblegada y atemorizada después de marcharse Kelly. Estaba claro que debió sentirse terriblemente mal. Así que, cuando finalmente se había escapado del baile, y había salido corriendo a casa, se encontró de pie frente a la ventana, mirando a ver si había luces en Color. Ni siquiera sabía si era donde había ido esa noche hasta que había visto las luces encendidas. Naturalmente, no había mucho que pudiera ver desde la ventana del segundo piso a dos casas de la de ella. Finalmente, ya no había podido aguantar más. Tenía que saber si estaba bien. Y ahora lo sabía. No lo estaba. Ni remotamente.

Ella se retorció para salir de debajo de él, se arrodilló y tiró de pliegues y pliegues de seda por encima de la cabeza. Debajo, llevaba un tanga de raso. Su pelo le caía por las mejillas y, antes de que su cerebro tuviera tiempo de registrar lo deslumbrante y exquisita que era, ya se había vuelto a pegar a él.

–Ámame, Gar –susurró–. Nos lo perdimos la última vez. No quiero perdérmelo otra vez. Quiero saber… necesito saber lo que somos juntos. Lo que hubiéramos podido ser.

Él consiguió sacar un poco de lucidez de Dios sabe dónde.

–Emma, no he venido aquí para esto. Lo juro. Entiendo que estés afectada…

–¿No te has preguntado cómo sería entre nosotros? –susurró.

–Sí –para qué iba a negarlo, sobre todo con sus dedos deslizándose por sus costillas, por su pecho hacia el cuello… y sus labios a un soplo de distancia.

–Me he arrepentido un millón de veces de que no hiciéramos el amor por aquel entonces.

–Yo también.

–Estoy cansada de arrepentimientos, Gar. He vivido según las normas, y no funcionan. Te deseo. Siempre te he deseado. ¿Vas a decir que no?

Como si pudiera hacerlo. Puede que hacía un rato todavía tuviera algo de cerebro y principios, pero en aquel momento todo su poder de razonamiento estaba presionado, grueso y duro, contra el vientre de Emma. No tenía ni idea de qué había pasado con el tanga, pero llegado el momento, no había nada entre ellos. Cuando la penetró, sintió como si algo dentro de él se rompiera, como si una parte de él hubiera estado protegida por una cáscara toda su vida, que se acababa de romper.

La deseaba. La necesitaba. Como el aire, como el fuego, como la tierra. Su esencia, sus sonidos, su sabor… lo quería todo de ella. Emma pronunció su nombre, agarrándolo fuerte con sus muslos para incitarle más, más rápido y más fuerte.

–Ámame –seguía susurrando suavemente, y también ferozmente.

Cuando el primer espasmo la sacudió, él no pudo contenerse más. Violento e implacable de puro deseo y necesidad, se movió hasta que ambos llegaron al extremo… y después se dejó caer sobre ella.

Cuando rodó a su lado, enterrando su rostro entre su cabello, nada, ni un fuego, podría haberle hecho separarse de ella.

Garrett no tenía ni idea de cuánto tiempo llevaba dormido, pero cuando abrió los ojos, el sol estaba saliendo por el horizonte. Una suave luz se filtraba por la rejilla del porche. La alfombra sobre la que estaban tendidos era tan cómoda y blanda como troncos de bambú. Aun así, no se movió. Estaban abrazados el uno al otro, con la cabeza sobre el mismo cojín de tela, acariciándose la espalda el uno al otro, mirándose a los ojos.

–¿Acaso soy el único que ha dormido? –murmuró Garrett.

–No. He dormido como un lirón. Mejor de lo que he dormido en semanas.

–Aunque poco –uno de los dos debió de tirar del traje de noche para cubrir sus cuerpos. La mañana era suficientemente cálida, aunque el vestido apenas si hacía de manta. Aun así, siguieron sin moverse–. ¿A qué hora abres la galería?

–A las diez. Pero Josh llegará a las nueve y media como muy tarde.

–¿Entonces tenemos que borrar todo rastro del crimen para entonces?

–El único crimen que se me ocurre –murmuró ella–, es que nunca tratara de seducirte cuando éramos adolescentes.

–Eras bastante conservadora por aquel entonces.

–Y lo sigo siendo –confesó.

–No conmigo.

–No, no contigo –susurró, y lo besó. No podían haber dormido más de un par de horas, a pesar de lo cual, de repente él se volvió a excitar. Sentía arder su interior, por ella, sólo por ella.

Emma cerró los ojos y se dejó llevar. Respondió ciegamente, apasionadamente a cada caricia, a cada beso, a cada sonido, como si ningún hombre hubiera traspasado sus defensas como él lo había hecho, como si nunca la hubieran deseado antes.

O a lo mejor era él el que se sentía así con ella. No recordaba sentir aquella locura ni siquiera de adolescente. Deseaba estar con ella más que la vida y el respirar. No le importaba el mañana. No le importaba nada más que tenerla, poseerla y ser poseído.

Mientras tanto, no se había olvidado de los graves problemas de su hermana… ni de las complicaciones sociales que conllevaría el compromiso roto de Emma. En cuestión de horas, ambos tendrían que enfrentarse a la realidad de la vida. Puede que eso lo empujara a ser mejor amante de lo que ya era. Mejor amante de lo que pensaba que podía ser. Cuando el cuello de Emma, que estaba con las piernas enroscadas a su alrededor, se arqueó al rendirse a la descarga de tensión, él sintió un desenfrenado torrente que fue mucho más que orgásmico.

En aquel instante supo que todos aquellos años sin casarse se debían a que nunca había confiado en nadie más que en sí mismo. Sin embargo, ya había confiado a Emma sus temores sobre su hermana, sobre su vida… y ahora, le estaba confiando su corazón. Con ella, todos sus secretos estaban saliendo después de un largo letargo. Estaba enamorado. Y reconocerlo le produjo la sensación más aterradora que podía recordar. Pero también la más maravillosa.

Emma le dejó durmiendo, consciente de lo poco que había descansado. Tardó unos segundos en poner en orden la galería, apagando luces y encendiendo teléfonos antes de meterse corriendo en la ducha. Como era de esperar, el teléfono empezó a sonar nada más meterse bajo el agua. Tenía el pelo lleno de champú cuando lo oyó por segunda vez. Y estaba secándose y caminando de puntillas en su habitación, junto al porche, cuando lo oyó por tercera vez.

Pronto tendría que empezar a responder a todas esas llamadas. Independientemente de lo agotada que estuviera, sabía que no podría escaquearse todo el día. Se envolvió el pelo con la toalla, se puso una ligera falda de lino y una camiseta, se calzó unas sandalias, y con un suspiro se fue al porche en busca de su amante. A pesar de saber que se enfrentaba a una tremenda batalla, su corazón no podía dejar de canturrear.

En el porche encontró a Garrett en calzoncillos, todavía despeinado y con ojos soñolientos, y no pudo hacer otra cosa que reírse al ver que ya tenía el móvil pegado a la oreja. No podía escapar de los negocios. Por unos instantes, saboreó la imagen. Aunque en el instituto había tenido más fama de cerebrito que de atleta, ella conocía su pecho musculoso y sus hombros como el mármol. Lo que no sabía entonces, era lo bueno que era como amante.

Cuando él se dio cuenta finalmente de que estaba en la puerta, hizo un gesto con la mano para que ella se acercara, y enseguida cortó la llamada.

–Hola, preciosa.

–Hola. Creí haber oído tu teléfono varias veces. En mi caso, tendré que atender llamadas de tipo personal hoy, pero ¿de qué se trata en tu caso? ¿Las llamadas de trabajo empiezan a molestarte incluso antes de las siete?

–Oye, no puedes ganarte la placa de adicto al trabajo si abandonas la rutina.

–¿Pero siempre te llaman a estas horas?

–Es por la naturaleza del trabajo, Emma –no era más que una charla. Él no le quitaba a Emma los ojos de encima, ni ella a él. Todo lo que Emma deseaba era volver a tirarse sobre aquella áspera alfombra con él y hacer el amor durante todo el día. Cuando la encontró la noche anterior, estaba deprimida y triste. Pero la había hecho sentir mujer de una forma que nunca había sentido. Deseaba decírselo. Mostrárselo. Pero tenía un largo día por delante, y no estaba segura de lo que la pasada noche había significado para él. Además, por las ojeras podía ver que estaba agotado.

–Garrett, siempre has sido así. Dedicado y comprometido.

–Lo sé. Está en mi larga lista de defectos.

–Son cualidades maravillosas, tonto. Pero durante la próxima hora y media vas a apagar el teléfono y te vas a venir conmigo.

–¿Adónde? ¿Hay café?

–Vas a pintar con los dedos, y sí, primero te conseguiré un café.

–A pintar con los dedos, ya, claro –dijo riendo. Pensaba que era una broma, un chantaje: si le daba el móvil, le diría la verdad. Pero cuando le confiscó el teléfono, ya estaban en su furgoneta blanca, llevando tazas de café con sabor a almendra y caramelo. Y sólo entonces le contó.

Era uno de sus secretos. No un gran secreto, pero en cualquier caso, algo que no era de dominio público. Garrett conocía a Lily Cartright, pero no sabía que Lily había sido una trabajadora social para Eastwick Cares, ni que había reclutado a Emma para el centro de asesoramiento para personas que hubieran sufrido la pérdida de un ser querido.

–No entiendo la conexión entre lo de pintar con los dedos y el asesoramiento para personas que hayan sufrido la pérdida de un ser querido.

Ella se lo mostró. El edificio era nuevo, construido al final de un callejón sin salida con un jardín con un lago en el que había patos. Cuando entraron, había cuatro niños que estaban sentados sobre coloridos asientos rellenos de bolitas que adoptaban la forma de sus cuerpos.

–Vaya, habéis llegado muy temprano –les dijo a los chicos, que se abalanzaron sobre ellos como un ciclón. Marta tenía tres años, George cinco, y Elisabeth y Pops cuatro.

–¿Él también va a pintar con nosotros, señorita Dearborn?

–Ya te he dicho que me puedes llamar Emma, de verdad. Y sí. Se llama Garrett Keating, y lo creáis o no, jamás ha pintado con los dedos en su vida –como parecía estar pasmado y algo amedrentado en la puerta, lo agarró por el brazo.

–No es posible –Pops, una rubia con zapatillas con lucecitas, lo agarró por el otro brazo–. Es muy mayor.

–Gracias –dijo Garrett.

–¿Qué hacía cuando era niño si nunca pintó con los dedos? –quería saber Elisabeth.

–Probablemente ni se acuerde. Es muy mayor –sugirió la rubita.

Emma les llevó a través de la cocina y la sala de reuniónes. Las habitaciones estaban dispuestas a modo de tren. Los adolescentes tenían asignada una sala con sillones y mantas. Los más jóvenes una con juegos y paredes sobre las que escribir. Y los más pequeños eran los de ella. Su sala estaba como para darle un buen lavado con manguera. Los proyectos de arte que solía hacer con los niños incluían pintura o arcilla o algo que terminaba esparcido por todas partes. Antes de repartir los delantales, incluido uno para Garrett que hizo a los chicos reír, escondió los teléfonos del peligro. Cuando puso su teléfono con el de Garrett en una estantería alta, notó de inmediato que se había perdido media docena de llamadas la pasada noche, entre ellas tres de su madre. Se enfrentaría a ella y a las demás realidades relacionadas con la ruptura de su compromiso más tarde. Esa mañana se concentraría en los niños y en Garrett. Garrett, que había sido tan tierno y apasionado con ella. Garrett, que ganaba montones de dinero, tenía montones de responsabilidades, y nunca jugaba. No había mucho que pudiera darle, pero podía enseñarle a jugar. Tan sólo quería que aquellos momentos mágicos duraran todo lo posible.

–Ahora, dejad de mirar al señor Garrett. Tiene que ponerse mi delantal porque no tenemos uno de su talla. Y no debemos reírnos de la gente, ¿no es cierto?

–No –dijo Garrett tristemente, haciendo que los niños se rieran otra vez.

Los reunió a todos en la mesa mientras sacaba todo el material.

–Bien. Quiero que todo el mundo cierre los ojos. Sé que todos habéis estado un poco tristes últimamente, pero quiero que esta mañana os concentréis. Quiero que penséis en algo alegre. Algo bonito. Y eso es lo que quiero que pintéis. Colores que penséis que son bonitos. Colores que os alegren al verlos.

–No sé, ¿no es demasiado mayor para ser feliz? –Pops ladeó su cabeza hacia Garrett.

Emma intervino antes de que Garrett tuviera que inventarse alguna respuesta.

–Nadie es demasiado mayor para ser feliz. Pero a veces nos ocurren cosas que nos ponen tristes, y no podemos hacer que desaparezca esa tristeza. Pero nos puede ayudar el recordar lo que nos hace felices. Entonces… ¿estáis todos dispuestos para probar?

–Será mejor que lo ayude –Pops volvió a ladear su cabeza hacia Garrett suspirando, como si la labor fuera tan pesada que cansaba incluso antes de empezar.

Poco más de una hora después, todo estaba recogido, y otro grupo estaba entrando en las salas mientras Emma y Garrett abandonaban el edificio. Emma no pudo evitar tomarle el pelo.

–Jamás he visto a una niña de cuatro años flirteando. Qué *femme fatale*.

–¿Flirtear? ¿*Flirtear*? Era una cascarrabias de cuatro años. Nada de lo que hacía estaba bien. Y no hacía más que achacarlo a que soy mayor, mayor y mayor.

–Se enamoró de ti nada más verte. ¿No te has dado cuenta?

–¿Eso fue antes o después de que me pintara un corazón rojo en la manga? –preguntó señalando la pintura roja de su manga–. ¿Esto se quita?

—Debería, pero si no se quita, apuesto a que puedes permitirte comprar otra camisa.

Antes de llegar a la furgoneta, ella lo tiró de la mano, se puso de puntillas y entonces le colocó las palmas de las manos sobre el rostro.

—Odio decirte esto...

—Oh, oh. Nunca hay nada bueno después de un *odio decirte esto*.

—... pero estás sonriendo como nunca, relajado. Has pasado un rato fabuloso con los niños.

—¿Cómo puedo haberlo pasado bien pintando con los dedos con una panda de demonios?

—Pues creo que organizaste más caos que ellos. Para mí eso son noticias de primera. Si Bunny estuviera viva, podría llamarla y ponerlo en el infame *Eastwick Social Diary*. Nadie se creería esto a menos que lo vieran impreso.

—Tienes un pequeño diablillo dentro de ti, Emma Dearborn —dijo con los ojos entornados.

—Oh, gracias. Es lo más bonito que me ha dicho nadie en años.

No estaba segura de cómo había ocurrido, pero estaba de nuevo en sus brazos, acomodada entre sus piernas mientras él estaba apoyado sobre el lado en sombra de la furgoneta,

—¿Quieres escuchar cosas buenas?

—Lo que desearía... es que no te arrepintieras de lo de anoche.

—Me has quitado las palabras de la boca, Em. Cuando te despertaste esta mañana, temí que pensaras que me había aprovechado de ti.

—Creo recordar que yo te abordé, de modo que creo que debería llevarme yo el reconocimiento por aprovecharme de ti.

Eso no se lo iba a tragar.

–Acababas de pasar por una situación muy emocional. Estabas triste, vulnerable. Yo fui porque vi luces encendidas y me preocupé. Pensé que a lo mejor necesitabas a alguien con quien hablar y desahogarte. Pero juro que no era mi intención crear una complicación en tu vida.

–Garrett, *eres* una complicación para mí. Siempre lo has sido desde que volviste –dijo tranquila y honestamente. Él se quedó callado un rato sin desviar la mirada. Emma suspiró nerviosa–. Creo que mucha gente consideraría que lo que pasó anoche estuvo mal. Mal porque estaba prometida hasta poco antes, mal porque pareció un acto de venganza. Pero quiero que sepas… que no fue así. Lo que has conseguido desde que llegaste es que afloraran en mí sentimientos que no sabía que tenía. No sólo en el plano sexual. Si me hubiera casado con Reed, me habría equivocado. Ésa es la verdad.

–Pareces muy segura.

–Lo estoy. Quiero a Reed del modo en que quieres a un buen amigo maravilloso. Pero nunca le he deseado… sexualmente. Para ser sincera, pensaba que lo que sentía por él era todo lo que se podía sentir. Durante siglos he pensado que simplemente yo no era una persona particularmente sexual...

–No puedes estar hablando en serio –dijo apartando con una tierna caricia un mechón de pelo de la mejilla de Emma que se le había soltado del moño.

–Lo digo en serio. Siempre me ha resultado fácil lo del celibato. Al principio pensé que era porque no quería que me cortejaran por ser la heredera de los Dearborn. No quería formar parte de ninguna fusión. Pero ahora, me doy cuenta de que era fácil refugiarme en esos principios… porque nunca me había sentido realmente excitada.

–Los chicos que crecieron aquí solían ser más listos. Se han debido de volver más tontos durante los años que he vivido fuera.

–Vas a pensar que es algo ingenuo, pero…

–¿Pero qué?

–Pero quería que hacer el amor fuese algo bonito, si no, no lo quería. No es algo de suma importancia para el mundo, pero siempre he sentido que la belleza importa. La belleza nos puede dar paz y esperanza y… –empezó a reírse sola–, todas esas tonterías.

–No son tonterías, Emma.

–Bueno, reconozco que no es una visión muy realista del mundo, lo cual mi familia no para de repetirme. Sólo intento decir que lo de anoche fue precioso. Al menos para mí. Fue todo para lo que me reservaba. Y me alegro de haberlo hecho –se incorporó de nuevo y le dio un beso… un beso dulce y honesto, un simple roce en los labios, más suave que un susurro.

No sabía lo que él quería de ella ni lo que sentía. Pero de ningún modo se lo habría preguntado. Era absurdo pensar que pudiera importarle tan apasionada y profundamente como a ella, al menos no tan pronto. Sin embargo, su corazón estaba rebosante de emociones y opciones y asombro. Bueno o malo, locura o no, imposible o no, sabía que se había enamorado de él.

Capítulo Ocho

El sol de la tarde se filtraba por el parabrisas cuando Emma entró en la propiedad de sus padres. Al apagar el motor y bajarse del coche, dejó escapar un largo suspiro. Aquella visita iba a ser difícil, pero tenía que hacerlo. Les debía a sus padres una explicación más detallada sobre Reed y el compromiso anulado. Y aquella tarde era el mejor momento para ocuparse del asunto, porque sentía un peculiar brote de fuerza. En realidad, deseaba tener aquella charla con sus padres. Quería ser franca con ellos, algo sorprendente.

Sabía que Garrett era el catalizador de ese brote de confianza. A su edad, desde luego, no debería de necesitar que nadie la valorara, pero él lo había hecho. Había hecho que se sintiera aceptada y deseada tal y como era, y no como otros querían que fuese. Y al encaminarse hacia la entrada principal, sintió una tranquilidad que no había sentido en años.

Se detuvo antes de entrar y levantó la mirada. Le encantaba aquella casa. Siempre le había encantado. Los Dearborn la habían construido hacía un siglo, y casi parecía un castillo con sus cuatro chimeneas, múltiples tejados y torrecillas góticas. De niña había fantaseado con la belleza y la perfección de la impresionante casa que la rodeaba, que siempre le había proporcionado sensación de seguridad, sobre todo en los momentos en que su vida real no había sido tan fácil. Finalmente, entró gritando:

99

–¡Mamá! ¡Papá! ¡Estoy en casa! –era curioso, pero se había quedado a dormir en Color tan frecuentemente, que casi se había olvidado de que, técnicamente, aquélla era todavía su casa. Su madre salió corriendo del salón, haciendo un ruido estrepitoso con los tacones. Inmediatamente vio que estaba sobria, lo cual era un alivio y una sorpresa a la vez. Pero normalmente Diana estaba impecablemente arreglada, y ahora sus amplios pantalones y camisa de lino estaban arrugados de haber dormido con ellos, y su pelo desordenado.

–Te he llamado una y otra vez. ¿Por qué no has contestado?

–Lo hice, mamá. Dejé un mensaje diciendo que vendría esta tarde. Sabía que estarías preocupada, pero era algo que no podíamos discutir en una corta llamada de teléfono. Tenía un compromiso esta mañana, y luego tuve que comer con Felicity para empezar a cancelar todos los preparativos de la boda…

Su madre hizo un gesto con la mano indicando que aquéllos eran detalles innecesarios.

–Tienes que reconciliarte con Reed. Ahora mismo, hoy. Inmediatamente. Tienes que casarte con el. ¡David! –gritó sin quitarle los ojos a su hija de encima–. Emma, ¡tienes que escucharnos!

Emma se puso tensa, perdiendo un poco de la seguridad que había sentido al entrar. De repente, el tiempo que había pasado con Garrett parecía tan lejano.

–Mamá, sé lo que te gusta Reed. Y sé las ganas que tenías de organizar la boda aquí, pero me encargaré de cancelar todos los compromisos, preparativos y detalles…

–No tiene nada que ver con los preparativos ni con los gastos, tonta. ¡David!

Su padre apareció por la puerta. Le dio un breve abrazo. Brevísimo, pero suficiente para poder ver las arrugas de preocupación alrededor de sus ojos.

–Cariño, no te das cuenta de lo que has hecho.

–Claro que sí. He anulado mi compromiso.

–Has tirado por la borda una fortuna –dijo su madre furiosa–. Ven aquí y siéntate. Después de hablar, podrás llamar a Reed y reconciliarte con él.

Algo iba mal. Nada de lo que decían tenía sentido. La serenidad con la que había entrado en la casa la había abandonado.

–¿De qué diablos estáis hablando?

–Siéntate –le dijo su padre. Todos se sentaron, y fue su madre quien empezó a hablar.

–Has tirado por la borda millones de dólares –dijo dramáticamente.

Había sido la madre de su madre quien había llegado en el Mayflower y quien había heredado aristocracia y dinero. Su padre era el que empezó pobre y consiguió amasar su propia fortuna, casándose luego con la aristocracia y el dinero.

–Vamos, contadme. No tengo ni idea de qué estáis hablando.

–Emma, has estado diciendo durante años que no tenías ningún interés en casarte. Tu abuela temía que fuera verdad lo que decías. Y nosotros también. No habría nadie para continuar con el legado Dearborn a menos que te casaras y tuvieras hijos. De modo que tu abuela condicionó tu fondo fiduciario a que… te casaras antes de los treinta para recibir el dinero.

–Un momento. Nadie me ha dicho nunca nada de esto.

–No creíamos que fuera necesario, cariño, porque una vez empezaste a salir con Reed, ambos vimos que era una relación seria. Si te casabas, no había problema, y aunque sé que no habíais fijado la fecha de la boda, iba a ser como muy tarde a finales de julio o principios de agosto. En cualquier caso antes de tu treinta cumpleaños. Así que todo lo que tienes que hacer es seguir adelante...

–Un momento –Emma se levantó, todavía tratando de entender y asimilarlo todo. Su abuela murió siendo ella una adolescente, y fue entonces cuando le hablaron por primera vez del fondo y de su considerable cuantía. Aquella seguridad financiera había influido en cada decisión que había tomado de adulta–. La abuela no sabía que no pensaba casarme. No era más que una niña...

–Pero siempre has hablado en esos términos, Emma. Sólo cambió durante el periodo en que estuviste saliendo con el chico de los Keating. Pero de niña, y después de que tú y Garrett os separaseis, siempre has estado diciendo lo mismo sobre que no querías casarte. Que no necesitabas casarte. Y tu abuela...

–De acuerdo, pero si yo no recibo el dinero, ¿entonces quién?

–Tu abuela hizo una lista de organizaciones caritativas y causas nobles por si no te casabas. Todo es perfectamente legal. Por supuesto, podrías impugnarlo, pero los abogados nos han dicho francamente que no tendrías base legal para hacerlo...

–No tengo nada que impugnar –dijo Emma con tranquilidad–. Si eso es lo que quería mi abuela, parece que la elección está hecha.

–No seas ridícula, Emma –dijo su padre con vehemencia–. Llama a Reed. Sea cual sea la pelea que hayáis tenido, estoy seguro de que se puede arreglar. Ambos sois personas adultas y razonables. Todo el mundo tiene discusiones. No puedo imaginar que ninguno de los dos hayáis hecho algo imperdonable –la voz de su padre pareció desvanecerse, como si le hablara desde la distancia. Veía moverse sus labios, y veía moverse los labios de su madre. Ambos le estaban hablando al mismo tiempo y con urgencia. De repente se sintió como si alguien le hubiera dado una bofetada. Nadie lo había hecho, al menos físicamente, pero emocionalmente, todo empezó a penetrar.

Si no se casaba antes de su treinta cumpleaños, lo perdería todo. Color. Sabía cuánto dinero debía por la galería. Sabía que aún no cubría costes. Todo ese tiempo había pensado que podía permitirse la idea de que la galería fuera para el beneficio de la sociedad en lugar de para producir beneficios. Había querido exponer a Eastwick a nuevos artistas y a nuevas ideas, a todo tipo de arte y belleza, aunque no compensara financieramente. Podría haber gestionado la galería de forma diferente, pero había estado tan segura de que pronto iba a recibir esa inmensa fortuna de su abuela para financiar su galería y su propia vida.

Y durante todo el tiempo, había estado trabajando de voluntaria con adolescentes con problemas en el Eastwick Cares, y con los niños pequeños en el centro de apoyo a personas que hubieran sufrido alguna pérdida. Debido a su seguridad financiera, había podido dedicarles tiempo sin tener que preocuparse por un sueldo.

Su ropa, sus joyas, la semana de esquí en Vail, el alquiler del yate en Italia... había vivido de forma indulgente, porque nunca había tenido ninguna razón para vivir con un presupuesto limitado, ni para aprender a hacerlo. Si no hubiera vivido de una forma tan extravagante, quizás habría ahorrado dinero para salvar su galería y todo lo demás. Pero no lo había hecho porque jamás pensó que fuera a necesitarlo.

Levantó una mano indicando a sus padres que dejaran de hablar. De todas formas, no podía oírlos. Parecía no poder oír nada, excepto los latidos en el fondo de su estómago.

–Necesito un tiempo para pensar –dijo–. Me voy arriba –no esperó a ninguna reacción, simplemente salió de la habitación. Hasta que no llegó al pie de las escaleras, no se dio cuenta de que su padre la había seguido. David le puso la mano en el hombro para que se diera la vuelta.

–Emma –dijo sosegadamente–, simplemente no entiendo cómo pudiste ser tan egoísta.

–¿Egoísta? –aquella acusación le resultó incomprensible, cuando era su vida la que se desmoronaba. Claro que eso no era totalmente cierto–. Papá, soy consciente de que os entristece tanto a ti como a mamá que haya cancelado la boda. Pero casarme habría sido un error terrible. Ninguno de los dos iba a ser feliz.

–Puede que lo pienses así, pero si no puedes ser feliz con un buen hombre, puede que debas redefinir tu concepto de felicidad. Nadie consigue todo lo que quiere en la vida –sonaba más a un comandante del ejército que a un padre. Pero siempre había sido así. Y como siempre, ella podía sentir cómo se le hacía un nudo en el estómago.

–Nunca lo he pensado –dijo con sosiego mientras se daba la vuelta. Pero su padre no había terminado.

–Te hemos apoyado en todo lo que has querido. En tu educación, en tu galería de arte… ¿Alguna vez me has pedido algo que no haya querido darte? Y tu madre… ¿acaso has pensado en ella? Recuerda, Emma, si tu madre vuelve a beber, serás la responsable.

Esa vez fue su padre el que se dio la media vuelta y se alejó de ella. Por segunda vez en dos días sintió sus nervios a flor de piel y la cabeza retumbar. Subió las escaleras con la esperanza de que un rato sentada a solas la ayudaría a controlarse…

Se hundió en su cama doble, algo desorientada… e inexplicablemente furiosa. Toda su vida había sido la pacificadora en su familia. Toda su vida había intentado evitar causar problemas, sobre todo porque el peligro de provocar que su madre bebiera siempre había estado presente. Formaba parte del comité de recaudación de fondos del club porque su madre quería que fuera una Dearborn la que se encargara de una tarea tan prestigiosa. Nunca había llegado a mudarse de la casa porque su madre decía que la necesitaba, que no podía aguantar la actitud crítica de David. Su padre siempre contaba con ella para que hiciera de anfitriona en todos los eventos sociales de los Dearborn para evitar las presiones a Diana. Lo peor era que esas amenazas que se cernían sobre su madre siempre se hacían realidad. Emma se había repetido cientos de veces que sus padres tenían que resolver sus problemas entre ellos. Pero siempre terminaba ocurriendo lo mismo, una y otra vez. Si Emma no intervenía cuando su madre necesitaba ayuda o hacía de intermediaria entre sus padres, su madre volvía a caer en las redes del alcohol.

En el último par de días, Emma había tratado de rebelarse y tomar las riendas de su vida. Redefinir lo que era importante para ella. El resultado parecía ser un desastre total. Lo último, la pérdida de su herencia, no paraba de retumbar en su mente. El dinero no le importaba mucho. Pero aquellos fondos representaban seguridad. Independencia. Libertad.

Aquella mañana había descubierto la maravilla, la alegría de rebelarse en el sexo. Pero ahora, aquellos momentos con Garrett parecían haber tenido lugar en otro planeta. Sintió como si las paredes de la habitación se le echaran encima, y la sensación de claustrofobia parecía no dejar pasar el aire a sus pulmones. Cerró los ojos con fuerza para tratar de controlar la situación.

Su mundo se había desmoronado, y no tenía ni idea de qué hacer a continuación. Sólo sabía que se sentía completamente sola y perdida.

Antes de entrar en la propiedad de los Baldwin, Garrett se detuvo a un lado de la carretera para llamar a Emma desde el móvil.

Las dos primeras veces que había llamado a Color se había puesto Josh, que había prometido dejarle un mensaje a Emma en la mesa, porque no sabía su programa para el día. No había nada extraño en ello. Emma era una mujer muy ocupada. Pero ésta era la tercera vez que no la localizaba. No hacía más que repetirse que era absurdo preocuparse, pero es que todavía estaba bajo los efectos de lo que habían compartido la noche pasada y aquella mañana. Jamás había sentido una euforia, una emoción y una conexión así con anterioridad.

Durante mucho tiempo había creído que los egoístas adictos compulsivos al trabajo como él estaban condenados a quedarse solos. ¿Qué mujer iba a quererlos? Eran personas intratables. Sin embargo, ella no le había hecho sentirse así. Le había hecho sentir como el amante más potente y sexy del universo y de todos los tiempos. Y aunque no pensaba que ella estuviera preparada para casarse, en el fondo, era lo que él tenía en mente. Nunca lo había deseado antes, nunca había sentido que lo necesitara, pero de repente, no se podía quitar esa esperanza de la cabeza. Y Emma era la diferencia.

Se guardó el móvil en el bolsillo, se bajó del coche, y se encaminó a la puerta principal de la mansión de Bunny Baldwin. No quería dejar de pensar en Emma, pero aún tenía cosas que hacer ese día, y obsesionarse con ella no estaba resultando de gran ayuda. De todas formas, no podría ver a Emma hasta que no terminara de hacer esas tareas. Llamó a la puerta y esperó. Unos momentos más tarde, una pulcra señora de pelo gris respondió.

–¿Puedo ayudarlo?

–¿Es usted Edith Carter?

–Sí.

–Señora Carter, no necesito entrar. Sé que no me conoce, pero me han dicho que ha sido usted el ama de llaves de Bunny Baldwin –la mujer de dulces ojos asintió–. Soy Garrett Keating.

Inmediatamente se relajó.

–Claro. Conozco a su familia. Por un momento temí que fuera otro de esos reporteros tratando de indagar más en la vida privada de la señora Baldwin.

–No. He venido porque esperaba que a lo mejor usted pudiera saber algo sobre mi hermana. Caroline Keating-Spence. Está en el hospital. Estoy tratando de averiguar qué pasó en las semanas anteriores a enfermar, y no parece que nadie sepa nada. Oí que Caroline venía mucho.

–Sí, es cierto –asintió Edith pensativa–. Ella y Abby, la hija de la señora Baldwin, eran amigas. Ellas y todo el grupo venían frecuentemente. A Bunny le encantaba tenerlas por aquí.

–¿Ha oído algo sobre mi hermana? ¿Cualquier cotilleo o alguna mala noticia, cualquier cosa?

–Parece preocupado, señor Keating –dijo con compasión–. Me gustaría poder darle alguna información.

–¿Pero no la tiene?

–No sé si conocía a Bunny, pero estaba interesada en todo lo que ocurría en Eastwick. Algunos dicen que era cotilla, pero la verdad es que, sencillamente, se preocupaba por todo y por todos. No sé de dónde sacaba todas las noticias, pero con el tiempo, parecía que se enteraba de los secretos de todo el mundo. Así fue como empezó a escribir el *Eastwick Social Diary*.

–Sí –dijo Garrett, deseando que aquello tuviera que ver con su hermana.

–Bueno, el caso es que, todos esos diarios han desaparecido. Su hija, Abby, cree que había información en esos diarios por lo que alguien podría haber matado a su madre. La policía está investigando. No hay ninguna prueba todavía, pero… –Garrett se quedó esperando–. Sólo estoy diciendo, señor Keating, que si esos diarios apareciesen, podría encontrar algo sobre su hermana… o alguien relacionado con su hermana. Algo que pudiera ser el origen de su problema. Porque si algo estaba pasando en Eastwick, Bunny lo sabía.

–Pero no sabe dónde están esos diarios.

–Lo siento. Nadie lo sabe –confirmó sacudiendo la cabeza.

Una vez había empezado a hablar, Edith siguió y siguió y siguió. Era obvio que había sentido un profundo afecto por su señora, y que necesitaba contarle a alguien lo traumatizada que estaba por la muerte de Bunny. Al parecer Bunny sólo tenía cincuenta y dos años, estaba sana y llena de energía. Aunque le encantaba el cotilleo, nunca había sido malintencionada.

–Jamás, señor Keating –juró Edith–. Sí, sacaba los trapos sucios de los adinerados, pero nunca dijo una mentira, nunca inventó o embelleció nada. Sólo dijo la verdad. Y personalmente, creo que hizo un gran esfuerzo para no herir a nadie que pudiera ser inocente.

–Estoy seguro de ello –le aseguró Garret, que ya estaba empezando a sentirse desesperado al ver que no iba a lograr escapar nunca. Había llegado con la esperanza de oír algo sobre su hermana Caroline, pero Edith parecía tener fijación por la noche en que murió Bunny.

–La encontré yo. Aún no me he repuesto del impacto, y no creo que lo haga nunca. Tengo la imagen grabada en la cabeza. Yo estaba arriba colocando sábanas en el armario cuando de repente oí un ruido sordo. Como si una silla se hubiera volcado. El tipo de ruido… en fin, ese ruido fue mi Bunny. Estaba tumbada en el suelo del estudio. No tenía sentido –las lágrimas se agolparon en sus ojos.

–Tuvo que ser horrible –Garrett intentó sonar comprensivo.

–Oh, lo fue. No puedo quitármelo de la cabeza. Y me he quedado en la casa porque Abby me lo pidió. Abby es su hija, creo que se lo dije…

–Sí, lo sabía.

–En fin, nadie sabe qué va a ocurrir con la mansión, y necesita que alguien la mantenga. Ahora mismo no creo que nadie vaya a querer vivir aquí por lo que ha pasado. A mí no me resulta fácil, porque mire donde mire, la recuerdo tumbada en el estudio. Era más que mi jefa, sabe. Era una amiga. Una persona fascinante. Resulta increíble que alguien la matara. Intento imaginarme qué clase de secreto conocía…

Por fin, Garrett encendió el motor de su coche, agradecido de estar libre. No había llegado a conocer a Bunny personalmente, y no le interesaba mucho la vida de una mujer que vivía para y por el cotilleo. Pero el asunto de los secretos le preocupaba, porque estaba claro que su hermana ocultaba algo que le había causado una depresión y sentimiento de culpa.

Había pensado que Edith sería una buena apuesta, pero estaba empezando a desesperarse. No parecía existir ninguna información sobre su hermana. Tenía que ayudar a Caroline, necesitaba saber que estaba segura antes de poder volver a Nueva York. Pero parecía que lo único que estaba consiguiendo era involucrarse cada vez más en Eastwick, cosa que se había jurado que nunca ocurriría.

A medio camino, volvió a detenerse para llamar a Emma otra vez. No contestaba. A lo mejor había silenciado el teléfono porque tenía un día muy ocupado. Ahora tenía una idea de lo ocupada que estaba normalmente. Pero deseaba oír su voz. Deseaba hablar con ella. Saber que estaba bien después de haber hecho el amor con él. Deseaba saber cómo iba a reaccionar él tras oír otra vez su voz. Trataba de convencerse de que no estaba preocupado, tan sólo frustrado por no poder oír su voz. En cualquier caso, estaba decidido a contactar con ella antes de que acabara el día. Pero, su prioridad era ir a ver a su hermana. Caroline iba a ser dada de alta, en contra de su opinión.

La encontró en la habitación del hospital, sentada sobre la cama y vestida.

–Dijiste que estarías aquí a las tres.

–Y son menos cuarto.

–Lo sé, pero empezaba a preocuparme porque no vinieras. Quiero irme a casa, Gar –le rodeó el cuello con los brazos y empezó a llorar. Estaba más delgada que un junco y odiaba cuando su hermana lloraba, porque odiaba no poder resolver sus problemas.

–¿Quieres parar? –empezó a darle palmaditas en la espalda hasta que, finalmente, dejó de sollozar y se apartó. Le ofreció un pañuelo, pues nunca tenía ninguno.

–Sácame de aquí –le rogó.

–Lo haré, pero tienes que sentarte en la silla de ruedas.

–Eso es una tontería, no estoy enferma.

Pero su alma si estaba enferma. Podía ver la oscuridad que se escondía tras sus ojos, los nervios en la forma en que se movía, el cansancio en su postura, incluso cuando la llevaba en la silla de ruedas y al ayudarla a entrar en el coche junto con millones de flores.

–Griff llegará mañana –dijo ella.

–Lo sé. Me lo dijeron nuestros padres.

–No quiero que sepa lo del intento de suicidio –al menos ahora decía la palabra.

–Vamos, Caroline. Mamá y papá se lo habrán dicho ya. Tenían que darle una razón para cancelar el resto de su viaje y venir.

–¡Pero yo no quería que lo hicieran! ¡Me lo tenían que haber consultado!

Garrett no intentó llevarle la contraria. En realidad sus padres no le habían pedido a Griff que volviera a casa por el bien de su hija, si no más bien porque esperaban que Griff hiciera algo para acallar los rumores. Dios les librara de que la gente en Eastwick descubriera que los Keatings tenían problemas, como todos los demás.

–El caso es que quiero que Griff lo oiga de mi boca antes de que se entere por extraños o los cuchicheos de Eastwick… Un momento, ¿quién es esa mujer? ¿Qué ocurre?

–Esa mujer es Gloria –dijo Garrett mientras atravesaban la puerta de la casa de su hermana. Gloria estaba vestida para parecer un ama de llaves, pero en realidad Garrett la había contratado para vigilar a su hermana hasta que su esposo llegara y se hiciera cargo. De ninguna manera la iba a dejar sola, dijera lo que dijera. Desde luego, no después de un intento de suicidio. No había nada que discutir. Pero media hora más tarde, Caroline seguía rechazando la idea. Sabía que le iba a poner pegas, pero una vez instalada en el sofá del estudio con el mando a distancia, una taza de té y un perrito Bichon Frisé con el nombre de Bubbles, Garrett desapareció por unos minutos para que Caroline y Gloria empezaran a hablar y a conocerse. Mientras se paseaba por allí, recordó lo mucho que siempre le había gustado la casa de Caro. Le encantaban los colores vivos e intensos, los granates, esmeraldas y turquesas. Su hermana siempre elegía muebles cómodos. Era muy flexible en muchas cosas, como que no hacía falta quitarse los zapatos en la casa o preocuparse si se derramaba algo, pero cuando quería ser cabezota, era increíblemente difícil que cediera.

Una vez solos de nuevo en el estudio, volvieron a la misma discusión, pero esta vez Garrett insistió.

—Mira, Griff va a llegar, lo cual quiere decir que se te acaba el tiempo. Tienes que soltarlo sea cual sea el problema en que estés metida, así que dímelo, lo digo en serio. No me iré hasta que no hables —ella sacudió la cabeza al tiempo que se le inundaban los ojos de lágrimas. Sus sollozos le hicieron sentir peor que un deshecho humano—. Caro. Esto es absurdo. ¿Qué puedes haber hecho que te pueda hacer sentir tan culpable? —se quebró la cabeza tratando de imaginar algo tan vergonzoso que no pudiera ni decírselo a él—. ¿Se trata de una adicción al juego o algo así?

—Por Dios santo, claro que no.

—¿Acaso has robado algo?

—Oh, por Dios santo, Garrett. Sabes que jamás haría algo así –finalmente, le había presionado tanto que lo soltó, aunque en un susurro–. He tenido un desliz amoroso.

Garrett se dejó caer sobre el otomano que había junto a ella, aliviado por haber descubierto por fin el secreto.

–Vale. Es terrible. Es lo último que esperaba que hicieras, sabiendo lo mucho que crees en la fidelidad. Pero lo que no entiendo es cómo te lleva un error así a intentar suicidarte.

Sus ojos empezaron a empañarse de nuevo.

–Porque estoy enamorada de Griff, mi marido. ¿Puedes creerlo?

Garrett deseó que Emma estuviera ahí con él. Sabría cómo llevar una conversación como ésa. Él no. Pero ahora que, por fin, Caroline se había abierto, no paró de hablar. Habían tenido problemas en el matrimonio, algo que Garrett ya sabía. Pero habían superado la crisis, y ahora estaban otra vez como recién casados. Enamorados. Locamente felices.

–Jamás le engañaría ahora, Garrett. Pero aquellos tiempos, pensaba que estábamos separados. Y tal y como nos peleábamos, estaba segura de que íbamos camino de los tribunales para obtener el divorcio. Aun así, fue estúpido acostarme con otra persona que apenas conocía, pero...

Garrett no necesitaba saber más detalles.

–Entonces esto ocurrió mientras estabais separados –

–Eso es. Pero si Griff se enterase –sacudió la cabeza–. Sé cómo se sentiría. Todo lo que hemos vuelto a reconstruir se derrumbaría. Los dos nos estamos esforzando, y está funcionando. Pero si la confianza se quiebra, sé que lo perderé –otra vez se derramaron lágrimas.

–Espera un momento... ¿por qué va a enterarse nadie?

Y entonces llegó el quid de la cuestión.

–Porque me están extorsionando. Por eso tomé las píldoras, porque ya no podía seguir pagando. Y no se lo puedo contar a Griff. Así que no hay salida, Garrett.

–Cómo que no la hay. ¿Quién te está extorsionando? ¿Quién Caroline?

Ella, o bien no lo sabía, o no lo quería decir. Garrett deseaba centrarse en el extorsionador, pero en esos momentos el frágil estado mental de su hermana era más importante.

–Caro, Griff te conoce. Sabe de dónde procedes. Nuestros padres apenas fueron un matrimonio modelo, ¿no crees? Creo que Griff lo entenderá. No le gustará, pero si te conoce... si te quiere de verdad... no pasará nada.

Caroline pareció más tranquila cuando Garrett se fue. Lo que le había dicho a Caro era verdad. Sus padres habían sido malos ejemplos. Ni él ni Caro se habían sentido queridos o protegidos de niños. Superficialmente, sus padres parecían dedicados el uno al otro, pero sus valores y principios estaban contaminados por las influencias, la opulencia y las apariencias. No era la clase de amor que Garrett buscaba. De hecho, siempre había asociado el matrimonio con una soledad más dolorosa que si estuviera solo. No sabía que eso había cambiado hasta volver a Eastwick. Hasta reunirse otra vez con Emma. Hasta estar con ella como la noche anterior. A lo mejor podía ser algo más que una máquina de hacer dinero. A lo mejor podía tener una vida privada, tener éxito en una relación, crear un tipo de matrimonio diferente con la mujer adecuada. Estar con Emma había sembrado la semilla de la esperanza en su mente, en su corazón, y no podía evitar que creciera.

En cuanto se puso tras el volante y puso el motor en marcha, volvió a marcar su número. Esa vez, por fin, la localizó. No perdió tiempo en saludos o en cháchara. Simplemente dijo:

–Gracias a Dios, por fin te pillo. Estaré allí en diez minutos, máximo quince –y entonces salió disparado de la casa de su hermana, y se internó en la oscuridad de la noche.

Capítulo Nueve

Garrett dobló la esquina hacia Color. Aunque no era tan tarde, creía que la galería estaría cerrada y que podría estar con Emma a solas. Pero todas las luces estaban encendidas.

Al acercarse, vio que había una fiesta. Al abrir la puerta, casi le da un ataque de pánico. La entrada de la galería estaba llena de mujeres, la mayoría de ellas vestidas elegantemente y con copas de vino en las manos. El olor a fuertes perfumes era como para asfixiar a cualquiera. Unas cuantas saludaron, pero la mayoría estaba demasiado concentrada en sus conversaciones para prestar atención a un intruso, lo cual no le importaba a Garrett.

Inicialmente no sabía de qué iba todo aquello, pero una vez que pasó al grupo de mujeres que había alrededor de la mesa de vinos, vio que la galería albergaba una exhibición de perfumes. Al menos había viejos frascos de perfume por todas partes. Pensó en escabullirse, pues Emma, obviamente, no le necesitaba en esos momentos. Pero aquello no duraría eternamente. Eran casi las nueve, y la galería solía cerrar a las ocho. Además, Emma debía estar muerta después de las largas horas del día anterior. Con las manos en los bolsillos se alejó todo lo posible del bullicio, y simuló interés en la muestra de frascos de perfume. Tras unos minutos no tuvo que simular tal interés. Miró unos cuantos: Arden Blue Grass, 1934, Myin Coeur de Femme, 1928, Gabilla

La Violette, 1912, Lavin L'Ame, 1928. El precio de los frascos le hizo preguntarse por qué se dedicaba a las inversiones bancarias cuando un puñado de frascos costaba una fortuna.

Miró y cotilleó un poco más, hasta que finalmente vio a Emma. No entendía cómo podía seguir en pie y estar tan guapa, pero era un festín para sus ojos. Llevaba una falda larga granate con un adorno de hilo dorado cerca de los tobillos. La blusa blanca era sencilla, vaporosa, con el cuello abierto para mostrar un collar de tres vueltas de perlas rosadas. Llevaba el pelo suelto con una pinza de nácar en un lado. Se había puesto un poco de sombra en los ojos, y un pintalabios color ciruela en los labios. No sólo estaba preciosa, sino elegante.

En los minutos que se había pasado dando vueltas había aprendido, no sólo que los frascos de perfume se vendían bien, pero también que el público hablaba menos sobre el evento que sobre Reed. De modo que los buitres habían ido a cotillear sobre el compromiso anulado, al menos a espaldas de Emma. La segunda vez que ella apareció por el vestíbulo lo vio. Se dirigió hacia él como encantada de verlo… pero entonces la vio tragar saliva y se dio cuenta de la ansiedad que tensaba su cuerpo. Algo iba mal. Muy mal. Pero antes de poder encontrarse, Josh, que al parecer estaba listo para marcharse, distrajo a Emma. Y después, una llamada requirió su atención. Al parecer, de un modo u otro, todo el mundo requería su atención.

Tenía tanta urgencia por hablarle de Caroline. Quería oír su opinión sobre el misterio del chantajista tan pronto como fuera posible. Pero tenía incluso más urgencia por verla a ella. Por acariciarla. Por averiguar si la pasada noche había sido tan impactante y maravillosa para ella como lo había sido para él. Pero tardó otros veinte minutos hasta echar a la última invitada. Para entonces, había tenido tiempo más que suficiente para estudiarla y observar la tensión de su rostro y el temblor de sus dedos. No era cansancio. Lo ocultaba bien, pero estaba claro que estaba estresada, y que seguía adelante porque era la única forma de no hundirse. Probablemente no había tenido ni un instante de paz en todo el día, pues las noticias de la ruptura con Reed se habían extendido como la pólvora por toda la ciudad.

Al cerrar la puerta, Emma lo miró con una sonrisa vacilante. Podía ver en sus ojos el deseo de verlo… pero también la ansiedad de su rostro. Quería decirle que no pasaba nada, que la ayudaría a superar los rumores sobre su ex. En aquellos momentos parecía demasiado tensa, y no necesitaba más estrés ni seriedad. Necesitaba un descanso, así que se limitó a hablar de cosas insignificantes.

—No he estado tan asustado en mucho tiempo. Pensé que iban a llevarse todos esos frascos. No recuerdo que mencionaras que tenías algo organizado en la galería esta noche.

—No lo mencioné porque no iba a ser nada importante. Hay unos cuantos coleccionistas de frascos de perfumes en Eastwick, por lo que organizo esto cada pocos meses. Para ser sincera, se me había olvidado que era hoy porque normalmente no necesita gran preparación.

—Ah. ¿Sólo querían beberse tu vino y verte por lo del compromiso?

—Bueno, uno de los frascos se vendió por doscientos setenta y cinco mil dólares. Y yo me llevo mi comisión.

—¿He oído bien? ¿Uno de esos frascos viejos y usados se vendió por doscientos setenta y cinco mil?

Cuando asintió, él imitó a un hombre en estado de shock tratando de respirar. Aunque estaba claro que Emma no estaba de humor para reír, sonrió. Por fin se aliviaba la tensión de sus hombros.

–Oh, Garrett, llevo todo el día queriendo hablar contigo, pero no he tenido ni un respiro. Pero hay algo que tengo que decirte...

–Y yo quiero escucharlo, pero no aquí, Emma –dijo girándose hacia la puerta.

–¿Qué tiene de malo esto?

–En general, nada. Pero ahora mismo huele como a una fábrica de perfumes. De hecho, creo que el olor a perfume ha destrozado todo el oxígeno de todo el condado.

Ella se rió, pero no cedió.

–No es que no quiera irme contigo, pero no puedo dejar aquí este caos.

Por supuesto que no podía, pensó él. No podría abrir la galería al día siguiente con copas de vino y frascos por todas partes. Garrett se dio cuenta, de mala gana, de que no estaba acostumbrado a pensar en otras personas y sus necesidades. Pero era algo que quería cambiar.

Mientras ella recogía y guardaba todos los frascos, él se metió en la cocina para encargarse de las copas sucias y de los desperdicios de la fiesta, y empezó a silbar. Resultaba natural ayudar a Emma. Y aún resultaba más natural ser él mismo con ella, sin tener que preocuparse por estar a la altura, como ocurría con el trabajo o el sexo, aunque el sexo con ella había sido más que estupendo. Se sentía bien con ella, se sentía vivo. Emma entró en la cocina para buscar un trapo.

Él la besó en la nariz, le quitó el trapo de las manos, y esta vez sí la llevó hacia la puerta. El noventa y nueve por ciento de la limpieza estaba hecha. Suficiente.

–Llevas todo el día corriendo, bizcochito. Deja que te saque de la galería y te aleje de los teléfonos, a ver si podemos encontrar algo de comida para alimentarte, ¿de acuerdo?

–¿Bizcochito?

–No sé por qué te he llamado bizcochito. Debo haber enloquecido. De hecho, sé que estoy loco por ti –lo dijo un poco a la ligera, como para no asustarla. Ella lo miró sorprendida, pero él estaba justamente apagando la última luz y cerrando la puerta, para a continuación ponerle un brazo en el hombro porque la noche estaba fresca.

–Estás preciosa –dijo.

–Vale. Ya no hay más vino para ti. Puede que para siempre.

Sentaba muy bien hacerla sonreír y relajarse. La llevó a su apartamento y la instaló en el sillón con un cojín tras la espalda. En unos minutos, le sirvió un sándwich repleto de fiambre con tomate fresco y queso, que rebosaba por los lados. El vaso, el cojín, el plato sobre el que estaba el sándwich eran todos suyos, cosas que le había traído para hacer el lugar agradable. Pero para Garrett, era ella la que traía vida y emoción al apartamento.

–Garrett, de verdad que necesito decirte algo.

–Ya lo sé. No haces más que repetirlo. Y de verdad que quiero escucharlo, pero primero explícame por qué iba a pagar alguien tanto por frascos de perfume usados –antes de sentarse con ella, desconectó el teléfono, el fax y todos los aparatos electrónicos que solía tener encendidos veinticuatro horas al día.

–No estoy segura de poder explicarlo. La colección de frascos de perfume es una afición bastante única y peculiar, si no eres un aficionado a ello...

–Créeme, ni lo soy, ni probablemente llegue a serlo.

–Pobre –dijo riendo otra vez–. Esas mujeres han debido asustarte. ¿Nunca has visto a mujeres de compras?

Desde el otro extremo del sillón, le quitó una de las sandalias, y después la otra.

–No tan de cerca. Desde luego, no me gustaría estar entre esas mujeres y los frascos.

–Ahora se ha perdido esa costumbre, pero hubo un tiempo en que los artistas diseñaban frascos para los perfumes, auténticas obras de arte. Una vez los perfumes empezaron a usar tapones de plástico, ya los frascos nunca fueron lo mismo –de repente se dio cuenta de que Garrett le estaba acariciando las plantas de los pies. Apartó sus ojos de él, y rápidamente los quitó y se levantó–. Sé lo que estás pensando.

–¿Cómo lo has sabido? Estaba intentando por todos los medios hacerte creer que estaba fascinado por los frascos.

Esa vez, sin embargo, ella no sonrió.

–Garrett… de verdad que necesito desahogarme.

Y con razón. Había pasado suficiente en las últimas veinticuatro horas para toda la vida. Todo lo que tuvo que hacer él fue agarrarle las manos, y enseguida se acurrucó entre sus brazos. No era pequeña, pero descalza, tenía que echar la cabeza atrás para que la besara. Él se adueñó de sus labios hasta dejarla sin aliento a ella y quedarse él sin aliento. Cuando la dejó respirar, lo miró con unos ojos iluminados y empezó a hablar… o al menos lo intentó, por lo que tuvo que besarla otra vez con mucha más seriedad. Había pasado todo el día sin ella. Demasiado tiempo. Un hombre de treinta y cinco años debería tener años de experiencia con las mujeres para haber aprendido a controlarse, pero no. Tenía más autocontrol que los hombres con los que había tratado, pero no la experiencia

121

con las mujeres. Al menos no con mujeres en las que confiaba.

A lo mejor se tendría que haber dado cuenta de lo que le importaba Emma cuando eran adolescentes… pero desde luego, sabía lo que le importaba ahora. Su cabeza empezó a dar vueltas al besarla una y otra vez. Le dio un mordisco en el cuello, y otro en el lóbulo de la oreja. Se dio el gusto de un largo y profundo beso, después del cual, saboreó de nuevo la suave exquisitez de su cuello. Si ella no hubiera gemido con intensidad, rindiéndose a él, probablemente podría haber experimentado con miles de besos más, tan sólo en su cuello y rostro. Explorar a Emma era, seguramente, la tarea más fascinante que jamás había tenido… aunque Garrett descubrió que desvestirla era una tarea incluso más apasionante.

Primero le quitó la pinza del pelo para poder deslizar sus dedos por su espeso y lustroso cabello, y poder agarrarla mejor. Poder besarla mejor, y explorar la sensación de su cabello deslizándose entre sus dedos. A pesar de lo suave que era su sedosa camisa, la piel que envolvía era mil veces más suave. Descubrió que no llevaba sujetador debajo. La elegante y buena de Emma no llevaba sujetador, y por ello hizo todo lo que pudo para premiarla.

Ella pareció apreciar aquel tributo, porque sus pezones se endurecieron y la suave y blanca carne de sus senos se tensó bajo sus besos, bajo su lengua y el roce de sus manos, y los suspiros no cesaron. Sus manos también estaban ocupadas tirando de cualquier pieza de ropa que pudiera asir, de su camisa, de los botones.

Dios sabía que deseaba que le quitara las ropas cuanto más rápido mejor, pero también estaba decidido a conservar cierto control. Ella había tenido un día traumático, y seguramente su ex estaba aún en su mente. No quería que hubiese nada en su cabeza antes de hacer el amor, más que él mismo... ellos dos y lo que tenían que ofrecer el uno al otro. Lentamente, le quitó la camisa, la dejó sobre una silla, le quitó los pendientes con cuidado, besándole cada oreja en el proceso. Le quitó los anillos y los brazaletes. También entonces dedicó tiempo y besos. Su falda era algo extraña. No había ni broche ni botones. Finalmente lo encontró. La falda tenía un tipo de hebilla algo complicada para unas manos grandes, así que gracias a Dios estaba inspirado. La larga falda granate cayó sobre sus pies descalzos. Lo único que quedaba eran sus braguitas blancas, al menos pensaba que eso era aquel ínfimo pedacito de encaje. Y por supuesto, el collar de perlas rosadas que intentaba esconderse entre sus pechos. Primero desapareció el encaje, y eso fue de todo lo que fue capaz. Su paciencia y control ya habían sido puestos a prueba suficiente, así que las perlas se irían con ellos a la cama.

Ella lo rodeó con sus brazos cuando él la levantó en brazos. Sus labios se pegaron a los suyos, y se negó a dejarlos escapar. La habitación estaba a oscuras, aunque no le hacía falta ver para saber dónde estaba la cama. Podía sentir. Sentir el peso de su cuerpo, su textura, su belleza. Y oler su cabello, su piel. Y saborear su aliento, su boca, su garganta.

La dejó en la cama, y se dio cuenta de que aún llevaba los pantalones puestos, y parte de la camisa. Se los quitó. Por fin, no había más que unas perlas entre ellos. Piel contra piel, ella continuó haciendo aquellos suaves sonidos de entrega, de anhelo. A lo mejor quería volverle loco. A lo mejor ya lo había hecho. Lo que más le excitó fue la voluntad con la que se entregó. Abrió sus brazos y sus piernas, y le rodeó, atrayéndolo hacia ella cada vez más. La sensación de deslizarse dentro de ella fue incomparable. Deseó poder quedarse ahí y saborear las sensaciones otros cien años más. O por lo menos otro segundo más. Pero el deseo de poseerla era mil veces más fuerte. Nada más podría satisfacerlo que hacerla suya en ese momento.

–Quiéreme –susurró ella.

–Lo hago. Te quiero.

–Te quiero. Te quiero –y eso pudo ya con la última gota de control. Ambos remontaron esa ola rápidamente hasta llegar a la cresta al mismo tiempo. Y se desbordaron.

Él se convulsionó, como si no hubiera tenido un orgasmo en años, como si tuviera la necesidad animal de llenarla con su semilla, con su vida. Gritó y gritó, hasta que ambos se hundieron en las almohadas abatidos y respirando fuerte y profundamente.

De repente, ella se rió con suavidad, como si no pudiera creerse lo que acababan de compartir. Él también lo hizo, besando su frente humedecida, y disfrutando de la sensación de tenerla entre los brazos. Durante un buen rato, se sintió demasiado relajado para moverse… aunque no era que quisiera hacerlo. Pero poco a poco, sintió enfriarse la piel de Emma, y se incorporó sobre el codo para agarrar la manta y ponérsela encima. Ella no se movió más que para arrimar más la mejilla a su hombro. Él no pudo evitar sonreír. Ya se había dormido. Sospechaba que iba a dormir largo y tendido si no la interrumpía.

Aunque pareciera una locura, sentía como si su vida hubiera empezado en aquel preciso momento. Hacer el amor la noche anterior había sido extraordinario y maravilloso… pero ahora ella se había convertido en su mujer. Sólo suya. Aunque pareciera imposible, había encontrado a la única mujer que le había hecho creer en el amor. Sólo Dios conocía los problemas a los que tenía que enfrentarse. Su hermana. La locura de su trabajo, intentar vivir en dos lugares a la vez, lo de que fuera demasiado egocéntrico, el terror de no saber cómo amarla correctamente, de que sólo había aprendido cosas erróneas de sus padres... Pero ya habría tiempo de pensar en todo ello. Esa noche todo lo que quería estaba en sus brazos. Eso era lo que importaba.

Capítulo Diez

Emma había tenido un sueño de lo más extraño. El sueño había sido todo lo contrario a una pesadilla. Estaba saliendo de un túnel oscuro donde había estado atrapada, ansiosa por ver la luz del sol algún día. Pero la solución en el sueño había sido muy sencilla. Siguió el camino que llevaba del túnel a otro mundo, a un mundo bonito donde álamos de hojas doradas se movían con el viento. El sol bañaba el paisaje sin llegar a quemar. Se sintió fuerte, feliz y querida... Y de repente, abrió los ojos. Garrett había arrimado una silla a la cama y estaba allí sentado con una taza entre las manos, mirándola atentamente.

—Estaba empezando a preocuparme.

—¿A preocuparte? —preguntó ella soñolienta.

He hablado con Londres dos veces. Con París una. Con Suiza tres. He negociado más de cuatro millones en valores e inversiones, he desayunado...

—Dios Santo. ¿Qué hora es?

—Tranquila, sólo son las ocho.

—¿Cómo pueden ser sólo las ocho si...?

—En todos esos sitios es mediodía. Si quisiera llamar a Tokyo, ya sería una historia diferente... Espero que te des cuenta de que no me he metido en la cama otra vez contigo. Creo que sólo por eso me merezco algo.

—¿Por?

—Porque sabía que estabas agotada. De hecho, estabas tan profundamente dormida que de vez en cuando me asomaba para asegurarme de que aún te latía el corazón.

—Es la excusa más creativa que he oído.

—Es lo mejor que se me ha ocurrido en el momento. Pero si fuera por mí, me quedaría haciendo guardia para que pudieras dormir todo el día. Este cansancio no es bueno, bizcochito. Has estado aguantando demasiado. Pero no estaba seguro de poder dejarte dormir mucho más, porque no tenía ni idea de qué compromisos tenías hoy o de cuándo empezaban.

Ella cerró los ojos.

—Tengo un proyecto con Lily Cartright esta tarde. La conoces, ¿no? Se casó con Jack Cartright, socio de ese gran despacho de abogados. Y como ahora está embarazada –una taza de té llegó a sus manos, y tomó un sorbo. Estaba caliente, fuerte y dulce. Perfecto–. Se ha dedicado a delegar proyectos cuando ha encontrado...

—Un tonto de turno.

—Exacto. En cualquier caso, tiene a un grupo de niños problemáticos. Adolescentes entre los trece y los catorce que aún no han tenido problemas con la ley, pero que van camino de tenerlos... chicos que hacen novillos, faltan a clase... ese tipo de cosas.

—No me digas que te dedicas a pintar con los dedos con ellos –bromeó.

—No. Voy a hacer una pared con ellos. Un mural usando formas y colores que a ellos les sirvan de algo. Será su sala de terapia, así que van a crearlo todo, desde el suelo al techo.

—De modo que vas a trabajar con un puñado de adolescentes intratables, beligerantes e insolentes.

Un cuenco de frambuesas salpicadas de azúcar apareció sobre su regazo.

–Un par de días a la semana. Pero Lily necesita la ayuda, y a ellos les encanta. ¿Cómo iba a decir que no?

–Pones los labios así –lo demostró–. Es sólo una sílaba. Solías ser bastante buena diciéndola. Sobre todo a mí.

Emma no pudo evitar reírse.

–Eso era diferente, granuja. Los chicos son maravillosos conmigo. No son ningún problema.

–Yo tampoco quería ser ningún problema para ti cuando éramos adolescentes. Sólo quería acostarme contigo.

–Bueno, el último par de días te he dejado hacer lo que quisieras. Sólo has tenido que esperar un par de años para que cambiara de opinión. Si lo piensas, yo también he estado esperando todo este tiempo.

–Bueno, ¿y qué piensas? ¿Ha merecido la pena la espera?

–Y tanto, señor Keating. Y si te metes conmigo en la cama un par de minutos, puede que te demuestre cuánto ha valido la pena. Puede que incluso te demuestre lo que puedo hacer con una frambuesa.

–Dios mío. Tú eres el problema –dejó la taza de té sobre la mesita, y se lanzó sobre ella. Las frambuesas saltaron por todas partes. El cuenco se cayó sobre la alfombra. Él la rodeó con sus brazos y la besó, revolcándose con ella en la cama.

Retozaron y juguetearon hasta que la fricción y el calor bajo las sábanas causaron una combustión espontánea. Él la había seducido con infinita paciencia y sensualidad y ternura la noche anterior, pero aquella mañana fue algo apasionado y salvaje. Emma se derrumbó sobre la almohada, sudorosa y con una sonrisa relajada en el rostro, y él cayó sobre su espalda, con un brazo sin vida sobre la espalda de Emma, igualmente sudoroso y con la misma sonrisa en los labios. Sonó el teléfono y ambos lo ignoraron hasta que dejó de sonar. Garrett actuó como si ni siquiera lo hubiera oído, no dejó de mirar a Emma ni un segundo. Pero el sonido discordante del teléfono devolvió a Emma a la realidad. Por un espacio de horas, se había olvidado completamente de su realidad.

–Garrett, tengo que contarte algo muy serio.

–Vale.

–Intenté decírtelo anoche.

–Ya lo sé. Y no pretendía cortarte, Em, pero sinceramente pensé que necesitabas descansar. Has estado demasiado estresada –le acarició la mejilla, apartando los húmedos mechones–. No es difícil adivinar por lo que tuviste que pasar ayer. Conozco Eastwick. Toda la ciudad se enteró de la cancelación de tu compromiso, y se pasó el día detrás de ti para enterarse de los detalles.

–Eso es cierto. De hecho, ésa fue la razón por la que no encontré tiempo para hablar contigo ayer. Pero ése no es el problema del que tengo que hablarte –tomó aire intentando ordenar sus ideas, pero él siguió, creyendo que necesitaba palabras de sosiego y tranquilizadoras.

–Reed no se va a ir de tu mente en un tiempo. Te importa, o te importaba. Y aunque quisieras olvidarlo, la ciudad no va a dejar que olvides su nombre tan pronto. Te prometo que no seré un problema más.

–No pensé que lo fueras –pero de nuevo la interrumpió:

–Si ahora nos mostramos en público juntos, la gente va a pensar que dejaste a Reed por mí. Créeme, sé cómo son –estaba claramente preocupado por las cosas con las que tendría que vivir en Eastwick–. Así que tendremos que ser discretos por un tiempo, pero no creo que ninguno de los dos queramos ser indiscretos de todas maneras.

—Cierto —ni siquiera había llegado a pensar en eso todavía. Agachó la cabeza, y él le levantó la barbilla con los nudillos para que sus ojos se volvieran a encontrar.

—Emma, estoy enamorado de ti. Es algo nuevo para mí. Aterrador. Pero sé que no nos equivocamos.

—Yo tampoco esperaba sentir algo así —dijo con un nudo en la garganta, de alegría y temor—. No tiene nada que ver con lo que sentía por ti de niña, Gar.

Él asintió.

—Pero podemos ir tan despacio como quieras. Yo no sé cómo es un noviazgo. Tendré que aprender. Quiero hacerlo bien. Admito que soy lento aprendiendo, pero honesto. Si eres paciente y no sales corriendo si hago algo mal y...

—Garrett —dijo incorporándose.

—¿Qué?

—¡Cállate!

—Vale.

—Ayer pasó algo. Mis padres... sabía que querían verme. Sabía que querían explicaciones sobre por qué había roto mi compromiso con Reed, así que fui a verlos —suspiró, y soltó—: Descubrí que voy a perderlo todo.

—Perder qué. ¿Qué quieres decir?

Dios, sentaba tan bien hablar con alguien que no fuera a juzgarla, que no estuviera unido a la sociedad de Eastwick y no pudiera ser influenciado.

—Garrett, todo este tiempo he contado con un fondo fiduciario creado por mi abuela, que heredaría a los treinta. Es una cantidad considerable. Varios millones de dólares.

—Bueno, eso es estupendo.

–El problema es que el saber que podía contar con ese fondo ha influido en mi estilo de vida y las decisiones que he tomado. Me encanta la galería, pero nunca he elegido lo que exhibir y vender pensando en los beneficios que pudiera obtener, sino pensando en lo que quería ofrecer a la comunidad. He intentado elegir lo que pensaba que era bello. Lo que pensaba que nos aportaba algo a todos. No sólo lo que me ayudaría a pagar la hipoteca.

Esta vez, Garrett no la interrumpió, sólo escuchó. Pero ella pudo entrever una leve sonrisa mientras le acariciaba suavemente la mejilla. Casi podía leer su pensamiento: que era una idealista sin remedio, y que le gustaba esa cualidad en ella.

–Pero no es sólo la galería, sino todo el trabajo voluntario que hago. Lo del Club de Campo es más por mis padres que por mí, al igual que la labor de anfitriona que hago para mi padre. Pero lo que hago por los niños… siempre he dedicado un montón de horas porque nunca me he tenido que preocupar por los ingresos, pues sabía que tenía esa sustanciosa fortuna esperándome.

–Ya, y eso ha cambiado.

Ella asintió enérgicamente, deseando poder deshacerse del nudo que tenía en la garganta.

–Lo que mis padres no me habían dicho, hasta ayer, es que tenía que estar casada a los treinta para heredar el dinero.

–¿Qué? –la repentina arruga de su frente reveló su confusión. Se sentó, adoptando una postura más seria al darse cuenta de la gravedad del problema. O al menos eso pensaba ella. Alcanzó con la mano una camisa de manga larga de Garrett. No le importaba estar desnuda con él, pero el tema era tan preocupante que empezó a sentir un poco de frío –terminaron en la diminuta cocina, ella hecha un ovillo en la silla con una nueva taza de té, y él apoyado contra el aparador, con mirada distante… probablemente porque estaba de espaldas al sol, y su rostro parecía más austero y sombrío–. No lo entiendo. ¿Por qué iba a poner tu abuela esa condición?

–Parece ser que mi abuela, y mis padres me han oído oponerme al matrimonio desde que era pequeña. Para serte sincera, el matrimonio de mis padres bastaba para ahuyentar a cualquiera. Y parecía haber tantos matrimonios en Eastwick basados en el dinero, en la unión de negocios y dinastías… Yo no quería eso.

–Anda, ni yo.

–En cualquier caso –tomó un sorbo de té. Sentaba tan bien desahogarse, compartir el problema con Garrett… tener a alguien a quien poder contarle todo–. Creo que la idea era chantajearme para casarme y tener hijos.

–¿Pero cómo iba a funcionar eso si no sabías que era una condición?

–Según mis padres, una vez empecé a salir con Reed hace un par de años, pensaron que acabaríamos casados, y que no habría necesidad de decírmelo. Resulta irónico, porque ayer no podían esperar ni un segundo para decírmelo. Querían que llamase a Reed inmediatamente y que me reconciliara con él. Estaban seguros de que unos cuantos millones me motivarían a hacer cualquier cosa para recuperarle.

Garrett se quedó en silencio, un silencio que pareció extenderse por mucho tiempo. A lo mejor era demasiado para asimilar de una vez, pensó Emma. Pero entonces, Garrett preguntó:

–¿Cuándo es tu cumpleaños?

–El treinta y uno de agosto.

–A ver si lo entiendo. Si no estás casada para el treinta y uno de agosto, ¿pierdes esos millones?

–En realidad no sé cuántos son. Eran tres cuando mi abuela creó el fondo, pero ya sabes cómo puede multiplicarse el dinero bien invertido –cerró los ojos, apretando los párpados durante un minuto–. Me está resultando difícil asimilarlo. No tanto la pérdida de dinero, sino el desastre al que me enfrento por haber dado por sentado esa herencia. Nunca he ahorrado ni me he cuestionado mis decisiones financieras. He gastado demasiado en coches y ropa y cualquier cosa que se me antojara. Y ahora es un shock. No sólo renunciar a mi galería, sino tampoco poder hacer el trabajo voluntario con los niños.

Garrett se dio la vuelta, y dejó su taza sobre el mostrador dando un sonoro golpe.

–Creo que la respuesta a eso es bastante sencilla.

–¿Perdón?

–Todo lo que tienes que hacer es casarte antes de cumplir los treinta, ¿no? Reed no era el hombre adecuado, pero no es que fuera tu única alternativa. Antes de echarle a patadas, ya me tenías a mí enganchado.

–¿Perdón? –dijo otra vez algo más suave.

–Me casaré contigo, Emma. Si quieres ese dinero, es tuyo. No hay problema –su tono de voz era calmado. Al no recibir una respuesta inmediata… a decir verdad, en aquel instante, Emma no habría podido articular palabra ni aunque dependiera de ello su vida… él dijo–: No soy un idealista con respecto al dinero. No es ni agradable ni romántico ser pobre. No hay razón para avergonzarse de querer vivir bien. Nadie desperdicia una fortuna, Emma, sería una tontería. Estarías loca si lo hicieras, perdiendo con ello tu independencia y seguridad. Además, ¿por qué querrías hacer algo así?

En cuestión de un segundo sintió como si hubiera envejecido medio siglo, porque rodillas y equilibrio le fallaban.

—No te estaba pidiendo que te casaras conmigo.

—Lo sé, pero es una solución perfectamente razonable a tu problema. Dios sabe lo bien que nos llevamos bajos las sábanas, y siempre hemos conectado —su teléfono sonó, y al mismo tiempo el fax empezó a imprimir oleadas de papel. Se dirigió al teléfono, pero no sin antes decir—: No hay ninguna razón por la que no podamos estar casados antes de tu cumpleaños.

Emma sintió como si le hubieran dado un puñetazo en el estómago, del que no parecía recobrarse. Por primera vez en su vida, deseaba que le propusieran matrimonio. Y el mayor sueño de su corazón era que se lo propusiera Garrett. Pero no de aquella manera. No porque pensara que quería casarse por el dinero.

Lo más gracioso, y a la vez lo más triste, era que Emma realmente había pensado que significaba algo para Garrett. Incluso que él la quería. Que la conocía, que conocía a la verdadera Emma, la que raras veces se mostraba en público, y que ésa era la mujer con la que se había acostado, y de la que, a lo mejor, se había enamorado. Al menos eso le había dicho, que la quería. Claro que lo había dicho bajo las sábanas.

Garrett seguía al teléfono, hablando en francés, o eso pensó Emma, sin realmente registrar lo que estaba diciendo. Tampoco pensó en lo que hacía. Caminando como una sonámbula, se fue descalza hasta la puerta, en camiseta y despeinada. No recordaba haber hecho jamás nada impropio en público, no porque le importara lo que pensaran de ella los demás, sino porque no era su estilo. Sin embargo, salió así vestida, del edificio, y caminó a lo largo de la acera hacia Color. En ese momento no tenía ni conciencia ni opinión, tan sólo quería escabullirse de la presencia de Garrett antes de que aquella sensación en el estómago se intensificara y la dominara. No quería que él lo viera.

Lo único que deseaba hacer Emma era esconderse y lamerse las heridas, pero no parecía que el destino quisiera colaborar. No podía dejar a los chicos con el proyecto mural esa tarde. Tenía que abrir la galería y gestionarla. Su teléfono no dejaba de sonar, y aunque podría haberlo apagado, eso no iba a solucionar ningún problema, sólo a evitarlo. La gente pensaría que Reed era el responsable de la ruptura si ella no hablaba, sobre todo teniendo en cuenta que el hombre había desaparecido de la vista, y no estaba bien dejar que la gente lo culpara. Y encima tenía una docena de planes prenupciales que tenía que cancelar. Así que hizo de tripas corazón y aguantó la jornada tratando de no pensar en Garrett. Pero cuando llegó la tarde, ya no pudo más.

—Josh, ¿puedes encargarte de la galería durante un par de horas? Sé que no está Jeremiah, pero tengo que estar en el taller para preparar algunas cosas para la muestra de julio.

—Claro, Emma. ¿Quieres que le diga a todo el mundo que estarás fuera el resto del día?

Bendito Josh. Jamás hacía preguntas personales. Era una persona con la que se podía contar si se buscaba discreción. El poder cerrar la puerta del taller y concentrarse en la limpieza de lienzos y marcos y la organización de la muestra ayudaría a llenar las horas. Pero apenas pasados quince minutos, alguien llamó a la puerta, y no era Josh. Mary Duvall asomó la cabeza.

—Tu empleado dijo que estabas ocupada y que no querías interrupciones, Emma.

—No pasa nada –sí pasaba, pero Mary ya estaba dentro. En cualquier otro momento, se habría alegrado de ver a su vieja amiga.

Mary elevó una carpeta de lienzos que llevaba en la mano para explicar su intromisión.

—Me dijiste que trajera antes de finales de junio algunas de mis obras si quería que las incluyeras en la muestra, así que temía que si no te enseñaba éstos ahora sería demasiado tarde para que los consideraras.

—Tienes razón. Entra para que les eche un vistazo.

Mary entró vacilante, dudando que realmente fuese bienvenida en aquel momento. Emma miraba a Mary con incredulidad. La Mary Duvall que había conocido en la escuela era descarada, insolente y valiente. Por supuesto, la vida y la edad cambiaban a cualquiera, pero la Mary que tenía enfrente, con una falda vaquera y una camisa básica sin estilo alguno, parecía excesivamente tímida. En cambio su trabajo no tenía nada de tímido. Por primera vez en todo el día, Emma se sintió distraída mientras examinaba su cartera. Vio colores llamativos, emoción… pinturas frescas, pensativas y profundas.

—Dios mío. ¿Por qué no me has traído algo antes?

—¿Los quieres?

—Y todo lo demás que tengas. Me encantaría poder dedicarte una exposición en exclusiva, pero ahora mismo lo que puedo hacer es incluirte en el programa de julio –no mencionó que posiblemente tendría que cerrar la galería justo después–. Después… no sé, pero te ayudaré a encontrar sitios donde exponer lo que tengas, a contactar con los mejores marchantes de arte. Eres muy buena.

Charlaron un poco más. Sin pensar, Emma insistió en que Mary asistiera al próximo almuerzo de amigas. Pero después de decirlo se dio cuenta de que no debería hacer el papel de comité de bienvenida a Eastwick cuando no sabía ni lo que iba a hacer con su vida ni dónde, decisiones que tendría que tomar terriblemente pronto. Mary no tenía razones para saber nada sobre su crisis personal, pero a lo mejor su expresión la delató, porque la voz de su amiga se endulzó al decirle:

—Sabía que no era un buen día para venir a verte, Emma, pero en parte por eso lo he hecho. Seguro que sabes que todo el mundo habla sobre la repentina anulación de tu compromiso. Y parece que te estás llevando la peor parte. No sé si Reed se ha escondido en su rancho o si simplemente ha desaparecido durante un tiempo, pero desafortunadamente eso ha avivado el cotilleo —al no responder Emma, Mary dijo suavemente—: No quiero ser parte de todo eso. Simplemente pensé que a lo mejor necesitarías a alguien cerca que no te molestara con preguntas. Hace años que no vivo en Eastwick, pero no he olvidado cómo es… No, Em, no —Emma estaba llorando. Jamás lloraba en público. Sabía que la gente pensaba que era una idealista, pero nadie tenía ni idea de que se había criado con una madre alcohólica en un ambiente familiar frío. Desde muy joven había aprendido a esconder su vulnerabilidad. Pero… ahora nada parecía importante. No le importaban los cotilleos ni Eastwick. Su trabajo en la galería, la cancelación de preparativos de boda y todas las demás tareas que había realizado a lo largo de ese día parecían totalmente irrelevantes. No tenía ni interés en afrontar los principales retos y cambios que se presentaban en su vida por haber perdido un dinero con el que había contado desde hacía tanto tiempo.

–Eh, Emma… –Mary se acercó para abrazarla–. Lo entiendo. Duele mucho. No importa quién rompa con quién, siempre es horrible. Sea lo que sea que haya pasado entre Reed y tú…

–No se trata de Reed –dijo entre sollozos.

–Ya, claro. ¿Me quieres decir que no se te ha roto el corazón?

Dios, menudo lío. Por supuesto que tenía el corazón roto, pero no por Reed, sino por Garrett. Todo lo demás resultaba horroroso y doloroso, pero lo único que no se veía capaz de superar era cómo se había equivocado al juzgar a Garrett. Nunca se había enamorado antes, ni había sentido el amor que sentía por él, y pensar que él había creído que lo quería para ganar una herencia… ¿Cómo podía conocerla tan poco? ¿Cómo podía tener esa impresión de ella?

Capítulo Once

Garrett estaba esperando en la pista del aeropuerto privado de Eastwick, bajo un cielo gris y lluvioso que se asemejaba a su estado anímico, a que la avioneta se detuviera y se abrieran las puertas.

Cuando el único pasajero apareció por la puerta, Garrett se apresuró hacia él. El marido de su hermana era robusto, de pelo rubio y cara infantil. Llevaba unos pantalones y chaqueta caqui arrugados.

–Griff –Garrett le tendió la mano. Ambos eran hombres muy reservados y demasiado fuertes de personalidad para ser íntimos amigos. Pero todo lo que Garrett esperaba de su cuñado en aquel momento era que lo ayudara en la recuperación de su hermana. La expresión de Griff parecía reflejar el mismo sentimiento.

–Me alegro de que hayas mandado la avioneta y de que hayas sido tú el que ha venido a recogerme. No entiendo qué es lo que ha ocurrido. Tus padres no me han dicho nada excepto que Caro estaba en el hospital.

–Resguardémonos de la lluvia y hablamos.

–No he dormido en casi treinta horas, pero quiero saber que pasa.

–No te preocupes, lo sabrás –Garrett tomó la autopista sur, que serpenteaba el borde de la bahía. Los limpiaparabrisas apenas daban a basto con la lluvia. Pasaron la salida a la casa de los Cartright, y las apartadas casas entre las que se encontraba la mansión de

139

los Baldwin. En la ciudad estaban encendidas las luces de las tiendas y las farolas incluso a esas horas de la mañana por la oscuridad del tormentoso día. Cuando pasaron la casa de los Farnsworth, Griff dijo:

—Te has pasado la calle.

—No. Creo que será mejor que hablemos antes de que veas a mi hermana —los alrededores de Eastwick estaban salpicados por granjas, establos y pequeñas carreteras en las que un coche podía detenerse y pasar desapercibido a la sombra de los árboles. Garrett dejó descansar la cabeza sobre el respaldo y soltó la verdad—: Intentó suicidarse y casi lo consigue.

—¿Cómo? Tus padres me dijeron que estaba en estado crítico por algún tipo de intoxicación de fármacos, lo cual no entendía porque lo único que estaba tomando, que yo supiera, era la píldora y alguna que otra aspirina ocasional. Que...

Garrett le hizo una señal para que callara. Se volvió hacia él.

—No es ella misma, Griff. Está asustada y temblorosa y necesita ayuda, no alguien que la vaya a crucificar.

—¿Crees que yo lo haría? Por Dios, ni siquiera me habría ido de viaje si hubiera sabido que estaba deprimida —se quedó mirando a Garrett—. Hay algo más, ¿verdad?

—Sí, mucho más.

—Cuéntamelo ahora mismo. Tengo que saber exactamente lo que le pasa mi mujer, y por qué demonios nadie me ha dado una respuesta sincera antes.

Garrett no se movió. La reacción airada de su cuñado era la que habría tenido él si hubieran intentado mantenerle a él en la oscuridad. Pero no sabía cómo tratar el asunto, pues el tacto nunca había sido su especialidad.

–He dicho que me lo cuentes. ¿Qué ocurre? Exijo saberlo.

–Y yo quiero contártelo porque creo que la vida de mi hermana depende de que estés informado de todo. De lo contrario, jamás traicionaría su confianza. Pero no puedo darte toda la información en este preciso instante. Esto es lo que voy a hacer, Griff. Tengo que darle a mi hermana la oportunidad de contártelo todo ella misma. Si dentro de dos días sigues teniendo alguna pregunta, llámame. Te prometo que te pondré al corriente.

–Eso no es suficiente.

–Pues tiene que ser así, porque no quiero traicionar su confianza si no es necesario. Y no te llevaré a su lado hasta que no esté seguro de que serás bueno con ella.

–¡Por Dios santo! ¡Yo amo a Caroline! ¿Por qué demonios ibas a pensar en esa posibilidad? El que tuviéramos problemas hace un par de años...

–No se trata de eso. Me ha llevado mucho tiempo confiar en ti.

–Lo mismo digo. Siempre he pensado que Caroline te quería más a ti que a mí.

–No es cierto. Te quiere más que a nada y a nadie en el universo –dijo Garrett para ver la reacción de Griff.

–Yo siento lo mismo por ella –dijo sin vacilación y con ansiedad–. Tengo que saber qué es lo que pasa, sino cómo sabré qué hacer o cómo ayudarla.

–Y de una forma o de otra, lo sabrás. Te lo prometo. Pero… Griff, ya conoces a nuestros padres y sabes de dónde venimos, y sabes que Caroline nunca ha tenido la seguridad de sentirse querida o necesitada.

–No me estás diciendo nada que no sepa.

–Tan sólo intento decir que… siempre ha habido

más probabilidades de que cometiera errores que quizás otra mujer no cometería. No por falta de personalidad, sino por falta de seguridad, y si no puedes aceptar eso, entonces te llevaré de vuelta al aeropuerto de inmediato y te pagaré el vuelo adonde quieras ir.

–Cállate ya, Garrett. No soy esa clase de persona. Pensaba que lo sabías.

–Esperaba que no lo fueras –dijo Garrett, tranquilizándose un poco finalmente, y añadió–: Debes saber que tiene miedo de verte, y está avergonzada por su intento de suicidio. Y por si fuera poco, mis padres han intensificado el estrés y el sentimiento de culpabilidad en su interior en lugar de aliviarlo.

–No es nada nuevo –Griff se hundió en su asiento, intentando asimilar toda la información y las implicaciones que acababan de darle–. Llévame a casa, ¿quieres?

–Sí –Garrett arrancó el coche y lo enfiló hacia la casa. Pasado apenas un minuto, Griff dijo:

–¿Cuál es el problema?

–¿Acaso el escenario que te he descrito no es suficiente? –dijo Garrett mirándolo.

–Quiero decir, contigo. Parece como si no hubieras dormido en una semana. ¿Problemas con los negocios?

–No –Garrett vaciló. Normalmente nunca confesaba sus problemas personales a nadie, pero como quería crear una relación más estrecha con Griff, además de sentirse demasiado agotado para poder pensar, admitió–: Parece que mi vida amorosa es como un tren descarrilado.

–¿Alguien en Nueva York?

–No. No importa el dónde. El caso es que… bueno, supongo que no pensaba que me fuera a pasar jamás.

Que me enamoraría como en las novelas. Pensaba que todo era mentira. Hasta que llegó ella. No puedo creer lo rápido y lo radicalmente que han cambiado las cosas. Es sólo que…

–¿Te ha engañado con otro? –se aventuró Griff al no terminar Garrett la frase de inmediato.

–No, no es eso.

–¿Ella no le da tanta importancia como tú?

–Pensaba que sí, pero ahora no estoy seguro. Acabo de descubrir que casándose conmigo conseguiría un motón de dinero. Entiendo lo del dinero, créeme. Y me casaría con ella independientemente de sus razones, para serte sincero. Es sólo que pensaba que estaba conmigo por –no pudo pronunciar la palabra, al menos en presencia de otro hombre–. Pensaba que conectábamos, que los dos sentíamos los mismo, así que lo del dinero fue como un golpe para mí.

–¿Estás seguro de lo del dinero?

–Sí, ella me lo dijo –Garrett no paraba de reproducir las imágenes en su mente. Él lleno de emociones, de amor, cariño, deseo, y sentimiento protectores. Y ella sentada con su camisa sobre la silla, soltándole astutamente la historia sobre su herencia perdida, sabiendo, porque debía saberlo, que le tenía tan enamorado que no importaba lo que le dijera en ese momento.

–Vaya, eso es duro –dijo su cuñado con tranquilidad, y entonces añadió–: Parece irónico que acabemos de hablar de los problemas de Caroline… y que tú estés pasando por lo mismo.

–Explícate.

–Quiero decir que… sé cómo os criasteis en ese hogar tan frío, en el que vuestros padres se preocupaban más por su estatus y prestigio en la sociedad que por sus hijos.

Garrett entró en la propiedad de Griff y detuvo el coche.

—Por eso necesito que seas especialmente bueno con Caroline, y más condescendiente que con cualquier otra persona. Está muy enamorada de ti, Griff. Pero creo que, viniendo de donde venimos, no sería muy realista esperar que pudiera hacer que un matrimonio funcionara sin perderse de vez en cuando. No digo que sea culpa tuya, ni de ella, sólo que los dos tenemos una curva de aprendizaje más larga que la mayoría de la gente.

—Ya, por eso te he preguntado si estabas seguro de los sentimientos de la chica, porque es posible que los antecedentes de los Keating haya influido en tu perspectiva de la situación.

Garrett vio el rostro de su hermana en la ventana del salón, e iluminarse los ojos de Griff al verla. Cuando Griff salió disparado del coche, olvidando su equipaje, no pudo evitar sonreír, pensando que aquella pareja tenía una verdadera oportunidad de hacer que las cosas funcionaran.

Pero la sonrisa desapareció en cuanto salió con el coche de la propiedad. La perspectiva de su cuñado empezó a calar. Garrett sabía perfectamente lo deficiente que era en el área de las relaciones de pareja, pero no sabía cómo arreglar el lío que había montado con Emma. Antes de que le entrara el pánico se detuvo a un lado de la carretera y marcó su número de móvil.

Ella respondió al teléfono, algo positivo. Pero al mismo tiempo sintió la frialdad de su voz y las voces de otras personas y ruidos de fondo.

—Oye, he conseguido que te enfades.

—Bastante más que eso.

—Me equivoqué —dijo enseguida, pero sin poder de-

144

cir nada más puesto que no sabía qué había hecho exactamente.

–No, si es lo que sientes en realidad.

–Mira, quiero casarme contigo, eso es lo que siento. Y eso es lo que pensaba que querías tú también, pero no de inmediato. Pensé que querrías pasar más tiempo conmigo para estar segura… y entonces surgió el problema del dinero.

–Garrett, no te lo conté esperando que lo resolvieras. Te lo conté porque había sido algo traumático que me había pasado y pensaba, o esperaba, que eras alguien con quien podía hablar honestamente de mis problemas.

–Por Dios, claro que puedes. Emma, no me importa nada el dinero, no es ningún problema...

–Pero lo es –dijo tan débilmente que apenas pudo oírla por el ruido de fondo–. Si pensaste que estaba contigo, que me he acostado contigo para conseguir mi herencia, entonces no es que haya un mundo entre nosotros, sino un universo. Siento haber malinterpretado la situación.

–Emma –empezó a decir, pero ya no había nadie al otro lado. Ella había colgado de repente, había parado de llover y se habían abierto algunos claros en el cielo, aunque no en su corazón.

La había perdido. Lo que había estado temiendo durante todo el día, acababa de confirmarse tras aquella conversación. La había fastidiado y, al parecer, era irreparable. Había encontrado a la mujer que le había hecho creer en el amor, en él mismo, en el futuro, y acababa de desaparecer. Sintió un dolor en el corazón tan intenso que parecía como si se le hubiera roto. O encontraba rápidamente la forma de salvar aquel obstáculo que le separaba de Emma, o mucho se temía que ni su vida ni su corazón volverían a ser los mismos.

en nada. Me puedo permitir algo que antaño he dado casi...

—No. Me... lo que siente... en tu última...

***

Unos días más tarde, Emma se sentaba a la mesa para almorzar con sus amigas en el club. El almuerzo había sido programado unos días antes de lo usual para darle una bienvenida formalmente a Mary Duvall, pero Emma estaba deseando que terminara.

Tras pasar los últimos cuatro días haciendo examen de conciencia y de corazón, había descubierto todo tipo de lados ocultos que no sabía que tenía. Algunos agradables. Otros no tanto. Pero había salido de aquella introspección, había tomado varias decisiones vitales, y estaba lista para actuar. Aquel almuerzo resultaba trivial frente a los inmensos cambios que tenía que afrontar, pero era algo que tenía que hacer. Las chicas llegaron a mediodía. Mary se sentó junto a ella. Felicity al otro lado, Lily enfrente, y Vanessa Thorpe y Abby Talbot en los extremos. Caroline también se había unido a ellas. Era su primera salida desde que dejó el hospital.

Fuera hacía un calor insoportable, y los niños gritaban junto a la piscina. Cuando todas se acomodaron y Harry trajo una ensalada de frutas, queso y vino, Emma propuso un brindis en honor de Mary.

—La última vez estábamos tan ocupadas charlando que no tuvimos la oportunidad de darle la bienvenida a Mary. En un principio pensamos que venía solamente a cuidar de su abuelo, pero parece que quiere quedarse de forma permanente en Eastwick, ¿no es así Mary? —Emma esperaba que el grupo se distrajera con Mary, lo que ocurrió durante unos minutos, pero apenas habían acabado con los primeros platos cuando se lanzaron sobre ella. Felicity lideró al grupo.

—Vamos, Emma, tienes que contarnos qué ha pasado con Reed. ¡Nadie sabe nada! Y como lleva desaparecido un tiempo, nadie puede preguntarle. Tú eras la que nunca había querido casarse, pero desde que conociste Reed parecías tan contenta. ¿Qué ha ocurrido?

Exactamente la pregunta que Emma se esperaba, y razón por la cual se había decidido a asistir almuerzo, para decir lo que tenía que decir.

–Lo siento mucho, pero no ha habido ninguna razón ni dramática ni escandalosa para la ruptura. Creo que nos dimos cuenta hace tiempo de que nos queríamos como amigos, lo cual es estupendo, pero no como deberían quererse dos personas que van a casarse.

–¿Quién rompió? –preguntó Vanessa.

–Emma, por si no lo sabes –intervino Abby–, puede que Reed haya desaparecido de la ciudad, pero antes de hacerlo extendió la voz de que había sido culpa suya, no tuya. ¿Te fue infiel?

–No, no. Reed no ha hecho nada malo.

–No es eso lo que dicen las malas lenguas. Todos piensas que ha tenido que pasar algo para provocar tan repentina ruptura, así que piensan que Reed ha debido hacerte algo.

–Pues no. Si ha ido diciendo que era por su culpa es porque Reed siempre será un caballero además de protector. Pero ninguno de los dos hemos hecho nada malo.

–Creo que le has roto el corazón –dijo Felicity sin rodeos.

Resultaba irónico hablar de corazones rotos cuando su propio corazón estaba roto y ni siquiera podía compartirlo.

–Bueno, espero no haberlo hecho. Lo único de lo que me arrepiento es de haber aceptado su anillo, porque ahora sé lo equivocados que estábamos con esa relación.

–Pareces algo pálida –dijo amablemente Lily Cartright.

–¿Falta de sueño?

La dejaron tranquila con el tema de Reed. En cuanto se fijaron en su aspecto, empezaron a darle una serie de órdenes relativas a las horas de sueño, una visita al médico y un masaje.

–Bueno, ya basta de hablar de mí –dijo sarcásticamente–. Tenemos otra muchas cosas de las que hablar. Caroline ha salido por fin del hospital. Deberíamos tener una celebración doble por Mary y Caro.

–Para ser sincera, tengo un gran secreto que contaros a todas –dijo Caroline mirando a su alrededor para asegurarse de que no había cerca oídos extraños. Cuando acercó la silla un poco más a la mesa, las demás hicieron lo propio.

–Tanto mi esposo como mi hermano Garrett quieren que os lo diga –tomó un profundo suspiro–. He estado escondiendo algo. He sido objeto de extorsión.

–¿Qué? –dijo todo el mundo a modo de sorpresa como si de un eco se tratara, excepto Lily.

–Por eso he estado tan deprimida. Temía que la información con la que me amenazaba el extorsionista arruinaría mi matrimonio y mi vida si salía a la luz. Pero Garrett me convenció para que se lo contara a Griff, y cuando Griff llegó a casa lo hice –las lágrimas se agolparon en los ojos de Caroline, pero no lágrimas de tristeza ni de temor, sino de alivio–. Ha sido terrible.

–Oh, Caroline –dijo Lily–. Es exactamente lo que nos ha pasado a nosotros. A Jack también le han estado haciendo chantaje. Jack le llevó la carta a la policía hace unas semanas.

–Griff todavía no lo ha hecho. Ni yo.

–Hazlo –le urgió Lily–. Piénsalo, Caroline. ¿No crees que es bastante improbable que haya dos extorsionistas en Eastwick? De modo que podría ser la misma persona.

–Tiene que haber una conexión entre todo –dijo Abby–. Entre la misteriosa muerte de mi madre, el robo de los diarios y los dos intentos de extorsión. Quien quiera que haya robado los diarios está usando la información.

–Eso parece –asintió Caroline con preocupación–. Pero Abby, tu madre nunca publicó cosas que fueran tan… dañinas. No era cruel.

–Publicaba la verdad. Jamás se inventó nada. Pero no publicaba todo lo que sabía. Podría haber todo tipo de cosas en esos diarios que nadie, excepto mi madre y los implicados, sabía. Bueno, y ahora el ladrón de los diarios.

–¿Pero quién puede ser? –preguntó Vanessa–. Debe ser alguien en Eastwick, alguien conocido. Alguien que sepa lo suficiente de todos nosotros como para saber lo que puede hacer daño a cada uno. Un extraño no podría identificar qué podría causar daño al leer esas cosas.

–Vaya, esto cada vez resulta más inquietante –dijo Abby golpeando la mesa con los dedos–. Siento que tú también hayas sido una víctima, Caroline, pero hace que me convenza aún más de que mi madre fue asesinada. Voy a volver a ir a la policía. De alguna manera tenemos que descubrir quién está detrás de todo esto.

Las chicas murmuraron, unidas como un enjambre de abejas protegiendo su colmena, que era Eastwick. En cualquier otra circunstancia, Emma se habría sentido igualmente molesta, pero estaba aliviada de saber que la razón del intento de suicidio de Caroline había salido a la superficie. Era tan propio de Garrett, el haber conseguido sacar el secreto de Caro, pues haría cualquier cosa por aquéllos a los que amaba. Idea que le trajo de nuevo cierta desesperación... hasta que se dio cuenta de que la conversación en la mesa se había interrumpido, cosa que jamás había ocurrido. Incluso cuando no había ninguna crisis de la que hablar tenían cosas que decir. Así que el repentino silencio hizo que levantara la mirada.

–¿Qué...? –empezó a preguntar, pero entonces vio al hombre que se dirigía de la puerta a su mesa. Garrett buscó con la mirada entre el gentío hasta encontrar el rostro de Emma. Sus ojos se encontraron. Cada paso que daba hacia ella aceleraba más los latidos de su corazón. En ningún momento apartó sus ojos ni miró a las demás chicas. Al llegar a la mesa, simplemente alargó la mano y la agarró por la muñeca.

–Siento interrumpir vuestro almuerzo, señoritas, pero necesito a Emma ahora mismo, y no puedo esperar.

Capítulo Doce

Emma no tenía ninguna razón lógica para sentir un repentino torrente de esperanza, pero lo hizo sólo con verlo. Sólo con sentir su mano alrededor de su muñeca. No sabía por qué había ido en su busca, pero no le importaba. Esos segundos con él bastaron para ahuyentar esa terrible sensación de desesperación que le carcomía el corazón. Pero cuando le hizo entrar en su coche, no pudo evitar preguntarle:

–¿Adónde vamos?

–A un lugar en el que podamos hablar sin interrupciones, ¿de acuerdo?

–De acuerdo –estaba más que de acuerdo. Él quería hablar con ella, y ella con él. Le había dolido tanto que él pensara que era una cazafortunas. Y durante cuatro días y noches le había estado añorando, así que no pudo apartar los ojos de él, en lugar de mirar a la carretera. Pero esos mismos cuatro días y noches había analizado y agonizado lo suficiente para afrontar algunas verdades. Una de ellas se había confirmado durante el almuerzo con sus amigas. Garrett había descubierto el secreto de su hermana, y había puesto toda la carne en el asador, indagando hasta encontrar la manera de ayudar a Caroline. Así era él, y así vivía. Emma se había enamorado del hombre correcto, un hombre que haría todo por sus seres queridos. Simplemente no se había dado cuenta de los efectos de su carácter sobre su conducta en los pasados días.

–He estado pensando muchas cosas estos últimos días –dijo él tranquilamente.

–Yo también –cuando vio que él no añadía nada personal, intentó desviar la conversación. Emma pensaba que al verlo de nuevo se apresuraría a decirle todas las cosas que quería y necesitaba decirle. Pero el temor al rechazo, a perderle por segunda vez, la paralizaba–. Caroline tenía mucho que decir hoy en el almuerzo. Parece que todo se va a arreglar gracias a ti.

–Aún no hay final feliz. No se puede resolver nada mientras el extorsionista siga libre. Pero… he hecho todo lo que he podido. El resto depende de su esposo, y de la policía –Garrett le dirigió una mirada–. Quiero mucho a mi hermana, pero tengo otras cosas en la cabeza ahora mismo.

No podía adivinar por su expresión lo que quería decirle, pero no parecía que fuera a gustarle.

Atravesaron la ciudad y barrios adinerados, hasta llegar a la carretera de la costa. En menos de cinco minutos, entró en una pista de aterrizaje privada, donde les esperaba una avioneta plateada con la puerta abierta, y un hombre de pelo oscuro a la entrada. Garrett llevó el coche hasta las escaleras de la avioneta.

–¿Qué demonios…?

–Es sólo un lugar en el que podemos hablar en privado –le aseguró.

Pero ella podía ver en sus ojos que era mentira. Garrett se apeó del coche y habló con el hombre que descendió de la avioneta. Después volvió para recogerla a ella.

–Éste es mi chófer de Nueva York, Emma. Tiene que cambiar las ruedas del coche.

En cuanto ella salió, el conductor se montó en el coche y se lo llevó, lo cual no tenía importancia, salvo por el hecho de que no había ningún otro a la vista. Garrett le indicó el avión.

–Sé que parece una locura, pero es el único lugar en todo el mundo en el que puedo garantizar que nadie, absolutamente nadie, nos puede encontrar o interrumpir.

Nunca le había visto nervioso, pero algo en él parecía tan diferente, que finalmente se dio cuenta de lo que era: estaba asustado. Demasiado para respirar con normalidad. Ella subió las escaleras tras él y entró. Había estado en aviones privados con anterioridad, pero no en uno como aquél. El interior parecía una sala de estar, con sillones de cuero blanco, y muebles color cereza. Una vez dentro a solas con él, se giró. Ya no podía aguantar más tiempo.

–Me equivoqué, Garrett –susurró.

–No, fui yo el que se equivocó.

Ella sacudió la cabeza.

–Pensaste que me importaba el dinero, y yo quise negarlo. Pero al analizar mi vida, me he dado cuenta de que tenías toda la razón para pensarlo. Siempre he tenido todo lo que he querido, y lo he dado por sentado. He sido una mimada.

–No, no lo has sido, Em. Mire donde mire, siempre estás dando a los demás.

–Y me encanta dar, pero ha sido fácil para mí, Garrett. Ha sido fácil gastar el dinero de mis padres y vivir como quería porque siempre he sabido que tenía el fondo fiduciario. Una mujer de casi treinta años que nunca ha vivido dentro de sus posibilidades financieras es una mimada. Desde tu punto de vista, me sorprendería si no te hubiera parecido egoísta.

–Emma, eres la persona menos egoísta que conozco.

–Garrett, estoy intentando decir que entiendo por qué pensaste lo que pensaste, sabiendo que mi herencia estaba amenazada. Me doy cuenta de que tenías toda la razón para pensar que era una materialista...

–Para. Lo admito, Emma. Lo pensé durante un corto periodo de tiempo. Pero mientras tú te lo tomaste como un insulto, para mí es parte de la vida. En la vida real, la gente es práctica. Pero entonces también hice un poco de análisis de conciencia, y me di cuenta de que todos los valores con los que crecí se basaban en el dinero. Nadie en mi familia ha hecho una elección que no estuviera basada en el dinero.

–Lo entiendo.

–No, no puedes entenderlo. Fue una reacción refleja el responder como lo hice. No quería que me quisieras sólo por el dinero. Tampoco quería que pensaras que me importa lo del dinero. Tan sólo quería que hubiera un nosotros. Así que dije lo primero que me vino a la mente que haría desaparecer el problema.

Emma se sobresaltó cuando un extraño apareció por la puerta de la cabina. No se había dado cuenta de que hubiera nadie más en el avión. El hombre de pelo grisáceo levantó una mano para saludar y dijo:

–Tenemos autorización para despegar en cinco minutos, señor Keating –y desapareció de nuevo en la cabina cerrando la puerta a sus espaldas. Emma miró a Garrett sorprendida.

–Bueno, si fuera un caballero con su brillante armadura, podría hacer esto como Dios manda. Pero no lo soy, Em. Mira, puedo traerte de vuelta antes de trabajar mañana, si es necesario, pero hay un lugar al que quiero que vueles conmigo ahora. Sólo di que sí.

Por esa expresión en sus ojos habría dicho que sí a cualquier cosa que le pidiese. Una vez en marcha los motores, y antes de levantar el vuelo, él dejó dos cajitas de terciopelo color zafiro sobre su regazo. Una pequeña, y otra más grande y rectangular. Pero no le dejó abrirlas hasta estar en el aire, sobre las nubes. Al abrir la grande, encontró toda clase de documentos: los resultados de un análisis de sangre, las escrituras y derechos sobre Color, las escrituras de una casa en Manhattan, un certificado de matrimonio, y una cita con un desconocido ese mismo día. Lo miró confundida y abrumada.

–La cita es con un artista. La segunda caja está vacía por ahora, porque no quería un anillo normal. Quiero un diseño creado exclusivamente para ti. Y pensé que sería un buen momento hacerlo después de la cena.

–Después de la cena –dijo ella débilmente.

–Sí. Había pensado que podríamos casarnos primero. Tuve que llamar a tu médico para pedirle el formulario para el análisis de sangre. Y he comprado un par de simples anillos como gesto simbólico antes de que los de verdad estén listos.

–Casarnos – dijo, de nuevo con voz débil.

–Estaba pensando comprarte una isla. Una pequeña a la que escapar para descansar. Un lugar en el que pudiéramos bañarnos desnudos en las aguas azul claro, y dormir sobre un lecho de pétalos de rosa, y ver los amaneceres y atardeceres juntos. Pero aún no he tenido la oportunidad...

–La oportunidad –repitió débilmente.

Él le desabrochó el cinturón de seguridad, y después el suyo y, como si no pesara más que una nube de algodón, colocó a Emma sobre su regazo.

–Emma, por favor, no discutas conmigo. Tenemos que estar casados antes de tu cumpleaños. No quiero que jamás tengas que preocuparte por tu independencia. Por eso he puesto en marcha todos estos documentos, incluido un fondo para ti, sólo para ti, independientemente de lo que me pase a mí. Y en lo que a tu fondo fiduciario se refiere, bizcochito –hizo un gesto cuando ella intentó hablar–. En lo que se refiere a tu fondo fiduciario, pienso que podríamos guardarlo para nuestros hijos. Así puedes quitártelo totalmente de la cabeza y no volver a pensar en ello. Pero el resto del plan podríamos mantenerlo entre nosotros.

—Entre nosotros —volvió a repetir una vez más.

—Podrías divorciarte de mí después de tu cumpleaños si quieres, pero esto lo resuelve todo. No tienes que preocuparte por herencias ni nada, pero puedes tener lo que debería haber sido tuyo desde el principio. Y mientras estemos juntos, tendré la oportunidad de amarte de la forma que quiero amarte —sólo un beso logró callarlo. Un suave beso que se hizo más intenso y dulce. Con los ojos cerrados ella le ofreció su corazón, rodeándole con sus brazos. Finalmente, levantó la cabeza.

—¿He mencionado que estaba loca por ti?

—Creo que no.

—¿He mencionado lo que te quiero?

—No, pero estaba empezando a creerlo.

—¿Sólo empezando? —bajó la cabeza de nuevo, y le hizo sufrir otra tanda de besos, caricias y abrazos que amenazaron con acabar con su control, y el suyo.

—Lo creo, lo creo —susurró él con ternura.

—Me gusta eso que has dicho sobre construir algo entre nosotros —susurró ella—. Podemos hacerlo, Garrett. Construir nuestra vida como queramos. Construir una casa. Construir una familia.

—Construir una vida llena de amor —dijo él.

Y ésas fueron sus últimas palabras. No perdieron más tiempo hablando.

DESEO

PATRICIA KAY

ESPOSA POR
UNOS DÍAS

Capítulo Uno

Felicity Farnsworth detuvo su todoterreno frente a la entrada de Rosedale Farms y tomó una bocanada de aire para calmar sus alterados nervios. Temía el encuentro con Reed Kelly, pero llevaba demasiado tiempo retrasando aquella reunión. Ahora, aunque quisiera, no podría hacerlo más, puesto que Madeline Newhouse había insistido en que las fotos de boda de su hija Portia tenían que tomarse en Rosedale.

Felicity era la propietaria de Bodas por Felicidad, la empresa de organización de eventos más exitosa del Condado de Fairfield, Connecticut. Sus bodas siempre eran espectaculares, y la boda que los Newhouse darían para su adorada hija Portia sería la más espectacular de todas. Alex Newhouse, el famoso actor, había declarado que no escatimaría en gastos.

Por eso, si Madeline quería que las sesión fotográfica de Portia se realizara en Rosedale, Felicity no tenía opción. De otro modo, arriesgaría su prestigio, que había ganado a base de trabajo duro, y tal vez Madeline no la recomendara entre su adinerado círculo de amistades

Felicity tomó aliento de nuevo y expulsó el aire lentamente mientras cruzaba el arco de entrada a Rosedale. Por más que intentara mantener la calma, su corazón aceleró el ritmo a medida que se acercaba al edificio principal, donde estaba la oficina de Reed.

Reed.

Felicity no lo había visto desde que su mejor amiga, Emma Dearborn rompió su compromiso con él, abandonándolo por Garrett Keating. ¿Cómo se habría tomado Reed la ruptura? ¿Estaría destrozado? Tal vez no deseara ver a Felicity ni a nadie relacionado con Emma, a ninguno de sus amigos, y Felicity no podría culparlo por ello.

Pero a pesar de su inquietud ante la perspectiva de ver a Reed, Felicity no podía negar que se sentía algo nerviosa. Era irónico que el único hombre que la había interesado desde que el miserable de su ex marido la traicionó y le robó, era Reed. Todo había empezado mientras Felicity trabajaba en su boda con Emma, y por más que ella intentó convencerse de que Reed estaba fuera de su alcance, el sentimiento no desapareció.

Pero Reed ya no era el prometido de su mejor amiga. De hecho, estaba libre.

«No, no voy a empezar con ésas… No, no, no…»

Después de su divorcio, Felicity se hizo una promesa a sí misma; se entregó en cuerpo y alma a construirse una vida y una fortuna. Punto. Estaba claro que no sabía juzgar a los hombres; pensó que su ex marido la amaba, cuando lo único que él sentía era interés oportunista y nada más. La había utilizado, y Felicity no estaba dispuesta a dejarse utilizar por nadie más.

«Por eso da igual lo mucho que te atraiga, lo sexy que sea y lo disponible que esté: mantén a Reed Kelly fuera de tu mente y sigue pensando en tus objetivos, dentro de los cuales no está ni el matrimonio ni ningún otro compromiso permanente con un hombre».

Al llegar frente al edificio principal, Felicity detuvo el coche y aparcó. Puso su cara más profesional y subió los tres escalones de la entrada.

—Hola, señorita Farnsworth.

Felicity sonrió a la bonita joven que estaba sentada frente a un ordenador en la oficina de Reed. Sabía que era una de sus sobrinas, pero no cuál de ellas.

—Hola. ¿Está Reed por aquí?

La chica, que parecía tener quince o dieciséis años, asintió.

—Está en las cuadras. ¿Quiere que vaya a buscarlo?

—No, no te molestes. Iré a ver si lo encuentro —Felicity prefería ver a Reed a solas. Y más si su reacción al verla se acercaba a lo que ella imaginaba.

De camino a las cuadras, Felicity se alegró de que el camino estuviera enlosado, pues lo último que quería era estropear sus zapatos de Jimmy Choo, en los que se había gastado buena parte de sus ganancias del mes anterior. Los zapatos eran la debilidad de Felicity, que llegaba casi al punto de la obsesión. En aquel momento tenía ocho pares, y seguía comprando más.

A veces se sentía culpable por la cantidad de dinero que gastaba en zapatos, pero no dejaba que esos sentimientos la embargaran mucho tiempo. Después de todo, trabajaba mucho y el dinero que gastaba era suyo y de nadie más. En su caso, con Sam había vivido la situación contraria, cuando él se gastaba todo lo que ella ganaba. Cómo había sido tan estúpida de dejarle meter las manos en la herencia de sus padres…

—¡Felicity!

Felicity parpadeó. Estaba tan perdida en sus pensamientos que no se dio cuenta de la presencia de Max Weldon, entrenador y asistente de Reed. Max era bajito y delgado, y había sido jockey, pero su voz era grave y masculina.

—Hola, Max —Max y su padre habían sido muy buenos amigos, aunque la edad de Max estaba más cercana a la de Felicity.

Max la miró con cariño.

—Hacía mucho que no ten veía. ¿Qué haces por aquí? ¿Quieres comprar un caballo?

Felicity sacudió la cabeza.

—Ya no tengo tiempo para montar. No, he venido a ver a Reed para hablar un asunto de trabajo —por la expresión curiosa de su rostro, Felicity vio que Max sentía curiosidad por saber qué podía tener ella que hablar con Reed, pero era demasiado educado como para preguntar.

—Bueno, está en las cuadras —dijo Max.

—Gracias. Saluda a Paulette de mi parte —Paulette era la esposa de Max.

—Lo haré.

Se despidieron y cada uno siguió su camino.

Cerca de las cuadras, Felicity oyó un suave relincho a la voz grave e inconfundible de un hombre. Reed.

El pulso se le aceleró al entrar en la sombra de la cuadra. Un sinfín de olores asaltaron los sentidos de Felicity al entrar: la avena, el heno seco, serrín y el jabón que los mozos usaban para lavar a los caballos. Aunque había sido una buena amazona, hacía muchos años que Felicity no montaba. Su ex consideraba cualquier práctica deportiva como un gasto de tiempo y dinero, y durante mucho tiempo, lo que Sam quería era lo que se hacía. Pero aquel día, entre aquellos olores y sonidos tan familiares, recordó con nostalgia su amor por los caballos y por la equitación.

Reed estaba a unos pasos de ella, hablando con dulzura a un precioso potro negro. Felicity contuvo el aliento al reconocer sus facciones… no sabía quién era más bello, si el caballo o Reed.

Observando los dos metros de Reed, su cuerpo atlético y musculoso, y su piel bronceada, no pudo evitar pensar en que Emma estaba loca. Él llevaba un polo blanco y unos pantalones de montar color café; Emma le había dicho que después de ver a Garrett por segunda vez se dio cuenta de que no quería a Reed como debería… ¿Pero cómo no podía cualquier mujer amar, o al menos desear, a Reed Kelly?

7

Para ella Reed era el hombre perfecto, si tal cosa podía existir. No sólo era guapísimo y muy sexy, sino que era agradable y divertido. Amable, generoso, buena persona... el tipo de hombre que a todos gustaba. Además de eso, le gustaban los caballos.

«Si hubiera sido mío...»

Pero no era suyo y nunca lo sería, porque ella ya no estaba en el mercado...

Felicity no había acabado de pensar la frase cuando Reed se giró. La cuadra estaba en penumbra, y sus ojos no se habían acostumbrado a la oscuridad del interior tras la luminosidad del mes de julio, así que no pudo ver bien su expresión.

—Hola, Felicity —dijo él en voz baja.

No parecía enfadado, lo cual era prometedor

—Ho-hola Reed —maldición... odiaba que le temblara la voz, cuando ella siempre se preciaba de mantener la serenidad. Algunas personas la llamaban princesa de hielo, apelativo que ella cultivaba porque la ayudaba a manejar a los ricos con los que tenía que trabajar. «No les dejes pensar que estás nerviosa; tienes que dar la impresión de tener la situación controlada». Ése era su mantra.

—¿Qué te trae aquí? ¿Has venido a ver cómo sufro?

Ups, tal vez sí estuviera enfadado.

—¿Cómo sufres? ¿Por qué?

En lugar de contestar, Reed acarició al potro una vez más y fue hacia ella. Felicity tuvo que contenerse para no dar un paso atrás.

—Todo el mundo habla de mí, ¿verdad? Todos sienten lástima —dijo con dureza.

Felicity nunca había visto sus ojos azules brillar con tanta frialdad. El corazón cada vez le latía con más rapidez.

–No, claro que no –pero lo cierto era que sí.

La ruptura de Emma y Reed había sido el chisme más jugoso de Eastwick de los últimos meses, y especialmente la bruja de Delia Forrester, no dejaba de hablar de ello a todo el que quería escucharla.

Reed apretó la mandíbula.

–No me mientas, Felicity. Sé que soy la comidilla de todo el condado. Casi puedo oírlos desde aquí. «Reed Kelly tiene que tener algo malo si Emma Dearborn lo ha dejado».

–Oh, Reed –a Felicity se le derritió el corazón al darse cuenta de que Reed no estaba enfadado, sino dolido.

Sin poder evitarlo, le puso una mano sobre el brazo. Él parpadeó, pero no la apartó. Deseosa de reconfortarlo, lo abrazó.

–Lo siento –le dijo con ternura–. Siento todo lo que ha pasado.

Por un momento él se quedó rígido y Felicity temió haber cruzado una línea prohibida, pero entonces él la rodeó con los brazos y apoyó la barbilla sobre su cabeza. Felicity cerró los ojos; era un abrazo de amigos, pero aun así era muy agradable. Hacía mucho tiempo que Felicity no abrazaba a un hombre al que respetara, y menos a un hombre tan atractivo como Reed.

Ella suspiró y empezó a retirarse. Levantó la vista pensando en qué podía hacer para que él se sintiera mejor.

–Reed... –empezó.

Él bajó la mirada.

Cuando sus miradas se encontraron, algo eléctrico e imposible de negar chispeó entre ellos. Entonces, en un momento que Felicity nunca podría olvidar, él bajó la cabeza y capturó sus labios en un beso.

La sorpresa detuvo el cerebro de Felicity mientras él la besaba. Ella gimió cuando él bajó las manos hacia su trasero, para acercarla aún más y que pudiera sentir su erección. Sus entrañas se habían derretido y su cuerpo estaba incendiado de necesidad.

Reed... Reed...

La cabeza le daba mil vueltas al pensar que una de sus fantasías se estaba haciendo realidad en ese preciso momento. Mientas su amiga estuvo prometida con él, Felicity no pudo evitar pensar en muchas ocasiones cómo sería ser Emma... sentir los besos, sus caricias... hacer el amor con él.

Entonces, penetrando a través del aura de deseo que la envolvía, Felicity oyó unos pasos en el exterior. Reed también debió oírlos, porque la soltó y ella dio un paso atrás.

Por un momento, se miraron el uno al otro y entonces, consciente de que tenía la cara como la grana, Felicity balbuceó.

–Tengo... tengo que marcharme. Ten. Esto es lo que he venido a traerte –sacó de su bolso el cheque que tenía preparado y casi se lo tiró. Era la señal que él le había entregado meses atrás cuando Emma y él le pidieron que se encargara de los preparativos de su boda.

Demasiado avergonzada como para esperar su respuesta, se dio la vuelta y salió todo lo aprisa que pudo de allí.

¿En qué estaba pensando?

«No estabas pensando, al menos no con el cerebro».

Sin aliento, Reed juró para sí. Cielos… aquello era lo más estúpido que había hecho en toda su vida. Casi se había abalanzado sobre Felicity. ¿Por qué?

¿Tan necesitado estaba? ¿O es que pretendía vengarse de Emma por haberlo convertido en el hazmerreír de la zona?

Apretó los dientes. Eso era lo que le fastidiaba. Eso era lo que realmente le fastidiaba.

De algún modo, siempre supo que faltaba algo en su relación con Emma. Ella era dulce y adorable; el tipo de mujer de la que cualquier hombre puede sentirse orgulloso de tener por esposa, pero para ser sincero consigo mismo, tenía que admitir que nunca habían saltado chispas entre ellos, lo cual no era algo bueno para su futuro.

De hecho, y no admitiría esto ante nadie, nunca habían llegado a tener una relación íntima. Emma se había negado, diciendo siempre que quería esperar al matrimonio, y Reed respetó sus sentimientos.

Por eso, cuando ella rompió su compromiso por

otro hombre, él se quedó más avergonzado que dolido, y fue entonces cuando empezó a preguntarse si su negativa al sexo tendría más que ver con la falta de deseo que con la voluntad de llegar virgen al matrimonio, como él cría.

Ahora ponía en cuestión todo lo relacionado con su relación, sobre todo su propia capacidad de juicio. Su ego estaba seriamente lastimado, y todo el mundo que lo rodeaba sabía que el motivo de la ruptura había empeorado mucho las cosas.

Aunque Reed procedía de una gran familia, era una persona muy callada con sus sentimientos, y por eso le hubiera gustado poder llevar su sufrimiento en silencio, pero no había podido ser de ese modo, y se sentía desnudo ante las miradas y consideraciones de la gente.

«Y estúpido, no te olvides de lo estúpido que te sientes».

—Hola, jefe. ¿Todo bien?

Reed sonrió con toda la normalidad que pudo.

—Sin novedad, Max. ¿Por qué?

Su ayudante arrugó el ceño.

—Acabo de ver salir a Felicity a toda velocidad de aquí. He pensado que tal vez hayáis discutido o algo así…

—No, hum… tenía una cita, creo.

Max asintió, pero su mirada guardó un aire curioso y Reed pensó si sospecharía lo que acababa de pasar allí.

—Y yo también tengo que hacer algunas cosas… —dijo Reed.

Reed salió de la cuadra, se puso las gafas de sol y vio alejarse el todoterreno plateado. Felicity se alejaba de allí todo lo aprisa que podía.

Pero… lo cierto era que ella no lo había apartado cuando él la besó. De hecho, había respondido con bastante entusiasmo. Sólo con recordar su respuesta, lo agradable que había sido sujetarla contra su cuerpo, volvía a excitarse.

Tal vez Felicity fuera lo que él necesitara en aquel momento. Si estuvieran juntos, los chismosos tendrían un tema nuevo del que hablar y dejarían de sentir lástima por él. La idea tenía cierto atractivo, pero al cabo de un rato la apartó de su mente. No podía utilizar a Felicity; no sería justo. Y más sabiendo, por lo que Emma le había dicho, lo mucho que Felicity había sufrido por la traición de su esposo.

Echó un vistazo al cheque que ella le había dado. Era la devolución del adelanto de veinte mil dólares que él le había dado cuando empezó a planear su boda con Emma. Un gesto generoso por su parte, pues no le devolverían nada del dineral que ya había pagado por la luna de miel que no hacían, ni del anillo que le había comprado y Emma le había devuelto a él.

Esperaba que Felicity no hubiera tenido problemas económicos por aquella cancelación… Y que hubiera restado del cheque los gastos en los que había podido incurrir durante los preparativos. Tenía que acordarse de preguntarle por ello.

Al entrar en la oficina, le sonrió a la hija de su hermano Daniel, Colleen.

—Han llamado Julianne Foster, el doctor Finnerty y la abuela —dijo la chica—. La abuela quiere saber si irás a cenar esta noche a casa.

—Gracias, cielo —Reed echó un vistazo a su reloj. Era la una pasada—. ¿No deberías haberte ido ya a casa? —Colleen lo ayudaba media jornada en el trabajo los meses de verano.

—Quería acabar la circular —dijo Colleen mientras Reed se dirigía a su despacho—. Después me marcharé.

Reed mandaba mensualmente una circular a todos sus clientes hablando de las novedades del Rosedale Farms. Sus caballos de pura raza gozaban de bastante prestigio y se vendían a precios muy altos, y en Rosedale se daba un servicio completo de cría, mantenimiento y doma. La finca constaba de seiscientos acres de suaves colinas y pastos en un lugar excepcional que era la envidia de otros criadores de caballos. Reed estaba orgulloso con motivos de la ganadería que llevaba el nombre de su abuela paterna, Rose Moran Kelly, que con su marido Aloysius había creado una ganadería de cría de caballos en su Irlanda natal, y él esperaba dejársela en herencia a sus hijos.

Hijos. Al paso que iba, nunca los tendría. Ojalá las cosas siguieran siendo como en el pasado, cuando buscar esposa era casi como una propuesta de negocio, pero claro, él no se conformaría con cualquiera. Tendría que ser una mujer lista, atractiva y agradable. Sin querer, pensó «alguien como Felicity».

Su rostro se torció en una mueca de desagrado. Como si Felicity pudiera estar interesada… había dejado claro a todo el que quisiera escucharla sus sentimientos hacia el matrimonio. Ya se había quemado una vez y no pensaba arriesgarse a que la situación se repitiera. Emma y él hablaban a menudo de la actitud de Felicity, porque a Emma le preocupaba de verdad su mejor amiga y deseaba su felicidad

–Me ha dicho –le había dicho Emma una vez–, que se va a dedicar a su carrera y sólo a eso. Cuando le he dicho que podría tener una carrera y un buen matrimonio, que sólo necesitaba al hombre adecuado, me dijo que se alegraba por mí porque pensara eso, pero que el matrimonio no era para ella.

Al recordar esa conversación, Reed decidió apartar a Felicity de sus pensamientos. Ella no podría ser candidata a ser la señora de Reed Kelly.

Decidido a apartar de su mente todo lo que no fuera trabajo, se sentó a la mesa y descolgó el teléfono para devolver las llamadas que Colleen le había pasado.

Felicity no podía dejar de pensar en lo que había pasado entre ella y Reed. Cielos, ¿en qué estaba pensando? ¿Cómo había podido permitir ese beso? ¿Y por qué, además de permitirlo, había respondido como una gata en celo?

«Ya lo sabes. Llevas mucho tiempo deseando a Reed».

Y ahora, él lo sabía, o al menos, y de eso estaba segura, lo sospechaba.

Demonios.

Se puso roja sólo de pensar en su comportamiento descontrolado, y no podía ni imaginarse lo que Reed estaría pensando. ¿Cómo iba a volver a mirarlo a la cara?

Y Max… Casi le pasa por encima cuando había salido corriendo de la cuadra. Podía imaginarse lo que debía estar pensando… Había murmurado una disculpa y había dicho algo de llegar con retraso a algún sitio sin mirarlo a la cara. «Oh, cielos…»

Seguía flagelándose mentalmente cuando llegó a su oficina, pero al entrar, decidió pensar que lo que había ocurrido no tenía importancia ninguna. Reed la había besado… ¿Y qué?

Rita Dixon, su diminuta ayudante, levantó la vista de su ordenador al verla y sus ojos brillaron con esa chispa de energía que hacía de ella tan valiosa trabajadora.

—¿Qué tal fue? ¿Ha accedido?

Felicity se quedó helada. Había olvidado por completo que su principal motivo para ir a Rosedale aquella mañana era, además de devolver su dinero a Reed, convencerlo de que permitiera que la sesión fotográfica de boda de Portia Newhouse se realizara en su finca. ¡Se le había olvidado preguntarle! Pensó con rapidez y dijo:

—No me ha dado una respuesta.

—Oh, vaya —dijo Rita—. Estaba segura de que podrías convencerlo. ¿Quieres que llame a Bo? Tal vez a él se le ocurra algo…

Bo Harrison era el fotógrafo de confianza de Felicity.

–No lo llames todavía. Reed aún no ha dado un no.

Rita se encogió de hombros.

–De acuerdo. Si alguien puede convencerlo, ésa eres tú.

Felicity se dijo a sí misma que no había mentido a Rita del todo al decir de forma implícita que Reed se estaba pensando la respuesta. La mente le daba vueltas mientras entraba en la Sala de Guerra, así llamada porque era donde se planeaba la estrategia de los grandes eventos.

¿Y ahora qué? Intentó no perder la calma, pero ya conocía la respuesta.

Tendría que superar su vergüenza y llamar a Reed. En ese preciso momento.

Capítulo Dos

Reed tenía el teléfono en la mano. Acababa de colgar a Jack Finnerty, que quería comprar una yegua, y estaba a punto de llamar a su madre para avisarla de que iría a cenar aquella noche, cuando sonó el teléfono.

Al mirar el identificador de llamada, vio *Bodas por Felicidad*. Dudó un momento antes de aceptar la llamada.

—Reed Kelly.

—¿Reed? Soy Felicity.

—Hola. Me alegro de que hayas llamado. Me has ganado… pensaba llamarte enseguida para darte las gracias por devolverme el dinero–¿pensaba ella decirle algo de lo que había pasado entre ellos?

—De nada.

—De hecho, me has dado demasiado. Debes haber tenido algún gasto relacionado con los preparativos de la boda que cancelamos.

—Mis gastos fueron de poca consideración. No me debes nada. Por otro lado, necesito que me hagas un favor –su voz sonaba firme y profesional.

Él se dio cuenta entonces de que ella no iba a mencionar lo que había ocurrido hacía un rato entre ellos. Bien, eso lo hacía todo más fácil, pues así los dos podrían hacer como si no hubiera ocurrido.

–¿Qué necesitas? –dijo él en tono semejante.

–Estoy trabajando en la boda de Portia Newhouse, y su madre se ha encaprichado de que la sesión fotográfica se realice en Rosedale. ¿Podrías pensarlo? Están dispuestos a pagar lo que les pidas.

En una situación similar, Reed habría rechazado la propuesta, pero estaba en deuda con Felicity y eso fomentaría su buena relación con los Newhouse.

–¿De qué estamos hablando exactamente? –preguntó–. No quiero a cientos de personas aquí, y desde luego, nada de cámaras ni de paparazzi.

–No, desde luego que no. Será sólo la familia más cercana, las damas de la novia y los acompañantes del novio, mi fotógrafo y su ayudante, mi asistente personal y yo.

Reed lo pensó un momento y dijo por fin.

–Suena correcto –hizo un cálculo rápido–. El coste será de cinco mil dólares. ¿Estarán dispuestos a pagarlo?

–Más que dispuestos, encantados. Gracias, Reed. Portia estará emocionada.

–¿Cuándo se celebrará la boda?

–Dentro de tres semanas. Hum… una cosa más. Bo, mi fotógrafo, y yo, tendríamos que pasar por allí lo antes posible para buscar los mejores lugares. ¿Hay algún problema?

–En absoluto. Podéis venir mañana mismo si queréis.

–Bien. Llamaré a Bo para ver cómo tiene la agenda. A mí me viene bien a las diez de la mañana. ¿Eso estaría bien para ti?

Reed miró su calendario. No tenía nada urgente apuntado para la mañana siguiente.

–Perfecto. Podemos encontrarnos en mi oficina.

Después de darle las gracias de nuevo, Felicity colgó.

Reed no llamó inmediatamente a su madre, sino que se quedó un momento saboreando su conversación con Felicity. Sabía que el crear buenas relaciones con los Newhouse no era el único motivo para aceptar la proposición de Felicity… Lo cierto era que, después de todas las veces que se había dicho que ella no era para él, quería volver a verla.

–La cena estaba estupenda, mamá.

–Gracias, cariño –Maeve Kelly sonrió a Shannon, una de las dos hermanas mayores de Reed–. No hay nada que me guste más que cocinar para mi familia.

Las cenas de los miércoles por la noche en casa de su madre eran un ritual para los Kelly. No todos podían asistir siempre; Shannon era enfermera y su marido, John, era abogado y siempre estaba muy ocupado. En igual situación estaban la otra hermana de Reed, Bridget, y su marido.

Si toda la familia de Reed asistiera a una cena, incluidos sus hermanos Daniel y Aidan, con sus esposas e hijo, serían treinta y tres. Esa noche sólo Reed,

Shannon y Daniel, los dos últimos con sus familias, habían podido asistir, y eran once a la mesa.

Normalmente Reed disfrutaba en aquellas reuniones; como todos estaban muy ocupados, se veían poco aunque todos vivían en Eastwick o en los alrededores, así que se esforzaba por asistir para verlos. Pero aquel día, deseó haber estado en cualquier otra parte, porque todo el mundo, en especial Shannon, lo miraban con lástima. Sabía que todos creían que estaba sufriendo por su ruptura con Emma, pero también sabía que si negaba su sufrimiento, pensarían que se estaba haciendo el fuerte.

Una vez más se dio cuenta de que lo mejor que podía hacer para detener todos aquellos chismes y miradas de compasión era empezar a salir con otra persona... y rápido.

«Felicity».

¡Otra vez! Por más que lo intentara, no podía sacarse a aquella chica, tan rubia y tan sexy, de la cabeza. Y tampoco podía dejar de recordar la última vez que la había visto. Mucha gente pensaba que Felicity se había echado a perder cuando se cortó el pelo después de su divorcio, pero a él le gustaba ese estilismo corto y de punta. Para él, ella era la más sexy de las Debs, el grupo de amigas con las que salía. Ellas eran más bien de tendencias conservadoras, mientras Felicity parecía una estrella de televisión.

Aquel día llevaba una horquilla brillante con forma de mariposa en el pelo, uno de sus vestidos de diseño, negro y corto, y unos zapatos con un tacón imposible. Desde luego, no hacía juego con el ambiente de unas cuadras, pero a él bien le hubiera gustado darle un revolcón en el montón de heno.

–¿Reed, estás bien?

Se volvió a Shannon, que lo miraba mientras sus hijas y los de Daniel recogían la mesa.

–Sí, ¿por qué?

Shannon, que tenía los ojos azules de los Kelly y el pelo oscuro, se encogió de hombros.

–Ya sabes… –bajó la voz, aunque nadie les prestaba atención.

Reed suspiró.

–Tranquila, estoy bien.

Ella pareció a punto de decir algo, pero se mordió el labio inferior. En su mirada se veía que estaba preocupada.

Reed le apretó la mano.

–Gracias por preocuparte por mí, Shannon, pero de verdad que estoy bien. De hecho, estoy aliviado.

–Bueno, la verdad es que el asunto es de lo más desagradable. ¿Qué le pasa a esa mujer?

–A Emma no le pasa nada. Ella ha sido más honesta que yo y esta ruptura es sólo para mejor.

–No puedes decir eso en serio. Hoy estás como ausente…

Él sacudió la cabeza.

–No, lo digo de verdad. Siempre sentí que faltaba algo entre nosotros, pero nunca quise enfrentarme a ello. Me alegro de que Emma lo hiciera.

Shannon sonrió entonces, y de verdad.

–¿Sabes? Nunca pensé que ella fuera el tipo de chica adecuada para ti.

Reed no pudo evitar sonreír. La lealtad de su hermana lo reconfortó. Siempre podría contar con su familia.

–¿Qué pasa ahí? –preguntó Daniel.

–¿Quién quiere saberlo? –bromeó Shannon, sonriendo a Reed

Después de algunos comentarios graciosos más, la mujer de Daniel, Anna Lisa, se giró a Shannon para decirle:

–¿A que no sabes a quién he visto salir de la tienda de Goldman esta tarde?

–Ni idea –respondió Shannon.

–A Alex Newhouse.

–¿De verdad?

Era raro ver a Alex Newhouse en Eastwick, porque aunque estuviera en casa descansando entre rodajes, solía encerrarse en su finca vallada, sobre todo en la temporada más turística.

–Sí, tenías que haber visto a los turistas mirándolo –Anna Lisa rió–. Y desde luego, yo también miré. ¡Dios, ese hombre es guapísimo! Esos ojos… –suspiró–. ¿Sabes que Felicity Farnsworth se ocupará de la boda de su hija?

–Eso he oído –asintió Shannon.

–¿No te morirías porque te invitaran?

–Yo desde luego que sí –apuntó la madre de Reed–. Estoy enamorada de Alex Newhouse desde el primer día que lo vi en una película.

–Tiene bastante magnetismo –admitió Shannon.

Reed se preguntó si debería decir que las fotos de la boda se tomarían en Rosedale... sería mejor que no; la familia Newhouse no querría audiencia en una sesión de fotos que les costaría cinco mil dólares.

–Felicity ha sabido buscarse bien la vida, ¿no os parece? –comentó Anna Lisa.

–Desde luego, por sorprendente que parezca –repuso Shannon.

Daniel contuvo un bostezo, aburrido con tanta charla sobre bodas.

–Reed, ¿vamos a ver el final de partido?

Lo que Reed quería hacer era quedarse y oír todo lo que las mujeres tenían que decir sobre Felicity, pero no se le ocurría un modo de hacerlo, así que, sin ganas, se levantó.

–¿Por qué te parece sorprendente? –preguntó Anna Lisa.

«Eso», pensó Reed, agachándose y haciendo como si le pasara algo en el zapato.

–Oh, bueno –dijo Shannon–. Nació con todo dado. Es sólo que no pensaba que tuviera esa determinación.

–Yo la veo como una trabajadora sin medida una vez que se decide por algo –dijo Anna Lisa–. Además, me parece que fue muy valiente al afrontar un divorcio tan terrible y hacer algo con su vida después.

–Es una pena que no tenga mejor gusto para sus amistades –dijo la madre de Reed, mirando a su hijo con los ojos ensombrecidos.

Reed supo que ése era el momento de marcharse.

Pero aún después de estar sentado con su hermano frente a la enorme televisión que su padre compró cuatro meses antes de sufrir un fatal ataque al corazón, Reed no podía concentrarse en el partido de los Red Sox. Sólo tenía cerebro para Felicity, la mejor amiga de su ex prometida. Y cuanto más pensaba en ella, más ganas tenía de continuar con lo que había empezado aquel día.

«¡Maldición!»

¿Por qué no podía apartar a aquella mujer de su mente? Tal vez el subconsciente intentara decirle algo. Tal vez, en lugar de intentar olvidarse de Felicity, lo que debiera hacer era intentar llevársela a la cama, porque estaba claro que no podría seguir con su vida hasta que lo hubiera hecho.

Cuando Felicity llegó a su oficina el martes por la mañana, no se sorprendió al ver a Bo Harrison esperándola. Bo, con el pelo rubio platino, pendientes de diamante y de negro, como siempre, tenía aspecto de un artista, que era exactamente lo que era. Sus fotografías eran obras de arte, y siempre estaba muy demandado a pesar de su elevada tarifa.

—Buenos días —le dijo.

—Buenos días, Bo.

—¿Lista?

—En cuanto me tome un café —apenas había dicho esto cuando Rita salió de la cocinita con una taza en la mano. Felicity sonrió–. Gracias, Rita, eres estupenda.

Aquel día, su ayudante llevaba un vestido amarillo con unos zapatos de tacón a juego, con la punta abierta. Ella también era una adicta a los zapatos pero, a diferencia de Felicity, que los compraba en tiendas caras, ella los compraba en rebajas.

–Estás muy guapa –le dijo Felicity.

–Y tú –respondió ella, mirando el vestido multicolor de Felicity, tan diferente de su atuendo de todos los días, siempre en beige o negro, colores que nunca quitarían importancia a las novias o a los invitados a las fiestas.

–Gracias –dijo Felicity–. Tengo comida con las Debs en el club más tarde.

–Lo he visto en tu agenda –dijo Rita–. ¿A qué hora estarás de vuelta?

–Probablemente hasta las tres no llegaré. ¿Por qué? ¿Me he olvidado de algo?

–No –sonrió Rita–. Es sólo para tenerte controlada.

–Si cambio de plantes, te llamaré, o si pasa algo, llámame tú al móvil.

–De acuerdo. Pasadlo bien.

Cinco minutos más tarde, Bo y Felicity estaban de camino a Rosedale, cada uno en su coche pues ella pensaba ir directamente desde allí al club a comer.

Al acercarse a la finca, Felicity notó que su corazón latía con más rapidez. Aunque había hablado con Reed después del beso por teléfono, y los dos habían actuado como si no hubiera ocurrido, sería distinto verlo en persona: encontrarse con su mirada, recordar cómo él había respondido ante ella, y ella ante él. Pero por incómoda que fuera la situación, Felicity estaba dispuesta a actuar con su eficiencia y profesionalidad habituales.

Lo último que quería era que Reed pensara que aquel beso había sido importante para ella o que le daba algún significado. Sería mejor que él pensara que su comportamiento del día anterior había sido un lapsus momentáneo.

Reed estaba en el exterior del edificio cuando Felicity y Bo llegaron. Ambos aparcaron y caminaron hacia él para saludarlo.

–Buenos días –dijo Felicity con cierta frialdad.

–Buenos días –respondió él.

Hum, desde luego, estaba muy guapo. Llevaba de nuevo pantalones de montar ajustados, pero ese día se había puesto una camisa azul del mismo tono que sus ojos.

Felicity sintió que se le encogía el corazón cuando la miró. Le fue necesaria toda su determinación para no apartar la mirada y decir, con tono equilibrado:

–Reed, él es mi fotógrafo, Bo Harrison. Bo, Reed Kelly, el propietario de Rosedale.

–Bo –dijo Reed, extendiendo la mano–. Un placer.

–Gracias, señor Kelly. Le agradezco la oportunidad de trabajar aquí.

Reed sonrió.

27

—¿Por dónde queréis empezar?

—Tal vez lo mejor sería que nos acompañaras a dar una vuelta —sugirió Felicity—. Así Bo podrá hacerse una idea de cómo es esto.

Reed la miró con cara dubitativa.

—¿Piensas andar por aquí con esos zapatos?

—¿Con mis preciosos Blahniks? ¿Estás loco? —Felicity sonrió. Había tenido que buscar mucho para encontrar el complemento perfecto para su vestido turquesa, violeta y dorado—. He traído otros.

Sacó de su bolsa unas deportivas y se las cambió por las doradas sandalias que llevaba.

Reed les mostró cada zona de la finca y la función que desempeñaba. Felicity estaba encantada con su idea del paseo, pues hacía un día magnífico. Además, la finca era preciosa, mucho más de lo que Felicity había imaginado por las descripciones de Emma.

A decir verdad, Emma no solía hablar de Reed en el tiempo que estuvieron prometidos más que para decir si habían hecho una cosa u otra. Esa omisión debía haber sido la primera pista para Felicity de que las cosas no iban bien entre ellos.

¿Habría notado Reed que Emma no estaba bien? Desde luego, ella llevaba así un tiempo antes de romper, aunque no se lo hubiera dicho de forma explícita a Felicity. Preguntándose cuánto tardaría Reed en superar lo de Emma, Felicity lo miró por el rabillo del ojo.

Y entonces vio que él la miraba con una expresión de lo más extraña en la cara.

Sorprendida de encontrarse con su mirada, se puso roja y apartó la vista pretendiendo un sincero interés en la enfermería para los animales que él les señalaba.

¿En qué estaría pensando Reed? Felicity tragó saliva. Demonios, ojalá hubiera sido capaz de contener sus instintos el día anterior.

Durante el resto del recorrido, ella evitó la mirada de Reed. Él la ponía nerviosa, y no le gustaba la sensación, aunque él sí que le gustara mucho más de lo que le convenía.

Advirtiéndose a sí misma que cualquier relación con Reed que no fuera por asuntos de negocios le complicaría la vida, Felicity dio las gracias en silencio por haber acabado con aquello. Se despidió de Bo y de Reed, y se marchó de Rosedale sin mirar atrás.

Reed vio a Bo y a Felicity salir de la finca desde la entrada de la oficina. Aquella mañana se le había ocurrido una idea que, a simple vista, era una barbaridad. Pero... ¿era realmente para tanto?

No hacía falta ser un genio para ver que Felicity se sentía tan atraída por él como él por ella; el hecho de que apartara la mirada de él siempre que él la miraba a ella, o bueno, casi siempre, era una pista importante.

¿Y qué si ella no estaba interesada en el matrimonio y él sí? Lo único que él quería en aquel momento era algo nuevo. Una relación corta, que los dejara a los dos satisfechos y que fuera divertida.

Sexo sin ataduras.

Sonrió.

«Sexo sin ataduras». Los dos tendrían lo que querían sin tener que preocuparse por lazos o sentimientos heridos después.

Si le presentaba a ella el plan en esas condiciones, tal vez dijera que sí.

Capítulo Tres

Felicity fue directamente al baño cuando llegó al club de campo. Se sentía muy acalorada después del paseo por Rosedale, o tal vez fuera por la atracción imposible de negar que sentía hacia Reed.

Cielos, qué sexy era…

Sólo con mirarlo ya notaba que le temblaban las rodillas.

Bueno, independientemente de cuál hubiera sido la causa de su acaloramiento, tenía que recomponerse antes de enfrentarse a las Debs. Algunas de ellas era muy perceptivas.

Ninguna de ellas tenía por qué saber de dónde venía, ni Felicity quería que lo supieran, porque lo último de lo que quería hablar delante de Emma o de cualquier otra persona, era de Reed.

Después de retocarse el maquillaje y colocarse la horquilla con forma de mariposa que llevaba en el pelo, Felicity se sintió lista para hacer su aparición.

Pasó junto a la barra de la Sala Esmeralda y saludó a Harry, el camarero, de camino a la mesa que siempre ocupaban las Debs.

Dos de ellas ya habían llegado: Emma, que llevaba un vestido corto azul que hacía juego con sus ojos violetas y su pelo negrísimo, y Lily Miller Cartwright, embarazada de ocho meses y radiante con un vestido amarillo que se ajustaba a su vientre.

Felicity aprovechó el momento en que sus amigas aún no habían notado su presencia para estudiar sus rostros y no pudo evitar una punzada de envidia por la felicidad que irradiaban por estar enamoradas y saberse correspondidas.

«Pero yo no quiero casarme. No quiero ni una relación larga. ¿Por qué envidio entonces que hayan encontrado a su alma gemela?»

–¡Felicity! –llamó Lily en ese momento, sonriendo.

–Hola, Fee –saludó Emma en tono más bajo.

Mientras Felicity se agachaba para besar a sus amigas, se preguntó el motivo del saludo algo más frío de Emma. ¿Es que sospechaba dónde había estado Felicity aquella mañana? ¿O sus sentimientos hacia Reed? ¿Estaría pensando que ya sentía lo mismo cuando ella estaba prometida con él?

«Oh, no seas idiota. ¿Cómo va a sospechar nada? Es sólo la mala conciencia».

Además, aunque Emma sospechara algo, ya no tenía por qué importarle. Ella había rechazado a Reed por Garrett, y a Felicity no le interesaba para nada Garrett Keating, pero a pesar de todo, se sentía incómoda con la situación. Después lo de Sam no podía soportar la traición de ningún tipo, aunque ésta fuera por omisión y no por una mentira directa.

Intentando tranquilizarse, Felicity se sentó junto a Emma y le pidió al camarero una copa de Rieslin antes de unirse a la conversación sobre la fiesta que le iban a dar a Lily antes de que diera a luz.

—Será en casa de la prima de Jack, Jennifer —decía Lily alegremente mientras se colocaba un mechón de pelo bajo la diadema amarilla. Con sus ojos azules y aquellos colores tan vivos, era la viva imagen de un cuadro de Botticelli.

—Espero que nos invites a todas —comentó Felicity sonriente.

Lily la miró incrédula.

—¡Claro que sí! ¿Cómo no iba a querer que todas las Debs estuvierais allí?

En ese momento llegaron Vanessa Torpe y Abby Talbot, las que faltaban por llegar de las amigas que habían confirmado su asistencia a la comida. Las dos iban impecablemente vestidas: Vanessa iba del mismo verde de sus ojos, y Abby, de blanco, color que resaltaba su bronceado y su pelo rubio. Hacía mucho tiempo que Felicity no la veía, desde el funeral de su madre a principios de verano, y se preguntaba cómo le iría.

Después de un montón de besos y abrazos, las recién llegadas tomaron asiento y pidieron unas copas de vino. Después de una rápida ojeada al menú, pues se lo conocían casi de memoria, la mayoría pidieron ensaladas, pollo o pescado. Sólo Lily, aludiendo que le daba igual, pidió pasta.

—Cuando nazca el niño, tendré que volver a cuidar mi dieta, pero por ahora, mejor será que aproveche —rió.

—Conociéndote, volverás a tu talla cuando el niño cumpla un mes —dijo Vanessa.

—Lo dudo mucho… con todo lo que he engordado…

—¡Pero si estás embarazada! ¿Cómo no vas a engordar?

Felicity se reclinó en su asiento y disfrutó de la charla. Le encantaba reunirse con las Debs; todas ellas eran mujeres de rompe y rasga, que se habían portado como leales amigas cuando necesitó apoyo tras su ruptura con Sam.

Hasta Abby mantuvo su lealtad, aunque su madre se lo pasara estupendamente escribiendo sobre la traición de Sam y la pérdida de la herencia de Felicity. Felicity se preguntaba muy a menudo cómo madre e hija podían ser tan distintas, puesto que a Abby no le gustaban los cotilleos. Tal vez acabó harta de ellos viviendo con una madre como Bunny.

Después de pedir, la conversación se centró en la relación de Emma con Garrett, o más bien, en su ruptura con Reed.

—¿Cómo se lo está tomando Reed? —preguntó Vanessa.

Emma se encogió de hombros.

—No lo he visto ni he hablado con él desde que rompí el compromiso —les confesó.

—Pobre Reed —dijo Vanessa—. Probablemente estará destrozado.

—Espero que no… —Emma se mordió el labio inferior.

Emma era una persona sensible, y Felicity sabía que su preocupación por Reed era real.

–¿Alguna de vosotras lo ha visto? –preguntó Emma.

La pregunta dejó inquieta a Felicity. No quería decir que lo había visto porque temía que al hablar de él se revelaran sus sentimientos, pero no quería mentir a Emma.

–Chicas, tengo que ir al baño –dijo, levantándose–. No habléis de mí mientras no esté presente para defenderme.

Todas echaron a reír.

Dejaría pasar el tiempo suficiente para que la conversación derivara hacia otros temas antes de volver. Por desgracia, cuando entró al baño, Felicity estuvo a punto de darse la vuelta porque frente al espejo estaba una de las personas de las que peor concepto tenía. Delia Forrester.

–¡Felicity! ¡Hace siglos que no nos vemos! –exclamó Delia.

Por alguna extraña razón, aquella mujer parecía pensar que Felicity era una amiga íntima.

–Hola, Delia –aunque la detestaba, tampoco quería tener un encontronazo con ella–. ¿Qué tal?

–Estoy estupendamente –dijo ella, acariciándose el pelo color platino, perfectamente peinado.

¿Por qué a la gente le gustaba tanto el pelo rubio platino? ¿Es que no se daban cuenta de que cuando era teñido quedaba fatal? Felicity se miró en el espejo y observó con satisfacción su rubio natural.

–¿Y tú, querida? Supongo que estarás muy liada... con la boda de los Townsend, la de los Newhouse y la anulación de la de Emma… por no hablar de todos las asociaciones de voluntariado en las que participas...

Lo último que dijo fue bastante chocante, pues Delia no participaba en ninguna de las actividades de voluntariado con las que estaban comprometidas las Debs. Felicity se preguntó si sería porque el resto de las mujeres no se interesaban por sus cotilleos.

–Me las apaño bien –dijo Felicity, sin querer entrar en detalles. Se puso un poco de brillo de labios que sacó del bolso.

Pero Delia no era lo suficientemente despierta como para pillar la indirecta.

–Me dejó de piedra que Emma, que se supone que es tu amiga, te hiciera algo así.

Felicity arrugó el ceño.

–Creo que no sé a qué te refieres –dijo, guardando el brillo de labios en su bolso de nuevo.

–Oh, vamos, Felicity… Canceló la boda sin más, y si lo hizo es porque no le importa el daño que pueda hacer a los demás. De verdad que me parece terrible que te haga perder dinero de ese modo, pero es típico de tus amigas, ¿no? Todas son ricas, así que no pueden entender lo que es la vida para ti.

–Delia, no tienes ni idea de lo que estás diciendo –le espetó Felicity; ya le daba igual si se enfrentaba o no a aquella estúpida mujer–. Emma no haría daño conscientemente ni a una mosca, y mucho menos a mí. Su ruptura con Reed Kelly no tuvo nada que ver conmigo, y yo no hubiera querido que se casara con él si no lo amaba. Y a lo que respecta a la riqueza de mis amigas… a Lily nadie le ha dado nada. Siempre ha trabajado, igual que Abby, que es una ejecutiva. De hecho, todas trabajan: Emma tiene una galería de arte y Vanessa… –bajó la voz. ¿Por qué se molestaba en darle explicaciones?–. Déjalo. No voy a perder tiempo hablando de esto contigo.

Y con esas palabras, Felicity se dio la vuelta y se marchó. Intentó calmarse, pero cuando llegó a la mesa aún tenía la cara descompuesta por el disgusto.

–¿Qué pasa? –preguntó Emma.

–Delia Forrester –explicó Felicity sacudiendo la cabeza.

Todas suspiraron y estuvieron de acuerdo con ella.

–¿Sabéis? –comentó Abby–. De verdad me gustaría saber a qué se dedicaba esa mujer antes de casarse con Frank. Mi madre intentó enterarse, pero por lo que yo sé, no lo consiguió.

–Oh, yo sí lo sé –declaró Felicity para asombro de sus amigas–. Se dedicaba a remover sus pociones de ojos de sapo y colas de ratón.

Todas se quedaron en silencio un momento antes de echarse a reír.

–Qué mala eres –dijo Emma sin poder contener la risa.

–Yo soy mala, pero ella es una bruja –apuntó Felicity.

–O algo peor aún –corrigió Vanessa.

–Eso también –admitió Felicity.

Todas callaron cuando el camarero les trajo la comida, y después cambiaron de tema. Mientras daban buena cuenta de sus platos, charlaron sobre las cartas de chantaje que habían recibido el marido de Lily y la hermana de Garrett. Abby estaba convencida de que aquellos intentos de extorsión y el robo de los diarios de su madre estaban relacionados, y Felicity pensaba que tenía razón, aunque eso significara que la otra teoría de Abby, la que decía que su madre habría sido asesinada, también podía ser verdad. Felicity se estremeció al pensarlo. Un asesinato sonaba horrible, pero Bunny desde luego se había creado muchas enemistades entre la gente sobre cuyas vidas y secretos había escrito.

Cuando agotaron ese tema, la conversación giró hacia la interminable lucha de Vanessa con la familia de su marido fallecido por su testamento.

Emma, mucho más abierta a la hora de mostrar sus sentimientos que Felicity, le tomó la mano a Vanessa.

–Siento que tengas que pasar por todo esto, Van.

En momentos como aquél, Felicity no podía evitar recordar cómo la familia de Sam, a la que ella adoraba, se habían vuelto en contra de ella después del divorcio. Ella también le tomó la mano a Vanessa.

–Piensa que todo esto se acabará en algún momento.

–Gracias –dijo Vanessa con una sonrisa–. Gracias

a todas –y levantó su vaso de agua a modo de brindis–. Por las amigas.

Todas brindaron y buscaron un tema de conversación más ligero. Sin que ella se diera cuenta, llegó la hora de marcharse para Felicity.

Emma salió con ella del restaurante, y al llegar al aparcamiento, le preguntó:

–¿Va todo bien? –parecía preocupada–. ¿Estás enfadada conmigo por algún motivo?

–¿Por qué dices eso? –Felicity deseó poder confiar sus sentimientos a Emma, pero era imposible–. Por supuesto que no.

–Siempre te ha caído muy bien Reed. Tal vez pienses que me porté mal con él.

Felicity suspiró.

–Emma, creo que has hecho lo correcto. De hecho, te admiro por haber tenido el valor de decirle la verdad –le sonrió–. Y me alegro por Garrett y por ti.

–¿Lo dices en serio?

–Desde luego.

Emma suspiró aliviada.

–Me alegro. Hubiera sido muy duro para mí que esto afectara a nuestra amistad –dudó un segundo y añadió–. Tu amistad es muy importante para mí, lo sabes, ¿verdad?

–Claro que sí. También lo es para mí.

Se sonrieron y se abrazaron antes de despedirse con la promesa de llamarse pronto.

De camino a casa, Felicity se dijo a sí misma que no volvería a hacer nada que no le pudiera contar a Emma. Su amistad con ella era demasiado importante como para arriesgarla, y aunque Emma hubiera roto con Reed, podía sentirse traicionada si Felicity empezaba a salir con él. Tal vez incluso pensara que ella había estado esperando la oportunidad para saltar sobre él.

«No puedo dejar que ocurra algo así. No puedo arriesgar mi amistad con Emma».

Así que, a pesar de lamentarlo, Felicity supo que tenía que apartar a Reed Kelly de su mente para siempre.

–¡Hey, Reed! ¡Espera!

Reed, que estaba a punto de entrar en la ferretería de Eastwick, se giró al oír la voz de su abogado y amigo Jack Cartwright.

–Hola, Jack. ¿Qué tal te va?

Jack sonrió.

–Genial, ¿y a ti?

–Igual.

–No, en serio…

«Maldición». En su rostro se dibujaba la expresión de lástima que Reed tanto odiaba.

–Demonios, Jack –dijo, irritado–. Estoy bien. Ojalá todo el mundo dejara de preguntarme lo mismo.

Como Jack era un buen amigo, no se tomó a mal la dura respuesta de Reed. En vez de eso, lo agarró del brazo y dijo:

–Lo siento, chico. Yo sólo quería… Bueno, ya sabes.

–Sí, ya lo sé –suspiró Reed, decidido a cambiar

de tema–. ¿Qué tal Lily? Debe estar a punto de salir de cuentas.

La expresión de Jack se dulcificó.

–Aún le quedan un par de meses.

Reed no pudo evitar una punzada de envidia. Jack no sólo estaba casado con una mujer preciosa de la que estaba muy enamorado, sino que ella iba a darle un hijo.

Charlaron un rato hasta que Jack dijo que había quedado a las tres y que tenía que marcharse enseguida si quería llegar a tiempo. Quedaron en verse pronto, y Reed entró en la tienda. Tomó lo que necesitaba y mientras Mae Burrows, la esposa del dueño, le cobraba, le dijo:

–Reed, sólo quería decirte que siento mucho tu ruptura con Emma.

Él intentó mantener la calma.

–Gracias, Mae, pero ha sido lo mejor.

–Eso puede ser –dijo la mujer–, pero aun así, debe ser duro.

–Es mejor a que te arranquen las uñas una a una –al ver la expresión de la mujer, echó a reír–. Estoy de broma, Mae –le apretó la mano–. Lo digo en serio; aprecio tu preocupación, pero nuestra ruptura ha sido lo mejor que nos ha podido pasar a los dos –recogió sus compras y salió de la tienda antes de que ella pudiera decir nada más.

Pero los comentarios de Mae y los de Jack sólo vinieron a reforzar la idea que él había estado dando vueltas en la cabeza durante las últimas veinticuatro horas.

–Esta gente necesita algo nuevo de lo que hablar –murmuró–. Y creo que sé exactamente qué es lo que necesitan.

Por eso, en lugar de volver a Rosedale directamente, caminó hasta la agencia de viajes de Georgia Lang. Tuvo suerte: Georgia estaba allí y no tenía ningún cliente en aquel momento.

La mujer lo saludó mirando por encima de las gafas cuando él entró en la agencia.

–Hola, Reed.

Reed se dio cuenta de que a ella le preocupaba que fuera a pedirle que le devolviera el dinero que había pagado por la luna de miel.

–Hola, Georgia. Quería que me hicieras un favor. El viaje que te pagué… me gustaría cambiar la reserva para la semana que viene.

Ella parpadeó.

–¿Al final sí os vais a casar?

–No.

–Oh.

Ella no siguió preguntándole, aunque estaba claro que se moría de curiosidad.

Tardó un cuarto de hora en cambiar la reserva en el complejo de vacaciones de Cozumel para que su llegada coincidiera con el lunes siguiente.

–¿Y el billete de avión? –le preguntó ella–. ¿Quieres que vea si puedo conseguir que te devuelvan el dinero? O al menos, que te lo guarden para otra ocasión…

–No, necesito los dos billetes –dijo él.

Nuevamente su mirada se llenó de curiosidad y

Reed supo que se moría por saber con quién se iría de viaje la semana siguiente. Pero él no estaba dispuesto a decirle nada, y ella tenía la discreción necesaria para no preguntar.

Cuando salió de la agencia con los billetes en la mano, empezó a silbar.

Capítulo Cuatro

Felicity suspiró mientras se frotaba el puente de la nariz. Estaba cansada. Había sido un día largo y frustrante. Estaba harta de Madeline Newhouse y sus constantes protestas y peticiones, y aún faltaban tres semanas para la boda. Estuvo a punto de perder el control con ella y de pedirle que dejara de acosarla, pero se contuvo a tiempo, lo cual no la tranquilizó del todo. Nunca había perdido la calma con un cliente.

«Estoy tan cansada… ojalá…»

Pero Felicity no sabía ni qué quería. Suspirando, encendió su portátil para mirar su buzón de correo electrónico. Acababa de enviar un mensaje a uno de sus proveedores cuando vio por el rabillo del ojo que un Dodge rojo aparcaba frente a su puerta.

Felicity frunció el ceño preguntándose quién sería. Entonces se dio cuenta… ¡era el coche de Reed!

¿Qué estaba haciendo él allí? Su cansancio se desvaneció. Sacó su polvera y comprobó que su pelo y su maquillaje eran correctos. Se colocó la horquilla en forma de mariposa de aquel día, hecha con perlas de río, y esperó a que él apareciera.

El corazón le dio uno de esos vuelcos extraños cuando él entró.

–Hola, Reed –dijo con toda la frialdad que pudo, aunque el verlo tuvo un impacto sobre su libido que seguro tenía algo de ilegal.

–Hola –saludó él con una enorme sonrisa.

–¿Qué te trae por aquí? –¿por qué tenía que ser tan atractivo? Incluso vestido como iba, con botas, vaqueros gastados y una camiseta roja, estaba para comérselo–. No habrás cambiado de idea en lo referente a las fotos de los Newhouse, ¿verdad?

–No, nada de eso.

–Menos mal –suspiró ella–. No creo que pudiera soportar el tener que decirle a Madeline Newhouse eso.

–¿Te lo está haciendo pasar mal?

–Pues sí. Esa mujer es un tormento de primera clase.

–Puedes llamarla pesada si quieres –dijo él con una sonrisa–. Ya había oído la palabra antes.

–¿Y a pesar de todo me respetarías por la mañana? –bromeó ella.

Los dos echaron a reír y él se sentó en el borde de su escritorio. La miró a los ojos y su sonrisa se transformó… su expresión hizo que Felicity se quedara sin aliento. El momento duró y duró.

Ella sintió que tenía que hacer algo, así que tomó un clip y lo retorció.

–¿Qué? –dijo ella, incómoda por su mirada. Menos mal que Rita no estaba, porque si hubiera visto lo nerviosa que estaba, habría sabido de inmediato lo que pasaba. Con el nivel de hormonas que había reunido en la sala, no habría sido difícil.

—Tengo una idea —dijo Reed en un tono bajo y sexy. Sus ojos eran dos profundos pozos azules.

Cielos… qué mujer no desearía ahogarse en esos ojos…

—¿Oh? —Felicity bajó las manos a su regazo al notar que le empezaban a temblar.

—Sabes que reservé una semana en Cozumel para la luna de miel.

—Hum. Sí, Emma me lo mencionó —cielos, parecía idiota…

—Y no me devuelven el dinero.

Felicity no sabía qué decir, así que no dijo nada.

—Puesto que ya lo he pagado, me iré a Cozumel el lunes por la mañana.

Ahora sí que no sabía qué decir. ¿Qué pretendía que dijera?

—Tendrías que ver los catálogos, Felicity. He reservado una suite en el Gran Hotel, de cinco estrellas. Está en la playa de San Francisco, y se puede ir en barco al arrecife de Palancar.

—No, creo que no.

—Es un lugar excepcional para bucear y hacer snorkel, me han dicho. Es precioso

—Hum… pues espero que lo pases bien —ella tragó saliva. Algo en su modo de hablar la estaba poniendo muy nerviosa.

—Me lo pasaría mucho mejor si alguien viniera conmigo —le dijo él en voz baja.

Felicity sintió una dolorosa punzada en el corazón. Se humedeció los labios, incapaz de apartar la mirada.

—¿Qué te parece, Felicity?

—¿Qué me parece el qué?

—Ya lo sabes.

Ella sacudió la cabeza.

—No, no lo sé.

Él se inclinó y le susurró al oído:

—Ven conmigo.

Por un momento, no se oyó nada más en la oficina que el tic-tac del reloj de pared y el suave zumbido del ordenador de Felicity.

Felicity abrió la boca para decir algo, pero no pudo. Por fin logró recomponerse.

—Reed, eso es ridículo. No puedo ir contigo.

—¿Por qué no?

—Pues… pues porque no. Es imposible.

—¿Por qué?

—Bueno, el motivo número uno es que tengo que trabajar.

—¿Hace cuánto tiempo que no te tomas vacaciones?

—Eso no tiene nada que ver.

—No, pero, ¿es que no te mereces unas vacaciones?

—Reed… sé razonable. Aunque quisiera, ¿cómo iba a ir? ¿No te parece que las chismosas de Eastwick se volverían locas de contento si lo supieran?

—¿Y qué? —Reed se encogió de hombros.

—¿Cómo que y qué? Pues que tengo una reputación…

–Oh, vamos, Felicity. A ti te da igual lo que piensen de ti los demás.

Eso era cierto. Desde que Sam salió de su vida, ella había hecho exactamente lo que había querido cuando había querido, sin importarle la opinión de nadie. Pero aquello era una locura. No podía dejarlo todo y marcharse con Reed. ¿Y por qué él quería ir con ella? ¿Era algún plan extraño para recuperar a Emma? ¿A su mejor amiga, Emma?

Mientras ella le daba vueltas a la cabeza, él se levantó y rodeó el escritorio. La tomó de las manos e hizo que se levantara. Antes de que ella hubiera podido pensar en resistirse, él la atrajo hacia sí y la besó lentamente.

Felicity se derritió contra él. Perdió toda capacidad de resistencia. Cada célula de su cuerpo estaba ardiendo y ella era incapaz de pensar en que alguien podía entrar en cualquier momento. Lo único que sabía era que ese hombre disparaba algo dentro de ella, algo que nunca se había creído capaz de sentir.

Cuando él la dejó por fin respirar, su voz sonó grave y seductora.

–Ven conmigo. Sin ataduras. Sólo sol, diversión y nosotros dos –le sonrió seductor–. ¿Qué dices?

Una semana en México con Reed. Sonaba como el paraíso. «Y sin ataduras».

–Yo...

Él le puso un dedo sobre los labios.

–No te arrepentirás.

Ella sacudió la cabeza.

–Vamos, Felicity. No digas que no.

–Tengo que hacerlo –exclamó ella–. Lo que me propones… es una locura –se apartó de él mientras intentaba calmar su acelerado corazón y poner orden en su cerebro–. No puedo ir contigo, Reed –dijo con voz más fuerte. Levantó la vista y lo miró a los ojos–. Gracias por la invitación, pero tengo que decir que no.

Su sonrisa desapareció. Reed se encogió de hombros.

–Bueno, yo lo he intentado.

Ella sabía que no tenía ningún sentido, pero se sintió muy decepcionada.

«¿Qué? ¿Acaso pensabas que él te iba a suplicar que fueras con él?»

Él se dirigió a la puerta, pero se detuvo y volvió para dejar algo sobre su mesa.

–Por si cambias de idea –le dijo.

Y se marchó.

Felicity no tomó el sobre que le había dejado hasta que su coche desapareció de la acera. Al abrirlo vio que se trataba de un billete de avión en primera clase para el siguiente lunes. El corazón se le aceleró mientras lo miraba.

Una semana en México.

Con Reed.

«No puede ser. Es una locura incluso el pensar en ello».

Con Reed.

Sol, diversión. Sexo.

Con Reed.

Sin ataduras. Lo había dicho él.

Se humedeció los labios y se imaginó con él en la playa. Besándose. Se lo imaginó quitándole la parte de arriba del biquini.

Oh…

Felicity sacudió la cabeza. ¿En qué estaba pensando? No, no, no. Aquello era una locura. Imposible. Aunque no le importara lo que pensara la gente de ella, sí que le importaba lo que pensara Emma. Y el resto de las Debs.

Sacudió la cabeza.

«No voy y ya está decidido».

Empezó a romper el billete y se detuvo. Sería una pena romperlo. Tal vez pudieran devolverle el dinero. Debería enviárselo por correo, con una nota. Una nota amable.

«Gracias por una invitación tan especial, pero sé que entenderás por qué no puedo ir. Espero que te lo pases muy bien, Felicity».

Sí, eso haría.

Acababa de levantarse para ir a buscar un sobre, cuando se abrió la puerta de la calle.

—¡Qué calor hace! —exclamó Rita, enjugándose la cara con un pañuelo de papel. Dejó el enorme catálogo que se había llevado para mostrárselo a un cliente sobre la mesa y se volvió a su jefa—. Qué ganas tengo de que se acabe el verano.

—Ya somos dos —murmuró Felicity.

Rita la miró con curiosidad.

—¿Qué pasa?

—Nada —Felicity se encogió de hombros—. Estoy agotada.

–Bueno, no me extraña. ¿Cuándo te fuiste de vacaciones por última vez?

Lo mismo que le había dicho Reed.

–No lo sé.

–Yo sí. Hace dos años.

Felicity se mordió el labio inferior. Se sentía a punto de echarse a llorar. ¿Qué le estaba pasando?

–Felicity –Rita le agarró un brazo–. ¿Estás bien? ¿Ha pasado algo? ¿Ha vuelto a llamar esa horrible mujer, la señora Newhouse?

Felicity tragó saliva. La tentación de contárselo a Rita era demasiado fuerte. En gran medida, Rita había hecho las veces de la madre que Felicity nunca tuvo. Si lo que Reed le había propuesto llegaba a oídos de Emma…

A Felicity le disgustaba profundamente el hecho de no poder hablar con libertad delante de Rita, pero las cartas de chantaje que habían recibido algunas de sus amigas desde la muerte de Bunny Talbot eran muy inquietantes, y últimamente Felicity no podía dejar de pensar si Rita habría tenido algo que ver en todo aquello. Después de todo, ella había hablado sin tapujos delante de su asistente… En realidad, Felicity no creía que Rita tuviera nada que ver, se sentía mal por pensarlo, pero si había la mínima posibilidad de que estuviera involucrada, o que le dijera algo a alguien que lo estuviera… Sería mejor andar con cuidado que después tener que lamentarse.

Suspirando profundamente, Felicity sacudió la cabeza.

51

–No, no ha llamado. Es sólo que estoy cansada. Creo que voy a tomarme la tarde libre.

–Muy buena idea –dijo Rita–. Ve a casa, date un baño y pide una pizza a domicilio o algo así. Suena como un buen plan.

Felicity sonrió. Rita tenía razón. Abrazó a su asistente y dijo:

–Gracias, Rita, ya me siento mejor.

Reed se dijo a sí mismo que no le importaba que Felicity hubiera rechazado su propuesta. En Cozumel debía haber cientos de mujeres guapas. Además, quedaban cuatro días para el lunes. Tal vez pudiera apañárselas para convencer a Felicity en ese tiempo.

Felicity soñó con Reed esa noche. En el sueño estaban en una cama en medio de una habitación soleada. En el techo había un ventilador que giraba con un suave zumbido, agitando la mosquitera que rodeaba la cama. Se oía a unos mariachis en la distancia, y mientras Reed le susurraba al oído, le acariciaba todo el cuerpo…

Felicity se despertó con un gemido.

Cuando se dio cuenta de que no había estado realmente en esa cama con Reed, que había sido sólo un sueño, sintió ganas de llorar de la decepción.

Todo su cuerpo gritaba de deseo por él, pero él no estaba allí y ella estaba sola. Igual que los tres últimos años. Tres años de soledad.

«Tres años sola y sin sexo…»

Ahí radicaba todo su problema. Se sentía frustrada sexualmente… un desastre, en otras palabras.

«Tal vez sea el momento de comprar un NAP», pensó, traviesa, recordando en las risas que había tenido con sus amigas hablando de los «novios a pilas».

Ahuecó la almohada y trató de ponerse cómoda, pero no hubo manera. Después de media hora de dar vueltas en la cama, se convenció de que no volvería a dormirse. A las tres de la madrugada renunció y se levantó para ir a buscar un vaso de leche a la cocina. Se sentó a la mesa del desayuno para pensar una vez más en la propuesta de Reed.

¿Tan descabellada era la idea?

Lo único que había hecho había sido invitarla a un lujoso hotel en el que pasaría una semana relajada y divirtiéndose.

«Sin ataduras».

Mientras Emma no se enterase de nada, ¿qué tenía de malo?

El sábado por la mañana, justo antes del mediodía, Felicity estaba a punto de salir de la oficina cuando una furgoneta de reparto de flores se detuvo frente a la puerta. Frunció el ceño. No esperaba ninguna entrega. ¿Se habrían equivocado de dirección?

Un joven caminó hacia la puerta con un ramo de flores rojas en un florero. ¿Sería el cumpleaños de Rita? No, su cumpleaños era en diciembre.

—¿Señorita Felicity Farnsworth? —dijo el hombre.

–Sí.

–Son para usted –le pasó el florero, que venía con una caja envuelta en papel de regalo rojo.

Felicity cerró la puerta y fue a su mesa. ¿Quién se las habría mandado? No había tarjeta. Tomó la caja y la desenvolvió. Se quedó boquiabierta. Era una caja de preservativos. Con ella sí venía una nota.

Para mí, la mejor compañía para una flor de pasión son los preservativos, ¿no te parece? Te prometo que les daremos el mejor uso posible si cambias de idea.

Reed

Felicity no pudo evitarlo y se echó a reír. ¡Era tremendo! Guardó la caja de preservativos y la nota en su bolso a toda prisa. No quería que nadie lo viese, y Rita estaba a punto de llegar.

Pero aunque hubiera apartado la nota y los preservativos de su vista, Felicity no pudo pensar en otra cosa en todo el día.

El domingo por la tarde, Reed se enfrentó a la cruda realidad de que Felicity no iba a cambiar de idea. Bueno, lo había intentado, y aunque no había logrado convencerla de que fuera a Cozumel con él, él sí se iría a la mañana siguiente. Ya había llamado a su madre para avisarla de que iba a estar fuera una semana, aunque no le dijo dónde iría y ella imaginó que sería un viaje de trabajo, y le había dado instrucciones a Max. Ya tenía la maleta preparada y estaba listo.

Pero a la mañana siguiente, mientras se dirigía en su coche al aeropuerto, no pudo evitar lamentarlo.

Para cuando Felicity se decidió, ya era demasiado tarde para marcharse con Reed a Cozumel, pero en la agencia de viajes le encontraron un asiento en el siguiente vuelo.

En la breve escala que hizo en el aeropuerto Kennedy, pensó en lo que diría la gente si supieran dónde había ido y con quién. A Rita le dijo que se iba toda la semana a un spa y que estaría incomunicada todo el tiempo.

–Tendré el móvil apagado –le había dicho.

–Buena idea –dijo su asistente–. Cuando vuelvas, ya tendrás tiempo de volver a pensar en el trabajo. No te preocupes por nada más que de pasártelo bien y de descansar. Seguro que no has tomado el sol en todo el verano.

Felicity se sentía culpable, pero después se dijo que lo hacía para protegerse a sí misma. El sentimiento de culpabilidad era el precio que tenía que pagar por la promesa de la semana que tenía ante sí. Aún no podía creerse lo que estaba haciendo, y mientras subía al avión con destino a México seguía pensando que estaba soñando y pronto despertaría, como cuando soñó que Reed le hacía el amor.

Hasta que no se vio sentada en su asiento de primera clase, con una piña colada en las manos no supo que aquello era real. Aquella noche estaría con Reed.

Y, en medio de la excitación, pensó si estaría haciendo lo correcto. Cierto era que no quería compromisos, al menos por el momento, pero tampoco quería que Reed pensara que era fácil. Desde luego, no quería que creyese que se metía en la cama con cualquiera.

«Te conoce de toda la vida».

A pesar de todo, sería buena idea dejarle claro que había aceptado el ofrecimiento porque necesitaba unas vacaciones… no porque estuviera sexualmente necesitada. Felicity sonrió. Aunque lo estuviera.

Reed no se había equivocado.

Había montones de mujeres preciosas en el Gran Hotel de Cozumel, y algunas de ellas lo miraban con interés. Sobre todo una morena con un vestido muy escotado, parecía dispuesta a dejar a sus amigas si él se le acercaba.

Reed se lo planteó.

No le costaría ir hacia ella y presentarse; después podía invitarla a cenar.

Pero no le apetecía. Y sabía el motivo. Por muy guapa que fuera, no era Felicity.

Capítulo Cinco

Cuando el taxi de Felicity aparcó delante del Gran Hotel de Cozumel, ella tomó aire antes de salir.

–Bienvenida al Gran Hotel, señorita –dijo el joven botones que apareció enseguida junto al taxi.

–Gracias –dijo Felicity. Pagó al taxista, que aceptó sus dólares encantado, y siguió al botones a la entrada. La zona de recepción era amplia y luminosa, y estaba rodeada de plantas exuberantes.

El recepcionista la saludó en un inglés perfecto. Su nombre era Carlos Pérez.

Felicity trató de no mostrar los nervios que sentía.

–Kelly –dijo ella–. La reserva está a nombre de Reed Kelly.

El recepcionista sonrió.

–Le ruego que me disculpe, señora Kelly. El señor Kelly no nos dijo que llegaría esta noche.

Felicity abrió mucho los ojos. ¿Es que Reed sabía que ella iría? ¿Se había enterado de que ella había cambiado la reserva?

–Eduardo –llamó el señor Pérez–. Acompaña a la señora Kelly a la suite 410, la suite Calypso.

Felicity abrió la boca para explicar que ella no era la señora Kelly, pero la situación le pareció muy embarazosa. Su intención había sido buscar ella sola la habitación de Reed, pero tal vez sería más fácil dejar que todos pensaran que eran marido y mujer. De ese modo, no los mirarían de modo extraño. O tal vez no les importaran esas cosas… Ella llevaba tanto tiempo sin salir con nadie y sin tener sexo con nadie que ya no sabía cómo funcionaban esas cosas. Sólo con pensar en ello sentía un ataque de nervios.

Cielos, ¿estaría cometiendo un terrible error?

«Bueno, ya es demasiado tarde para pensar en eso».

Felicity le dio las gracias al señor Pérez y siguió al botones hacia el ascensor escondido tras las palmeras que crecían allí mismo, en medio de la recepción.

En el ascensor, Felicity intentó mantener la calma, pero cuanto más se acercaban a la suite, más nerviosa estaba ella.

Felicity se preguntó si Reed estaría en su habitación. Eran casi las siete de la tarde. Tal vez estuviera cenando. Tragó saliva al pensar por primera vez en la horrible posibilidad de que hubiera encontrado a otra persona, a otra mujer, con la que compartir cena o incluso habitación.

Oh, no… ¿Qué haría si ése fuera el caso? ¿Era demasiado tarde para darse la vuelta y volver a casa?

Aún seguía debatiendo consigo misma cuando el botones dijo:

—Ya hemos llegado, señora Kelly. La suite Calypso —y al decirlo, llamó a la puerta con los nudillos.

Felicity murmuró una oración antes de que la puerta se abriera.

—¿Felicity? —murmuró Reed, asombrado.

–Hola, Reed –¿por qué él no sonreía? El corazón le latía tan aprisa que empezaba a asustarse

Y entonces, justo cuando iba a pedir perdón por su horrible error, él le hizo un gesto al botones para que pasara. Mientras Reed le daba una propina, Felicity se preguntó a sí misma si no sería demasiado tarde. Si él no aceptaba sus condiciones, porque ella las tenía, o actuaba como si hubiera cambiado de idea y ya no quisiera tenerla allí, podía marcharse y lo haría.

Reed cerró la puerta después de despedirse del botones y por fin la miró. Le tomó la mano, la atrajo a sus brazos y justo antes de besarla, le sonrió y dijo:

–¿Por qué has tardado tanto?

Felicity perdió la cuenta del tiempo que permanecieron besándose. Lo que sí sabía era que Reed le hacía sentir cosas completamente nuevas; ni siquiera al principio de su relación con Sam había sentido algo así.

Pero cuando Reed la llevó hacia la cama, Felicity, a pesar de las llamas del deseo que la devoraban, tuvo la consciencia suficiente como para resistirse.

–¿Pasa algo? –preguntó él mirándola–. ¿Te he malinterpretado?

Felicity, con el pulso a cien, dijo con voz firme pero agradable, la misma que utilizaba para sus clientes:

–Espera, antes de ir más lejos, tienes que aceptar mis condiciones. En caso de no hacerlo, me volveré a Eastwick.

—¿Cuáles son esas condiciones? —preguntó él, desconfiado.

—Mi presencia aquí tiene que ser un secreto para absolutamente todo el mundo.

—Me decepcionas, Felicity. Pensabas que eras una chica moderna de las que no se preocupan por lo que piensen los demás. Es una de las cosas que más admiro de ti, que no das crédito a las habladurías.

—Lo que diga la gente me da igual, normalmente, pero sí que me importa Emma, y no quiero comprometer mi amistad con ella.

—¿Qué le tiene que importar esto a Emma? Fue ella la que me dejó y no al revés.

Felicity no trató de ocultar su disgusto. A él aún le importaba Emma, y si estaba haciendo aquello sólo para recuperarla, Felicity no quería saber nada de eso. Pero antes de que ella pudiera expresar sus pensamientos en voz alta, Reed volvió a hablar.

—No quiero que te marches —le dijo en voz baja—. No te pedí que vinieras para desquitarme de lo de Emma, si es lo que estás pensando, sino porque creo que podemos tener algo.

—¿En serio?

—Sí, y acepto tus condiciones —le dio un golpecito a la cama a su lado, llamándola—. ¿Por qué no vienes y dejamos de perder el tiempo?

Felicity sacudió la cabeza.

—Hay otra cosa más que tenemos que dejar clara desde el principio.

Él levantó las cejas.

–Hum… ¿No crees que sería mejor conocernos un poco antes de meternos en la cama?

–Sé todo lo que tengo que saber sobre ti –le respondió él con un tono seductor. Al mirarla a la cara, Reed sonrió–. De acuerdo, tú ganas. Si la cama te pone nerviosa, iremos a otro sitio –se levantó para ir a sentarse al sofá, y la llamó a su lado.

Pero Felicity sabía que si se sentaba con él, pronto sería incapaz de negarse a cualquier cosa que él le pidiera. Y sabía que tenía razón; aunque él hubiera aceptado sus condiciones de mantener aquello en secreto, era importante decir que no por el momento. Tal vez lo suyo con Reed no fuera más allá de una aventura de una semana, pero no quería que la considerara una mujer sin escrúpulos. Por eso se soltó de su mano y se fue a sentar en uno de los sillones individuales junto a la puerta del balcón.

–Bueno, pues yo apenas te conozco, Reed.

–Y a pesar de todo, estás aquí –apuntó él.

Oh, esa sonrisa tan sexy la desarmaba por completo.

–Así es –y esperaba no tener que arrepentirse de ello.

–No puedes hacer como si no supieras qué te estaba sugiriendo cuando te envié los preservativos –la sonrisa se volvió casi malévola–. Los recibiste, ¿verdad?

Ella intentó mantenerse seria, pero era una batalla perdida.

–Sí, y me los he traído.

–¿Entonces, cuál es el problema?

¿Por qué tenía que ser tan guapo? Con aquellos pantalones de lino y la camiseta ajustada negra era la viva imagen del hombre perfecto. Para distraerse de sus atributos, Felicity decidió decirle la verdad.

—Reed, sé que dijiste que no habría ataduras. Eso me gusta; no estoy buscando matr... —se calló y corrigió sus palabras—. Una relación seria ni nada de lo que eso acarrea, pero tampoco soy de las que se mete en la cama con alguien a quien apenas conoce, por más atraída que me sienta por él.

—¿Así que reconoces que te sientes atraída por mí?

Otra sonrisa.

—Ya sabes que sí.

—Y yo siento lo mismo por ti —dijo él.

Felicity bebió de la expresión de sus ojos. Le sería muy fácil olvidar sus escrúpulos.

—Eso está bien, pero aparte de querer saber de ti, a las chicas nos gustan los pasos previos.

—A mí se me dan muy bien —le dijo él con voz grave—. Y si vienes aquí, te lo demostraré.

—No me refiero a eso, sino a cenas románticas, bailar, flirtear un poco... ya sabes, cosas que nos den tiempo a conocernos mejor y que nos hagan desear más el momento —añadió, jugando su mejor baza.

—¿Desearlo más, dices?

—Sí —lo miró directamente a los ojos.

—¿Y cuánto tiempo propones que esperemos? Sólo tenemos una semana.

Felicity quiso sonreír, pero se contuvo.

–¿Qué te parece media semana? Entre tres y cinco días, si te parece bien.

–Eso es demasiado. ¿Y si lo dejamos en veinticuatro horas? –miró su reloj–. Hasta mañana a las siete. Podemos dedicarnos de lleno a los preliminares hasta entonces.

Ella sacudió la cabeza.

–Veinticuatro horas son muy pocas. ¿Lo dejamos en tres días?

–Uno y medio –sus ojos azules brillaban mientras la estudiaba.

De nuevo, ella se negó a bajar la mirada o avergonzarse. Aquello era una negociación en toda regla.

–Dos y medio será mejor.

Él sacudió la cabeza.

–Es mucho tiempo. Por qué no lo dejamos en… Digamos dos días y… –volvió a mirar su reloj–. Dos días y cinco horas. Eso nos llevaría a la medianoche del miércoles…

Ella miró por la ventana e hizo como si estuviera valorando su oferta.

–De acuerdo. El miércoles por la noche. Trato hecho –se levantó, fue hacia él y le ofreció la mano, que él le estrechó.

–Qué difícil es negociar con usted, señorita Farnsworth. Yo diría que hemos retrocedido, de besarnos a estrecharnos la mano.

–Avanzaremos, te lo prometo –rió ella–. Siempre que mantengas tu parte del trato, claro está.

Él se puso de pie, sin soltarle la mano.

–¿Qué quieres decir con eso? ¿Es que le vas a poner nota a todo lo que haga?

–Pues no había pensado en ello, pero es una gran idea. Ponerle nota a los preliminares. Tal vez incluso podría comercializarse, seguro que se hace muy popular entre las mujeres. Ya me imagino la web... «¿Qué nota le pones a tu hombre?»

–Estaba de broma –dijo él con sequedad.

–No sé... es una gran ida.

–Eres tremenda, ¿lo sabías? No sólo eres guapa y sexy, sino también lista –le levantó la mano y le besó la palma.

Felicity sintió que el corazón le daba un vuelco, pero se obligó a comportarse. Retiró la mano y le hizo una reverencia.

–Gracias, amable señor. Vos tampoco estáis mal.

–Ahora que lo hemos dejado todo claro, ¿qué te parece si vamos a cenar? ¿Tienes hambre?

–Me comería una vaca –hacía horas que no probaba bocado.

–¿Vamos, entonces?

–¿Te importa esperar a que me duche y me cambie?

–Estás estupenda así –miró con gesto de aprecio sus pantalones blancos y blusa verde.

–Gracias por el cumplido, pero llevo todo el día con esta ropa, y me gustaría ponerme algo un poco más formal.

–En ese caso, yo también me cambiaré.

–¿Cuánto tiempo tengo? –preguntó ella.

–Todo lo que necesites.

Sonriendo, Felicity fue hacia la habitación.

–Oh, Felicity –llamó él, y ella se giró–. Sería buena idea que cerraras la puerta del baño con cerrojo.

Reed se puso unos pantalones grises, una camisa de seda blanca y una chaqueta de lino negra, y fue a la salita a esperar a que Felicity acabara de arreglarse. Después de prepararse una copa de ron, más bien ligera, para mantener sus plenas facultades toda la noche, pensó en la conversación que habían tenido. No pudo evitar sonreír al pensar en la negociación; aquella semana iba a ser más divertida aun de lo que había imaginado.

Salió al balcón con vistas a la piscina y el mar. El sol acababa de ponerse y el agua brillaba con un tono rojizo. En ese momento, Reed oyó algo tras él y se giró.

Por un momento, no pudo decir nada. La visión que tenía delante llevaba un vestido rosa brillante, ajustado y sin tirantes, con una larga abertura en la parte frontal que dejaba ver sus estupendas piernas. Las sandalias de tacón imposible hacían juego con el color de vestido, y el resto el atuendo estaba complementado por unos largos pendientes de cristal y unas horquillas de mariposa, como siempre, con cuentas de colores.

Felicity inclinó la cabeza.

–Di algo.

–Estás espectacular.

–Gracias. Tú también estás muy bien.

Reed dejó el vaso sobre una mesita.

–¿Nos vamos?

–Sí –dijo ella, tomándolo del brazo.

Cielos, era preciosa. ¿Cómo no se había dado cuenta antes?

Cuando llegaron a los ascensores, se encontraron con otras personas que esperaban, así que no se dijeron nada. Hasta que no llegaron a la recepción, Reed no habló.

–El restaurante del hotel tiene fama de tener muy buen marisco, pero podemos ir a otro sitio, si quieres.

–Éste está bien. Me encanta el marisco.

–A mí también.

Cuando entraron en el restaurante, decidieron sentarse en el patio exterior, y diez minutos más tarde estaban instalados en una mesa con vistas al mar. El sol acababa de ponerse en el horizonte, y la superficie del agua se teñía de tonos anaranjados y violetas. La suave brisa hacía que la llama de las velas temblase. En un extremo del patio, un conjunto musical de guitarras y piano amenizaba la velada.

Reed le sonrió a Felicity. Debería estar prohibido ser tan guapa.

–¿Qué es lo que quieres saber sobre mí?

–Directo al grano, ¿no? –bromeó ella.

–¿Por qué perder tiempo?

Felicity se recostó sobre su asiento.

–Háblame de tu familia.

Reed levantó la mirada.

–Veamos.. son habladores y mandones. Muy mandones.

Ella sonrió.

–No me puedo creer que dejes que nadie te mande.

–No lo hago, pero ellos lo intentan, sobre todo mi hermana.

–Conozco a Shannon, pero no a las demás.

–Sólo tengo una hermana más, Bridget. Y dos hermanos, Daniel y Aidan. Yo soy el pequeño de la casa.

–Por eso te mandan todos. Es lo que pasa siempre con los hermanos pequeños.

–Lo dices como si tuvieras experiencia en la materia.

Ella perdió la sonrisa.

–No –sacudió la cabeza–. Fui hija única.

Reed no podía imaginarse lo que debía ser hijo único. Cuando era pequeño, a menudo deseó no tener hermanos, porque ser el pequeño de una familia numerosa y unida significaba no tener ni un momento de paz. Sus hermanos siempre le tomaban el pelo, lo ignoraban o le mandaban hacer cosas, y además, siempre tenía que compartir habitación y heredar la ropa de los mayores.

–Tienes suerte –dijo ella–. Ser hijo único, especialmente de padres centrados en sí mismos, puede ser una existencia muy solitaria. A veces pienso que me lancé a casarme con mi ex por eso antes de conocerlo realmente bien –hizo una mueca–. Créeme, conocerlo no llevaba a quererlo.

Él tenía curiosidad acerca de su matrimonio. Emma le había dicho que Felicity lo pasó muy mal.

–¿Cuánto tiempo estuviste casada?

–Unos siete años. Para cuando me divorcié de él, se había pulido toda mi herencia y me había engañado con incontables mujeres –dijo, de forma totalmente aséptica.

Reed no podía imaginarse cómo un hombre que tenía a Felicity podía querer cualquier otra cosa. Iba a decirlo, pero en ese momento se acercó el camarero a tomarles nota de la bebida. Cuando se fue, el momento había pasado.

–Emma me dijo que tus padres murieron en un accidente de esquí.

Felicity asintió.

–Fue algo terrible. Iban en un remonte y el cable se rompió. Cinco personas murieron en el acto.

–Lo siento.

Ella suspiró.

–Fue hace mucho tiempo. Yo tenía diecinueve años y estaba en la universidad.

–¿Y te casaste…?

–A los veinticuatro, y llevo tres divorciada.

–Entonces… –Reed hizo un cálculo rápido–. Tienes más o menos mi edad, ¿no? Treinta y cuatro o treinta y cinco…

–Sí. Treinta y cinco desde marzo. ¿Cuándo es tu cumpleaños?

–Yo cumplo los treinta y seis el treinta y uno de este mes.

–Entonces eres Leo. El león –ella inclinó la cabeza para estudiarlo–. No pareces muy león.

–Cariño –dijo, en su mejor imitación de Groucho Marx–, deberías verme rugir.

Como respuesta, ella sólo sonrió.

Reed decidió hacer que sonriera todo el tiempo. No sonreía lo suficiente y cuando lo hacía, su expresión se volvía más dulce. Una potente combinación, dulce y sexy.

–¿Qué? –dijo ella.

–¿Qué de qué? –respondió él.

–¿Por qué me miras así?

–Estaba pensando lo mucho que me gustas.

A la luz de la vela, su rostro se iluminó de placer. El momento se alargó y, desde que Felicity había ido a las cuadras la semana anterior, Reed no pensó en su cuerpo o en el sexo. En su lugar, pensó en lo mucho que disfrutaba de su compañía y en lo mucho que le gustaría conocerla mejor.

En ese momento llegó el camarero con sus bebidas y pidieron la comida. Cuando el camarero se marchó, la banda empezó a tocar una balada y unas cuantas parejas salieron a bailar. Felicity les observó.

–¿Quieres bailar? –preguntó Reed.

–Me encantaría.

Los padres de Reed no eran ricos, pero tanto él como sus hermanos habían aprendido a bailar gracias a su madre. Ella fue bailarina de joven y siempre decía que un joven bien educado tenía que saber comportarse en la mesa y bailar. Reed odiaba bailar cuando era pequeño, pero ahora se alegraba de que su madre le hubiera obligado a aprender. De un baile pasaron a otro, a otro y después a un tercero.

Tener a Felicity en sus brazos en medio de la pista de baile era casi tan fantástico como el sexo.

–Qué bien se está así –dijo él, acariciándole el pelo con los labios. El aroma a flores le inflamaba los sentidos.

–Sí –murmuró ella–. Eres un buen bailarín, Reed.

–Tú también –la abrazó con más fuerza–. ¿Por qué no nos olvidamos de la cena y seguimos bailando toda la noche?

Ella echó a reír.

–Una oferta tentadora, pero me pongo de mal humor cuando tengo hambre.

En ese momento Reed vio por el rabillo del ojo al camarero con una bandeja junto a su mesa y la soltó, aunque sin ganas.

–Parece que la comida ya ha llegado.

La cena estaba estupenda. Además del ceviche, tomaron langosta servida con arroz y una salsa de mango y lima. Reed disfrutó de la comida, pero aún más de ver a Felicity. Ella comía con entusiasmo, no como la mayoría de las mujeres que sólo revuelven con el tenedor en el plato fingiendo que no les gusta para no subir de peso.

–Qué cena tan estupenda –dijo ella, reclinándose en su asiento después de suspirar al acabar.

–Sí –dijo él–. Hemos dejado los platos relucientes.

–Yo suelo hacerlo.

–Bien, una chica con un apetito sano.

El comentario quedó en el aire, porque los dos empezaron a pensar en otros apetitos que pudieran sobrevenirles más adelante.

Mientras el camarero recogía la mesa para llevarles el postre, helado de vainilla con nueces caramelizadas para Reed y flan para Felicity, volvieron a bailar. En esa ocasión, la banda tocaba una salsa, y los dos lo intentaron entre risas. Cuando acabó la canción, Felicity se abanicaba con la mano y Reed estaba pensando en quitarse la chaqueta.

—Qué divertido —comentó Felicity dejándose caer en su asiento—. ¿Sales a bailar en Eastwick?

Reed sacudió la cabeza.

—Normalmente estoy muy ocupado.

No era del todo cierto, pero le daba un poco de vergüenza admitir a Felicity que nunca había pensado en llevar a Emma a bailar, porque eso, y acababa de darse cuenta, debía haberle servido para saber más sobre el estado de su relación.

—Reed…

Él la miró a los ojos.

—¿De verdad has superado lo de Emma?

—Sí. Lo único que me fastidia, y estaba pensando en ello ahora mismo, es no haberme dado cuenta antes de que había algo entre nosotros que no funcionaba. Me fastidia haber estado tan ciego.

—Entonces, no estás disgustado por la ruptura del compromiso… Lo que dijiste antes de no utilizarme para recuperarla… ¿lo decías en serio?

—Ni se me había pasado por la cabeza —incómodo, se preguntó si eso era del todo cierto. Después de todo, había pensado en darle algo nuevo de qué hablar a los chismosos de Eastwick al salir con ella—. No siento ningún rencor hacia Emma, y como le dije a mi hermana el otro día, ella nos hizo un favor a los dos.

Felicity lo miró durante un rato, y después pareció decidirse.

–Bien, me alegro –dijo alegremente–. Cambio de tema. ¿Cómo es que vamos a conocernos ahora cuando los dos somos de Eastwick?

–No sé. Supongo que nuestros caminos no se cruzaron… fuimos a distintos colegio, para empezar.

–Sí, yo fui a la Academia Eastwick y tú…

–Yo al instituto público. Mis padres no consideran buena opción gastar dinero en educación privada.

–Después yo fui a la Universidad de Barnard.

–Yo a la universidad de Connecticut.

–Y trabajé en Manhattan durante dos años.

–Yo volví y empecé el negocio que después se convirtió en Rosedale.

–Me casé con Sam y me fui a vivir a Chicago.

–Y ahora –añadió él–, aquí estamos, conociéndonos por fin.

La banda volvió a tocar una balada, Reed alargó la mano y ella se levantó. Cuando la tomó en brazos y empezaron a bailar pensó en lo bien que estaba así. Suspiró al atraerla más hacia sí.

Reed decidió que esperar hasta el miércoles por la noche sería una de las cosas más difíciles que había hecho hasta el momento.

Capítulo Seis

A Felicity no le extrañó que algunas religiones prohibiesen bailar, porque no podía creerse lo bien que lo estaba pasado. Estar en brazos de Reed, moverse al ritmo de la música, era un estupendo afrodisíaco. De hecho, como preliminar para el sexo, no podía imaginarse nada mejor, y casi lamentaba tener que esperar al miércoles por la noche para acostarse con él.

–¿En qué estás pensando? –murmuró él contra su pelo.

–En lo agradable que es esto –respondió ella, «y en lo agradable que será el miércoles por la noche, porque seguro que eres un amante de primera».

Otra mujer habría expresado sus pensamientos en voz alta, pero Felicity no era tan directa.

–Será aún mejor –dijo él.

A ella se le cortó la respiración cuando él le lamió ligeramente el lóbulo de la oreja con la punta de la lengua.

–No es justo –le dijo ella.

–¿El qué? –esta vez, le rozó la mejilla con los labios y bajó las manos hasta su trasero para atraerla más hacia sí.

73

–Reed –protestó ella sin aliento–. Para, la gente nos está mirado.

–¿Quién nos está mirando? Están todos muy ocupados con sus cosas.

Ella se apartó, miró a su alrededor y vio que Reed tenía razón. Nadie los miraba, y de hecho, había dos parejas más en la pista bailando aún más sugerentemente que ella y Reed.

–Además –dijo él, abrazándola con más fuerza–, eras tú la que quería preliminares, ¿no? Por mi parte, subiríamos ahora mismo a la habitación a probar esa cama gigante.

Felicity tragó saliva. Se acababa de dar cuenta de que aunque no fuera a tener sexo con él hasta el miércoles, tendría que compartir su cama dos noches, a no ser que le hiciera dormir en el sofá de la salita. Y aunque lograra convencerlo de tal cosa, ¿realmente lo quería tener tan lejos?

Felicity podía haber seguido bailando toda la noche, pero cuando Reed y ella se acabaron el postre y el café, vio que había gente esperando a que alguna mesa se quedara libre.

–Creo que deberíamos irnos –le dijo ella.

Reed siguió la dirección de su mirada.

–Sí, será mejor no seguir ocupando la mesa cuando ya hemos terminado de cenar –le sonrió travieso–. Podemos subir a la suite, poner música en la radio y seguir bailando.

Ella echó a reír.

–Oh, será mejor que no. No podré fiarme de que cumplas nuestro acuerdo si hacemos eso.

–¿Yo? –y fingió enfadarse–. Escucha, querida –ahora imitaba a Humphrey Bogart–, si hay alguien aquí en quien no se puede confiar, ésa eres tú. Sé lo mucho que deseas mi cuerpo, y te apuesto que me rogarás que te haga el amor mucho antes del miércoles a medianoche.

Ella rió con ganas.

–Sigue pensando eso, si así te sientes mejor.

Reed intentó contener la risa sin éxito.

Mientras esperaban a que el camarero les trajese la cuenta, Felicity pensó en lo divertido que era Reed. Por lo que Emma decía de él, nunca se lo habría imaginado así, con tanto sentido del humor y tanta capacidad para las imitaciones.

–¿Te gustan las películas antiguas?

–Sí, siempre que me puedo, pongo el canal de cine clásico.

–A mí también me gusta, sobre todo los musicales. Supongo que por el vestuario y porque siempre acaban bien. ¿Y cuáles son tus favoritas?

–Las comedias. Sobre todo las de Abbott y Costello, o las de los hermanos Marx. También me gustan las de superhombres: James Cagney, Humphrey Bogart, Richard Widmark… los tipos duros.

–Si me prometes que te comportarás, podemos volver a la habitación y buscar una peli antigua en la tele.

–No sé –dijo él, lentamente–. Tal vez sea demasiado para ti… acurrucados en la cama, ver escenas de amor juntos... Puede que pierdas el control y saltes sobre mí.

–Sigue soñando, campeón –ahora que él la había retado, Felicity estaba decidida a llegar al miércoles por la noche aunque pereciera en el intento. Pero sí que tenía razón en lo mucho que lo deseaba. Y cuanto más jugaba con ella, más atractivo y seductor le resultaba. ¡Y eso él también lo sabía!

–¿Es esto una guerra? –bromeó él–. Porque ya sabes lo que dicen... en el amor y en la guerra...

Cuando él la miró, a Felicity le costó seguir respirando.

–No, esto no es una guerra –declaró ella con firmeza cuando pudo responder, pero sus entrañas se derretían como helado al sol bajo su mirada–. Ya hemos llegado a un acuerdo.

–Eres una aburrida.

Antes de que Felicity pudiera pensar cómo contestarle, llegó el camarero con la cuenta. Después de que Reed pagara, le sonrió.

–¿Vamos?

Felicity no estaba segura de estar lista para aquello, pero se levantó, y cuando iba a dirigirse a la recepción del hotel, Reed la agarró del brazo.

–¿Por qué no vamos a dar un paseo por la playa?

–Oh, me encantaría –sus recuerdos de infancia más queridos eran las vacaciones en la playa con sus padres. Recordaba los paseos por la playa al atardecer, sus padres agarrados de la mano y ella delante de ellos buscando caracolas.

–Por un momento me ha parecido que entristecías –le comentó él cuando salieron al jardín–. ¿Algo va mal?

–No –Felicity sacudió la cabeza–. Me estaba acordando de mis padres. A ellos les encantaba ir a la playa.

–Les echas de menos.

–Sí –aunque no le habían dado las atenciones que ella deseaba, eran buena gente y le habían dado un buen hogar.

–Comprendo. Mi padre murió hace más de seis años, pero aún lo echo de menos como si se hubiera ido ayer.

Ésa era una de las cosas que Felicity admiraba de Reed. No le avergonzaba mostrar su cariño por sus padres y hermanos, y aunque los llamara mandones, en su rostro había visto que eran muy importantes para él.

Volvió a sentir una punzada de envidia. Daría lo que fuera por haber tenido una familia tan cercana.

Mientras caminaban por el paseo que llevaba a la playa, Felicity se fijó el cuidado que el complejo turístico había tenido para ajardinar la zona. El verdor era exuberante, lleno de flores, arbustos y palmeras. Unas lamparitas iluminaban el borde del camino, pero era una noche de luna y podrían haber prescindido de ellas.

Reed no le soltaba la mano y Felicity pensó en cuánto tiempo hacía desde que un hombre la había agarrado así de la mano por última vez. De hecho, no recordaba que Sam lo hubiera hecho nunca. ¿Por qué se enamoraría de él? Se lo había preguntado cientos de veces… ni siquiera era guapo.

Reed, por otro lado, era la persona más encantadora que había conocido.

Cuando llegaron a la playa, Felicity se quitó los zapatos y Reed la imitó, para después enrollarse las perneras del pantalón. Después, de la mano, caminaron junto al rompiente de las olas.

La noche era preciosa: luna llena, suave brisa… la arena fresca bajo sus pies, el ondular de las palmeras. Felicity sintió que sus problemas estaban muy, muy lejos.

–Qué bien se está aquí –dijo, aunque deseó haberse llevado un chal para echárselo por encima de los hombros.

–Sí –dijo Reed–. Es verdad.

Pero algo en su voz hizo que ella levantara la vista hacia él. Cuando lo hizo, vio que él también la estaba mirando, y de repente sintió tal calor que se olvidó del chal.

Como si él hubiera adivinado sus pensamientos, le soltó la mano y la agarró por la cintura. Sin acordarlo de forma explícita, los dos ralentizaron el paso hasta pararse. Entonces él dejó caer sus zapatos y la abrazó.

Por un momento, el único sonido que se oyó fue el del mar mientras se miraban a los ojos. Felicity sentía su corazón palpitando con fuerza mientras esperaba. Por fin él reclamó sus labios y ella suspiró. Felicity también dejó caer los zapatos y lo abrazó por la cintura.

Cuando ella abrió la boca, sus lenguas se encontraron y empezaron a bailar, invitando y aceptando. En la mente de Felicity sólo cabía una sensación: Reed. Su tacto, su calor, su olor, su fuerza y el deseo que sentían, cada vez más fuerte.

Felicity no supo ni le importó cuánto tiempo pasaron allí. Lo único que contaba era la pasión que ardía entre ellos.

Deseaba a aquel hombre. Lo deseaba más que ninguna otra cosa en toda su vida.

Y él la deseaba a ella.

¿Por qué se le había ocurrido pensar que tenía que esperar?

—¡Whoo—hoo!

Felicity y Reed se separaron al oír las ruidosas carcajadas. Entonces fue cuando Felicity se dio cuenta de que se acercaba un grupo de jóvenes. Roja de vergüenza, se agachó para recoger sus zapatos esperando que los hombres pasaran pronto. Pero no hubo suerte; uno de ellos, alto y rubio, muy sonriente dijo:

—Sí, yo también la besaría. Está buena.

—Sí, ¿te importa compartirla? —dijo otro.

—Yo querría algo más que besos —dijo un tercero, y le dio un puñetazo en el brazo a uno de sus colegas, que se lo devolvió.

«Oh, cielos».

¿Estarían borrachos? Felicity no había sentido miedo hasta ese momento, pero se acababa de dar cuenta de que estaban bastante lejos de su hotel. Podía pasar cualquier cosa.

Pero Reed le rodeó la cintura con el brazo para tranquilizarla.

–Una bonita noche, ¿verdad, chicos?

Durante unos segundos que a Felicity le parecieron horas, los jóvenes no respondieron. Y entonces, el rubio que parecía ser el cabecilla, respondió.

–Sí, que lo paséis bien –lo saludó con la mano y siguió caminando hacia su hotel seguido por los demás.

Felicity tardó un rato en calmar su agitado corazón. Tal vez no había habido motivo para asustarse, tal vez aquellos chicos fueran inofensivos, pero no podía dejar de pensar que si Reed no hubiera sido tan fuerte y sereno, algo que los chicos habían notado, la historia podía haber tenido otro final completamente diferente.

–¿Lista para volver? –dijo Reed.

Ella asintió.

Él se inclinó para recoger sus zapatos y después le pasó el brazo sobre los hombros.

–No has pasado miedo, ¿verdad? –le preguntó.

–Sólo por un segundo –admitió Felicity.

Él le apretó el hombro.

–Pero entonces comprendí que estaba segura contigo.

Él se detuvo. Estaban ya tan cerca del hotel que podían oír el son de la banda de música en el patio del restaurante.

Esta vez, cuando la besó hubo algo más que deseo entre ellos. Había también un sentimiento de que aquello era inevitable; algo que Felicity sabía que tenía que pasar en aquel lugar, con aquel hombre, en ese momento. Tal vez no fueran a pasar más que una semana juntos, pero eso le bastaba.

Esa semana le daría algo en qué pensar en las frías noches de invierno, cuando volviera a estar sola.

Ahora sí que se arrepentía de la promesa que le había arrancado a Reed. ¿Por qué desperdiciar el poco tiempo que tenían juntos?

–Vamos a la suite –murmuró él, dando por finalizado el beso.

–Estoy lista –dijo ella, sabiendo que si él le daba alguna indicación de que quería romper el acuerdo de esperar hasta el miércoles para hacer el amor, también estaría lista para eso.

Felicity Farnsworth era especial. Mucho.

Podrían estar muy bien juntos.

Y esa noche, si ella no insistía en mantener las normas, él le mostraría cómo de bueno podía ser.

Pero Reed sabía que tenía que ser cuidadoso. No quería cometer más errores. Antes de entregarle su corazón a esa mujer, algo muy posible, sería mejor que pensara con cuidado. Por muy bien que estuvieran juntos y por muy especial que la considerara, tenía que recordar que ella había sufrido mucho y que no quería una relación seria.

«Tal vez yo podría hacer que cambiara de idea».

Era demasiado pronto para saberlo. Con desgana, pensó que sería mejor esperar y darse una oportunidad de conocerse más, como ella había sugerido, antes de meterse en algo que tal vez no fueran capaces de parar antes de que uno de los dos saliera quemado.

Aunque Felicity había decidido dejar a Reed tomar las riendas de si mantener el acuerdo o no, pensó que no habría nada de malo en añadir un poco más de tentación, y cuando llegaron a la suite, dijo:

—Me pido primera para entrar al baño.

Él sonrió.

—De acuerdo. ¿Quieres que mire en la guía y que busque una peli antigua en la tele?

—Estaría genial.

—¿Y qué te parece si pido que nos suban una botella de champán?

—Sólo si viene acompañada de bombones.

La sonrisa de Reed creció.

—Sabía que eras una chica de las mías.

«Desde luego que quiero ser tuya». Nada más acabar de pensarlo, Felicity se quedó sorprendida. ¿De verdad quería ser suya? ¿Pertenecerle? ¿Y qué pasaba con su promesa de no volverse a casar? Desde luego, no quería que él se enamorara de ella a no ser que estuviera dispuesta a entregarse completamente a él, ¿no?

La duda la irritó, pero mientras, siguió con su plan para hacer que él no pudiera resistírsele aquella noche. Sacó un camisón de satén negro de un cajón y una bata a juego, y se lo llevó al baño. No quería que

Reed la descubriera en la habitación, pues quería contar con el elemento sorpresa.

Antes de entrar al baño, miró con aprobación la enorme cama que la doncella había dejado preparada. Lo único que faltaba en aquella cama era Reed esperándola.

Sólo con pensarlo, a Felicity se le aceleró el pulso.

Se tomó su tiempo para lavarse, vestirse y perfumarse. Se puso unas zapatillas a juego de satén negro, que le daban un aspecto estupendo a sus piernas, tomó aliento y abrió la puerta.

Había oído poco tiempo antes a Reed en la habitación, pero ya no estaba allí cuando ella salió del baño. Oyó el sonido de la televisión encendida en la salita y pensó: «cuidado, Reed, allá voy».

Él tardó unos segundos en verla; Felicity se había dejado la bata sin atar a propósito, para no ocultar la vista de lo que había debajo. Sabía el aspecto que tenía y se imaginaba cuál tenía que ser su efecto sobre él.

No quedó decepcionada.

Cuando él se giró y la vio, se quedó muy quieto, excepto por los ojos, que se abrieron mucho y la recorrieron de arriba abajo. Cuando sus miradas se encontraron, ella vio lo que él estaba pensando y sintiendo, y el corazón le latió como si lo tuviera en la garganta.

Felicity se pasó la lengua por los labios.

–Felicity –gruñó él–. ¿Qué intentas hacerme? No soy de hierro.

Eso ya podía verlo ella. Su erección era visible

bajo los pantalones del pijama de seda gris que llevaba. Fue el turno de Felicity de tragar saliva.

Entonces se olvidó de que quería que él llevara la iniciativa y de todo lo que no fuera el deseo que le salía de muy dentro, y fue hacia él.

Reed se quedó muy quieto, tanto que Felicity se preguntó si no habría cometido un error, pero entonces, en un segundo, él saltó sobre ella y empezó a besarla con ansia, igual que ella a él. Parecían querer devorarse el uno al otro. Él la buscó con la lengua mientras la atraía más hacia él buscando su trasero.

—Felicity —gruñó, hundiendo la cara en su cuello, y bajando hacia sus pechos. Mientras la sujetaba contra su erección, encontró un pezón con la boca. Empezó a lamerlo sobre la tela del camisón y pronto consiguió endurecerlo y hacer que ella deseara más y más.

Felicity gemía mientras le agarraba el pelo al sentir cómo él besaba, mordía y lamía sus pechos.

—Vamos a la habitación —masculló ella por fin. Estaba ardiendo y quería sentirlo dentro de ella. Duro y profundo dentro de ella.

Él la tomó en brazos y dio un golpe con el pie a la puerta para abrirla. Habían superado el punto de disfrutar de unos preliminares tranquilos, y ya sólo sentían una necesidad salvaje y primitiva.

Cuando llegaron a la cama, ella le bajó los pantalones y le rodeó el pene. Estaba duro y caliente, y era suyo.

—Te deseo —le dijo ella, inclinándose para tomarlo en la boca.

Él no la dejó.

—Eso no, ahora no —gruñó con esfuerzo—. Tú primero.

Cuando encontró su punto más oculto con la lengua, ella gritó de placer. Él le deslizó las manos bajo el trasero, sujetándola con fuerza mientras rodeaba una y otra vez con la lengua el palpitante botón de su placer. Unos segundos más tarde, ella arqueaba la espalda, se estremecía y unas intensas olas de placer comenzaron a sacudirla.

Cuando su cuerpo dejó de temblar, él se incorporó, se puso un preservativo y le separó las piernas para entrar con fuerza en ella. Felicity lo abrazó con las piernas mientras empezaban a balancearse juntos. Pronto ella volvió a sentir el fuego y la necesidad fue aumentando hasta que tras una fuerte penetración, su cuerpo volvió a sacudirse de placer, seguida pronto por Reed, que no pudo contener los gemidos.

Reed cayó sobre ella, pero enseguida se apartó, llevándosela con él y abrazándola mientras sus corazones recuperaban el ritmo normal y sus cuerpos se enfriaban.

—Cielos —dijo él—. Ha sido increíble.

Felicity se sentía anonadada. El acto había sido explosivo, como ningún otro hasta el momento para ella.

Reed la abrazó con más fuerza y le besó la nariz.

—¿Estás bien?

—Sí —pero no estaba segura en realidad. Sentía miedo y asombro porque él hubiera sido capaz de sacarle un lado salvaje que ella ignoraba poseer, haciéndole olvidar dónde estaba y con quién estaba, y eso significaba perder el control tan preciado para ella. Por eso supo que estaba en peligro. En grave peligro.

«No puedo enamorarme de él». Ese camino llevaba directamente al sufrimiento, por más motivos de los que estaba dispuesta a pensar. «Se supone que esto es una relación sin compromisos y una semana de relax en la playa. Eso es todo, así que contrólate».

Unos golpes en la puerta les hicieron dar un respingo.

—¿Quién será? —preguntó ella.

—Probablemente sea el servicio de habitaciones. El champán y los bombones… —él sonrió, se puso el pantalón del pijama y fue hacia la puerta—. Quédate aquí.

Felicity tragó saliva al mirar su cuerpo. No le sorprendía que hubiera perdido la razón en sus manos… estaba estupendo.

«Pero sabes que ése no es el motivo, que no es la razón más importante».

Intentó acallar su voz interior, sin mucho éxito mientras Reed estuvo fuera de la habitación. Fue al baño a intentar recomponerse y vio que uno de los tirantes de su camisón se había roto en el fragor del momento.

Cuando salió, diez minutos más tarde, Reed estaba esperándola sentado en la cama.

—¿Estás segura de que estás bien? —le dijo, después de mirarla a los ojos.

Ella asintió con la cabeza. Empezaba a sentirse avergonzada: ¿qué habría pensado él de ella? De algún modo, no podía imaginarse a Emma actuando de ese modo. Al pensar en su amiga, empezó también a sentirse culpable.

–Parece que te arrepientas de lo que hemos hecho.

¿Se arrepentía?

–¿Te arrepientes? –presionó él, mirándola con preocupación.

Ella lo miró: su pelo revuelto, la cara amable, la expresión preocupada, su cuerpo glorioso… se sintió avergonzada. Desde luego que él la tendría en mala consideración. ¿Qué era lo que le había pasado? Después de todo, eran dos adultos que se deseaban el uno al otro. ¿Qué tenía eso de malo?

–No –dijo ella con firmeza–. No me arrepiento en absoluto.

Él la miró fijamente y al cabo de un momento, dijo:

–Vamos a repetirlo entonces

Ella echó a reír. La seriedad del momento anterior había desaparecido.

–Mucho mejor –dijo él–. La risa te sienta bien. Ven a sentarte conmigo.

–¿Dónde está el champán que me prometiste?

–¿Estás diciendo que prefieres champán a otro revolcón en esta cama?

La expresión incrédula de su rostro, que a él le costaba mantener por la risa, hicieron que ella olvidara todos sus reparos. Aquello iba a salir bien. Sólo tenía que recordar las condiciones bajo las cuales estaba allí: sin ataduras, sólo diversión, para los dos.

Se había dejado llevar un poco por la pasión, pero tampoco tenía que darle más importancia de la que tenía. No tenía nada de malo y no le había dicho nada a Reed que no pudiera retirar. Y estaba claro que a él también le venía bien el acuerdo, así que sólo tenía que tranquilizarse y actuar igual que él.

—Primero el champán, después el chocolate y por último la cama —dijo ella.

—Sí que eres una negociadora dura.

—Eso ya lo has dicho antes, ¿no?

Él levantó las manos.

—De acuerdo, me rindo. Vamos a tomarnos el champán.

Capítulo Siete

A Reed le gustaba ver dormir a Felicity.

Estaba tumbada boca abajo, con las piernas separadas, casi como un niño. Su respiración era serena y suave, y a veces salía de sus preciosos labios algún ruido que a él se le antojaba delicioso.

Pero ella no era una niña.

Era preciosa, sexy y fantástica, y le hacía sentir cosas que seguro que estaban prohibidas.

Le puso la mano sobre el trasero, y ella se revolvió, murmurando, y después volvió a caer en un sueño profundo. Reed sonrió, y se lo pellizcó un poco. Le encantaba su trasero, y se inclinó para besárselo.

–Hmmm –dijo ella, pero no abrió los ojos.

Él sonrió también y se apartó. La dejaría dormir, así que se levantó y fue al baño a ducharse. Por primera vez en mucho tiempo estaba deseoso de que empezara el día.

Felicity se despertó cuando el sol empezó a darle de pleno en la cara, con la sensación más deliciosa de bienestar. Se estiró como un gato mientras recordaba lo que había pasado el día anterior.

Se sonrojó al recordar que Reed y ella habían hecho dos veces más el amor. Una en el sofá, con las luces apagadas y la salita iluminada por la luz de la luna que entraba por el balcón abierto, y otra en la cama. Esa última vez fue tan lento y tan dulce que Felicity casi lloró de dicha.

Después él la había abrazado por la espalda, muy fuerte, y se quedaron dormidos de ese modo.

¿Pero dónde estaba él? Se preguntó Felicity. ¿En el balcón? ¿En la salita? No oía la televisión… ¿Qué estaría haciendo?

Se levantó y se puso una bata. Su sonrisa desapareció cuando no pudo encontrar a Reed por ningún lado. Entonces vio una nota junto a un jarrón de flores, en una mesita auxiliar.

Felicity:
Me he despertado pronto y he salido a dar un paseo. Espero que estés despierta cuando vuelva y podamos bajar a desayunar para hablar de lo que vamos a hacer hoy.
Hasta ahora.
Te quiere,

Reed.

Te quiere.

Había firmado la nota con un «Te quiere, Reed». Oh, ¿y qué? La gente se decía esas cosas todo el rato, sobre todo en las cartas y los correos electrónicos. Ella también lo hacía todo el tiempo. Además, «te quiere» no es igual que «te quiero».

90

A pesar del autosermón, fue a ducharse muy sonriente. De repente el día, y toda la semana, parecía lleno de posibilidades.

Sería una semana fantástica; fantástica de verdad.

Pero un miedo diminuto y minúsculo se abría paso a través de la satisfacción sexual y el deseo.

¿Y si a pesar de todas las precauciones de Felicity, Emma se enteraba de aquello?

Eso no iba a pasar, se tranquilizó Felicity. Nadie sabía que estaban allí juntos, y nadie lo sabría.

Reed se tomó su tiempo para volver a la suite, y eran más de las diez y media cuando llegó. Para entonces ya estaba hambriento y esperaba que Felicity estuviera lista para bajar a desayunar.

Cuando entró en la salita la vio apoyada en la barandilla del balcón mirando el mar. Al oírlo entrar se giró y le dedicó una tímida sonrisa.

Reed sintió una oleada de ternura hacía ella. Se dio cuenta de que estaba recordando, igual que él, lo que había pasado la noche anterior.

Cuando se empezaron a acercar el uno al otro, Reed volvió a pensar en lo guapa que ella era. El pelo rubio le brillaba al sol, tan perfectamente despeinado como siempre, con un estilo que a él le parecía muy sexy. Llevaba un top de punto rojo y blanco, pantalón corto a juego y sandalias planas rojas. Pero su atractivo no radicaba en la ropa que llevaba puesta; podía parecer sofisticada por su cuna, competente por su carrera, e incluso fría por las experiencias que había tenido que pasar, pero también era vulnerable, algo que ella trataba de ocultar porque le parecía una debilidad.

Reed lo comprendía, porque para la mayoría de los hombres, también era así, pero Felicity era algo más que eso: por lo que había visto la noche anterior, también era ardiente y apasionada. En pocas palabras, todo lo que un hombre podía pedir en una mujer.

–Hola –dijo él.

–Hola –respondió ella en el mismo tono.

Un segundo más tarde, estaba en sus brazos. Felicity suspiró cuando sus labios se encontraron.

Cuando se separaron, él sonrió y preguntó.

–¿Lista para el desayuno?

–Lista.

El color de sus ojos le recordó al de las hojas en primavera. ¿Y cómo es que nunca se había dado cuenta de esas ligeras pecas sobre la nariz? La hacían más joven y aún más sexy, si tal cosa era posible.

–¿Quieres que llamemos al servicio de habitaciones o bajamos? –preguntó él, intentando no distraerse mirándola, porque en ese caso nunca bajarían a desayunar–. Abajo hay bufé y parece que está bastante bien.

–Perfecto.

Diez minutos más tarde estaban en la cola del bufé.

Cuando acabaron de comer, se entretuvieron tomando otra taza de café, la segunda para ella y la tercera para él.

–Oh, ha estado bien –comentó ella, suspirando–. Si sigo comiendo así toda la semana, no voy a entrar en mi ropa cuando llegue a casa.

–Ya lo arreglaremos –dijo él.

Ella levantó las cejas.

–¿Qué quieres hacer hoy? –preguntó Reed. Él ya sabía lo que quería, pero imaginaba que ella no querría pasarse toda la semana en la cama.

–¿Qué opciones hay?

–Podemos bajar a la piscina o a la playa, o ir en barco a los arrecifes a bucear con snorkel, o ir a pescar... O alquilar un todoterreno e ir a explorar por nuestra cuenta.

–Eso parece divertido. Podemos llevarnos toallas y pedir en la cocina unos sándwiches y bebida, hacer lo que nos apetezca.

Felicity decidió más tarde que aquél había sido uno de los días más perfectos de su vida. El sol, el mar, la brisa que les acariciaba los rostros mientras conducían a lo largo de la costa. Encontraron un lugar bastante escondido entre las dunas sin turistas, y pudieron besarse sin testigos. Incluso hicieron el amor.

Fue increíble. Mucho mejor que en el sueño de Felicity. Estaban metidos en el agua hasta la cintura, saltando en las olas, cuando a ella se le soltó la parte de arriba del bikini. Cuando intentó recuperarla, perdió el equilibrio y se hundió en el agua. Reed, riendo, la sacó y nadó para recuperar la prenda, que se había empezado a alejar. Ella se quedó allí, con los pechos desnudos, y él la miró.

Felicity sintió cómo el pulso se le aceleraba al sentir su mirada. Algo en su interior empezó a arder y un momento después estaba sobre él, besándolo y recibiendo sus besos. Ella nunca imaginó lo increíble que podía ser hacer el amor en el agua cálida, con el sol sobre ellos.

Reed la levantó y entró en ella moviéndose al ritmo que imponía el agua, penetrando con fuerza mientras Felicity echaba la cabeza hacia atrás y se dejaba ir.

Cuando llegó el clímax, fue tan intenso que ella gritó y le clavó las uñas en la espalda. Su respuesta fue tan primitiva como la de ella. Después, Felicity se aferró a él, temblando aún por la fuerza de la respuesta.

Sólo cuando su corazón recuperó el ritmo normal pensó en la parte superior de su bikini, que no se veía por ningún lado. La braga la sentía alrededor de su tobillo derecho, así que se la puso, diciendo:

—He perdido la parte de arriba del bikini.

—No hay nadie que pueda verte —dijo Reed—. Puedes secarte y ponerte la ropa. Yo te rodearé con una toalla si pasa alguien.

Felicity también quería decir que habían olvidado otra cosa. El preservativo. Pero no lo hizo. No serviría de nada preocuparse por eso en aquel momento. Además, estaba en un momento seguro, creía. Tendría el periodo la semana siguiente, así que aún no estar ovulando. «No quiero pensar en eso. Ya habrá tiempo para preocuparse por ello si hay que hacerlo…»

Pero aquello reflejaba cómo Reed la había cautivado hasta el punto de hacer que lo olvidara todo. De repente, una parte del placer de aquel día se esfumó, porque si había algo que Felicity odiaba era perder el control. Y cuando ella perdía no sólo el control, sino también perdía de vista sus objetivos y los arriesgaba, por no hablar de su amistad con Emma, pensaba que tal vez tendría que revalorar las cosas.

Estar con Reed podía ser divertido, pero también peligroso. Estaba jugando con fuego y podía quemarse, y mucho, si no tenía cuidado.

Felicity estuvo muy callada todo el camino de vuelta al hotel y Reed se preguntó en qué estaría pensando. Ella se había quemado un poco los hombros a pesar de haberse puesto crema protectora, y tal vez estuviera incómoda... o cansada.

Sólo esperaba que no estuviera callada porque se arrepintiera de haber hecho el amor. Reed no se arrepentía para nada. Hacer el amor en el agua había sido increíble. Ella era increíble. Lo único que lamentaba era no haber usado preservativo, pero a él se le había olvidado llevarse uno a la excursión, y desde luego no lo hubiera tenido consigo en el agua.

Lo que había ocurrido entre ellos había sido algo espontáneo, un deseo mutuo, que no fue para nada planeado.

Estuvo a punto de decírselo a ella, pero cambió

de idea. Tal vez estuviera haciendo una montaña de un grano de arena y ella estuviera simplemente cansada. Para probar dijo:

—Creo que me vendría bien una siesta. ¿Y a ti?

Ella lo miró por fin. Sus ojos verdes parecían más oscuros, como si escondieran algo.

—Estoy un poco cansada, la verdad.

Bien. Había acertado.

—Prometo dejarte dormir esta vez.

Ella sonrió, pero no fue la respuesta que él esperaba, con algún comentario gracioso.

—Esta noche podíamos cenar pronto, puesto que nos hemos saltado la comida, y ver el espectáculo —el hotel ofrecía dos alternativas de estilo Las Vegas en el teatro a las nueve.

—Suena bien.

«Entonces sonríe como si lo creyeras de verdad». Reed no pudo soportarlo más:

—Felicity, ¿qué pasa?

—¿Qué va a pasar? Nada —dijo ella, como sorprendida.

—Los dos sabemos que eso no es cierto. Llevas muy callada desde que volvimos de la playa.

—Es sólo que estoy cansada, ya te lo he dicho.

—Es algo más que eso —insistió Reed—. ¿Te arrepientes… de haber hecho el amor?

Ella tragó con dificultad y apartó la mirada.

Reed aparcó a un lado de la carretera, apagó el motor y la miró.

—Mírame —le dijo con suavidad.

Lentamente, ella fue girando la cabeza.

Reed se quedó muy sorprendido al ver lágrimas en sus ojos.

–Oye –le dijo con ternura, y le acarició el cuello. Quiso besarla, pero por primera vez, tuvo miedo–. Por favor, dime qué pasa.

Con un gesto irritado, ella se secó las lágrimas.

–Son sólo las hormonas. No me hagas caso.

Reed se sintió completamente perdido; no le pasaba a menudo, pero con las cosas de mujeres a veces se veía desbordado.

–¿Estás segura?

–Completamente –dijo ella, intentando sonreír.

–¿No estás enfadada conmigo?

–No –por fin sus ojos parecieron sonreír–. Pero la próxima vez, mejor asegurarnos de que tenemos preservativos antes de hacer nada, ¿te parece?

–Trato hecho.

Felicity pronto se dio cuenta de que había sido una ilusa al pensar que podría mantener las condiciones de sexo por diversión y sin ataduras que se había impuesto para aquella semana.

«Felicity, asúmelo, tu corazón se está implicando en este asunto. Tal vez sea mejor que pienses lo que estás haciendo».

Si no tenía cuidado, pronto él sabría lo que sentía. ¿Y qué pasaría entonces? Felicity sabía que a pesar de lo que le había dicho sobre que no la usaría para recuperar a Emma, ése tenía que ser uno de los motivos por los que le había pedido que fuera a Cozumel con él. Tal vez él no se diera cuenta, pero era una reacción normal después de ser rechazado, sobre todo para un hombre tan seguro de sí mismo y tan atractivo como Reed.

Así que por eso quería mostrarle a Emma y a todo el mundo que no estaba sufriendo; el que Felicity fuera a Cozumel fue una cura para su ego. Sí, ella sabía que le gustaba, y que disfrutaba del sexo con ella, pero eso era todo.

El le había explicado desde el principio cuáles eran las reglas de la semana: nada de ataduras. Por eso, si se iba a quedar toda la semana con él en México, más le valía acatar esas reglas.

«Libérate de tus emociones. Pon buena cara, disfruta de la comida, del sol y del sexo, pero deja de darle tanta importancia a lo que hace y dice Reed».

Ésos eran los pensamientos que giraban una y otra vez por su cabeza mientras intentaba dormirse. Reed le había dicho medio en broma que le dejaría la cama un par de horas, porque no podía fiarse de sí mismo si compartía cama con ella.

Felicity lamentaba no haberle dado una respuesta ingeniosa, pero cuando se lo dijo, sólo sonrió y asintió agradecida. ¿Dónde estaría él? ¿Tumbado en el sofá? Seguro que no cabía...

Se incorporó y fue al baño. Se lavó la cara, se peinó y fue a la salita. Estaba vacía. Esa vez sí supo dónde buscar: había otra nota en la mesita.

Querida Felicity:

He decidido bajar a ver el partido de los Red Sox al bar. Estaré de vuelta sobre las seis.

La nota estaba firmada «Reed» sin más.

Ni rastro del «te quiere» de la última vez. Bien, así era como lo prefería: las emociones controladas, sin ataduras y sin implicaciones emocionales.

Miró su reloj. Eran las cinco y media. Tenía el tiempo justo para ducharse antes de que él volviera. Estaba a punto de meterse en el baño cuando se dio cuenta de que tenía que comprar una cuchilla para afeitarse las piernas, pues se le había olvidado la suya en casa.

Qué fastidio. Si bajaba a la tienda, no le habría dado tiempo a acabar para cuando él volviera. Bueno, no había opción. Tendría que darse prisa para ir a cenar y llegar al espectáculo a las nueve.

Se puso las sandalias, tomó su bolso y bajó a la recepción. Allí había mucha gente que volvía de la playa o se preparaba para cenar. Había varios autocares con turistas recién llegados, y Felicity tuvo que abrirse paso entre ellos para llegar a la tienda, que estaba justo al otro lado de los ascensores. Por fin llegó, compró la cuchilla y una revista, y salió de la tienda.

—¡Felicity! ¡Hola!

Felicity sintió que se le helaba la sangre en las venas. Intentó no aparentar sorpresa y se giró para encontrarse con Cindy y Josh Pruitt, cuya boda había organizado el año anterior. Oh, Dios mío, pensó.

—¿Qué estás haciendo aquí? —preguntó Cindy, siempre sonriente.

—Estoy de vacaciones –contestó apresuradamente Felicity.

—¿Qué iba a hacer aquí más que eso, Cindy? –rió su marido.

Felicity tragó saliva e intentó tranquilizarse. Los Pruitt no sabían con quién estaba, y aunque lo supieran y la vieran con Reed, no creía que lo conocieran. Después de todo, no vivían en Eastwick, sino en Littlefield, a unos cuarenta kilómetros, y tampoco frecuentaban los mismos círculos.

—¿Estás sola? –preguntó Cindy.

—No, con otra persona –dijo Felicity–. Esto es precioso, ¿verdad?

—Desde luego –dijo Cindy con un suspiro–. No tengo ninguna gana de volver a casa.

—¿Volvéis pronto? –preguntó Felicity, tratando de no parecer ansiosa por conocer la respuesta.

—Mañana por la mañana –respondió Josh–. Hemos venido cuatro días y nos hemos arrepentido de no haber reservado para toda la semana. ¿Hasta cuándo te quedas tú?

—Toda la semana –respondió ella–. Bueno, disfrutad de vuestra última noche aquí. ¿Tenéis algún plan especial?

Cindy sonrió y miró a Josh con cara de adoración, reflejando que aún no se había terminado su luna de miel.

—Vamos a cenar y después al espectáculo.

—Bueno, pasadlo bien. Tengo que irme, me están esperando.

Se despidieron y Felicity fue a toda prisa a los ascensores. De camino a la habitación pensó en cómo podía convencer a Reed de que cambiaran de planes, porque no estaba dispuesta a ir a comer al restaurante y después al espectáculo si había alguna posibilidad de encontrarse con los Pruitt. No se arriesgaría, aunque no vivieran en Eastwick. Si la vieran con Reed tendría que presentárselo y después tal vez le comentaran a alguien que la habían visto en Cozumel, y eso llegara a oídos de personas que no debían saberlo.

Tendría que esconderse hasta la mañana siguiente.

Cuando entró en la suite, vio que Reed estaba sirviéndose una copa de vino del bar.

–Aquí estás –dijo él–. ¿Quieres un poco?

–Claro –dejó sus compras sobre la mesa y fue hacia él. Reed le pasó la copa y ella puso en marcha su plan–. Reed, ¿te importaría mucho que pidiéramos la cena en la habitación y dejáramos lo del espectáculo para otro día?

Por un momento, él pareció sorprendido. Sus ojos la miraron interrogantes.

–¿Qué ocurre? ¿No te encuentras bien?

–No es eso. Cuando he bajado a la tienda me he encontrado con unos conocidos.

–¿En serio? ¿Con quién? ¿Los conozco?

–No creo. Son una pareja de cuya boda me ocupé el año pasado. Viven en Littlefield. Cindy y Josh Pruitt.

–No, creo que no los conozco.

–Bueno, les dije que estaba aquí con otra persona, pero nada más, y no quiero que sepan quién es esa persona. Bueno, ya sabes a qué me refiero –frunció el ceño–. No puedo arriesgarme a que le digan algo a alguien y esa información llegue a Eastwick.

–Comprendo.

–No me mires así, Reed.

Él se encogió de hombros.

–Es sólo que creo que te preocupas por nada. Felicity, por Dios, si Emma lo supiera, le daría igual. No le importaría; no es como si ella mi quisiera y tú te hubieras metido entre nosotros.

–Tal vez no le importe, pero no quiero que se entere de esto por otra persona. Si tiene que enterarse, seré yo quien se lo diga. Pero no tiene que saberlo, en realidad. No le aportaría nada. Además, acordamos que sería sólo una semana de sol y diversión. Sin ataduras, ¿no?

Él no respondió por un segundo, y después digo.

–Oh, de acuerdo, Felicity. Tú ganas. Nos quedaremos aquí esta noche, pero ¿qué pasará el resto de la semana?

–El resto de la semana podemos hacer lo que queramos. Los Pruitt se van mañana por la mañana.

Reed apuró la copa y la dejó sobre la barra.

–De acuerdo. Iré a ducharme. Mientras tú podrías echar un vistazo a la carta del servicio de habitaciones y decidir qué te apetece tomar.

Ella dejó su copa al lado de la de Reed y dijo en voz baja.

–Tengo una idea mejor –ya que estaba, podrían

hacer el amor todo lo que pudieran en esa semana, puesto que después ella se pasaría bastante tiempo sin probarlo–. ¿Por qué no voy a ducharme contigo?

Los labios de Reed dibujaron lentamente una
sonrisa.

–Tienes razón, esa idea es mucho mejor.

Capítulo Ocho

Reed decidió que aquello tenía que ser un sueño.

No podía estar de verdad de rodillas frente a Felicity enjabonándola entre las piernas mientras el agua de la ducha corría sobre ellos.

Cuando acabó con las piernas, hundió la cara en su vello rubio, tan tentador. Él sabía que a ella le gustaba que explorara sus secretos con la lengua. Sentía cómo se ponía tensa, cómo se le entrecortaba la respiración, y su placer lo excitaba muchísimo y hacía que la deseara aún más.

Pero le gustaba esperar. Le gustaba llevarla hasta el punto en que Felicity perdía el control y dejaba libres sus pasiones, pues si había aprendido algo de Felicity en los últimos días era que tener las riendas de todo lo que ocurría a su alrededor era algo de máxima importancia para ella.

—Oh —gimió ella cuando él empezó a rodear con la lengua su suave centro.

—¿Te gusta? —preguntó, retirándose para poder mirarla a la cara.

—Sí, sí —jadeó—. Oh, sí.

—¿Y esto?

–Sí, sí… por favor, no pares.

Pero él lo hizo, porque sabía que cuanto más la excitase, más intenso sería su orgasmo. Por eso siguió provocándola, frotándose contra ella, contra su centro hasta que ella empezó casi a sollozar.

Sólo entonces volvió él a ella con la lengua, lamiendo con fuerza, hasta que pocos segundos después sintió que ella empezaba a estremecerse. Cuando los temblores terminaron, se levantó para atrapar su boca.

Ella lo rodeó con las piernas, se apartó y exclamó.

–¡Tómame ya!

Él la penetró con fuerza. Felicity le agarró el pelo mientras su cuerpo lo buscaba. Cuando llegó el clímax para Reed, su intensidad le pilló por sorpresa, y se agarró con fuerza a ella hasta que quedó exhausto y con el corazón acelerado.

Después, agotados, se lavaron el uno al otro y se secaron con las suaves toallas del hotel.

No se dijeron nada, pero sus ojos se encontraron en varias ocasiones y sonrieron. Reed deseó poder decir todo lo que sentía, pero sabía que sería un terrible error el agobiar a Felicity.

Además, se recordó a sí mismo, él ya se había equivocado una vez. «Nada de ataduras. Eso es lo que le dijiste, así que tómate las cosas con calma. Disfruta de esta semana y ya veremos qué pasa cuando estemos de vuelta en Eastwick».

–¿Llamamos ahora al servicio de habitaciones? –preguntó él mirando cómo Felicity se peinaba. Incluso con la cara lavada estaba preciosa.

—Me comería una vaca —dijo ella, mirándolo en el espejo y sonriendo.

—Yo también. Vamos a ver ese menú.

La luz del atardecer iluminaba suavemente la salita, y entonces Reed deseó no haber hecho nunca la estúpida promesa de que aquello no fuera más que una aventura sin ataduras, porque lo que más deseaba en aquel momento era atar a Felicity Farnsworth a su lado y no dejarla marchar nunca.

Al demonio con lo de ir despacio.

El problema con el corazón era que no siempre se comportaba como su dueño quería, pensó Felicity unos días después. Era como si pudiera tomar sus propias decisiones, y el suyo, en aquel momento, no quería escucharla. Podía repetirle a gritos una y otra vez que no quería nada con Reed, pero al final, ya había creado algo, y el negarlo no servía de nada.

Felicity suspiró. ¡No podría mantener lo de la relación sin ataduras! Al menos Reed no sabía lo que ella sentía, y ella estaba decidida a que nunca lo hiciera.

Aunque muriera en el intento.

—¿En qué piensas? —le dijo él. El sol se reflejaba en su pelo castaño y sus ojos parecían más oscuros.

—En nada especial —respondió ella, sonriendo. Estaba cubierta de crema solar, echada junto a él en una tumbona junto a la piscina.

Habían tomado un abundante desayuno y habían ido directamente a la piscina para pasar allí la mayor parte de la mañana.

–Hay una cosa que quiero preguntarte –le dijo él con voz perezosa volviéndose hacia ella.

–¿El qué?

–¿Por qué siempre llevas horquillas con mariposas en el pelo?

Felicity se llevó la mano a la cabeza para tocar el pasador de plástico turquesa, a juego con su bikini.

–A mi abuela le gustaban mucho las mariposas, y me enseñaba sus nombres cuando era pequeña. En el jardín plantaba arbustos y flores que las atraían para observarlas conmigo –Felicity dudó, y pensó que Reed no jugaría con algo tan importante para ella–. Son uno de mis recuerdos de niñez más bonitos.

Él pareció comprender que había algo más y no dijo nada.

–Mi abuela paterna era mi ídolo –Felicity tragó saliva, pues le costaba hablar de ella, aunque la había perdido hacía muchos años–. Era una persona muy culta, amable, justa y siempre se podía confiar en ella. Siempre supe que no me traicionaría nunca.

–Los niños necesitan una figura así –asintió Reed.

–Sí –Felicity logró controlar sus emociones y sonrió–. Bueno, será una tontería, pero las mariposas es mi pequeño homenaje a ella.

–No es una tontería –dijo él en voz baja.

–Cuando murió me dejó un precioso broche de diamantes en forma de mariposa. Era antiguo y muy valioso, aunque lo que costara no era lo más importante para mí. Lo importante era que el broche era suyo; una vez me dijo que era su posesión más querida –miró a Reed–. Sam lo empeñó.

–Lo empeñó –repitió Reed, incapaz de decir nada más.

–Sí. Ya se había gastado todo mi dinero, aunque yo no lo sabía en ese momento, y estaba desesperado. Sus deudas de juego cada vez eran más cuantiosas, y no tenía dinero para pagarlas.

–¿Así que perdiste el broche?

–No. Me las apañé para recuperarlo. Vendí todas mis joyas, todo lo que él no se había llevado ya: mi alianza, mi anillo de compromiso, los de mi madre y unas acciones que Sam no sabía que tenía.

–Cielos, vaya impresentable.

Esa frase lo decía todo. Felicity no pudo evitar pensar que si se hubiera casado con alguien como Reed, las cosas habrían sido muy distintas. Tal vez ya tuviera entre dos y cinco niños, un perro, un gato y, por supuesto, caballos.

Pero no tendría su empresa. Y aunque a veces se preguntaba por qué había elegido trabajar en algo donde las emociones de la gente tenían tanta importancia, le encantaba su trabajo y estaba orgullosa de su éxito.

«Nadie lo tiene todo…»

–La semana ha pasado volando –dijo Reed.

–Sí –era sábado. Felicity llevaba cinco días en Cozumel. Al día siguiente por la tarde estarían de camino a casa y el lunes ella volvería al trabajo; entonces los días que había pasado con Reed serían sólo parte del recuerdo.

La tristeza la envolvió. Le sería muy difícil renunciar a lo que había tenido allí, pero tenía que hacerlo, porque no era el tipo de mujer que Reed quería de forma permanente. Para eso preferiría a alguien más dulce, más conservador, que le gustara estar con niños, como a Emma, y que siempre lo pusiera a él por delante de su carrera.

Y Felicity ya no era así.

Felicity era más lobo que cordero, y no volvería a dejar que ningún hombre tomara las riendas de su vida.

«Ni siquiera Reed».

Pero como él no quería, su decisión no iba a ningún lado.

Los días que habían pasado juntos habían sido lo más cercano al paraíso. Se lo habían pasado bien, habían charlado, reído, buceado y pescado juntos. Habían comido montañas de gambas, vieiras y cangrejos, habían bebido todo tipo de cócteles y habían bailado hasta tener dolor de pies.

Al recordar el sexo, ella sonrió de satisfacción. Nunca se había sentido tan bien y tan saciada en toda su vida.

—¿En qué estás pensando ahora? —preguntó Reed, besándola suavemente en la oreja.

Ella se giró. Estaba a unos pocos centímetros de él y su respiración se aceleró. Cielos, ¿es que nunca iba a dejar de tener ese efecto sobre ella?

—Estaba pensando en ti.

–Vamos a la habitación –le susurró él.

–Eres insaciable –le dijo ella, riendo, aunque no se sentía alegre. Pero su cuerpo empezaba a arder…

–No puedo evitarlo. Eres demasiado tentadora.

–Bueno, de acuerdo –dijo ella, haciendo como si fuera un gran esfuerzo, pero no consiguió engañarlo.

Volvieron de la mano a la habitación y Felicity sólo podía pensar en cómo él había desatado todos esos deseos ocultos que ella tenía dentro, en cómo la había hecho suplicar más y más…

Nadie que conociera a Felicity Farnsworth en el ámbito profesional se hubiera podido imaginar a aquella mujer ardiente, abandonada y ansiosa de disfrutar de lo que Reed tenía para ofrecerle. Apenas habían entrado cuando ya se empezaron a quitar los bañadores el uno al otro. No llegaron a la cama; hicieron el amor en el suelo de la salita, con Felicity arriba, en una posición que le daba los orgasmos más intensos, y no sólo por lo mucho que podía penetrarla él así, sino porque podía verlo mirándola y ver la reacción de su cuerpo cuando él la acariciaba los pechos o su otro punto de placer.

Después se ducharon y Felicity fue a echarse la siesta para estar más fresca por la noche. Sabía que Reed había preparado una velada especial, puesto que sería la última que pasaran allí.

–Yo no estoy cansado –le dijo él cuando ella le explicó sus planes–. Pero tú acuéstate. Yo bajaré a jugar un partido de tenis –había descubierto que siempre había alguien disponible para jugar, e incluso había hecho amistad con algunos hombres.

–De acuerdo. ¿A qué hora quieres bajar a cenar esta noche?

Él miró su reloj.

–Son las dos. He reservado para las ocho, así que deberíamos salir de aquí a las siete y media. Volveré sobre las seis y media para ducharme.

–Yo ya estaré lista para entonces –Felicity le dio un beso de despedida y él se marchó.

Envuelta en el albornoz, se dejó caer sobre la cama y el efecto del sol, el cóctel y el sexo pronto la adormeció. Soñó que estaba con Reed en una isla desierta, pero algo la sacó bruscamente de su sueño. Tardó unos segundos en darse cuenta de que era el teléfono. Aún adormecida, contestó, esperando oír la voz de Reed.

–¿Sí? –dijo, soñolienta.

Nadie contestó.

–¿Sí? –repitió con más firmeza–. ¿Quién es?

–Lo siento –dijo una voz masculina. Una voz masculina familiar–. Deben haberse equivocado de habitación. Buscaba a Reed Kelly.

Felicity sintió que el corazón le iba a explotar. Ya comprendía por qué le sonaba familiar la voz… era Max Weldon. El pánico hizo presa de ella y fue incapaz de articular palabra.

Por fin logró balbucear:

–No es nada –la mano le temblaba mientras colgaba el auricular.

¿Habría reconocido Max su voz?

¿Volvería a llamar?

Por supuesto, el teléfono volvió a sonar. Felicity se quedó mirándolo y contando los tonos.

Dos. Tres. Seis.

Por fin paró de sonar y la luz roja del contestador empezó a parpadear mostrando que habían dejado un mensaje.

Aún paralizada por el miedo, Felicity se sentó en la cama e intentó calmarse.

¿A qué estaba jugando?

Ya lo sabía. Estaba jugando con ello, con fuego, y sabía lo peligroso que era, pero había seguido adelante.

—¿Y por qué?

Por un sexo increíble y por un puñado de bonitos recuerdos, pero por increíble que fuera el sexo, se acabaría al día siguiente de todos modos. Y los recuerdos... ¿compensarían el perder la amistad de Emma?

Lo cierto era que si Reed la amaba, y Felicity pensara que tenían un futuro juntos, lo arriesgaría todo por ello. Se acababa de dar cuenta de ello, pero él no la amaba. Si lo hiciera, ya se lo habría dicho; había tenido miles de oportunidades y no lo había hecho. Le había dicho que era increíble, que el sexo con ella era fantástico y que lo pasaban bien juntos, pero no que la amara.

Reed había sido honesto con ella desde el principio; le dijo que aquella semana sería para pasarlo bien y divertirse. Sólo eso.

De repente, dejó de sentir el pánico. Aunque a Max le hubiera resultado familiar su voz, no habría pensado que ella estaba allí con él. Tragó saliva al recordar que Max la había visto salir a toda prisa de las cuadras después de que Reed la besara la primera vez. Ella sabía que se había preguntado si habría pasado algo, porque ella estaba roja de vergüenza. ¿Y si recordaba aquello entonces? ¿Y si ataba cabos?

Pero aunque lo hiciera, Max no era un chismoso. Además, él le tenía cariño y Felicity lo sabía. De hecho, se sentía como un padre o un hermano mayor para ella, en parte por la amistad que lo unió al padre de Felicity y en parte, porque la conocía de niña.

«Max no me delatará. No haría nada que nos perjudicara a mí o a Reed».

Así que mientras Reed mantuviese su promesa de no contarle nada a nadie de aquellas vacaciones, y ella estaba segura de que no le fallaría, no tenía nada de qué preocuparse.

Pero mientras se decía todo eso, sintió una enorme tristeza. Tal vez Max o Reed no quisieran hacerle daño, pero ella sí se estaba haciendo daño a sí misma. Y cuanto más tiempo se quedara allí, más sufriría.

«Tengo que marcharme de aquí…»

Sabía que Reed no lo había hecho a propósito, pero lo cierto era que la estaba usando igual que lo hizo Sam. El que ella estuviera también usándolo a él, no venía al caso. Tenía que enfrentarse a la realidad: cuanto más tiempo se quedara allí, más le dolería el momento de marcharse a casa. Y volver con Reed… pasar un montón de horas juntos en el avión cuando al llegar a Eastwick cada uno se iría por su lado… sabía que no sería capaz de soportarlo.

¿Y qué pasaría cuando volvieran a casa? ¿Se darían la mano, ha estado bien, ya nos veremos?

No, no lo soportaría. Tal vez hiciera alguna estupidez como echarse a llorar. Y entonces Reed se sentiría incómodo. Oh, cielos. No podía ni pensar en ello. Lo mejor que podía hacer era marcharse sin hacer ruido en ese preciso momento.

Una vez tomada la decisión, se puso en pie. Eran las cuatro. Aunque Reed no volvería hasta las seis y media, tenía que darse prisa para ir con tiempo.

Gracias a Dios que tenía su billete de vuelta. Imaginaba que para poder salir un día antes, sólo tendría que pagar un poco más, igual que había hecho para ir.

A las cinco ya había hecho las maletas, se había puesto unos pantalones caqui, una camiseta de punto y unos mocasines negros, y veinte minutos más tarde ya estaba en un taxi camino del aeropuerto de Cozumel.

Con los ojos llenos de lágrimas, no miró atrás.

Reed acababa de terminar tres partidos de tenis y se sentía estupendamente. De hecho, no podía recordar un momento de su vida en que hubiera estado mejor. Sabía que el sol, la buena comida y el agua tenían algo que ver en todo aquello, pero la principal razón era Felicity.

Ella no dejaba de sorprenderlo, revelando su personalidad poco a poco. Cuando le habló de su abuela y del broche en forma de mariposa se dio cuenta

114

de lo mucho que había tenido que luchar en la vida y de lo valiente que era. Su vida había sido un camino de rosas comparada con la de ella.

—Reed, ¿quieres venir a cenar con Jenny y conmigo esta noche?

—Gracias, Brad —le dijo Reed a su compañero de tenis—, pero tenemos una reserva en la mesa diecisiete —y había tenido suerte al conseguirla, pues el restaurante había abierto recientemente y tenía mucho público.

Reed se despidió de Brad y subió a la habitación. Lo primero que vio fue la luz roja de aviso de mensaje en el teléfono.

—Felicity, ya he vuelto —dijo en voz alta, pensando que estaría en el baño. Después fue al teléfono y apretó el botón del contestador.

—Reed —oyó—. Soy Max. Ya sé que estás de vacaciones, y siento molestarte, pero es sólo una pregunta rápida. Llámame cuando puedas.

Apenas unos minutos más tarde, Reed estaba al teléfono con Max

—Max, ¿qué pasa?

—¿Te acuerdas de Hugo Manchester? —preguntó Max.

—¿El británico que vino a visitar Rosedale el otoño pasado?

—Ese mismo.

—¿Qué le pasa?

—Ha llamado hoy. Parece que se vuelve a su país el mes que viene. Quería saber si estamos interesados en comprar sus cuadras.

115

Reed pensó con rapidez. Manchester tenía algunos caballos muy buenos, sobre todo un semental del que Reed se enamoró nada más verlo.

—¿Cuánto quiere?

Max dijo la cifra y Reed silbó.

—No creo que podamos subir tanto. ¿No está dispuesto a vender por lotes?

—Se lo pregunté. Suponía que estarías interesado en Sir James, pero Manchester dice que o todo o nada.

—Vaya —masculló Reed—. Bueno, llámalo y dile que necesitamos una semana para decidirnos.

—De acuerdo.

—¿Algo más?

—Hum… Sólo una cosa. Cuando te llamé, la operadora me puso con tu habitación, pero contestó una mujer y pensé que se habrían equivocado al ponerme.

Reed se quedó helado. «Mierda».

—¿Y? —dijo con cautela.

—Me disculpé, volví a llamar y nadie contestó. El caso es que la operadora me aseguró que no se había equivocado la primera vez, y que la mujer que contestó debía ser la «señora Kelly».

Reed sabía lo que estaba por venir. No le gustaban las mentiras, pero no tenía opción.

—De acuerdo, me has pillado. No estoy solo.

—Bueno, eso ya me lo imaginaba. Pero… no es eso lo que me inquiera. La mujer que contestó… su voz me resultó familiar. Y cuanto más pienso en esa voz, más pienso que era Felicity.

–¿Felicity? ¿Quieres decir Felicity Farnsworth?

–La misma.

Cielos, ¿qué podía hacer?

–Y esto es lo que pienso, jefe –continuó Max, sin darle tregua–. Sé que puedes decirme que no me meta en los asuntos de los demás, pero dejémoslo en que era Felicity la que ha respondido. No sé si lo sabes, pero su padre era muy amigo mío, y a ella le tengo mucho cariño. Lo ha pasado mal: perdió a sus padres y después tuvo ese desgraciado de marido que se comportaba como si no estuviese casado con ella, liándose con todas las faldas que pasaban, por no hablar de lo que le robó. Por eso no quiero que sufra. Por «nadie».

Capítulo Nueve

Reed se quedó mirando el teléfono. Si eso se lo hubiera dicho cualquier otra persona, no se habría quedado callado, pero a Max lo respetaba, y quería tener su respeto.

–Yo tampoco quiero que sufra –dijo por fin.

–Bien. Eso está bien. Me alegro de que nos entendamos. Bueno, jefe, te dejo. Te veré el lunes.

–Sí, el lunes –repitió él.

Después de colgar el teléfono, no fue directamente a buscar a Felicity. En vez de eso, se quedó un rato allí pensativo, repasando lo que Max le había dicho. La proposición de Hugo Manchester, algo que él hubiera considerado prioritario en otras circunstancias, no fue lo primero en lo que pensó, sino en lo que Max le había dicho sobre Felicity.

Maldición. Reed deseó haber estado en la suite cuando Max llamó por primera vez, porque lo último que quería era que la llamada disgustara a Felicity. No quería que se preocupara por Max, porque estaba claro que él no iba a extender ningún rumor. Por lo que había dicho, deseaba proteger a Felicity tanto como él.

Bueno, pronto sabría cómo se sentía ella. Al entrar en la habitación, esperaba ver la puerta del baño cerrada, pero la encontró abierta. Frunció el ceño.

—¿Felicity?

Silencio.

¿Dónde estaba? Volvió al baño, miró a su alrededor, después a la habitación, la salita, el balcón… ¿Habría bajado a la tienda a comprar algo?

Bueno, eran casi las seis y media, y ésa era la hora a la que habían quedado, así que enseguida volvería. Sería mejor que se metiera a la ducha, así que fue a buscar ropa interior limpia al cajón y volvió al baño. Se duchó rápidamente y cuando salió, fue a lavarse los dientes. Fue entonces cuando se dio cuenta de que el cepillo de Felicity no estaba allí. Frunció el ceño y miró a su alrededor. Sintió un terrible nudo en el estómago al ver que no sólo faltaba su cepillo de dientes, sino también su crema facial, su perfume, su maquillaje… no había nada suyo. Fue inmediatamente al armario. La ropa de Felicity no estaba allí; de las perchas no colgaban más que sus chaquetas, sus camisas y sus pantalones.

Reed se vistió a toda prisa y bajó a recepción.

Quince minutos más tarde, frustrado, enfadado y sintiéndose completamente impotente, Reed se disculpó por haberle gritado al recepcionista cuando éste le dijo que no tenía ni idea de cuándo se había marchado la señora Kelly del hotel.

El único que supo responder a las preguntas de Reed fue el botones, que le informó de que Felicity se había marchado hacía una hora y media. Para entonces ya habría llegado al aeropuerto y conseguido vuelo a casa. Pensó en llamar a la compañía aérea, pero luego descartó la idea. Si ella quería marcharse, lo mejor sería dejarla ir, pero aquello no sería el fin de lo suyo, pues lo primero que iba a hacer en cuanto llegara a casa al día siguiente, sería ir a ver a Felicity, quisiera ella o no.

Felicity se sentía agotada cuando la limusina la dejó frente a su casa. Eran las dos de la mañana, y excepto por las farolas, el barrio estaba a oscuras. Todo el mundo estaba en la cama, que era donde ella estaría en breve.

El domingo por la mañana no se despertó hasta casi las once. Reed debía estar saliendo en dirección al aeropuerto en ese momento. Se preguntó qué habría sentido al ver que ella se había marchado la tarde anterior… ¿Se habría sentido dolido, o más bien enfadado?

Una vez superado el ataque de pánico, se sentía mal. Debía haberle dejado al menos una nota, sobre todo teniendo en cuenta la amabilidad con que la había tratado él. Por otro lado, marcharse había sido lo mejor que podía hacer. De ese modo él tendría peor opinión de ella, y las cosas serían más fáciles.

Después de todo, Felicity y Reed, como pareja, pertenecían al pasado.

A partir de entonces, toda su relación sería estrictamente profesional. Y una vez pasada la boda Newhouse, Felicity podría permitirse simplemente esquivar a Reed.

Se dijo a sí misma que estaba bien.

La experiencia había sido buena…

Y si se daba cuenta de que se estaba mintiendo a sí misma, no lo admitió.

Reed no sabía si llamar a Felicity nada más bajar del avión. Aún estaba dándole vueltas al asunto cuando llegó a las afueras de Eastwick, pero cuando llegó al cruce que debía tomar para ir a Rosedale, giró impulsivamente hacia el norte.

Sabía que ésa era la zona donde vivía Felicity. Una vez pasó por allí con Emma y ella le señaló los apartamentos en los que ella vivía. Sacó el móvil del bolsillo, llamó a información y consiguió su dirección.

Aún no estaba seguro de qué haría cuando llegara, pero por algún motivo, para él era importante consolarla lo antes posible del enfado que debía sentir.

Después de aparcar frente a los bloques de apartamentos, caminó hacia su puerta. Las persianas estaban cerradas, así que era imposible ver si ella estaba en casa.

Reed llamó al timbre. Nada. Volvió a llamar, esta vez también a la puerta mientras gritaba su nombre.

–¡Felicity! ¡Soy Reed!

Nada.

Miró por la mirilla. ¿Estaría allí? Tal vez estuviera mirándolo en ese momento, pero era imposible saberlo. Decidió ir al aparcamiento a ver si estaba su todoterreno, pero cuando se marchaba se dio cuenta de que cada casa tenía su garaje privado, y que el suyo estaba cerrado y no tenía ventanas.

Maldición.

Estaba seguro de que estaba en casa y que no quería abrirle. Bueno, no podría seguir evitándole para siempre. Sabía que estaría allí al día siguiente por la mañana, así que allí estaría él también.

Menos mal que se había ido.

Felicity sabía lo ridículo que era sentirse tan nerviosa por la aparición de Reed en su puerta. Se sintió muy mal por fingir que no estaba, pero ¿qué otra cosa podía hacer? Sabía que si le veía, no la dejaría mantener su decisión, porque frente a él, ella era débil y perdía la cordura.

Aquello era mucho más seguro.

Mucho más, pero no podía seguir escondiéndose de él para siempre. Si quería verla, al final la encontraría, así que sería mejor que estuviera preparada.

–¡Oh, menos mal que has vuelto!

–¿Qué ha pasado? –eran las ocho de la mañana del lunes y Felicity acababa de entrar por la puerta.

Rita se estrujaba las manos.

–Portia Newhouse ha roto su compromiso.

–Estás de broma, ¿no?

–Ojalá.

La mente de Felicity se puso en marcha con rapidez. Faltaban menos de dos semanas para que se celebrase la boda y ya estaba todo preparado. Pensó en el espectacular vestido de Vera Wang diseñado para Portia, y en los de las damas de honor, con encaje importado de Bruselas, las tres empresas de cátering, los floristas a los que habían encargado orquídeas por valor de una fortuna, las carpas, mesas y sillas de alquiler, los manteles especiales, al igual que la vajilla de porcelana, la cubertería de plata y la cristalería de Bohemia… los cientos y cientos de regalos, los camareros, músicos, Bo…

Los proveedores habían sido contratados meses antes. Se celebrara la boda o no, tendrían que ser compensados. Sería una pesadilla.

—¿Cuándo ocurrió…?

—El jueves. No sabía cómo localizarte…

Felicity sintió el dolor de cabeza que se le avecinaba. Lo único que le faltaba era que los Pruitt le contaran a todo el mundo que la habían visto en Cozumel.

—¿Por dónde vas con las cancelaciones?

—No he hecho nada aún. No sé qué hacer. No sé si debo cancelar, vamos, que puede que lo arreglen…

—¿Entonces Portia y Corky se han peleado?

—Eso parece. Madeline no me dio detalles. Lo cierto es que estaba furiosa cuando me lo dijo. Apenas podía contenerse, y cuando le dije que estarías fuera toda la semana, me colgó el teléfono.

Felicity cerró los ojos. ¿Por qué tenía que pasarle eso a ella? ¿Es que no era suficiente que tuviera roto el corazón y su vida fuera un desastre? ¿Es que también tenía que soportar el caos en el trabajo? Respirando con dificultad, abrió los ojos y miró a Rita.

–Te habrá dicho lo que quiere que hagamos.

Rita hizo una mueca.

–Pues no. Lo siento, Felicity. Tendría que haberme encargado mejor de todo esto –parecía a punto de echarse a llorar.

No era propio de Rita perder la calma de ese modo, pero Madeline Newhouse no era una cliente cualquiera. No le gustaba nada que le hicieran preguntas y siempre miraba a los demás como si fueran imbéciles por no poder leerle la mente. Felicity comprendía a su ayudante; se sentó a la mesa y apoyó la cabeza en las manos.

–Bienvenida a casa –murmuró.

–¿Dónde estuviste? –preguntó Rita.

–En Nuevo México, en un lugar llamado La Campana de Plata.

–¿En serio? ¿Por qué ahí?

Felicity se encogió de hombros.

–Lo encontré por internet, y reservé en un arrebato –menos mal que se había acordado de buscar un sitio del que hablarle a la gente como si hubiera estado allí.

–Bueno –dijo Rita–, luego tienes que contármelo todo, pero ahora tengo que ocuparme de ciertas cosas.

–De acuerdo. Yo llamaré a Madeline, supongo.

Cuando Felicity llamó a casa de los Newhouse, le informaron brevemente que la señora Newhouse no aceptaba llamadas.

–Tengo que hablar con ella –dijo Felicity–. Por favor, dígale que soy Felicity Farnsworth y que llamo en referencia a la boda.

–Lo siento, señorita Farnsworth –dijo la mujer que había contestado al teléfono–. La señora Newhouse ha dejado órdenes explícitas, pero puedo pasarle con su secretaria, Alicia Delgado.

Felicity golpeó el suelo impaciente con sus Jimmy Choo destalonados hasta que Alicia respondió.

–Lo siento, Felicity, no sé qué decirte –respondió Alicia.

–Bueno, te habrá dicho lo que quiere, ¿no? No puedo esperar al último minuto para cancelarlo todo. Ya va a costar una fortuna.

–Se niega a hablar de la boda –dijo Alicia con voz avergonzada.

Felicity cerró los ojos. Estas estrellas… o más bien las esposas de las estrellas. Y estas novias ricas, mimadas e idiotas. No le extrañaba que la mitad de los matrimonios terminaran en divorcio. Estaban condenados desde el principio. Pero Felicity no dejó que su frustración se notara en la conversación con Alicia. La secretaria ya sonaba bastante agobiada de por sí; después de todo, tenía que estar junto a Madeline Newhouse todo el día.

–Al menos dile que he llamado –dijo Felicity–. Y que tengo que saber qué es lo que quiere.

–Lo intentaré –dijo Alicia.

–¿Y Portia?

–Se ha ido. Creo que a París.

Felicity se sentó a pensar. No tenía opción; no

podía quedarse quieta esperando a que Madeline le dijera lo que tenía que hacer. Tenía que advertir a sus proveedores. Menos mal que ella no se había encargado de gestionar el vestido de novia y los de las damas de honor. Una cosa menos.

Rita y ella se pasaron las dos horas siguientes llamando a todo el mundo para explicarles que probablemente la boda no se celebraría y que prepararan la factura con los gastos ocasionados.

—Bueno, creo que ya hemos llamado a todo el mundo —dijo Felicity por fin.

—Hum… no a todo el mundo —repuso Rita.

Felicity frunció el ceño.

—¿Qué quieres decir? ¿De quién nos hemos olvidado?

—Aún hay que llamar a Reed Kelly por lo de las fotos en Rosedale.

Felicity esperó que su rostro no la traicionara al oír su nombre.

—Hum… creo que esperaré para llamarlo a él. Si, por algún extraño milagro, Portia cambia de idea, no creo que vuelva a darnos permiso para hacer las fotos en la finca.

Rita asintió.

—Probablemente tengas razón.

En ese momento sonó el teléfono y Felicity se alegró, porque no quería hablar de nada que estuviera ni remotamente relacionado con Reed. Tenía miedo de, si lo hacía, revelar más de lo que quería.

—¿Felicity?

Felicity dio un respingo.

–Perdona, no quería asustarte. Soy Emma.

Felicity esperó a que Rita hubiera vuelto a su despacho para contestar.

–¿Emma?

–Hola. ¿Qué tal el viaje?

Por un momento, Felicity pensó que Emma sabía lo de Cozumel, pero entonces se dio cuenta de que Emma pensaba, como todo el mundo, que había estado en un spa.

–Muy bien. Me ha venido estupendamente.

–Me imagino. Llevas dos años trabajando sin descanso.

La amable respuesta de Emma hizo que Felicity se sintiera aún más culpable.

–¿Dónde fuiste? ¿Al Serendipity?

–Hum, no. Como fue una decisión de último momento, estaba todo lleno y fui a un sitio en Nuevo México llamado La Campana de Plata.

–¿En Santa Fe?

–No, más al norte –oh, cómo odiaba decirle mentiras.

–Bueno, espero que hayas podido descansar y te sientas una mujer nueva.

–Pues sí. Además, me he puesto morena.

–¡Muy bien! Estoy deseando verte. ¿Quedamos para comer la semana que viene?

–¿Tú y yo o con las demás?

–Casi mejor nosotras dos, y así hablamos más tranquilas.

Quedaron un día a una hora y Emma se despidió pues tenía clientes en la galería de arte.

Cuando colgó, Felicity se quedó mirando al infinito.

¿Sospecharía Emma algo?

Felicity se dio cuenta de que estaba siendo una paranoica, pero no podía evitarlo. ¿Qué querría decir con lo de ponerse al día?

Aún no había acabado de digerir su charla con Emma, cuando volvió a sonar el teléfono. Era Alicia Delgado.

–¿Felicity? Madeline ha dicho que lo canceléis todo. La boda no se celebrará definitivamente. También ha dicho que no os preocupéis por el dinero, que ya imagina que tendrá que pagarlo todo de todos modos.

–¿Cómo has logrado ese milagro, Alicia?

Alicia rió y bajó la voz.

–Ha sido cosa de Alex.

–Ah, bueno, gracias.

Felicity se preguntó si habría algo en el ambiente… Todas las novias se repetían últimamente: primero Emma y luego Portia. Decididamente, tenía que sacar a Reed de su mente y acabar con aquello. Era hora de seguir adelante; sólo esperaba que Emma no supiese nunca dónde había estado ella la última semana.

Eran más de las once cuando Reed pudo salir hacia la oficina de Felicity. Le hubiera gustado ir allí antes, pero tenía muchas cosas pendientes en Rosedale y no le parecía justo dejárselo todo a Max después de lo que había tenido que trabajar la semana anterior. Max no habría protestado, pero sí hubiera levantado las cejas preguntándose qué estaba pasando.

Cuando aparcó en el aparcamiento frente a la oficina, se quedó muy aliviado al ver su todoterreno plateado. No estaba seguro de cómo iba a llevar aquello. El sábado se enfadó mucho cuando vio que ella se había marchado de Cozumel sin dejarle siquiera una nota, pero su rabia había desaparecido ya. Se dio cuenta de que Felicity se había asustado, y el que no tuviera que temer que se supiera nada por Max o por él, no importaba.

Cuando abrió la puerta de su oficina, Rita y ella, estaban hablando de algo importante frente a una mesa. Las dos se giraron al oír el ruido de la puerta. Rita esbozó una sonrisa dudosa, ¿qué era aquello?, y a Felicity se le heló la expresión.

—H-hola, Reed —dijo.

—Hola. ¿Tienes unos minutos? Tengo que hablarte de un asunto —aquello lo dijo por Rita.

—Me iré a mi oficina —dijo Rita llena de curiosidad.

Cuando ella se hubo ido, cerraron la puerta y se quedaron mirándose.

—Reed, yo... —dijo Felicity.

—¿Por qué te marchaste? —preguntó Reed.

Se quedaron mirándose en medio del silencio.

—¿Qué ibas a decir? —ofreció Reed.

—Que siento haberme marchado sin despedirme —dijo ella en voz baja.

—¿Qué pasó?

–Hum... no puedo hablar aquí –miró la puerta cerrada de Rita y su voz se transformó en un susurro.

–Vamos a tomar una taza de café.

–No puedo. Tengo una cita a las once y media. Llegarán en cualquier momento.

–Más tarde, entonces.

–De acuerdo, pero... –dijo ella sin ganas.

–¿Pero qué?

–Que no servirá para nada.

–Maldita sea, Felicity –otra vez volvía a enfadarse–. Me debes una explicación, y no me voy a marchar hasta que la consiga.

–De acuerdo, pero tiene que ser esta noche. No puedo decir nada más aquí y ahora. Las cosas van de cabeza y Rita ya se ha tenido que encargar de todo esto bastante tiempo.

–De acuerdo, iré a tu casa ¿a qué hora?

Ella parecía a punto de negarse, pero sería mejor no discutir.

–A las ocho.

–Allí estaré –iba a marcharse, pero se detuvo–. Y... ¿Felicity?

–¿Sí?

–No finjas que no estás en casa como anoche, porque no me marcharé.

Capítulo Diez

¿Por qué aceptó Felicity que Reed fuera a su casa? ¿Por qué tenía que verlo? ¿Qué iba a salir de bueno de aquello?

«No tienes opción. Como él dijo, no se iba a marchar sin más, y probablemente Reed estuviera mirando por el ojo de la cerradura…»

Apenas había acabado de pensar eso cuando Rita abrió la puerta de su despacho y entró en el de Felicity.

–¿Ha venido por lo de la boda de los Newhouse? –preguntó.

–Sí –dijo Felicity, encantada de no tener que inventarse nada más.

–¿Se ha enfadado?

–No. Sólo ha dicho que le tengamos informado.

–Vaya, qué amable. ¿Crees que le cobrará algo a Madeline Newhouse?

Felicity se encogió de hombros porque no tenía ni idea de lo que haría Reed cuando se enterase de que la boda estaba cancelada.

–Ya veremos. Y ahora… ¿Dónde estábamos?

El resto del día se lo pasó intentando sin éxito no pensar en Reed. Llegó a casa sobre las siete, agotada, pensando que lo último que necesitaba era una visita de Reed, pero sabía que si llamaba para cancelarla, él no lo aceptaría.

Además, probablemente lo mejor sería quitarse todo aquello de encima para poder empezar con el triste proceso de olvidarlo a él y la semana que pasaron juntos, y seguir con su vida.

Decidió ducharse y ponerse algo más cómodo antes de que él llegara, y veinte minutos después salió ataviada con un vestido ligero y unas sandalias. Abrió una botella de Riesling y encontró en la nevera un trozo de queso Cheddar y unas galletas saladas. Si tenían algo que comer y beber, el ambiente sería más relajado y podrían hablar sin que Reed se pusiera demasiado nervioso.

Acababa de sacar un par de copas del armario cuando sonó el timbre. Su corazón la traicionó, como siempre, y Felicity tuvo que hacer unas respiraciones profundas en la cocina para tranquilizarse antes de ir a abrir.

Como siempre, al verlo perdió la poca calma que había recuperado. ¿Por qué no podía controlar sus emociones hacia él?

—Hola, pasa —le dijo. Por suerte, la voz no le traicionó.

Él entró al salón, donde ella había colocado el queso, las galletitas y el vino en una mesa, y miró a su alrededor.

—Bonita casa.

—Gracias. A mí me gusta.

—¿Llevas mucho tiempo aquí?

–Sólo un año. Antes tenía un piso en alquiler cerca de la oficina –le agradeció la charla intrascendente–. ¿Una copa de vino?

–Claro –Reed se sentó en uno de los sillones junto a la chimenea.

Mientras le servía el vino, Felicity no dejaba de darle vueltas a lo mismo. «¿Por qué fui a Cozumel? Fue un error y ahora voy a pagarlo durante mucho tiempo».

Levantó el vaso a modo de brindis y chocó su copa con la de él. Tomó un sorbo y se sentó en la butaca frente a la de él.

Se quedaron un momento en silencio hasta que él dijo:

–Bueno, ¿me vas a contar por qué saliste huyendo?

–Escucha –Felicity suspiró–. Lo siento. Tenía que haberte dejado una nota, pero estaba muy enfadada y no pensaba con claridad. Cuando Max llamó, seguro que eso lo sabes, me entró un ataque de pánico al pensar que pudiera haber reconocido mi voz, y decidí que no tenía que estar allí. No tenía que haber ido allí. Fue un error.

–Un error.

–Sí –dijo ella con voz todo lo firme que pudo.

Reed dejó su copa sobre la mesa, se puso en pie y fue hacia ella. Le agarró las manos y tiró para obligarla a incorporarse y llevarla hasta su boca. Enseguida estuvieron besándose como si no pudieran saciarse, y antes de que el cerebro de Felicity pudiera procesarlo, él ya la estaba llevando en brazos al dormitorio.

–¿Quieres que pare? –le dijo.

Si paraba, ella se moriría.

–No. No quiero que pares –susurró ella.

–Eso me parecía –dijo él antes de volver a besarla.

Cinco minutos más tarde, su ropa estaba en el suelo y ellos en la cama. No hubo sutilezas ni preliminares, sólo una intensidad que pronto les llevó a una explosión de placer.

Pero después, Felicity quería llorar. ¿Por qué se torturaba de ese modo?

–No puedes decirme que el estar juntos sea un error –dijo él.

Felicity se levantó y se vistió a toda prisa. Sabía que si se quedaba en la cama, no podría decirle nada.

–Es un error –le espetó. Se sintió aliviada al ver que él también se vestía, pues no estaba segura de haber podido mantener la calma mucho tiempo teniendo aquel cuerpo delante.

–Reed, tienes que admitir que aún estás despechado por Emma. Cuando superes eso, podrás seguir adelante. Además, tú y yo queremos cosas distintas: tú quieres una esposa, y yo no valgo para eso. Ya me casé una vez y no quiero repetir.

–Así que yo no tengo nada que añadir, ¿no? –los ojos azules chispeaban.

Ella se encogió de hombros. Felicity estaba segura de que él acabaría dejándola, así que mejor antes que después.

–No creo que haya nada más que decir.

–Muy bien –él la miraba muy serio–. Si eso crees, supongo que tendrás razón: no hay nada más que decir –y se marchó.

Reed estaba harto de las mujeres. No podían decidirse por nada. ¿Por qué se acostó Felicity con él si después pensaba mandarle a paseo? ¿A qué estaba jugando?

Además, estaba harto de que lo acusaran de sentir cosas que no sentía y de no sentir cosas que sí sentía. ¿Por qué no lo creía cuando le decía algo? ¿Por qué creía conocerlo mejor que él a sí mismo?

Se marchó a casa y hasta no estar cerca no se le ocurrió pensar que tal vez él, en sus deseos de no presionarla, le había hecho pensar que lo único que le importaba de ella era su cuerpo. Pero no era así. ¿O sí?

Eran casi las once, pero dio la vuelta bruscamente y se dirigió a casa de su hermana Shannon. Necesitaba consejo, y nadie mejor que ella, que era mujer, para eso. Tal vez ella pudiera mostrarle la perspectiva desde la que Felicity veía las cosas.

Al llegar a casa de Shannon vio que la luz del salón estaba encendida. Siempre le gustó trasnochar, pero su marido era un madrugador convencido y ya estaba en la cama.

Shannon le abrió la puerta y le ofreció un café. Fueron a la cocina y cuando su hermana le puso la taza delante, le preguntó;

–¿Qué ha pasado?

–¿Tan evidente es que ha pasado algo?

–Cuando tú tienes esa cara, sí. ¿Quieres un poco de tarta con el café?

–Me dejaré tentar. Te lo contaré si me prometes que te ahorrarás los sermones.

–Trato hecho. Deja que vaya a buscar la copa de vino que estaba tomando, y vuelvo enseguida –cuando volvió, fue directamente al grano–. Se trata de una mujer, ¿verdad?

–¿Cómo lo sabes?

–No puedo pensar en ningún otro tema para el que me pidas consejo, señor Perfecto.

–Deja de llamarme así. No soy perfecto.

–Ya. Dile eso a mamá.

–Si vas a empezar a meterte conmigo, me como la tarta y me voy.

–Oh, vaya, sí que estás sensible esta noche… Venga, cuéntame.

Ella no lo interrumpió aunque lo miró con cara incrédula cuando él le explicó cómo decidió invitar a Felicity a ir a Cozumel con él. Cuando acabó, obviando los detalles personales, dijo:

–Ahora no sé qué hacer.

–Dime, Reed, ¿estás enamorado de ella?

La pregunta del millón de dólares.

–Creo que podría estarlo –dijo él por fin.

Shannon levantó las cejas.

Reed se acabó la tarta y el café, y miró a los ojos a su hermana.

–Y lo que te impide hacer las paces con ella es… –apuntó Shannon–. ¿que no estás seguro de tus sentimientos?

–Es más que eso –admitió él–. Shannon, ¿y si tiene razón? ¿Y si la usé para recuperar a Emma?

En algún momento después de que Reed se marchara, Felicity por fin admitió para sí misma que estaba enamorada, profundamente enamorada de él. Y si él la correspondiera, estaría dispuesta a enterrar todas sus reticencias sobre el matrimonio.

«Oh, Reed, ¿por qué no me quieres? ¿Por qué sólo me quisiste para el sexo?»

Cuando pensaba en lo agradable y dulce que había sido, ella se decía que lo había hecho porque tampoco le resultaba costoso. Tenía que olvidar Cozumel y seguir adelante con su vida.

A las dos, agotada por el llanto, consiguió dormirse.

–¿Has pasado mala noche?

–Podría decirse que sí –le respondió Felicity a Rita.

–Bueno, el café está listo y he traído rosquillas frescas.

En condiciones normales, Felicity se habría espabilado al oír la palabra rosquilla, pero aquélla no era una mañana normal. Fue a la cocina y, además del café, se tomó también un analgésico. Por suerte, no tenían una mañana muy ajetreada en la oficina, pues los proveedores de la boda Newhouse estaban avisados, y sólo quedaban algunos detalles finales por ultimar de la boda Stauton, pero nada complicado.

A las diez Felicity deseó tener mucho más trabajo para no pensar, porque pensar era lo último que quería hacer.

En ese momento entraron Emma y Garrett Keating muy sonrientes.

—Hola —saludó Felicity, pensando lo guapa que estaba su amiga con el vestido azul que llevaba—. ¿Qué os trae por aquí?

—Está claro, ¿no? —rió Emma—. Venimos a contratar tus servicios.

—¿En serio? —Felicity sonrió—. ¿Ya tenéis fecha?

—Sí —dijo Garrett, y miró a Emma con rostro arrobado.

Era un chico bastante decente, y más apropiado para ella que Reed, pero Felicity no podía pensar en público en Reed, y menos con Emma delante, porque podía provocar una catástrofe.

Pasaron los siguientes cuarenta minutos haciendo planes para la boda que, como Emma quería que fuera antes de su treinta cumpleaños, el treinta y uno de agosto, y contaban con muy poco tiempo, no podría ser nada complicada.

—Eso no importa —dijo Emma—. Tampoco es eso lo que queremos. Queremos una boda con la familia directa y los amigos.

Aunque Felicity no quería pensar en Reed, no pudo evitar pensar qué opinaría él de que se casara tan poco tiempo después de su ruptura.

—¿Daréis la fiesta en el club?

–Sí, eso me temo.

–¿Por qué dices eso? –preguntó Felicity.

Emma suspiró.

–Porque lo que a mí me gustaría sería hacerlo en la galería. Ya sabes que hemos tenido fiestas con entre cincuenta y cien personas.

La galería de Emma estaba situada en el centro histórico de Eastwick, en una casa de doscientos años con altos ventanales y rodeada de arbolado y una valla de madera blanca. Felicity se lo imaginó decorado con flores y le pareció una idea estupenda. Tal vez Emma podría encontrar un vestido de estilo victoriano…

–¿Y por qué no lo haces allí entonces?

–Mi madre casi se cae redonda en el acto cuando se lo sugerí –dijo Emma–. Después pensé que últimamente nos hemos peleado mucho, y que no merece la pena. ¿Qué va a cambiar hacerlo en un sitio o en otro? Garrett y yo nos casaremos, y eso es lo que cuenta.

Garrett asintió.

Felicity sabía que su decisión era la correcta, pero le daba pena Emma. ¿Por qué no podían sus padres ser más comprensivos?

–Quiero que seas mi dama de honor –le dijo Emma–. Irás de azul, por supuesto –el color favorito de Emma, que a Felicity también le sentaba muy bien.

–Oh, Emma –los remordimientos le provocaron un nudo en la garganta y apenas pudo contener las lágrimas al darle las gracias y aceptar su propuesta.

–¿Pasa algo? –dijo Emma preocupada–. ¿No quieres ser dama de honor?

–Oh, no, no es eso. Es sólo que me he emociona-
do.

Felicity se sentía un gusano. Un gusano repug-
nante. Emma era muy buena amiga, siempre sincera y leal, y ella le había mentido; debería haber confiado en ella y haberle contado la verdad.

¿Qué pasaría si Emma se enteraba de dónde había pasado realmente Felicity la semana anterior?

Hundida, Felicity se preguntó si su amistad podría superar aquello.

Oh, cielos, si perdía a Emma además de a Reed,
no sabía si podría soportarlo.

Capítulo Once

A las cuatro de aquella tarde, Felicity tenía una reunión en el club de campo del comité social antes presidido por Bunny Talbot, y por su hija en la actualidad. No tenía ninguna gana de ir, pero si no aparecía ese día, que era cuando repartirían las tareas, tal vez decidieran prescindir de ella de forma permanente.

—Hola –le dijo Abby al verla llegar. Vanessa ya estaba allí también–. Me alegro de que hayas podido venir.

—Yo también –una vez allí, Felicity se sintió mejor. Tal vez estar con sus amigas la ayudara a sacarse a Reed de la cabeza. ¿Por qué no podía dejar de pensar en él?

—Mary Duvall ha venido hoy por primera vez –explicó Vanessa, así que será mejor que vayamos a acompañarla.

—Id vosotras primero –dijo Felicity–. Voy a pedir un té con hielo.

Harry, el camarero, al que conocían por ser clientas habituales, le preguntó qué tal se encontraba y por su bronceado.

Felicity lo miró dudando de sus motivos. ¿Es que

sospechaba algo? Oh, estaba paranoica. Harry siempre charlaba de cualquier cosa.

–He estado una semana en un spa.

–Qué suerte…

Felicity tomó su bebida después de pagar y salió a buscar a las demás, que estaban sentadas a una mesa. Saludó a Mary con un beso y tomó asiento con las demás.

Hacía una temperatura muy agradable, y Felicity se fue relajando gradualmente hasta que vio a un hombre moreno junto al agua. Dio un respingo y notó que se mareaba, pero entones se dio cuenta de que no era él.

–¿Qué te ha ocurrido? –dijo Vanessa–. ¡Vaya respingo!

–No sé –respondió Felicity–. ¿No os ha pasado nunca el sobresaltaros por algo que no sabéis qué es?

–No –dijo Vanessa.

–No –dijo Abby.

Felicity forzó una risilla.

–Vale, yo soy la rara del grupo. Será mejor que vaya a lavarme estas salpicaduras de té del vestido.

Una vez en el baño, intentó tranquilizarse. No podía permitirse echarse a temblar cada vez que viera a alguien que se pareciera a Reed… ¿Qué iba a ser de ella cuando lo viera a él de verdad?

–¿Estás bien? –le preguntó Mary cuando volvió con las demás.

–Sí –respondió ella–. Supongo que me he pasado con los cafés esta mañana y estoy más nerviosa de la cuenta.

Acabaron de hablar lo que tenían que hablar y se quedaron un rato observando a los niños jugar en el agua. Un niño muy guapo de unos dos años dejó caer su pelota y ésta llegó rodando hasta los pies de Mary. Ella se agachó y se la devolvió. El niño le sonrió agradecido, y Felicity se sorprendió al ver lágrimas en los ojos de su amiga. Ella también estuvo a punto de emocionarse al ver la reacción de Mary, pero ya había llorado bastante la noche anterior, y además, ningún hombre se merece ninguna lágrima; todos son decepcionantes al final.

—Por cierto —Abby interrumpió los pensamientos de Felicity–, la policía me ha hecho caso y va a investigar de nuevo el caso de la muerte de mi madre.

—Ya era hora —dijo Vanessa.

—El informe del forense fue definitivo —informó Abby–. En él decía que no había restos de *digitalis* en el cuerpo de mi madre, pero yo sé que se tomó la medicación hasta el día de su muerte. La vi tomarla. Y su pastillero ha desaparecido.

—Qué extraño —dijo Vanessa.

—Y además, la limpiadora de mi madre oyó que una mujer le gritaba el día de su muerte, así que ahora la policía está buscándola para interrogarla.

—¿Creen que pudo ser esa mujer? —preguntó Mary.

A Felicity le pareció una pregunta extraña, y también debió parecérselo a Abby por la forma en que la miró.

—No lo sé. No me han dicho nada más que que han abierto la investigación de nuevo.

Mary asintió con aire preocupado y Felicity olvidó sus problemas por un instante para pensar en los de Mary. Desde luego, ya no se parecía a la chica que fue compañera suya de clase hasta que fue a estudiar al extranjero, alegre y risueña. Desde que volvió de Europa era callada, y a veces, como cuando le dio la pelota al niño, se la veía triste.

«Supongo que todos tenemos nuestros secretos».

A las cinco y media, Vanessa dijo que se tenía que ir, y todas decidieron imitarla. Se abrazaron y besaron, prometiendo verse pronto.

—No olvides la próxima comida de las Debs… —dijo Abby a Mary, que murmuró algo de que iría.

De vuelta a casa, Felicity no podía dejar de pensar en la tristeza de Mary. Tal vez tuviera amores desgraciados en Europa. «Oh, parece que es lo único en lo que puedes pensar. Que ése sea tu problema no quiere decir que también sea el suyo».

Intentó apartar completamente a Reed y todo lo relacionado con él de su mente y empezó a pensar en las preguntas que Mary le había hecho a Abby acerca de su madre. Aunque a Felicity no le gustaba la idea, no pudo evitar volver a pensar en si Rita estaría involucrada en el asunto.

Cielos, qué dolor de cabeza se le avecinaba: el sentimiento de culpa por traicionar a Emma, su tristeza por lo de Reed, su preocupación por Mary y las sospechas de Rita… era demasiado.

La cosa no cambió en los días siguientes. Emma estaba tan excitada por su boda que había llamado varias veces para quedar para comer. Felicity sabía que pronto se le acabarían las excusas, pero no se sentía bien como para estar con ella, puesto que eso le haría recordar a Reed y su traición a su amiga. Le resultaba imposible hacerse la inocente cuando estaba cerca de ella.

Y estaba Rita, que estaba con ella todos los días. Cada vez que Rita hacía una pregunta sobre las amigas de Felicity, ésta se preocupada porque su asistente estuviese involucrada en el asesinato de Bunny Talbot y los chantajes. ¿Qué haría Felicity si era así?

Además, estaba el trabajo. Tenían la boda de los Staunton el sábado en el club, y como la novia, Jemima Staunton era la nieta de uno de los socios fundadores, todo tenía que rozar la perfección.

Los problemas no eran una carga ligera, y a Felicity le estaba afectando al sueño. Eso hacía que estuviera de mal humor y cansada, como si fuera a pillar una gripe, todo el día. Para cuando llegó el viernes, todo el que tuvo que tratar con ella se preguntó qué demonios le había pasado.

Y seguía sin decirle a Reed que la boda de los Newhouse había sido cancelada. Sabiendo que no tendría coraje para ir a hablar con él en persona, le envió un correo electrónico.

Hola, Reed:

Siento decirte que Portia Newhouse ha cancelado su boda, así que no necesitamos Rosedale para hacer las fotos. Si deseas una compensación, por favor, envía tu factura a mi oficina y yo se la mandaré e Madeline Newhouse.

Gracias,

Felicity

Dudó un momento antes de enviarlo, pero por fin lo hizo.

Bien, ya estaba, pensó ella. Ya no tenía más motivos para hablar con Reed en toda su vida. Al instante, los ojos se le inundaron de lágrimas, y en ese momento, Rita salió de su oficina.

–¡Felicity! ¿Qué te pasa? ¿Qué ha pasado?

Aunque Felicity pretendía aparentar normalidad, no podía y las lágrimas le caían por las mejillas. Rita la abrazó hasta que se calmó.

–¿Me vas a contar qué ha pasado? –preguntó Rita con dulzura.

Felicity la miró a las ojos: tenía una expresión dulce y una mirada cordial. Rita no podía tener nada que ver con el chantaje.

–Tengo que confesarte una cosa… Me da vergüenza decírtelo, pero he pensado en que tú podías ser la persona que ha estado chantajeando a mis amigas.

–¿Chantajear a tus amigas? ¿Quién sufre chantajes?

–Eso no te lo puedo decir. Me lo contaron como un secreto, pero todo empezó cuando Bunny Talbot murió

–¡Oh, pero si eso es terrible!

–Desde luego.

–¿Y dices en serio que creías que tenía algo que ver con esto…?

Felicity le hizo una mueca.

–Siento haber pensado mal de ti, de verdad; en realidad no te creí capaz de hacer algo así.

146

–¿Tú has recibido alguna de esas cartas?

–¿Yo? No, yo no tengo nada que ocultar.

Pero en cuanto dijo esto, supo que sí lo tenía. Entonces supo lo que tenía que hacer.

–Rita –le dijo–, hablaremos más tarde, ¿de acuerdo? Ahora tengo que ir a hacer algo importante.

Veinte minutos más tarde aparcaba delante de la galería de arte de Emma.

–¡Felicity! –exclamó ella al verla entrar–. ¡Qué sorpresa!

Las dos amigas se abrazaron y Felicity le pidió que fueran a hablar a un lugar reservado. Una vez en el despacho de Emma, Felicity tomó aliento y empezó:

–Hum… hay algo que tengo que contarte. Lleva mucho tiempo quemándome por dentro, y hoy supe que no podía aguantar más.

Emma abrió mucho los ojos por un segundo, el único gesto que revelaba que le habían sorprendido las palabras de Felicity. Ella le contó cómo fue a Rosedale a hablarle a Reed de la petición de los Newhouse, y cómo él la invitó después a Cozumel y ella había aceptado. Emma escuchó en silencio mientras Felicity se desahogaba.

–Por favor, dime que me perdonas –le dijo al acabar.

–Oh, no hay nada que perdonar –dijo Emma con una sonrisa temblorosa–. Me alegro de que Reed haya encontrado a otra persona, y mucho más de que esa persona seas tú.

Felicity estuvo a punto de echarse a llorar una vez más. ¿Qué le pasaba que no podía contenerse?

–Oh, qué buena persona eres –le dijo a Emma–. Y qué buena amiga. Siempre deseé parecerme más a ti.

–Y yo también habría deseado parecerme a ti en tu fuerza y tu coraje –repuso Emma–. Todas te admiramos.

Volvieron a abrazarse y Felicity pensó lo afortunada que era de tener a las Debs, por eso, si Reed no la quería, se las apañaría bien, igual que lo había hecho hasta entonces.

Reed leyó el correo electrónico de Felicity y dudó si contestarlo o no. Al final, decidió no hacerlo. No quería escribirle, lo que quería era verla y tocarla, y que ella admitiera que sentía lo mismo.

Demonios, lo suyo no era un «error», pero ¿cómo podía convencerla de ello? Entonces se dio cuenta de que cuando la había invitado a ir a Cozumel, ella había dicho que no, pero al final había aceptado después de enviarle las flores y los preservativos.

Estaba claro: Felicity no era el tipo de mujer con la que se llegaba a un acuerdo hablando… ¡Ella era una mujer de acción!

Reed sonrió.

Sabía exactamente lo que tenía que hacer.

Capítulo Doce

El olor de cientos de rosas perfumaban el ambiente mientras Felicity se hacía una lista mental. Estaba a la entrada de la iglesia mirando cómo Rita colocaba la cola del precioso vestido de Jemima Staunton. Desde el interior se oían los murmullos de anticipación de los invitados, deseosos de ver a la novia.

El organista empezó a tocar el *Aria en Re Mayor* de Bach, la pieza que Jemima y su madre habían escogido para la entrada de la novia. Era una elección perfecta para la novia y el elegante marco.

Felicity fue a hablar con la primera dama de honor y le recordó que tenía que andar despacio. La chica sonrió, decidida a hacerlo bien.

Cuando todo estuvo preparado, Felicity entró en la iglesia, y una vez la novia y su padre se hubieron puesto en marcha, Rita la siguió. Felicity buscó la cara de Reed entre los invitados, pero no lo vio. En algún momento tenía que encontrarse con él, eso lo sabía, pero prefería que fuera cuanto más tarde, mejor, para poder controlar mejor sus emociones.

No había recibido respuesta al correo electrónico que le mandó, aunque en realidad no la esperaba. Estaba segura de que se había olvidado ya de ella y se había lavado las manos.

El sacerdote comenzó la ceremonia y, por una vez, Felicity, normalmente muy ocupada pensando en lo que tendría que hacer en cuanto saliera de allí, escuchó sus palabras con especial atención.

—El matrimonio es la unión de hombre y mujer en cuerpo, alma y mente —decía—. Su fin último es el gozo, la ayuda y el apoyo mutuo de los cónyuges, tanto en la prosperidad como en la adversidad.

¿En la prosperidad y en la adversidad? Pensó tristemente Felicity. ¿Tendría ella eso alguna vez? ¿Alguien con quien compartir las alegrías y las penas? ¿Alguien en quien apoyarse? ¿Alguien que se preocupara por ella de verdad?

«Oh, Reed...»

Sus ojos se llenaron de lágrimas y buscó un pañuelo en su bolso. Siempre había sabido contenerse, pero últimamente le costaba una barbaridad.

—Es una relación que se sostiene en el amor —continuó el sacerdote—. Pero también en la lealtad y en la confianza, así como en la amistad. Sobre todo en la amistad. Antes de que Jemima y Phillip supieran que estaban enamorados, eran amigos, y ésa fue la semilla de la que nació su destino. No penséis que podéis dirigir el curso del amor, porque es más bien éste el que os encuentra y el que busca su propio camino.

Lo que decía era tan hermoso que a Felicity le dolía el corazón. Por fin se enfrentó a la verdad que llevaba tanto tiempo negando. Por supuesto que creía en el matrimonio; había tenido miedo de volver a sufrir por entregarse en cuerpo y alma a alguien que no lo mereciera como Sam.

«Oh, Reed, ¿por qué no me amas? ¿Por qué yo sólo fui para ti una ayuda para olvidar a Emma?»

–Voy a tomar un poco de aire fresco. Enseguida vuelvo –le dijo a Rita al darse cuenta de que no podría contenerse mucho más.

Rita la miró con curiosidad, pero no dijo nada.

Felicity salió a respirar un poco y calmarse. Después en la comida, tendría tanto que hacer que no podría pensar en Reed. Menos mal.

Reed observaba a Felicity desde detrás de una planta en una de las terrazas. Ella no sabía que él estaba allí, y eso era lo que él quería. Ya tendría tiempo de descubrir su presencia más tarde, por el momento se contentó con observar el fruto de su trabajo. Iba de un lado para otro, controlándolo todo y asegurándose de que todo estaba bien, y vestida con un vestido de encaje negro y unos tacones de diez centímetros; Reed rió al recordar lo que decían de Ginger Rogers y Fred Astaire: que ella hacía lo mismo que él, sólo que en tacones y hacia atrás.

El club estaba precioso, decorado con lazos y orquídeas, y Reed imaginó que Felicity también tendría algo que ver con aquello.

Todo el mundo había acudido con sus mejores galas a la boda. Reed conocía a la mayoría, incluidos los padres de los novios, aunque no le hubieran invitado. De todos modos, no creía que nadie le reprochara haberse colado en la fiesta: todos estaban muy ocupados pasándoselo bien.

–¡Oh, Reed Kelly! –llamó Lucia Peretti, la esposa de uno de sus clientes, enfundada su voluptuosa figura en un traje de lentejuelas rojo brillante.

–Hola, Lucia –saludó él, deseando que Felicity no la hubiera oído. No, por suerte parecía estar hablando con los camareros.

–¿Qué haces ahí detrás? –preguntó Lucia, divertida.

–No me estoy escondiendo.

–Ah, pues eso parecía… Ven a bailar conmigo –le dijo la mujer, agarrándolo del brazo y moviéndose al ritmo de la música.

–Oh, no gracias, Lucia, es que… –no le dejó acabar la frase y lo sacó de detrás de la planta.

–No te preocupes, la salsa es fácil –le dijo.

–No es eso –dijo, pero puesto que se había quedado sin cobertura, lo mínimo que podía hacer era actuar galantemente con ella y llevarla a la pista de baile.

Reed supo en qué momento exactamente Felicity lo vio. Por un breve instante sus ojos se encontraron, pero ella apartó la mirada. Se había quedado pálida al verlo, le había afectado… esperaba que fuera una buena señal.

–Qué bien bailas, Reed –le dijo Lucia–. ¿Has venido solo?

–Sí, pero tengo planes…

Lucia sonrió.

–Espero que ella sepa la suerte que tiene.

–Yo soy el que tiene suerte –dijo Reed, «si las cosas salen como espero».

¿Qué estaba él haciendo allí?

Felicity estuvo a punto de desmayarse cuando vio a Reed en la pista de baile. No había visto su nombre en la lista de invitados, y lo había buscado. ¿Se había colado en la boda? ¿Por qué?

Mientras colocaba los arreglos florales, le temblaban las manos. ¿Iba a quedarse toda la tarde? ¿Lo hacía para torturarla? ¿Y la mujer con la que bailaba? ¿Sería la siguiente conquista que se llevara a Cozumel? Sintió una náusea. «¿Por qué te dejaste atrapar?»

Como sus preguntas no tenían respuesta, tuvo que asumir que tendría que superar aquella fiesta y el resto de su vida, porque no sería la única vez que vería a Reed con otra mujer.

Tragó saliva.

Uno de esos días encontraría a alguien con quien quisiera casarse, y al pensarlo, Felicity se sintió mareada.

«No puedo soportarlo. Tendré que marcharme».

–Felicity, pareces agotada.

Felicity levantó la cabeza con esfuerzo y vio a Rita a su lado.

–¿Por qué no vas a sentarte y tomas algo fresco? –insistió–. Todo va bien. He visto que están algunas de tus amigas. Abby Talbot está en la pista de baile.

–Rita, estoy bien,

–¿Por qué eres tan cabezona? No estás bien, es evidente.

Felicity no quiso discutir; no tenía fuerzas para ello.

–Tú ganas. Iré a sentarme.

Felicity tomó una copa de champán de un camarero que pasó delante de ella en ese momento y fue a buscar a Abby. Acababa de verla en la terraza, así que miró en esa dirección cuando alguien le tocó el hombro. Se giró esperando ver a Rita de nuevo, pero se encontró con los ojos azules de Reed. Se quedó sin palabras.

–¿Me concedes este baile? –dijo.

–Estoy trabajando –balbuceó ella.

–Si puedes tomar champán, entonces también puedes bailar –dijo él, señalando su copa y agarrándola de la mano.

Felicity dejó la copa sobre una mesita y se dejó llevar para no montar una escenita, pero cuando sintió que la rodeaba con los brazos y la atraía hacia sí, supo que tendría que haber montado la escena. Reed tenía el poder de anular su voluntad, y si quería hacerle el amor allí mismo, ella no podría impedírselo.

Fue estupendo bailar con él y recordad lo que habían compartido. Fue horrible bailar con él pensando que nunca podría tener aquello.

–Estás muy guapa –le dijo Reed–, pero tú siempre lo estás.

El corazón se le descontroló. ¿Por qué le hacía esto? ¿Es que no se daba cuenta de lo injusto que era?

–He estado observándote –continuó él–. Me has dejado admirado por tu forma tan eficiente de trabajar.

–Gracias…

–Eres una mujer muy especial.

¿Qué quería?

–Mírame, Felicity –le susurró mientras la sujetaba con más fuerza.

Ella levantó lentamente la mirada.

–Tengo que saber una cosa –le dijo.

–¿El qué?

La canción terminó y la banda anunció un descanso de quince minutos, así que la gente salió de la pista, pero Reed no se movió ni la soltó.

–Tengo que saber si me quieres. Porque yo te quiero… te quiero más de lo que pensé que podría querer a alguien en toda mi vida, y quiero que pasemos el resto de nuestras vidas juntos.

A Felicity se le detuvo el corazón. ¿Había oído lo que creía que había oído? ¿O es que lo deseaba tanto que había sido producto de su imaginación?

Entonces, en un momento que contarían a sus hijos y a sus nietos, Reed se arrodilló ignorando a toda la gente que les rodeaba y que había dejado de hablar de sus cosas para mirarlos, y dijo en una voz que podía ser oída por todos:

–Felicity Farnsworth, ¿quieres ser mi esposa?

Una vez más, los ojos de Felicity se llenaron de lágrimas.

–Oh, Reed…

Él sonrió con una de esas sonrisas suyas, torcidas.

–¿Eso es un sí?

–¡Sí, sí, sí!

Él se levantó para besarla y los invitados a la boda empezaron a aplaudir. Cuando el beso terminó, sacó una cajita de terciopelo azul. Felicity la abrió y no pudo contener la exclamación: dentro había un anillo con un precioso diamante rosa.

Reed le colocó el anillo y Felicity lo miró, y después miró a Reed maravillada.

–Aún no me has dicho si me quieres –bromeó él.

Ella sonreía como una boba, pero no podía evitarlo.

–Te adoro, tonto –le dijo, y se echó en sus brazos para demostrarle con un beso lo que llevaba en el corazón.

DESEO

BRONWYN JAMESON
MUJER DE
COMPRAVENTA

Capítulo Uno

Había visto fotos. Había esperado belleza. Al fin y al cabo, cuando un hombre elige a una esposa de adorno, quiere una mujer que todos los hombres deseen. Pero Tristan Thorpe no había apreciado la magnitud de esa belleza, ni su fuerza, hasta que se abrió la puerta de la casa colonial de Connecticut y se enfrentó al metro sesenta y poco de impacto deslumbrante.

Vanessa Thorpe. Viuda de su padre. Su enemiga.

En cada una de las fotos de las revistas de sociedad aparecía luminosa y elegante como un trofeo; eso había hecho que Tristan especulara sobre qué era real: ¿el cabello rubio platino? ¿los labios carnosos? ¿el cuerpo pequeño pero seductor? y qué se debía al cortés y repleto bolsillo de su padre.

No había tenido dudas sobre los brillantes que lucía en el cuello y las orejas. Eran reales, lo sabía. A diferencia de sus otros «valores», los diamantes aparecían en la lista de bienes de Stuart Thorpe.

Pero al verla en persona por primera vez, Tristan no percibió nada falso en ella. Sólo vio el brillo genuino de sus ojos verde plateado y su sonrisa. Más cálida que el sol de agosto que sentía en la espalda, esa sonrisa iluminaba su rostro de placer y provocó en él una oleada de interés viril.

La descarga hormonal duró un segundo, justo el

3

tiempo que tardó en helarse la sonrisa de los perfectos labios rosados.

—Eres… tú.

Sonó desencantada y, aunque no retrocedió, Tristan notó en su expresión que quería hacerlo. De hecho, quería cerrarle la puerta en las narices; una parte perversa de sí mismo deseó que lo intentara. El largo vuelo desde Australia y el atasco provocado por una tormenta de verano lo habían irritado lo bastante como para desear una confrontación.

Sin embargo, la lógica que regía las acciones de Tristan Thorpe lo aconsejó mantener la calma.

—Siento decepcionarte, duquesa —y como no lo sentía en absoluto, esbozó una sonrisa lenta y burlona—. Obviamente, esperabas a otra persona.

—Obviamente.

—¿No dijiste que sería bienvenido en cualquier ocasión? —Tristan arqueó una ceja.

—No recuerdo…

—Hace dos años —le recordó él. Cuando había llamado a la familia de su marido, al otro lado del mundo, para comunicarles su defunción, había sido muy espléndida. Una ex camarera con expectativas de recibir cien millones de herencia podía permitirse ser generosa.

Pero en ese momento no lo parecía tanto. De hecho, su expresión era todo menos hospitalaria.

—¿Por qué estás aquí, Tristan? El juicio no es hasta el mes que viene.

—Eso si se celebra.

—¿Has cambiado de opinión? —los ojos de ella se estrecharon con una mezcla de sorpresa y suspicacia—. ¿Es que ya no pretendes impugnar el testamento?

4

–Ni lo sueñes.

–Entonces, ¿qué quieres?

–Ha habido novedades –Tristan hizo una pausa, saboreando el momento. Había volado casi quince mil kilómetros y quería disfrutar cada segundo, verla temblar antes de derrumbarla–. Creo que cambiarás de opinión con respecto al juicio.

Ella lo miró un segundo, con expresión de disgusto. A su espalda, en el interior de la mansión, empezó a sonar un teléfono. Él vio cómo, momentáneamente distraída, apretaba los labios antes de hablar.

–Si ésta es otra de tus tretas para impedir que se ejecute el testamento de Stuart… –la hostilidad de sus ojos y de su voz expresaron que estaba segura de que ése era el caso–, por favor habla con mi abogado, igual que has hecho respecto a todas las *novedades* en los últimos dos años. Ahora, si me disculpas…

No. De ninguna manera iba a despedirlo así. No con ese tono desdeñoso y la perfecta barbilla imperiosa y alta.

Tristan no se paró a pensar en modales y educación. Para impedir que cerrara la puerta, dio un paso adelante. Para evitar que se fuera, agarró su brazo.

Su brazo desnudo, comprendió al sentir el tacto de la calidez y suavidad femenina recorrer su cuerpo.

Vagamente, bajo un ronroneo hormonal, percibió su quietud y oyó su respingo. Sin duda la asombraba que se hubiera atrevido a ponerle una mano encima.

–No deberías cerrarme la puerta –su voz sonó como un gruñido ronco y profundo en el tenso silencio. El teléfono había dejado de sonar: o alguien había contestado o quien llamaba había desistido, pero le daba igual–. No querrás que haga esto público.

–¿No?

–Si eres lista… –sabía que lo era. Aunque entre ellos siempre habían mediado abogados, nunca había subestimado el cerebro que escondía ese pelo rubio platino– …querrás que esto quede entre nosotros.

Sus ojos chocaron con antagonismo y algo más. Ese mismo algo que seguía zumbando en el cuerpo de él y tensando su estómago. El mismo algo que lo llevó a soltar su brazo sin desviar la mirada, cuando oyó pasos resonar en el suelo de mármol.

–Contesta la llamada, si quieres –dijo–. Puedo esperar.

La autora de los pasos se detuvo y se aclaró la garganta. Tristan vio a una mujer de mediana edad, aún más baja que Vanessa. A pesar de sus vaqueros y su camiseta, le asignó el papel de ama de llaves. Quizá por el plumero que llevaba bajo el brazo.

–Lamento interrumpir –aunque se dirigió a su jefa, la mujer echó un vistazo a Tristan, ni curioso ni nervioso, sino más bien evaluativo. Su expresión de desagrado dio a entender que lo reconocía–. Andy necesita hablar contigo.

–Gracias, Gloria. Contestaré en la biblioteca.

–¿Y su… invitado?

La pausa fue deliberada. Él tuvo la impresión de que, igual que su jefa, deseaba poner al «invitado» de patitas en la calle. Y echarle los perros.

–Llévalo al salón.

–No hace falta –Tristan miró a Vanessa–. Viví aquí doce años. Conozco el camino.

Eso provocó un destello de asombro en los ojos verde lluvia, pero ella no dijo nada. Inclinó la cabeza y asumió el papel de anfitriona cortés.

–¿Quieres que Gloria te lleve té? ¿O un refresco?

–¿No me envenenará?

El ama de llaves emitió un sonido entre risa y bufido. Su jefa, en cambio, no pareció disfrutar de la pulla. Apretó los labios con fuerza.

–No tardaré mucho.

–No hace falta que te apresures por mí.

Ella hizo una pausa y lo miró de arriba abajo.

–Créeme, Tristan. Nunca haría nada por ti.

Esa frase, dicha con la mezcla perfecta de desdén e indiferencia, le habría provocado una carcajada en cualquier otro momento, en otro sitio. Con otro adversario. Pero se trataba de Vanessa Thorpe, que ya había cruzado medio vestíbulo, charlando con su empleada.

Aunque no oía sus palabras, el tono grave de su voz lo afectó tanto como su deslumbrante sonrisa. Sintió la misma descarga de calor que cuando había agarrado su brazo… y que aún sentía en la palma de la mano. Mirar su cuerpo agravó el problema.

Llevaba un vestido de verano, aunque su piel lechosa revelaba que no había tomado el sol. No era un vestido provocativo. El sedoso material no se pegaba a las sutiles curvas de su cuerpo, fluía a su alrededor. Era elegante, caro y femenino. El tipo de vestido que susurraba «mujer» a cada una de sus hormonas masculinas.

Ya en la puerta de la biblioteca, ella dio instrucciones al ama de llaves, que se marchó. Él supuso que iba a prepararle un té con platito de limón, jarrita de leche y un toque de arsénico.

Durante un momento sólo oyó el rechinar de suelas de goma. De repente, como si hubiera captado su mirada o su pensamiento cínico, Vanessa giró sobre el tacón de una de sus sandalias. La falda se abrió, revelando un atisbo de muslo desnudo.

Él sintió otro ardiente cosquilleo en la piel.

Sus ojos se encontraron y él vio algo extraño en su rostro. Después, eso y ella desaparecieron al unísono. Se maldijo internamente, no podía sentirse atraído por ella. No podía permitirlo.

Cerró los ojos con frustración y se frotó la nuca. Llevaba veintiséis horas viajando. Más aún, si contaba el viaje de su casa en Northern Beach al aeropuerto de Sidney. Estaba cansado y nervioso, funcionando gracias a la adrenalina y al objetivo que lo movía.

No podía creer nada de lo que percibiera en ese momento. No podía confiar en nada mientras estuviera sumido en el torbellino de emociones que había provocado su regreso a Eastwick, Connecticut. A esa casa en la que había crecido, donde se había sentido querido y seguro hasta que sin previo aviso, cuando era un adolescente, alguien retiró esa alfombra protectora de sus pies.

«¿Sabes qué? Nos vamos a vivir a Australia. Tú, tus hermanas y yo, tu madre. ¿No te encanta la idea?»

Estaba de vuelta, veinte años después, y sus reacciones, incluídos el ardor y la amargura, no se debían sólo a Vanessa Thorpe. Soltó un golpe de aire y se obligó a adentrarse en la casa.

Ella había cambiado cosas, por supuesto. Los colores, los muebles, el ambiente. Su pasos resonaron en el cavernoso vestíbulo, rebotando en el alto techo y en las paredes pintadas de tono azul claro. Donde había sentido la calidez del hogar infantil sólo sentía el distanciamiento de un intruso.

Ignorando la tirantez que sentía en el estómago, miró la cómoda, la mesita de caoba, las dos acuarelas de escenas marinas y el jarrón de flores. El entorno era tan perfecto como Vanessa Thorpe, tan predecible como el que hubiera planificado atrapar a un multimillonario que triplicaba su edad.

Tristan llevaba dos años recurriendo contra el testamento que le otorgaba todo a ella, exceptuando una mínima compensación para él, hijo único de Stuart Thorpe. Tristan había apelado una y otra vez, mientras buscaba un agujero, una razón para que su padre hubiera elegido a su esposa por encima de él.

No dudaba que ganaría. Siempre ganaba.

Por fin, sin saber cómo, había encontrado una salida. Una carta anónima que contradecía lo que sus abogados sabían sobre la joven viuda. En principio, todos los datos eran favorecedores: Santa Vanessa, devota de comités benéficos, trabajo voluntario y de su esposo enfermo.

Pero una segunda ronda de indagaciones discretas había revelado otra faceta de Vanessa Thorpe. No tenía evidencia sólida, pero sí rumores que apuntaban hacia el humo de un fuego celosamente escondido. No sería fácil conseguir pruebas después de dos años, pero tal vez no las necesitara.

Contaba con una admisión de culpabilidad para acabar con el asunto y que su madre consiguiera lo que le correspondía por derecho. Ganar no la compensaría por la desilusión e infelicidad de su vida, pero al menos paliaría la enorme injusticia de no haber recibido compensación por el divorcio.

Veinte años tarde, pero se haría justicia. Y, por fin, Tristan tendría la mente tranquila.

Vanessa colgó y suspiró con alivio. Los planes habían cambiado. Andy no llegaría de repente, haciendo que su reunión con Tristan Thorpe fuera aún más difícil de lo que prometía ser.

Sabía, por experiencia, que cualquier cosa relacionada con Tristan era más difícil de lo necesario. Él lo había demostrado una y otra vez, obstruyendo la ejecución del testamento, rechazando todo intento de acuerdo y amenazando con no rendirse hasta conseguir lo que deseaba. Y todo porque, al echar un vistazo a su edad y a su pasado, había decidido que era una cazafortunas.

Vanessa sabía mucho de gente de mente estrecha, pero a él le había dado tiempo para reevaluar la situación. Lo había llamado, lo había invitado a visitarla y le había ofrecido una compensación justa en múltiples ocasiones. Pensaba que se la merecía, a pesar de que Stuart hubiera decidido lo contrario.

Pero Tristan había sido inflexible. Era un bruto avaricioso y sin corazón, y no iba a dejarse intimidar por él.

Pensativa, se frotó el brazo. Odiaba que el contacto de su mano hubiera provocado un atisbo de calor, al igual que esos ojos de un azul cambiante. Y también su voz grave, el olor a lluvia de su ropa y el contraste entre el traje elegante y su actitud…

Un golpe en la puerta de la biblioteca hizo que alzara la cabeza con culpabilidad. Pero sólo era Gloria, con expresión preocupada.

—¿Va todo bien? ¿Tienes que salir? Si quieres, yo me ocuparé de él.

Dijo la última palabra con tanto desdén que Vanessa sonrió. Durante un segundo se planteó la posibilidad, más que nada porque eso lo irritaría. Pero necesitaba averiguar qué quería y por qué le había parecido necesario comunicarle esa última e irritante objeción en persona.

No creía que hubiera descubierto nada nuevo. Nada que pudiera cambiar el reparto de bienes.

—Todo está bien, gracias. Andy ha tenido que cancelar nuestra cita en la ciudad y eso es una bendición. En cuanto a él… —esbozó una sonrisa burlona y se puso en pie— …puedo manejarlo.

—Sé que eres dura, pero es un tipo grande.

—Cuanto más grandes son…

—Más vale que procures que no rompa nada valioso cuando caiga al suelo —rezongó Gloria—. Y si se empeña en dar problemas, aquí estoy yo.

—No —Vanessa se puso seria—. No estarás aquí porque tu día de trabajo acabó hace treinta minutos. Vete a casa a cuidar de tu Bennie. Además, en cuanto despache a nuestro invitado, me iré a Lexford.

—¿Va todo bien allí? ¿Está L…?

—Todo va bien —interrumpió ella. Como no quería dar lugar a nuevas preguntas, puso una mano en el hombro de Gloria y la condujo hacia la puerta—. Te veré mañana. Vamos, vete.

Vanessa fue hacia la cocina para tomar un vaso de agua antes de enfrentarse al enemigo… Chocó con él por el camino, no en el salón como le había dicho, sino en la salita familiar.

«No, no, no». Se le aceleró el corazón. Ése era *su* sitio. La única habitación decorada con sus cosas. La única habitación lo bastante pequeña, acogedora e informal para relajarse con un buen libro o recibir a sus amigos.

Tristan Thorpe no encajaba allí. Había sido un conocido jugador de fútbol en Australia y daba respeto. No sólo por su altura, espaldas anchas y postura viril; también exudaba un aura de propósito y determinación, una dureza que su traje hecho a medida no conseguía disimular.

Incluso de espaldas a la puerta, sin sentir el impacto de su intensa mirada azul y la determinación de su rostro, provocaba una sensación de inquietud en la piel de Vanessa. No estaba acostumbrada a ver a un hombre en su casa, y menos a uno tan viril.

«Pero está aquí», se dijo. «Es lo que es. Ocúpate de ello».

Ese pragmático mantra había sido su apoyo a menudo durante veintinueve años, ante dificultades más importantes que Tristan. La mayoría se habían solucionado gracias a su afortunado matrimonio con Stuart y ella no podía permitirse perder su resolución. Ni ese momento ni nunca.

Entró en la habitación y él alzo la vista al oír sus pasos. A ella se le pusieron los nervios de punta cuando se dio la vuelta. Alzó la barbilla, enderezó los hombros y enmascaró su rostro con la expresión fría y educada que había utilizado en los eventos sociales mas aterradores.

Que la llamara duquesa si quería. Le daba igual.

Entonces vio lo que había llamado la atención de Tristan y que sostenía en sus enormes manos. Le dio un vuelco el corazón. Era la *Chica con flores,* el mayor tesoro de su colección de figuras de Lladró.

Su desazón debió notarse, porque él le lanzó una mirada escrutadora.

–¿Malas noticias?

–Sólo si dejas caer eso –Vanessa señaló la figura, aunque sabía que él se refería a la llamada telefónica.

Con el corazón en la garganta, vio cómo la hacía girar en sus manos. Según Stuart, sus manos habían sido mágicas como jugador de fútbol, pero mágicas o no, no las quería tocando sus cosas.

Por más que deseaba mantener la distancia, no pudo contenerse. Cruzó la habitación y le quitó la estatuilla de las manos.

–Con lo de malas noticias me refería al teléfono.

El contacto de sus dedos inquietó a Vanessa más de lo que esperaba. Le tembló la mano y, mientras dejaba la estatuilla en la mesa, rezó para que él no lo notara.

–No hay malas noticias –dijo, recuperando su pose. Señaló un sillón–. ¿Quieres sentarte?

–Estoy cómodo de pie.

Recostado contra una vitrina, con las manos apoyadas en el borde, parecía tranquilo. Sólo la rigidez de las comisuras de su boca y un músculo que pulsaba en su mentón denotaban lo contrario.

Parecía un león, tirado en la hierba con la mirada fija, pero con todos los músculos a punto, esperando la oportunidad para saltar. Y ella bien podría estar pintada a rayas blancas y negras como una cebra, porque era su presa.

La vívida imagen mental le provocó un escalofrío, que controló automáticamente. «No dejes que el enemigo vea tu miedo». Era una lección que había aprendido de niña y que había intentado inculcar a su hermano pequeño, Lew.

Y que había utilizado a menudo en su nueva vida, adaptándose al escrutinio de la sociedad de Eastwick.

13

–¿Te importaría contarme esa novedad? –aunque deseaba poner distancia entre ella y el enemigo, aguantó su mirada–. No se me ocurre nada que pueda favorecer tu demanda sobre los bienes de Stuart.

–Te sabes cada palabra de ese testamento, Vanessa. Seguro que sabes a qué me refiero.

–Has cuestionado cada palabra de ese testamento. ¡Me cuesta creer que se te haya escapado algo!

–No se nos escapó, duquesa. Pero fuiste lo bastante lista para ganarnos… entonces.

–No tengo ni idea de qué hablas –Vanessa resopló–. Deja los juegos, Tristan. No tengo ni tiempo ni paciencia.

Él tardó un largo momento en responder. Se enderezó, disminuyendo la distancia entre ellos. Pero ella se negó a dejar ver que su proximidad la afectaba.

–¿Es el mismo?

–¿Quién? –ella parpadeó, desconcertada.

–El hombre a quien esperabas esta tarde. El que te hizo sonreír cuando abriste la puerta. El que llamó.

–¿El mismo que quién? ¿De qué hablas?

–Pregunto si es el hombre, Andy, ¿no?, que va a costarte cien millones de dólares.

El corazón de Vanessa se contrajo de horror al comprender.

–¿Y bien? –insistió él, sin darle tiempo a recuperarse–. ¿Es el hombre con quien te acostabas mientras estabas casada con mi padre?

Capítulo Dos

«Oh, Dios», pensó. Estaba hablando de la cláusula de adulterio. La que se debía al primer matrimonio de Stuart, con la madre de Tristan.

Cuando Tristan había declarado su intención de recurrir el testamento, Jack Cartwright, su abogado, había repasado cuidadosamente cada cláusula con ella, para que Vanessa las entendiera y para asegurarse de que no habría sorpresas desagradables.

Ella no había vuelto a pensar en esa cláusula. No tenía razón para ello. Pero Tristan parecía creer que había tenido un amante... que seguía teniéndolo.

Tardó un momento en asimilar la información y cuando lo hizo no pudo evitar echarse a reír.

–¿Esto te parece divertido?

–Creo –dijo ella, recuperándose–, que es ridículo. ¿De dónde has sacado esa idea?

–Mi abogado ha investigado. Hay rumores.

–¿Después de casi dos años de disputa, has decidido inventar rumores? –lo miró con incredulidad.

–Yo no he inventado nada.

–¿No? ¿Y de dónde salen esos rumores repentinos?

Él tardó un segundo en responder. Vanessa notó que el músculo de su mentón seguía pulsando.

–Recibí una carta.

–¿De quién?

—¿Importa eso?

—Claro que sí —le disparó ella. Su incredulidad se transformó en indignación—. Importa que alguien me esté difamando.

Él la observó en silencio, mientras la furia de Vanessa aumentaba.

—Estoy dándote la oportunidad de tratar conmigo en privado, aquí y ahora —dijo él finalmente, con voz grave y serena—. ¿O prefieres que esto llegue al tribunal? ¿Te gustaría contestar a las preguntas sobre quién, dónde y con qué frecuencia, bajo juramento? ¿Te gustaría que todos tus amigos de la alta sociedad oyeran…?

—Bastardo. Ni se te ocurra pensar en propagar tus mentiras.

—No son mentiras —un brillo peligroso destelló en su mirada—. Investigaré, Vanessa, si es lo que hace falta para descubrir tus sucios secretos. Descubriré la verdad sobre ti. Hasta el último detalle.

Las implicaciones de esa amenaza hicieron que a Vanessa le diera vueltas la cabeza. Tenía que alejarse de él, tranquilizarse y pensar, pero cuando intentó huir él le bloqueó la salida. Se acercó y la arrinconó de modo que no pudiera moverse sin tocarlo.

Ella sintió que una oleada de resentimiento le atenazaba la garganta. Quería que su voz sonara gélida, imperiosa, pero sonó temblorosa de ira.

—Apareces en mi casa sin ser invitado. Me pones la mano encima. Me amenazas con tus sucias mentiras. Y ahora recurres a la intimidación física. Estoy deseando ver qué intentarás a continuación.

Sus miradas chocaron como relámpagos, mezcla de antagonismo y reto. Ella supo, un segundo antes de que él la atrapara contra la pared, que su reto había sido excesivo. Aun así, no dio marcha atrás, ni siquiera cuando él clavó la vista en sus labios y ella sintió un aleteo en las venas. Ni cuando él masculló algo incomprensible entre dientes, quizá un juramento, quizá una advertencia.

Después su boca descendió hasta la suya, capturando su gritito de indignación.

Durante un segundo la sensación de sus labios la anonadó demasiado para reaccionar. Era algo nuevo, desconocido. El descaro de su boca, la textura áspera de su piel, el sabor elemental a lluvia, sol y hombre.

Todo inesperado menos la descarga eléctrica que recorrió su piel y tensó sus senos. Ya había sentido esa descarga cuando él la había tocado, cuando lo había pillado observándola.

Oyó el golpeteo acelerado de su corazón e intentó recomponerse, detener la indeseada reacción. Pero él basculó su cuerpo levemente y sintió el roce de su chaqueta en el brazo desnudo. La caricia del tejido le pareció más sensual que el beso en sí mismo, y el efecto fue como de seda líquida en la piel.

Las manos que había alzado para apartarlo se posaron sobre su pecho y sintió el lento latido de su corazón en las palmas. Con asombro, comprendió que no sólo lo estaba tocando sino también devolviéndole el beso. Sólo fue un instante. Abrió los ojos de golpe, atónita y disgustada, y lo empujó.

Él tardó un segundo en soltarla. El mensaje fue claro. Él había instigado la situación y él le ponía fin. Lo maldijo interiormente. Y maldijo a su traicionero cuerpo por reaccionar a la extraña química sexual que había surgido entre ellos.

Cegada por la ira, lanzó un golpe sin pensarlo. Él lo evitó sin problemas, atrapando su brazo antes de que lo tocara. Eso la enfureció aún más. Liberó su brazo de un tirón y golpeó la *Chica con flores* de Lladró que había dejado en la mesita.

Como a cámara lenta, vio cómo caía la delicada estatuilla, sin poder evitarlo. El ruido del impacto en el suelo de mármol resonó en sus oídos. Vanessa se llevó el dorso de una mano a la boca, como si eso pudiera silenciar el grito de angustia que clamaba en su interior. Empezó a agacharse, pero él puso una mano en su brazo y la detuvo.

—Déjalo. Sólo es un adorno.

Sí, un adorno. Pero era un regalo de su infancia, un símbolo de su origen y de todo lo que había soñado con dejar atrás.

«Pero sólo un símbolo», le recordó su lado más pragmático. Había tenido que ser demasiado práctica como para dejarse llevar por sueños y símbolos. El incidente sólo significaba una cosa: había permitido que Tristan Thorpe derrumbara su muralla y la irritara lo bastante como para lanzarle un golpe.

Y antes comería tierra que darle la satisfacción de ver cuánto la había afectado.

—¿Estás bien?

El tono suave de su voz la pilló por sorpresa, pero decidió no darle importancia. Seguramente a él lo preocupaba que empezase a llorar y gimotear. O que le tirase otros «adornos» a la cabeza.

—Estaré perfectamente cuando salgas de mi casa —dijo con compostura, mirándolo a los ojos.

La preocupación que había detectado en su voz antes se había convertido en acero cuando él habló.

—Disfruta de tu casa mientras puedas, duquesa.

—¿Qué quieres decir?

–Dejará de ser tuya cuando demuestre tu adulterio. La casa y todas estas cosas bonitas que tanto te preocupa romper. Compradas y pagadas con dinero de los Thorpe.

–Que tengas suerte –dijo ella con frialdad. Su ira resurgió con furor. Tenía que salir de allí antes de empezar a lanzarle cosas–. Disculpa, tengo otra cita. Si tienes algo más que decir, hazlo a través de mi abogado.

–¿Eso es todo?

–Sólo una cosa más… Por favor, cierra la puerta cuando salgas.

Tristan no había planeado seguirla. Tras cerrar la puerta de la casa sólo había tenido una intención: ir al despacho de su abogado, en Stanford. Tenía que entregarle una carta y darle instrucciones para que contratase al mejor investigador, a un equipo si hacía falta, para comprobar cada rumor sobre sus citas secretas y encontrar al hombre costara lo que costara.

Aunque la había acusado de ver al mismo hombre ese día, no creía que fuera tan tonta como para airear su relación abiertamente. No cuando podía perder todo lo que había buscado al casarse con un anciano.

Concentrado en lo que ella había dicho y callado, en lo que él había hecho y desearía haber evitado, Tristan se pasó el cruce en el que debería haber girado a la derecha. Se dio cuenta de su error dos kilómetros después y paró en el arcén. Mientras esperaba un hueco en el tráfico para dar la vuelta, se recriminó por su despiste y por el desastre de su primera reunión con Vanessa Thorpe.

Ella lo había provocado. Todo lo referente a ella

lo había irritado mucho antes de enfrentarse a su deslumbrante belleza. Pero no debería haber reaccionado a cada frase, a cada reto de sus ojos, a cada desdeñoso movimiento de su barbilla.

No tenía por qué haberla besado.

Lo peor del caso era que no recordaba haber elegido hacerlo. Estaban atacándose verbalmente y, de repente, se encontró acorralándola contra la pared y saboreando la provocación de sus seductores labios. Y aún peor era que su sabor le había provocado un hambre feroz.

Lo había llevado a desear mucho más que un bocadito rápido. Sus manos habían anhelado tocar el hoyuelo de su barbilla, sentir la suavidad cremosa de su piel, apretarla contra su cuerpo.

Podía alegar que había sido un día muy largo, que necesitaba dormir y que regresar a Eastwick lo había trastornado, pero al fin y al cabo la responsabilidad era sólo suya. Había permitido que ella lo afectara.

No volvería a cometer ese error.

El flujo de coches disminuyó. Miraba por el retrovisor cuando un descapotable color champán pasó a su lado. No necesitó ver la matrícula para saber que era ella. La lista de bienes por los que batallan estaba grabada a fuego en su mente.

Había tenido tan poca intención de seguirla como de besarla, pero cuando se incorporó al tráfico Tristan tuvo la intuición de que esa decisión sería más satisfactoria y menos frustrante que el desafortunado encuentro de bocas.

***

20

–Me alegra que sugirieras esto –dijo Vanessa.

«Esto» era encontrarse en Old Poynton, junto al agua, donde la fresca brisa marina que llegaba del estrecho de Long Island atemperaba la calidez del sol de la tarde y calmaba, un poco, la ardiente ira de Vanessa.

Hablaba con Andy Silverman, que había sugerido el paseo cuando llamó para cambiar de planes.

Andy había crecido en el mismo barrio que la familia de Vanessa, en Yonkers. Lo había reconocido en cuanto empezó a trabajar en Doce Robles, la residencia para gente con necesidades especiales que era el hogar de su hermano menor desde hacía siete años. Se veían a menudo para comentar el programa de Lew y sus progresos, y Andy se había convertido en algo más que el terapeuta de su hermano.

Lo consideraba un amigo… el único amigo que conocía y entendía a Lew y las dificultades que conllevaba su autismo.

–¿Has tenido un día duro en el club de campo? –a pesar de la ligereza del comentario, Andy la miraba con seriedad–. ¿Quieres hablar de ello?

–¿No acabamos de hablar?

Habían hablado de Lew, como hacían siempre, y de por qué Andy había cancelado su viaje a la ciudad. Las tormentas, como la de ese día, eran uno de los detonantes que daban al traste con la rutina y la calma que tanto necesitaba Lew.

–Tu hermano tiene días malos a menudo –dijo Andy–. A eso estás acostumbrada.

No. Lo cierto era que ella nunca se acostumbraría al autismo de Lew ni a sus días más difíciles y, a veces, violentos. Pero admiró la percepción de Andy. Sabía que ese día la preocupaba algo que no era Lew.

–No creo que quieras oírlo –dijo ella.

–Eh, soy un oyente profesional.

–¿Cobra usted doble por las consultas fuera de horas de trabajo, doctor Silverman? –bromeó ella.

Habían llegado al final del paseo marítimo. Andy se detuvo y se apoyó en el muro de piedra que separaba el paseo de la playa. Cruzó los brazos sobre el pecho. Su expresión, abierta y serena, era una de las cualidades que lo convertían en un gran profesional.

–Adelante, escúpelo. Lo estás deseando.

Vanessa pensó que más que desearlo, necesitaba hacerlo. Desvió la vista hacia dos surfistas que surcaban una ola. Uno de ellos titubeó y cayó al agua.

–¿No sería maravilloso que todos tuviéramos aterrizajes tan suaves? –musitó ella en voz alta.

–Me has perdido –protestó él.

Ella, dejando escapar un suspiro, miró a Andy.

–Se trata de Tristan Thorpe.

–¿No es ése siempre el problema? –Andy chasqueó la lengua, comprensivo.

–Está aquí. En Eastwick.

–¿Para el juicio? Creía que era el mes que viene.

–Está aquí porque cree haber encontrado la manera de ganar sin ir a jucio –Vanessa dio un par de pasos y volvió–. No es así, pero eso no le impedirá causar problemas.

–Sólo si tú lo permites.

–¿Cómo puedo impedirlo? –soltó una risa aguda y seca–. Está convencido de que soy una infame adúltera y ha venido a demostrarlo.

Andy apenas parpadeó. Ella supuso que, dado su trabajo, estaba acostumbrado a oír de todo.

–Eso no es problema si no hay nada que probar.

–¡Claro que no hay nada que probar!

–Pero, ¿estás molesta porque la gente podría creerlo, a pesar de tu inocencia?

–Estoy molesta porque… porque…

«Porque él lo cree. Porque me besó. Porque no puedo dejar de pensar en eso».

–Justo lo que yo pensaba –dijo Andy, malinterpretando su silencio–. Tus amigos te conocen lo bastante como para no creer lo que él diga.

–Mis amigos lo saben. Tú lo sabes. Yo lo sé –contrapuso ella con ardor–. Pero él siempre ha pensado lo peor de mí. Ahora no sólo cree que soy una cazafortunas que se aprovechó de un hombre mayor, sino también que tenía un amante con quien compartía esos bienes mal ganados –soltó un suspiro de disgusto–. Ni siquiera sé por qué me sorprendo.

–Realmente te ha sacado de quicio, ¿eh? –comentó Andy tras observarla largamente.

Así era. Y en sentidos en los que no quería ni pensar. Había permitido que la besara, había inhalado su aroma y después le había levantado la mano; ella que odiaba la violencia surgida de la cólera, las palabras airadas y los sentimientos descontrolados.

–Me sacó de quicio –admitió ella con intensidad, sintiendo una punzada de dolor al recordar tiempos pasados–. Quise pegarle, Andy.

–Pero no lo hiciste.

«Sólo porque él lo impidió», pensó ella.

Aún sentía la dureza férrea de su mano, la presión de sus dedos en la muñeca, la necesidad de golpearlo hirviendo en su sangre. Y lo peor de todo no era haber perdido su adorada figurita; había comprendido que su violencia en realidad no se había desencadenado contra él, sino contra la inesperada e indeseada reacción de su propio cuerpo.

—Me dije que no debía permitir que me irritara. Lo invité a entrar cuando deseaba cerrarle la puerta en las narices. Intenté ser educada. Pero el hombre es tan… tan —incapaz de encontrar la palabra adecuada, abrió las manos con un gesto impotente. Dudaba que el diccionario contuviera una palabra lo bastante fuerte, dura y compleja para definir lo que Tristan había evocado en ella esa tarde—. Y no sólo es él lo que me ha irritado.

De repente, no pudo soportarlo más. Introdujo un brazo en uno de los de Andy y lo obligó a moverse, regresando hacia las boutiques para turistas y los restaurantes que salpicaban el paseo.

—Alguien le envió una carta. Una acusación. Así empezó esta última cruzada suya —tiró de su brazo, agitada—. ¿Quién haría algo así?

—¿Te enseñó la carta?

Vanessa negó con la cabeza y leyó una pregunta en las cejas enarcadas de Andy.

—¿Estás pensando que la carta podría no existir?

—Si fuera tú —dijo él con cautela—, exigiría verla.

Ella comprendió que con la sorpresa y la ira del momento no había pensado en pedirle la evidencia. Frunció el ceño y repasó mentalmente la conversación y sus implicaciones.

—¿Por qué iba a inventarse esa carta y venir hasta aquí para probar sus acusaciones? Sólo tiene sentido si cree que puede probarlas. Y eso implica que alguien, su corresponsal, lo ha convencido de que tiene algo en contra mía.

Y eso no tenía sentido, porque nunca se había acostado con otros hombres.

Ni una vez. Nunca jamás.

–No es como si yo tuviera un chico encargado de la piscina o un profesor de tenis, o un masajista. El único hombre que trabaja para mí es Bennie, el marido de Gloria, y sólo lo llamo para tenerla contenta. Veo con frecuencia a Jack, mi abogado, pero todo el mundo sabe que es un feliz recién casado a punto de ser padre.

–Y me ves a mí.

El comentario de Andy flotó en el aire un segundo hasta que ella captó la implicación. Se detuvo y movió la cabeza lentamente. Solían verse tras los muros de Doce Robles, en una de las salas de reunión, en la biblioteca o paseando por los jardines de la finca.

Pero a veces se veían en Lexford, el pueblo más cercano, para almorzar o tomar un café. Y también se habían visto un par de veces allí, junto a la playa, donde vivía Andy.

–¿Crees que algún entrometido podría habernos visto y malinterpretado la situación?

–Es posible.

Vanessa lo miró con ojos como platos. No pudo evitar una risita involuntaria.

–Te parece gracioso, ¿eh?

–Perdona –le puso una mano en el brazo. Eso era lo bueno con Andy, podía tocarlo sin sentir chispas ni descargas de calor. Sólo sentía una calidez similar a la que había sentido con su marido y que tanto echaba de menos–. No pretendía ofenderte. Sabes que te quiero como a un hermano.

–Yo lo sé pero, ¿y alguien que nos viera juntos?

Ella se quedó paralizada un segundo. Después apartó la mano y el cuerpo, consciente de lo cerca que estaban el uno del otro. Igual que habían estado en innumerables e inocentes ocasiones.

«¿Con espectadores?», se preguntó.

Siguieron andando, pero Vanessa no pudo evitar mirar cada coche y a cada transeúnte. Había mucha gente disfrutando del glorioso atardecer veraniego, pero se sentía expuesta. Sintió un escalofrío.

–Odio pensar que alguien pueda haberme seguido.

–Eso es algo que nunca he logrado entender.

–¿El que no me guste ser espiada? –preguntó ella.

–El que hayas mantenido a Lew y tus visitas a Doce Robles en secreto.

–Eso no tiene nada que ver con ser espiada.

–Puede que no. Pero si la buena gente de Eastwick supiera lo de tu hermano también entendería por qué vienes aquí tan a menudo y por qué te encuentras conmigo. No habría mal interpretación posible.

Como siempre, Andy tenía razón. Pero hasta ese momento ella no había tenido necesidad de compartir esa parte tan personal de su vida. Sólo Stuart y un puñado de profesionales y de antiguos amigos sabían lo de Lew. Entre todos, habían decidido mantener en secreto que residía en Doce Robles.

–¿Te avergüenzas de…?

–¡Claro que no! –Vanessa se volvió hacia él con fiereza–. No te atrevas a sugerir que Lew me avergüenza. Publicaría una página en el *New York Times* si sirviera de algo. Pero con eso sólo conseguiría que la gente de mente estrecha, incapaz de entender, murmurase y nos señalara con el dedo.

–¿Y ésa es la sociedad en la que deseas vivir?

–No. Es la sociedad en la que elegí vivir cuando me casé con Stuart.

Porque esa elección incluía Doce Robles, la exclusiva residencia que proporcionaba a Lew el mejor entorno, la terapia adecuada y cuanto necesitaba para desarrollarse y florecer como individuo. Ni siquiera había soñado con algo así antes de conocer al que sería su marido. De hecho, había estado al límite de sus fuerzas, sin recursos para cuidar a Lew y dominar su creciente violencia mientras él se transformaba de niño en hombre.

–Además –añadió–, no todos son así en Eastwick. Si lo supieran mis amigos querrían visitarlo, ayudar, y ya sabes cómo reacciona Lew a la gente nueva y los cambios en su rutina. Él es feliz y yo soy feliz visitándolo y haciendo mi trabajo voluntario sin que todo el pueblo hable de ello. «Pobre Vanessa» es algo que he oído demasiado a lo largo de mi vida.

Andy se encogió de hombros, sugiriendo que no estaba de acuerdo. Ella se preguntó si estaba siendo egoísta, protegiéndose. Tras la muerte de Stuart había deseado confiar en sus amigos, porque se había sentido muy sola y aislada. Pero tenía a Gloria, que provenía del mismo entorno y sabía lo de Lew. Y a Andy. Dos de los mejores amigos que podía tener porque, a diferencia de sus amigos de Eastwick, la habían conocido cuando sólo era Vanessa Kotzur.

Había resultado más fácil dejar las cosas como estaban, aunque quizá ya no fuera ése el caso.

–Tengo que ver la carta –afirmó. Antes de tomar una decisión necesitaba ver la evidencia.

–Y dejar claro lo mío –añadió Andy.

–Puede que lo solucione sin mencionar a Lew. Diré que trabajo como voluntaria en Doce Robles. Y que trabajamos juntos en un programa de terapia musical que pretendo financiar. Y que quiero ampliar las instalaciones de terapia hípica.

Todo eso era verdad. Pensaba hacer una donación cuantiosa cuando se resolviera lo del testamento.

—Él busca pruebas de adulterio, Vanessa —arguyó Andy, poco convencido—. Te investigará.

—¿Y qué va a descubrir? Que vengo a Lexford dos o tres veces por semana, a una residencia en la que colaboro como voluntaria.

—Una residencia en la que alguien comparte tu apellido. Cualquier investigador verá el vínculo.

Ella lo maldijo interiormente por ser tan lógico y sereno, y porque tenía razón. Y su mente predijo la siguiente conclusión a la que llegaría un investigador.

Lew Kotzur se había instalado en Doce Robles el mismo mes que su hermana Vanessa dejaba sus dos empleos de camarera para casarse con Stuart Thorpe. El hombre que había conseguido que aceptaran allí a Lew. El hombre que pagaba las facturas. Cuando llegaban a su coche la asaltó el fatalismo.

—Tal y como yo lo veo, tienes dos opciones, Vanessa —le dijo Andy.

—¿Y puedo elegir el veneno?

Él no sonrió al oír el comentario jocoso. La miró con calma y expuso las dos posibilidades.

—O permites que Thorpe investigue, y te arriesgas a que diga cosas desagradables sobre por qué ocultas a tu hermano a tus nuevos amigos de la alta sociedad. O se lo cuentas tú misma y explicas tus motivos. Ésas son tus opciones, Vanessa. Tú eliges.

Capítulo Tres

En realidad no había opción. Sentada en el coche, Vanessa supo lo que debía hacer. Tragar el veneno cuanto antes, sin darse tiempo a pensar en lo amargo que sería al bajar por su garganta.

Sacó el móvil del bolso. Miró las teclas con fijeza y cerró los ojos para recuperar la serenidad.

«No se trata de ti», asesoró doña Pragmática, su otro yo. «Piensa en Lew. Piensa en lo desagradable que sería para la gente de Doce Robles que un investigador empezara a husmear y hacer preguntas».

No tenía el número de móvil de Tristan, pero sí el de varios hoteles de Eastwick. Pensó que no sería difícil encontrarlo, y no lo fue.

Al segundo intento, la recepcionista del hotel Marabella la puso con su suite. No tuvo oportunidad de pensárselo o cambiar de opinión. Lamentó que hubiera elegido el Marabella. Habría preferido que estuviera en un hotel de una gran cadena, en vez de en el pequeño hotel de estilo mediterráneo cuyo restaurante era uno de sus favoritos.

Tal vez lo había elegido su secretaria. O la agencia de viajes. Los ejecutivos no solían...

–Hola.

Vanessa dio un respingo y casi dejó caer el teléfono. Tardó un momento en recuperarse y él repitió el

29

saludo. La voz era inconfundible, grave y profunda, su acento denotaba los años pasados en Australia. Sintió una descarga de frío y luego calor al recordar la intensidad de sus ojos, su pelo castaño oscuro quemado por el sol y su piel bronceada. Su boca…

—Soy Vanessa —dijo rápidamente, rechazando el recuerdo—. Vanessa Thorpe.

Silencio.

—No esperaba encontrarte.

—No esperabas… —murmuró él, entre desconcertado y burlón—. ¿Y por qué has llamado?

—Supuse que estarías cenando. Iba a dejar un mensaje.

—¿Un mensaje distinto al de hace un rato?

Vanessa contó hasta cinco lentamente. Él sabía que había estado enfurecida cuando lo echó de su casa. Y por qué. No iba a permitir que su cinismo la alterase. Tenía que seguir adelante, por Lew, por Andy, por su propia conciencia culpable.

—Necesito hablar contigo.

—Te escucho.

—Quería decir en persona.

Durante el breve silencio que siguió, casi percibió su quietud, su intensidad centrada en ella, a pesar de los sesenta kilómetros que los separaban. Era ridículo, pero aun así la aprensión atenazó su estómago.

—¿Mañana? —preguntó él.

Con una agenda cargada de reuniones de comité y un viaje a Lexford para ver cómo estaba Lew tras la tormenta, sólo tenía tiempo libre a primera hora de la mañana. Y la idea de invitarlo a su casa o quedar con él para desayunar en algún sitio le dio náuseas. Desayuno implicaba recién levantada. Desayuno también implicaba una larga noche en vela y tiempo para cambiar de opinión.

–Me iría mejor esta noche –Vanessa cerró los ojos e intentó no pensar en lo mala que podía ser esa idea–. ¿Tienes planes?

–Tengo una reserva para cenar abajo.

–Estoy segura de que te guardarán la mesa.

–Yo también –dijo él–. Si lo pidiera.

Ella tragó aire, pero no pudo contenerse.

–¿Intentas irritarme a propósito?

–Creo que nos irritamos mutuamente sin necesidad de intentarlo, ¿no te parece?

Ella comprendió que no iba a ponérselo fácil, pero no pensaba rendirse.

–¿Vas a cenar solo?

–¿Por qué lo preguntas? ¿Te gustaría compartir el pan conmigo?

–Me gustaría –enunció ella, tras rechinar los dientes–, hablar contigo. Si vas a cenar solo, sería un buen momento y no tendrías que cambiar de planes.

Siguió otra pausa y ella casi lo oyó considerar las implicaciones de su petición.

–Pediré al restaurante que ponga otro cubierto.

–Sólo una silla –intervino ella con rapidez–. No cenaré, así que no me esperes, por favor. Estaré allí en una hora.

–Lo estoy deseando, duquesa.

Aunque Tristan había farfullado esa última frase con tono burlón, sí estaba deseando ver a Vanessa. Y mucho. Anhelaba saber cómo explicaba el rápido cambio de «sal de mi casa» a «necesito hablar contigo». Podría haberle facilitado las cosas cambiando la hora de la cena y encontrándose con ella en el bar o en la biblioteca del hotel. Podía haberse ofrecido a ir a su casa para evitarle el viaje a la ciudad.

Pero tras observar su cita en Old Poynton y saber que había corrido hasta su amante justo después de reírse de la carta acusadora, no tenía humor para ponerle las cosas fáciles a Vanessa.

Quería hablar. Bien. Seguramente le contaría una historia ideada durante su intenso encuentro junto al mar. No se la imaginaba confesando, pero tal vez intentaría explicar las reuniones secretas con su amante. Hiciera lo que hiciera, estaba preparado.

Esa vez no lo pillaría desprevenido. Esa vez controlaría sus hormonas.

Resistiéndose al deseo de consultar su reloj, se sirvió una segunda copa de vino y apartó el plato vacío. Había pedido un mesa al final de la terraza donde, en solitario, podía simular disfrutar de la comida y del reflejo de la luna en las oscuras aguas del estrecho. Allí no se pasaría el tiempo mirando la puerta y buscando el destello de pelo rubio platino.

A pesar de todo, presintió su llegada con varios minutos de antelación. Sin darse la vuelta, reconoció sus pasos y notó cómo se le aceleraba el pulso. Empezaba a levantarse cuando ella le hizo un gesto para que no lo hiciera. Dedicó una sonrisa cálida al camarero, que insistió en que se sentara no frente a Tristan, sino esquinada.

—Así, señora, usted también disfrutará de la vista.

Ella dio las gracias a Josef y le pidió un café especial. Tristan volvió a acomodarse e intentó no pensar en que llevaba el mismo vestido rosa que aquella tarde.

«¿Será porque no ha vuelto a casa aún? Porque ha pasado todo ese tiempo en Old Poynton... haciendo ¿qué?»

«¿Sólo paseando y charlando?»

Las preguntas y las posibles respuestas asaltaron su mente con crueldad. La observó mientras esperaba a que Josef se marchara. Deseando que se le pasara el impulso de hacerle esas preguntas para poder hablar con un mínimo de civismo.

—¿Había mucho tráfico? —preguntó, tomando un sorbo de su muy civilizado vino blanco.

Ella alzó la cabeza con rapidez.

—Dijiste una hora.

—¿Te he hecho esperar? —su expresión era cortés, pero su tono frío y seco como el vino—. Si tenías otra cita deberías habérmelo dicho cuando llamé. No pretendía...

—Mi única cita es arriba, con la cama. Ha sido un día muy largo.

Sus miradas se encontraron por encima de la mesa. Los ojos de ella destellaron comprensión.

—Disculpa —dijo—. Debes haber empezado el día ayer, al otro lado del mundo.

Eso parecía muy lejano y él debería haberse sentido agotado; en cambio estaba lleno de energía. Y se debía a su presencia, a su proximidad, al sutil aroma de su perfume en el aire nocturno. Pero sobre todo a la promesa de otra escaramuza en la batalla que libraban.

—Estoy seguro de que no has venido a hablar de mi día —algo en sus ojos o su deseo de pelea lo llevó a añadir—. Ni de mi necesidad de tumbarme.

—No —contestó ella sin pausa, sin dejar de mirarlo y sin responder a la provocación—. Eso es cierto.

—Bien. ¿Qué quieres?

—Quiero ver la carta.

—¿No crees que exista? —Tristan alzó una ceja.

—¿Hay alguna razón para que deba creerlo?

—Hoy he volado quince mil kilómetros por ella.

—Eso dices.

Balanceándose en la silla, él se enfrentó a su mirada desafiante.

—Si el amante no existe y la carta tampoco, ¿por qué estás preocupada?

—¿Parezco preocupada?

—Estás aquí.

Los ojos de ella brillaron con enfado, pero antes de que pudiera responder Josef llegó con su café. Ella sonrió al joven camarero, ocultando su irritación con una expresión tan cálida y amistosa como la que lucía cuando le abrió la puerta esa tarde. Tristan carraspeó y el recuerdo de su presencia borró la calidez de su rostro. Igual que cuando lo vio en el umbral.

—Estoy aquí —dijo con voz tensa—, para ver esa carta. Si existe.

—Sí que existe, duquesa. Igual que tu amante —hizo girar la copa entre los dedos antes de continuar—. Es un poco joven, ¿no crees?

—¿Josef? —una arruga surcó la tersura de su frente.

—El amante. En Old Poynton.

—¿Cómo sabes…? —su voz se apagó y sus ojos se ensancharon al comprender—. ¿Me has seguido?

—Sin pretenderlo.

—¿Me has seguido *accidentalmente*? ¿Más de sesenta kilómetros?

Vanessa lo miró con sensación de horror y violación. No con el escalofrío de antes, cuando había pensado que la espiaban, sino con una oleada de cólera. Porque lo había hecho él. No un desconocido anónimo, sino el hombre que estaba sentado a su lado, quitándole importancia al asunto.

Tuvo que controlar el impulso de lanzarle algo. Lo que tenía más cerca era su café moca con canela, lo bastante caliente para hacer mucho daño. Curvó los dedos sobre el asa de la taza con tanta fuerza que temió romperla.

«No sería bueno, Vanessa. Ni apropiado. Ni controlado. Ni elegante».

Por pura fuerza de voluntad consiguió aflojar la mano, pero no se atrevió a hablar aún. Ni siquiera se atrevía a mirarlo por si eso desencadenaba un nuevo ataque de ira. Para recordarse que estaba en un sitio público y elegante y recuperar la compostura, miró al resto de los comensales.

Incluso un martes el renombrado restaurante del Marabella estaba casi lleno. Los clientes eran una mezcla de turistas, hombres de negocios y gente de la zona, todos bien vestidos. Reconoció a muchos; conocía a algunos lo bastante como para considerarlos amigos. Frank Forrester, uno de los viejos compañeros de golf de Stuart, inclinó la cabeza plateada y le guiñó un ojo cuando captó su mirada.

Sonriendo, ella agradeció en silencio que no estuviera acompañado de su esposa. Lo último que necesitaba era que Delia Forrester se acercara agitando las pestañas y luciendo su último aumento de pecho ante el desconocido. Eso era lo que Delia hacía en presencia de cualquier hombre, a pesar del marido al que simulaba querer con adoración.

—¿Qué pasa, duquesa? ¿Temes que te vean conmigo?

Eso hizo que volviera a mirar a Tristan. Al ver sus ojos agudos, serenos y del color azul oscuro del océano por la noche, Vanessa experimentó un segundo de desorientación, casi como un vértigo.

–En absoluto –contestó con tersura. Se preguntó por qué permitía que él la afectara tanto–. Estamos aquí para hablar de negocios, igual que estos caballeros… –extendió las manos indicando los trajes de ejecutivo que salpicaban la sala.

En ese momento se le ocurrió la manera de quitar importancia a su reunión con Andy y a la ridícula noción de que ella tenía una aventura.

–No me importa que me vean contigo, Tristan –dijo con voz suave y serena, aunque por dentro estaba tensa como un arco–. Esto es lo mismo que dos personas reuniéndose en la playa, por ejemplo, para hablar de trabajo.

–¿Tu reunión de esta tarde era de trabajo?

–Trabajo como voluntaria en la residencia para discapacitados que hay cerca de Lexford. Andy es uno de los terapeutas.

–¿Y hablas de tu voluntariado en la playa? ¿Fuera de horas de trabajo?

–Normalmente no –se humedeció los labios y eligió sus palabras con precisión–. Andy no sólo es un compañero de trabajo. Crecimos en el mismo barrio y fuimos al mismo colegio. Es un buen amigo y a veces nos vemos fuera del trabajo, no siempre para hablar de mis funciones como voluntaria. Dada su profesión, Andy es un buen oyente.

–Y esta tarde, necesitabas hablar.

–Despotricar –corrigió ella.

–Sobre mí.

–¿Sobre quién si no?

Él no contestó de inmediato y algo en su expresión hizo que ella se tensara. Su pulso se ralentizó cuando él miró sus labios.

–¿Le contaste lo de nuestro beso?

La intimidad de las palabras la asaltó, primero con la calidez y fuerza de la sensación que recordaba, y después de forma negativa. «Nuestro beso» implicaba algo compartido. Un beso de amantes, reverente y romántico, no uno imbuido de amargo desdén e ira.

–Eso no fue un beso –negó ella.

–¿No?

–Fue un juego de poder, y lo sabes.

–¿Tan malo fue? –un destello de sorpresa aleteó en las profundidades de sus ojos.

–Por lo que a besos se refiere, estuvo muy lejos de ser bueno.

Él se reclinó en la silla con expresión inescrutable. Después la dejó atónita echándose a reír; una risa profunda y lenta que iluminó sus labios y que provocó en ella un cosquilleo eléctrico.

–Ahora es cuando yo debería decir que puedo hacerlo mejor.

–Y yo contestaría que no tendrás una segunda oportunidad.

Doña Pragmática le advirtió que entraba en terreno peligroso. Ya lo había retado antes. Esa tarde y también antes de conocerlo, a través de correos electrónicos y mensajes de sus abogados.

Pero esa batalla verbal era distinta.

Llegaba tras la risa de él y el pinchazo de placer que había sentido Vanessa al percibir que, por fin, lo había sorprendido de manera positiva. Y eso no debería haberle agradado tanto. Debería haber sentido repugnancia al imaginarse otro beso, un beso de verdad…

«No». Se puso tensa, horrorizada por haber estado mirando sus labios. Había permitido que el aire perfumado por el mar y el embrujo de la luna llena la distrajeran de su cometido.

«Se acabó», ordenó doña Pragmática. «Ve al grano y márchate de aquí».

–Andy no es mi amante. Nunca lo fue. Nunca lo será –afirmó con resolución–. Si su nombre aparece en esa carta, creo que es justo que lo sepa.

–No aparecen nombres.

–¿Puedo verla?

–¿Ahora? –abrió las manos, vacías–. No es posible. La tiene mi abogado.

–No has perdido tiempo.

–Tuviste tu oportunidad esta tarde, cuando estuve en tu casa. Fuiste tú quien sugirió que nuestros abogados se ocuparan del asunto.

Ella lo recordaba. También recordaba que la había encolerizado lo bastante para echarlo de su casa sin ver la carta. Se maldijo por no haberle preguntado si la tenía cuando telefoneó. Se habría ahorrado el viaje y el agravio y el cotilleo que sin duda provocaría el que la vieran con él en un lugar público.

Sintió un cosquilleo de frustración al fondo de la garganta, pero alzó la barbilla y rechazó la emoción.

–¿Podrías pedir que envíen una copia al despacho de mi abogado mañana, por favor?

–A primera hora –contestó él con cortesía.

Esperando otra batalla verbal, Vanessa lo observó con los ojos entrecerrados. Se preguntó dónde estaba el truco y a qué jugaba él. Él no desvió su mirada azul, serena e inocente.

A ella no le quedó nada que decir. Tampoco le quedaba nada que hacer, excepto salir de allí antes de empezar a confiar en su palabra.

–Muy bien –asintió y llevó la mano al bolso. Una sombra se cernió sobre la mesa y la rasposa voz de fumador de Frank Forrester interrumpió el silencio.

–Perdón por la intrusión, pero no podía irme sin saludar a mi segunda rubia favorita. Dado mi viejo corazón… –se golpeó el pecho y guiñó un ojo–… no dejo nada para el día de mañana.

Aunque Frank solía bromear sobre su edad y sus problemas de corazón, Vanessa fue incapaz de emitir su habitual protesta. Y no sólo porque hubiera interrumpido su escapada. De cerca parecía una década mayor de lo que era, delgado, frágil y encorvado.

Sonriéndole, esperó que su expresión no denotara cuánto le había impactado su apariencia.

–Tu compañía nunca es una intrusión –le aseguró. Y como era correcto y educado, añadió–. ¿Te gustaría unirte a nosotros? ¿Tomar un café o una copa?

–No, no. Voy para casa. No puedo entretenerme –pero no se movió y sus ojos brillaron con interés, o curiosidad, al mirar a su acompañante.

Aunque le habría gustado hacerlo, Vanessa no pudo ignorar la indirecta.

–Tristan, te presento a Frank Forrester. Frank, éste es el hijo de Stuart. De Australia.

–No me digas –Frank movió la cabeza lentamente y escrutó el rostro de Tristan–. Has crecido mucho desde la última vez que te vi, hijo. Entonces eras un chaval larguirucho. Hace al menos quince años.

–Veinte –dijo Tristan. Se puso en pie y le dio la mano.

–Bienvenido a Eastwick, hijo. ¡Bienvenido a casa!

Vanessa parpadeó con sorpresa. No se había planteado que pudieran conocerse, a pesar de la larga amistad entre el banquero retirado y Stuart. Y en cuanto al «bienvenido a casa», la idea de que Tristan pudiera pertenecer a Eastwick la desconcertó tanto como verlo en su casa esa tarde.

–Imagino que estás aquí por negocios –comentó Frank–. Montaste una empresa de telecomunicaciones, ¿no? Oí decir que la convertiste en una de las más importantes del Pacífico.

–Me sorprende que hayas oído hablar de eso.

–Tu padre era un hombre orgulloso –farfulló Frank–. No le costaba nada alardear de tus éxitos.

Si el dato sorprendió a Tristan, no lo demostró. Su expresión no cambió al oír nombrar a su padre.

–Lo cierto es que hace poco vendí mis acciones de la empresa –comentó.

–¿En serio?

–Fue una oferta muy atractiva.

–Un negocio redondo, ¿eh?

La sonrisa de Tristan llegó rápida e inesperada y provocó un impacto endiablado en el vientre de Vanessa. Tuvo que hacer un esfuerzo para concentrarse en sus palabras en vez de en la forma de su mandíbula y la curva de sus labios. En vez de en el recuerdo de esos labios sobre los suyos.

«Ha vendido su empresa. ¿Significa eso que esto es un viaje de placer, que nada le impide quedarse en Eastwick el tiempo que quiera?»

–¿Lo preguntas como amigo o como banquero? –preguntó Tristan. Frank soltó una risita.

–Soy un hombre viejo. Retirado, ¿no lo sabías?

–Una vez banquero, siempre banquero.

Vanessa contuvo una sonrisa y desvió la mirada. Por lo visto ése debía ser su nuevo mantra: «Una vez bruto, siempre bruto». Así se recordaría la maldad que escondía esa sonrisa lenta y carismática.

–Tienes que venir a casa a cenar una noche –sugirió Frank–, si estás más de un par de días aquí.

–Eso depende… de cómo vayan mis compromisos –miró a Vanessa.

–¿Te alojas con Vanessa? Mejor aún. ¿Por qué no venís los dos?

A ella se le paró el corazón. «¿Alojarse con ella?» Se miraron y los dos hablaron al mismo tiempo.

–No se aloja conmigo.

–Me alojo aquí, en el Marabella.

Sin notar la tensión del ambiente, Frank sacó una tarjeta del bolsillo y la puso en la mano de Tristan.

–Aún más motivo para que vengas a cenar con nosotros. Avísame cuando hayas hecho planes.

Frank ya se marchaba cuando alzó una mano.

–¿Lo del polo es este fin de semana, Vanessa?

–El domingo, sí. Pero no creo…

–¡Perfecto! –la cortó Frank–. ¿Por qué no vienes?

–¿Polo? –Tristan sonó dubitativo y Frank sonrió comprensivo–. Un deporte muy snob, en mi opinión, pero a mi esposa parece gustarle.

Famosos, champán, y guapos jugadores argentinos. Por supuesto que a Delia le gustaba el polo.

A Vanessa no, pero el partido del domingo era para recaudar fondos para una de sus asociaciones benéficas favoritas, que ayudaba a jóvenes en peligro. Justo lo que Lew y ella habrían necesitado si sus vidas no hubieran cambiado de rumbo. No podía faltar al partido, aunque la idea de comer con Delia y Tristan le revolviera el estómago.

–Todo el mundo estará allí –siguió Frank–. Así te pondrás al día. ¿Verdad, Vanessa?

Tristan la miró y ella supo que asistiría al partido. Y aprovecharía para hacer preguntas sobre ella.

–Sí, Frank, todo el mundo estará allí –sonrió, pero le costó tanto como que su voz sonara jovial–. Por desgracia, eso implica que ya no hay entradas.

–Delia conseguirá una –aseguró Frank–. Avísame, hijo.

Vanessa lo observó partir, descorazonada. Delia conseguiría una entrada si utilizaba su encanto y el talonario de Frank. No tenía más remedio que conformarse y escapar de allí.

Notó que los ojos de Tristan se clavaban en ella. Cuando se enfrentó a ese azul devastador, supo lo que estaba a punto de llegar y no podía impedir.

–¿Quién es Delia? –preguntó él.

Hacía veinte años, cuando Tristan se marchó, Frank aún vivía con su primera esposa. Cuando Vanessa le explicara quién era la joven y recién adquirida esposa, él haría la inevitable comparación. Delia y ella no eran almas gemelas, como Delia había pretendido cuando se incorporó a la sociedad de Eastwick. Pero ambas habían mejorado de modo inconmensurable su estatus económico y social casándose con hombres mucho mayores que ellas.

No podía hablar por Delia, pero ella sí se había casado con Stuart por su dinero. En eso era en lo único en lo que Tristan no se equivocaba.

Capítulo Cuatro

—Delia es la actual esposa de Frank.

—¿La actual esposa? —repitió Tristan—. ¿Cuántas señoras Forrester ha habido?

—Delia es la tercera.

Eso no era inusual en un lugar como el condado de Fairfield, donde abundaban los hombres ricos como Frank Forrester. O Stuart Thorpe.

—¿Hace mucho que es su esposa?

—Delia y Frank se conocieron en el partido de polo benéfico del verano pasado. Ella trabajaba como periodista autónoma, creo, e incluyó a Frank en un artículo sobre hombres de negocios retirados aquí, en la costa dorada. Se casaron poco después.

Alertado por la cuidada elección de palabras y la postura de su barbilla, Tristan estrechó los ojos.

—¿Amor a primera vista?

—¿Tan difícil te parece eso?

—No conozco a Delia. Dímelo tú.

—Eso nunca ha surgido en la conversación —contraatacó ella, fría—. No soy íntima de Delia y, la verdad, no me siento cómoda hablando de ella.

Tristan la estudió un momento, sus palabras y su actitud habían aguijoneado su interés. Era obvio que se llevaba bien con Frank, pero, por lo visto, no con su esposa. Eso lo intrigaba.

Como ella se había puesto el bolso bajo el brazo, dejando claro que se iba, preguntó en voz alta.

–¿Hay algo que deba saber de ella antes de aceptar la invitación? –señaló la puerta, indicándole que lo precediera. Los ojos verdes de ella se nublaron y apretó los labios; era obvio que quería salir de allí sola.

Sin embargo, él pensaba acompañarla hasta el coche. Y conseguir la respuesta a su pregunta.

–¿Hay alguna razón para que no seáis íntimas? –insistió cuando cruzaban el vestíbulo del restaurante–. Había supuesto que tendríais mucho en común.

–No supongas demasiado, Tristan –se detuvo abruptamente y lo miró con llamas verdes chisporroteando en sus ojos–. No conoces a Delia. Y sólo crees conocerme a mí.

Por un instante, el reto inherente en sus palabras se desdibujó con el impacto de su proximidad. Había girado tan bruscamente que su cabello le rozó el hombro y el brazo. Unos mechones se pegaron a su chaqueta y al inspirar captó su delicado aroma floral; su cerebro se perdió en una mezcla de libido y tentación.

Sabía que no debía tocarla, pero lo hizo.

Alzó los rebeldes mechones de su chaqueta y los enrolló en sus dedos. El pelo era tan fino y sedoso como había imaginado, pero sorprendentemente fresco, a diferencia del rosado rubor que lucían su cuello y sus labios suaves y carnosos.

–¿Eso es un reto? –preguntó él, casi viendo un relámpago en el aire cuando sus ojos se encontraron.

Ella parpadeó, parecía perdida en el momento y en la peligrosa vibración que latía entre ellos.

–¿A qué te refieres?

–A lo de conocerte mejor.

El ascensor anunció su llegada tras ellos. El ruido electrónico hizo que ella alzara la cabeza, rompiendo el contacto visual y obligándolo a soltar su cabello. Salió una pareja de la mano, tan absortos el uno en el otro que habrían pasado sobre ellos como una estampida de búfalos, si Tristan no se hubiera apartado.

–En absoluto –respondió ella cuando volvieron a estar solos–. Sólo era una realidad. No conoces a Delia Forrester y has supuesto que nos parecemos.

–¿Y no os parecéis?

–Somos diferentes. Muy diferentes.

Tristan pensó que diría más. Vio el propósito en sus ojos, un instante de reflexión, pero luego ella hizo un gesto que interpretó como un cambio de opinión. Echó a andar y él la alcanzó en dos zancadas.

–Voy a la escalera –anunció ella. Lo miró desafiante–. No hace falta que me sigas.

–Te acompañaré a tu coche.

–El aparcacoches lo traerá. No es necesario.

Él no discutió. Siguió andando, no por perversidad o tozudez, sino para asegurarse de que llegaba al coche a salvo. Era lo correcto. Igual que lo era dejar el tema de Delia Forrester; pronto descubriría esas diferencias y se formaría su propia opinión.

Mientras esperaban el coche, charlaron sobre el hotel y su excelente atención al público. Cuando apareció el Mercedes Cabriolet, hablaron del automóvil. Hubo un instante incómodo cuando ella se sentó al volante y se despidió con toda formalidad.

–No es un adiós –Tristan despidió al aparcacoches con un gesto y se inclinó hacia ella–. Te veré en el partido de polo. Frank dijo que iría todo el mundo, supongo que eso te incluye a ti, ¿no?

–Por favor, no hagas eso –susurró ella–. Por favor no uses ese evento para hacer indagaciones sobre mí.

–Esta tarde no parecía importarte. Si mal no recuerdo, me deseaste suerte.

–Esta tarde me pillaste desprevenida.

La sorpresa del beso, de cada roce, de la indeseada y mutua atracción que sentían se alzó entre ellos en la quietud de la noche. No hizo falta decir nada; todo quedó escrito en ese instante silencioso. Al igual que la raíz de su conflicto.

–¿Ahora me pides que no haga preguntas sobre ti?

–Te pido que respetes la intimidad de los demás –se humedeció los labios y él recordó su cálida dulzura de nuevo–. Dijiste que esto era algo entre nosotros, pero no es así. Herirás a otras personas y atraerás atención a nuestra disputa. Piénsalo, por favor. Piensa en hacer lo correcto.

Tristan sintió que el candor de su súplica lo envolvía. Nunca le había pedido nada antes. Y su «por favor» hizo que el recuerdo de su sabor y el aroma de su cabello perdiera la batalla ante el fuego que le quemaba las venas y la trepidación de sus hormonas masculinas.

–Estoy haciendo lo correcto –aseguró él… aprovechando para recordárselo–. Nunca lo he dudado.

Pensó por un instante que habría más, una respuesta o una súplica y deseó que fuera la última opción. Un «por favor, Tristan» respecto a ellos dos y sin relación alguna con el conflicto. Pero ella apretó los labios y agarró el volante. Vio algo muy profundo en sus ojos, algo que se movía como una sombra.

Fuera lo que fuera, lo descubriría todo sobre ella.

–Si no tienes nada que ocultar, ¿a qué se debe esa

súplica, duquesa? –dijo con voz acerada, mientras el brillante vehículo se alejaba e incorporaba al tráfico–. ¿Qué temes? ¿A quién diablos intentas proteger?

Vanessa dejó escapar una bocanada de aire cuando estuvo a una manzana del Marabella. Por fin podía volver a pensar y respirar, dos cosas que le resultaban difíciles en presencia de Tristan. Y con esa normalidad, regresó la sensación tensa y desagradable que había sentido un rato antes.

Esa noche había perdido el tiempo. No debía haberse creído capaz de sentarse a la mesa con él y simular que no había vuelto su mundo del revés con su repentina aparición, su condena y su ardiente beso.

–No fue un beso –se recordó con vehemencia, aunque sirvió de bien poco. Aferrar el volante tampoco apagó el calor que la asolaba. A pesar de las horas transcurridas, aún sentía el chisporroteo de las brasas.

Lo más triste era que Vanessa no sabía por qué le estaba ocurriendo eso. Nunca había experimentado algo así. No había habido novios, ni besos robados, ni citas ilícitas. Nada excepto trabajar, cuidar de Lew y, después, todo un mundo de oportunidades gracias a su amistad con Stuart Thorpe.

–¿Por qué él? –golpeó el volante con un puño–. ¿Por qué tenía que ser él?

Esa noche, por desgracia, había visto el otro lado de su enemigo. Sonriente bajo la luna, alardeando de su beso, encantador y amable con Frank Forrester, acompañándola al coche como un caballero.

Gruñó con fiereza y golpeó el volante de nuevo.

«¿Y qué vas hacer al respecto, duquesa?»

Oír la pregunta con el tono de Tristan, espeso y dulce como el chocolate, acrecentó su frustración.

–Nada –masculló. La respuesta le pareció una concesión a su fracaso de esa noche. Lo pensó mejor. No haría nada respecto a la indeseada atracción que sentía. Pero ése no era el problema real…

Ella aún no tenía pruebas de la validez de la carta; él, en cambio, creía tener los medios necesarios para arrebatarle su seguridad y el futuro de Lew.

Llegó a un cruce. En la calle de la izquierda estaban las oficinas de Cartwright y Asociados, que había llegado a conocer muy bien en los últimos dos años. Esa misma tarde debería haber llevado allí la noticia de la llegada de Tristan y de sus alegaciones.

Jack Cartwright, abogado de Stuart antes, y suyo en el presente, era una de las pocas personas que sabía lo de Lew. En ese momento le habría gustado contar con su mente despierta y lógica. Miró el reloj del salpicadero e hizo una mueca. Jack y su esposa Lily eran buenos amigos, pero esperaban su primer bebé al mes siguiente; llamarlos a esa hora habría sido muy desconsiderado de su parte.

Aunque se sentía tentada, decidió llamar a primera hora de la mañana y concertar una reunión. Cuanto antes, mejor.

Tras pasar una mala noche, Vanessa se levantó y vistió antes del amanecer, pero consiguió no telefonear a los Cartwright hasta las siete. Y lo lamentó, porque Jack ya se había ido a la oficina. Charló con Lily unos segundos, hasta que la otra mujer captó el nerviosismo de su voz.

–¿Va todo bien, Vanessa?

–No, en realidad no. Tristan Thorpe está en la ciudad –eso resumía todos sus problemas–. Necesito hablar con Jack. Lo llamaré a la oficina.

–Tengo una idea mejor. ¿Por qué no vienes aquí y desayunas con nosotros? –ofreció Lily–. Jack volverá dentro de una hora. Salió temprano para darle sus notas sobre un juicio a un colega porque hoy va a tomarse la mañana libre. Cita médica.

–¿Algún problema?

–No que yo sepa –rió Lily–. Pero don Protector se empeña en acompañarme a cada cita.

Vanessa no quería interferir en sus planes matutinos, pero Lily insistió. A las ocho en punto seguía a su muy embarazada amiga a la cocina. La casa era la viva imagen del hogar, tan luminoso, cálido y acogedor como la resplandeciente Lily.

Lily se había incorporado recientemente al círculo de amigas conocido como el Club de Debutantes, y Vanessa había sentido un vínculo inmediato con ella. Tal vez porque ella, como Lily, había crecido en un ambiente hostil, a diferencia del resto del grupo, compuesto por auténticas debutantes. A Lily también le había costado encajar en esa sociedad privilegiada durante los primeros meses de su matrimonio. Pero Jack y ella habían luchado juntos hasta conseguirlo. La felicidad iluminaba su rostro.

–Jack no ha vuelto aún –Lily puso los ojos en blanco, pero era obvio que bromeaba. Su hombre llegaría pronto–. Lo llamé para decirle que venías y que no tardase. ¿Quieres café? ¿Té? ¿Un zumo?

–Por favor, no hace falta que me sirvas. Siéntate.

–¿Para descargar peso de las piernas?

–Sí. Exacto –por primera vez, posó la mirada en el vientre de la otra mujer y sintió un pinchazo de añoranza que escondió tras una sonrisa–. ¿Estás segura de que no hay gemelos ahí dentro?

–A veces juraría que hay trillizos –Lily hizo una pausa y sus expresivos ojos azules adquirieron una expresión de ensueño–. Y no me importaría.

Claro que no. Su honestidad, su naturaleza cariñosa y la sabiduría que había adquirido en las calles la habían convertido en una fantástica trabajadora social, y también que sería una madre maravillosa.

«Unos niños muy afortunados», pensó Vanessa. El pinchazo de añoranza se intensificó.

–Vamos –Lily, con la tetera en la mano, fue hacia la mesa y se sentó con cuidado–. Háblame de Tristan Thorpe.

Por primera vez, para Vanessa fue un alivio hablar de él; así apagó el extraño ataque de envidia maternal que había surgido de la nada, inesperado.

–Llegó ayer. Se aloja en el Marabella. Es aún más irritante en persona.

–¿Ya lo has visto? –Lily apoyó la barbilla en la mano, ardiente de curiosidad–. Cuéntame.

Vanessa se preguntó por dónde empezar. Qué decir sin revelar la intensidad de su confusión y su conflicto. Decir «en persona» había ruborizado sus mejillas de culpabilidad, porque la había llevado a pensar en el «beso».

¡Y ese sensual recuerdo la había tenido desvelada toda la noche!

–Seguramente no hace falta que te cuente nada –dijo, recordando otra de las cosas que la había tenido en vela–. Te enterarás de todo por los cotilleos.

–¿De todo?

–Anoche estuve con él en el restaurante del Marabella.

–¿Fuiste a cenar con él? –la sorpresa redondeó los ojos de Lily–. ¿Hubo supervivientes?

–A duras penas –Vanessa hizo una mueca–. Por esas cosas del destino, apareció Frank Forrester.

–¿Con Delia?

–No, pero le dirá que nos vio. Ya conoces a Delia, necesita estar al tanto de todo lo que ocurre.

–Por desgracia, sí.

Delia había clavado sus garras en Lily, por la única razón aparente de su amistad con las Debutantes. Esa fea actitud había expuesto la otra cara de Delia Forrester, una cara que helaba la sangre de Vanessa cuando pensaba en…

–¡Eh! ¿Qué pasa?

Vanessa parpadeó, comprendiendo que su ceño fruncido había provocado la pregunta de Lily. Iba a tranquilizar a su amiga, pero cambió de opinión. De todas las Debutantes, Lily era quien más posibilidades tenía de entenderla.

–Estaba pensando en cómo esa gente, las Delias de este mundo, puede destrozar a una persona sin motivo. Un murmullo aquí, un comentario irónico allá, y sin saber cómo todo el mundo empieza a hablar y hacerse preguntas –tomó aire–. ¿Has oído algún rumor sobre mí?

–¿Qué tipo de rumor?

–Por ejemplo, que veo a un hombre en secreto. Que llevo años haciéndolo.

–¿De dónde ha salido eso? –Lily estrechó los ojos–. ¿Es cosa de Tristan?

–Dice que ha recibido una carta de alguien de aquí… –extendió las manos para abarcar Eastwick, su entorno– …que asegura tener pruebas.

Los ojos de Lily chispearon y se enderezó en la silla. Abrió la boca para hablar, pero se distrajo al oír pasos. Al ver a su marido, su expresión se transformó, volviéndose alegre, suave y radiante de amor.

Jack pidió disculpas a Vanessa por su tardanza, pero en realidad estaba sonriendo a su esposa, mientras se inclinaba y depositaba un beso casto en su frente y posaba una mano protectora en su vientre.

No era nada pero lo era todo; un símbolo de la intimidad de ese círculo familiar y un recordatorio de lo que Vanessa nunca había experimentado y no podía esperar para sí.

Un anhelo desesperado le atenazó la garganta. Era ridículo y frustrante. Ni siquiera quería ese amor, esa relación de pareja, ese entorno familiar. Tenía cuanto deseaba, todo lo necesario e importante. No tenía sitio, tiempo o energía emocional para más.

–He oído decir que Tristan Thorpe está aquí –Jack se irguió y su rostro adquirió expresión profesional. Por lo visto la noticia se había propagado antes de lo que ella esperaba–. ¿Viene a causar problemas?

–Recibió una carta –le dijo Lily. Su marido se tensó. Miró a Vanessa–. ¿Igual que las otras?

–Las… ¿otras? –repitió Vanessa estúpidamente. Un instante después comprendió a qué se refería.

Varios meses antes habían enviado dos cartas anónimas de extorsión, una a Jack y otra a Carolina Keating-Spence. Movió la cabeza lentamente, recriminándose por no haber visto la conexión.

–No lo sé. Aún no he visto la carta –el corazón se

le aceleró en el pecho. La invadió la desazón al ver el rostro rígido de Jack y el ceño preocupado de Lily. Al considerar las posibles ramificaciones–. ¿De veras creéis que podría ser de la misma persona? ¿De él? ¿Del hombre que Abby cree que mató a Bunny?

Capítulo Cinco

Tristan también tuvo una reunión en el desayuno. No con su abogado, sino con el detective privado que habían contratado para investigar el supuesto adulterio de Vanessa. El detective resultó ser un policía retirado, puntual, profesional y agradable.

Pero aun así, Tristan lo despidió.

Fue una decisión instintiva, vital. Sentado en la cafetería, observando al hombre dar cuenta de una montaña de tortitas mientras explicaba sus técnicas de espionaje, recordó la expresión de Vanessa cuando apeló a su sentido del juego limpio. Igual que la noche anterior, lo atenazó su emoción al mirarlo a los ojos y decirle que la disputa era cosa de ellos dos.

No había cambiado de opinión, sino de táctica.

En vez de contratar a una tercera persona para que aireara los trapos sucios, lo haría él mismo.

En vez de pedir que le enviaran copia de la carta a su abogado, la había recogido con el objetivo de entregársela a Vanessa personalmente.

Cuando giró para tomar la calle White Birch y tuvo que frenar y apartarse para dar paso a un camión, comprendió que había estado conduciendo demasiado rápido. Peor aún, comprendió que esa prisa era distinta de la que había sentido en su primera visita a la casa. Seguía sin fiarse de Vanessa, pero no podía olvidar su sonrisa ni su sabor, ni el destello de pasión interior que había aflorado cuando se enfrentó a la táctica dura que él había adoptado.

Aunque Vanessa adoptara una pose de frialdad escandinava, había visto cómo esa pose se desmoronaba como si no fuera más que una coraza protectora. Medida, estudiada y practicada, pero falsa; se preguntaba por qué sentía la necesidad de adoptar una fachada. Y qué ocultaba.

Había pasado gran parte de la noche pensando en ella, incómodo con su necesidad de saber más. En su mente sonaban campanas de alarma y advertencia.

«Llegar a conocerla, sí, pero sin olvidar por qué».

Cuando el camión desapareció, Tristan continuó su camino más despacio. Se permitió mirar a su alrededor, ver las grandes casas separadas de la carretera por cientos de metros de cuidados jardines. Arrugó la frente al recordar el comentario de Frank Forrester sobre su regreso a casa.

No tenía más sensación de vuelta al hogar que el día anterior. Ni siquiera cuando tomó el camino donde había aprendido a montar en bicicleta y dejó atrás el primer árbol que había escalado. No dedicó ni una mirada al césped en el que había dado su primera patada a un balón.

Sentía la misma sensación de amargura unida a una cierta excitación.

Tuvo que recordarse de nuevo su objetivo.

No estaba allí para verla ni para discutir, sino para entregarle la carta.

Eso no palió su decepción cuando el ama de llaves, Gloria, le comunicó alegremente que la señora Thorpe había salido y no regresaría hasta la tarde.

Él se dijo que aún podía sacar partido de la situación. De hecho, si a Gloria no le importaba hablar, podría sacarle mucho más.

–Ayer me quedé sin té –sonrió y los ojos de la mujer se estrecharon, llenos de suspicacia–. ¿Sigue abierta la invitación?

–Supongo que podría hacer una tetera –dio un paso atrás y lo dejó entrar al vestíbulo.

–Dígame –dijo él, alzando la pala y removiendo el primer montón de tierra que ocultaba el pasado–, ¿hace mucho que trabaja para la señora Thorpe?

Después de charlar con Gloria, Tristan volvió al hotel a ocuparse de sus negocios. Había vendido su participación en Telfour hacía poco, y aún tenía que contestar a llamadas y correos electrónicos a diario. Además, era miembro de la junta directiva de dos empresas y le habían ofrecido tomar parte en el lanzamiento de una más.

Aún estaba planteándose esa posibilidad, y dando vueltas a otro par de opciones.

Le venía bien estar atareado. No sabía estar sin hacer nada y sumergirse en su mundo habitual era la mejor manera de volver a la realidad. Lo necesitaba tras las últimas veinticuatro horas.

Absorto, levantó el teléfono que sonaba, esperando oír la voz de su asistente. No lo era.

Delia Forrester no había esperado a que la llamara. Aunque no le gustó la familiaridad con que le hablaba la mujer, aceptó la invitación para asistir al partido de polo del domingo.

La llamada lo desconcertó, así que decidió ir a la

piscina del hotel. Su intención era nadar al límite para quemar el exceso de energía que sentía en sus extremidades, sangre y hormonas. Pero tras un par de largos rápidos, se obligó a nadar más despacio. Se negaba a perder el control por una situación, una mujer y una atracción insostenibles.

Siguió nadando, pensando en el encuentro con Frank Forrester la noche anterior y conjurando vagos recuerdos de él y de su primera esposa, Lyn o Linda o Lydia, cuando pasaban el fin de semana en la casa de campo de los Thorpe.

A pesar de su entusiasmo, Frank le había parecido desgastado. Se preguntó si su padre había envejecido así de mal. Si había acabado frágil y encorvado.

Desgastado por seguirle el ritmo a una mujer joven, atrevida y empeñada en escalar socialmente, cuando debería haber estado relajándose con la compañera de su vida, disfrutando de los bienes que había ganado tras décadas de duro trabajo.

Tristan se dio cuenta de que había acelerado el ritmo mientras pensaba en eso e intentaba no pensar en su padre con Vanessa.

Una mujer demasiado joven, apasionada y viva.

Un terrible error.

Se obligó a relajarse, física y mentalmente. Dio una patada para alejarse del borde de la piscina nadando a espalda y la vio allí de pie, como si su mente hubiera conjurado su imagen.

Vestida con un traje azul claro, con el pelo recogido y los ojos y el rostro ocultos tras unas enormes gafas de sol, parecía mayor, más rígida: puro refinamiento, compostura y dinero.

No parecía contenta, pero él ya había contado con

eso cuando decidió no dejarle la carta a Gloria. Había supuesto que iría a buscarlo para quejarse, pero no la esperaba tan pronto. Y menos cuando le habían dicho que estaría casi todo el día en importantes reuniones de comités benéficos.

Volvió a sentir la misma descarga de adrenalina que había sentido en el restaurante la noche anterior y cuando iba a su casa esa mañana. Igual pero aderezada con un cierto sofoco, que intentó paliar nadando un par de largos a ritmo lento y despreocupado.

Después salió de la piscina y recogió la toalla que había dejado en un banco. Sabía que ella lo observaba y la respuesta física de su cuerpo dio al traste con el efecto relajante de los dos últimos largos.

Dio gracias al cielo por el tamaño gigantesco de las toallas del hotel.

Se dirigió hacia ella, mirándola de arriba abajo. Ella no movió un músculo, ni siquiera cuando se detuvo a pocos pasos, y Tristan se preguntó si sus elegantes zapatos de tacón se habían quedado pegados al suelo.

—¿No vas demasiado elegante para darte un baño?

Ella arrugó la frente. Se mojó los labios, como si tuviera la boca seca.

—No he venido a nadar.

—Es una lástima. Hace el tiempo perfecto.

—Sí, hace calor, pero…

—¿Quieres que nos quitemos del sol? —Tristan inclinó la cabeza hacia una mesa con una gran sombrilla. Sonrió para sí con ironía. Veinticuatro horas antes había sido él quien llevaba un traje de ejecutivo y llamaba a su puerta. Ahora ella estaba en su terreno y pensaba aprovechar al máximo el cambio de rol.

—No —negó con la cabeza—. Sólo he venido por la

carta. Gloria me llamó para decirme que habías pasado por allí, pero no quisiste dejarla.

—No sabía si debía hacerlo.

Ella chasqueó la lengua con disgusto.

—Anoche me pediste específicamente que tratásemos este asunto entre los dos —razonó él.

—¿Y por eso te colaste en mi casa e interrogaste a mi ama de llaves?

—Gloria fue muy amable y me hizo un té.

—¿Y también te contó lo que querías saber?

—Me dijo que estarías todo el día ocupada con reuniones —miró su elegante traje—. Pero estás aquí.

Percibió la creciente frustración de ella, que miró a su alrededor. Si había estado a punto de pisarle un pie descalzo con uno de los tacones, se resistió.

—He venido por la carta. ¿La tienes o no?

—La tengo, aunque… —se palpó las caderas y el pecho, donde normalmente habría encontrado bolsillos si estuviera vestido— …no encima.

A pesar de las grandes gafas de sol, vio cómo los ojos de ella seguían sus manos. Después alzó la cabeza con brusquedad.

—No me refería a encima. ¿Está en tu habitación?

—Sí. ¿Quieres subir a recogerla?

—No —contestó ella con recato—. Me gustaría que subieras tú. Te esperaré en el vestíbulo.

Vanessa no le dio la oportunidad de pincharla más. Giró sobre los talones y se marchó. Tenía grabada en la mente la imagen del cuerpo moreno, casi desnudo y mojado. De cómo se movían sus músculos mientras se secaba. De la belleza viril de su abdomen firme y tonificado y del vello oscuro que salpicaba su pecho y descendía hasta desaparecer bajo su bañador.

Sintió que le ardía la piel y un escalofrío cuando pasó del sol al fresco interior del hotel. Eligió un asiento alejado del ventanal y se abanicó el rostro con la mano mientras esperaba.

Y esperaba.

Pidió agua con hielo y miró su reloj. Comprendió que su «larga» espera sólo era de cinco minutos. Parecía que el tiempo se había alargado hacia otra dimensión desde que le había abierto la puerta de casa hacía exactamente veinticuatro horas.

En esas horas habían pasado pocas cosas, pero otras muchas habían cambiado. Nada tenía sentido… excepto, quizá, ese impresionante cuerpo. Pero, al fin y al cabo, él había sido un deportista de elite y cualquier mujer con sangre en las venas habría admirado esos bien formados músculos.

No era nada personal.

Vanessa resopló, exasperada consigo misma. Suponiendo que él se duchara y vistiera, tardaría cinco o diez minutos más. Intentó no imaginárselo duchándose y vistiéndose.

Para matar el tiempo, miró a su alrededor. Hizo una mueca al ver a Vern y Liz Kramer en una mesa cercana. Vern y Stuart habían sido muy amigos. Le caían bien los Kramer, pero no le apetecía repetir el episodio de presentación y charla de la noche anterior con Frank. Quería obtener la carta y marcharse.

La carta.

Sintió un escalofrío al recordar el objetivo y la ansiedad que había olvidado desde el momento en que vio el cuerpo fuerte y bronceado de Tristan surcando el agua. Por fin iba a ver la evidencia. Podría decidir qué hacer: si seguir el consejo de Andy y revelarlo todo, o seguir el de Jack y decir lo menos posible.

Desde la conversación del desayuno había tenido poco tiempo para comparar las opciones. Le tentaba la versión de Jack, porque no hacer ni decir nada siempre era más sencillo. Pero no estaba segura de que fuera lo mejor para Lew. Esperaba que ver la carta la ayudase a tomar una decisión.

Se le aceleró el corazón al verlo entrar, completamente vestido. Vanessa desvió la vista y tomó un sorbo de agua. Un segundo después él estaba junto a su silla, con un sobre en la mano. A ella se le encogió el estómago y tuvo que cerrar los ojos para controlar un súbito ataque de ansiedad.

—¿Estás bien? —preguntó él.

Ella asintió. Por el rabillo del ojo, vio que Liz Kramer miraba en su dirección y tragó aire.

—¿Podemos ir a algún sitio más privado? Me temo que otros viejos amigos van a venir a saludar.

—Hay una biblioteca en la planta de abajo —dijo él, teniendo el detalle de no volverse para mirar—. O podría pedir una sala de reuniones privada…

—La biblioteca servirá. Gracias.

Tristan se echó hacia atrás, con las manos en los bolsillos, mientras ella daba vueltas al sobre entre las manos. Intentó no fijarse en la pálida trepidación de su rostro. Ni en el temblor de sus dedos cuando sacó la hoja doblada de su interior.

Pero no pudo ignorar la tensión que sentía en el pecho y el estómago, el deseo de estirar el brazo y…

no sabía qué. ¿Quitarle la carta? ¿Obviar que no la había dejado en su casa esa mañana para poder juzgar su reacción al leerla?

La lógica le decía que no parecería tan nerviosa si no fuera culpable. Y, diablos, él necesitaba esa culpabilidad. Debería estar presionándola, pinchándola para que admitiera su pecado. Pero parecía tan temerosa y vulnerable que no podía hacerlo. Aún no.

—Es blanca —murmuró ella, tan bajo que él no la habría entendido si no hubiera estado concentrado en su rostro, en sus labios. Alzó los ojos hacia él—. ¿Es la original? ¿No es una copia?

—Es la original —al ver que ella seguía estudiando el papel y el sobre, preguntó—. ¿No vas a leerla?

Ella debía había estado haciendo acopio de valor o retrasando lo inevitable, porque desdobló el papel y lo leyó rápidamente. Cuando llegó al final, miró la carta con fijeza durante un minuto. Él no tenía ni idea de qué estaba pensando, pero pensaba. En el silencio de la biblioteca desierta casi podía oír los engranajes de su cerebro.

Cuando por fin habló, no fue para argüir que el contenido no daba pruebas concretas, como él había esperado que hiciera. Hizo una pregunta.

—¿Por qué haría alguien una cosa así?

—Para crearte problemas —Tristan se encogió de hombros y hundió las manos en los bolsillos.

—Bueno, pues en eso han tenido éxito —dijo ella con voz seca, sorprendiéndolo de nuevo.

—Has mencionado que el papel era blanco —dijo, señalando la carta y recordando que había preguntado si era una copia—. ¿Qué está ocurriendo, Vanessa? ¿Qué es lo que no me estás contando?

–Yo…

Vanessa hizo una pausa, indecisa. A pesar de las instrucciones de Jack sobre decir lo menos posible, quería sincerarse. El día anterior, no. Junto a la piscina, tampoco. Pero ese hombre había demostrado su consideración al llevarle la carta, conducirla a un lugar privado y apartarse para que leyera en paz.

Contarle lo de las cartas haría que ella y el secreto que no quería compartir dejaran de ser el punto de mira. Además, seguramente se enteraría, si no lo sabía ya, por rumores o cotilleos.

–Hace un par de meses –empezó lentamente–, dos personas que conozco, de Eastwick, recibieron cartas anónimas. Pensaba… había pensado… que esta podría estar relacionada.

–¿Y ahora crees que no, porque el papel es diferente?

–Y porque no exige nada.

–¿Estás diciendo que esas otras cartas eran de extorsión?

–Sí.

–¿Qué exigían? ¿Cuál era la conexión?

–¿Conocías a Bunny Baldwin? –preguntó ella–. Se llamaba Lucinda, pero todo el mundo la llamaba Bunny. Estaba casada con Nathan Baldwin, un amigo de Stuart. Tal vez la recuerdes de cuando vivías aquí.

–Han pasado veinte años.

–Recordabas a Frank Forrester.

–Él y su primera mujer pasaban mucho tiempo en nuestra casa.

Ella desvió la mirada, dolida por el súbito y duro brillo de sus ojos. «Nuestra casa». Se preguntó si aún sentía esa conexión y si ésa era la razón de que estuviera tan empeñado en recuperar la propiedad.

Deseó preguntar, conocer su auténtica motivación, pero él interrumpió sus pensamientos.

—¿Bunny Baldwin es la conexión entre las cartas?

—Sí —la desazón le atenazó el estómago al pensar en la pobre Bunny. Aunque había sido intimidante y había especulado sobre el lucrativo enlace matrimonial de Vanessa, también había sido la madre de una de sus mejores amigas—. Murió hace unos meses. Se creyó que de un infarto, pero Abby, su hija, descubrió que sus diarios habían desaparecido. Resumiendo, la policía ha abierto una investigación sobre su muerte.

—¿Por unos diarios desaparecidos?

—¿Has oído hablar del *Diario Social de Eastwick*?

—Refréscame la memoria —contestó él.

—Es una circular y una página web de cotilleos sobre quién es quién y qué hace… o «con quién lo hace»… en Eastwick. Bunny era la escritora y editora, y los diarios contenían sus notas, sus fuentes y todo el material que decidía no publicar.

—¿Que decidía no publicar?

Vanessa, agitada, se puso en pie y paseó por la habitación. Tenía que aclarar la conexión con su carta y lo que se alegaba en ella, aunque odiaba hacerlo.

—Supongo que consideraba que algunas historias eran demasiado escandalosas, perjudiciales o difamatorias para imprimirlas.

No necesitó decir más. La mirada especulativa de Tristan le indicó que no hacía falta más explicación.

—Robaron los diarios y el ladrón ha intentado hacer chantaje a las personas que aparecen en ellos, ¿es eso?

–Parece la explicación más plausible.

–¿Y crees que esa misma persona me ha enviado la carta a mí?

–Lo pensaba –alzó las manos y las dejó caer–. Pero el papel no es igual.

–¿Crees que los chantajistas usan siempre el mismo tipo de papel?

–No lo sé. No sé qué pensar. ¿Y tú?

–La carta no incluye extorsión –dijo él tras una breve pausa–. Y si esta persona tuviera el chantaje en mente, te la habría enviado a ti. Para que *tú* le pagaras por su silencio.

Ella suspiró con resignación. Era cierto. Pero…

–¿Crees que no hay ninguna conexión con Bunny y los diarios? Porque es mucha coincidencia, una tercera carta anónima cuyo origen podría haber sido el mismo que el de las otras dos.

Él la contempló en silencio un momento.

–¿Qué intentas venderme? ¿Cuál es tu intención?

–No tengo ninguna. Sólo intento dilucidar cuál es la motivación que hay tras esta carta.

–¿Y?

Sorprendida porque él hubiera captado que había algo más, lo miró inquieta, pero decidió hablar.

–¿Y si el ladrón leyó algo en los diarios y los malinterpretó? ¿Y si la persona que estaba teniendo una aventura no fuera yo? Muchos de los artículos y columnas seguían el esquema «adivina quién fue, yo no lo diré». No se dicen nombres. ¿Y si se ha equivocado de persona?

–Eso no explica por qué me envió la carta a mí.

–No estás dispuesto a escuchar mi punto de vista, ¿verdad? –Vanessa estrechó los ojos.

–He escuchado.

–¿Y ahora qué? ¿Harás que me investiguen?

–Sí –sus ojos azules no parpadearon–. Seguiré investigando. También creo que deberíamos hablar con la policía.

–¿La policía?

–Has dicho que estaban investigando la muerte de Bunny y, supongo, las cartas de chantaje. Esté relacionada o no, deberían ver esta carta.

Capítulo Seis

–He oído que Tristan Thorpe está en la ciudad.

El comentario casual de Felicity Farnsworth cayó como una bomba en la tranquila tertulia de piscina, haciendo que todos los ojos se clavaran en Vanessa.

Vanessa blasfemó para sí. Había esperado que el drama de la próxima boda de Emma; ella quería una celebración íntima, pero sus padres habían invitado a media ciudad, fuera el foco de las conversaciones, no ella. Eso deseaba siempre, incluso en las comidas del Club de Debutantes. Felicity, Lily, Abby Talbot, Emma Dearborn y Mary Duvall eran sus amigas. Inteligentes, cálidas, amables y abiertas, la habían invitado a formar parte de su grupo, sus comités benéficos y sus confidencias.

En ese momento, más que nunca, se sintió culpable por no haber hecho lo propio. En seis años de reuniones regulares había evitado el tema de su pasado, de su motivación para casarse con Stuart y de su incorporación a la sociedad de Eastwick.

Pero sí había compartido en gran medida la tensión de su pelea con Tristan por la herencia; a eso se debía el interés de sus amigas en ese momento.

–¿Ha venido por el testamento? –preguntó Abby.

–¿Dónde se aloja? –quiso saber Caroline–. ¿Lo has visto, Vanessa?

–Sí, ¿has visto a la bestia? –añadió Felicity.

–Sí, lo he visto –Vanessa dejó su taza de café sobre la mesa. «También he discutido con él, lo he besado, me he deshecho al verlo en bañador y he ido con él a comisaría». Está en el Marabella y, sí, ha venido por el testamento. En cierto sentido.

–Suenas muy serena –apuntó Emma–. ¿Es buena señal? ¿O has tomado tranquilizantes?

–¿Va a retirar la apelación? –preguntó Felicity–. Debe saber que no tiene ninguna posibilidad.

–Tristan no opina eso –contestó Vanessa–. De hecho, está aquí porque cree haber encontrado la manera de ganar.

Todas reaccionaron a la vez, con una mezcla de comentarios sarcásticos y preguntas. Ella explicó las alegaciones de la carta, la cláusula sobre adulterio del testamento y, finalmente, su reunión matutina con los detectives encargados del caso de Bunny.

Siguió un largo silencio, algo casi inédito en ese grupo. Abby, pálida y tensa, fue la primera en recuperarse. Además de perder a su madre de forma súbita y poco clara, había tenido que luchar con uñas y dientes para que la policía creyera sus sospechas.

–¿Qué dijo la policía? –preguntó.

Vanessa pensó que, sobre todo, habían hecho preguntas incómodas sobre su relación con Tristan y con el *inexistente* hombre que mencionaba la carta.

–Nos tomaron en serio cuando vieron la carta –les dijo a sus amigas–. Hicieron muchas preguntas, pero me parece que no creen que sea la misma persona.

–¿Por qué no? –Abby se inclinó hacia delante, concentrada–. Parece un calco de las demás.

–El rufián que robó los diarios está seleccionando

candidatos para el chantaje –apuntó Felicity–. Antes o después dará en el clavo. Es cuestión de tiempo.

Todas reflexionaron un momento al oír eso.

–Lo lógico habría sido que intentara chantajear a Vanessa, ¿no? –interpuso Emma.

–¿Habrías pagado? –le preguntó Felicity a Vanessa– ¿Si hubieras recibido tú la carta?

–¿Por qué iba a pagar sabiendo que las alegaciones son falsas?

Se intercambiaron miradas y todas evitaron sus ojos. A Vanessa se le encogió el estómago.

–¿Creéis que tenía un amante? ¿Mientras estaba casada con Stuart?

–No, bonita –Emma puso una mano sobre la suya–. Nosotras no.

–Entonces… ¿quién?

–Ha habido comentarios –confesó Caroline.

A ella la asombró que no le hubieran mencionado esas sospechas. Había pasado mucho tiempo.

–Tienes que admitir que eres muy reservada con respecto a ciertas partes de tu vida –arguyó Felicity.

Era verdad. Vanessa les había ocultado cosas; era la oportunidad perfecta para confiar en sus amigas y pedirles consejo. Eso era la amistad, decían, aunque ella tenía muy poca experiencia en ese campo.

A pesar de sus buenas intenciones, las palabras se le atravesaron en la garganta. Antes de que pudiera hablar, Lily volvió del cuarto de baño y todas preguntaron por qué había tardado tanto.

–Me encontré con Delia Forrester –explicó–. Imposible escapar.

–Pobrecita tú –murmuró Caroline.

–¿Qué quería? –preguntó Emma.

–Un favor –Lily hizo una mueca–. Necesita otra entrada para el partido de polo benéfico. Vanessa, por lo visto ha invitado a tu buen amigo Tristan Thorpe.

El polo resultó ser un deporte duro, rápido y muy físico, en absoluto para esnobs, como había dicho Frank Forrester. Tristan empezaba a captar lo intrincado del juego y a disfrutar del ritmo desbocado. Frank no apartaba los binoculares del campo y empezó a preguntarse si el anciano se había referido a lo que sucedía en las gradas en vez de al deporte en sí.

Tristan era bastante cínico respecto a los deportes practicados por la gente bien; el evento benéfico había atraído a los mejores y a los peores jugadores.

Esa reflexión lo llevó a pensar en Delia. Frank la había presentado como «mi rubia favorita», haciendo referencia a la segunda, Vanessa… Tristan tardó segundos en rechazar esa conexión. Las dos mujeres eran tan distintas como Vanessa había alegado.

Delia, con su pulida fachada y su dulzor de sacarina, era el tipo de mujer que él había esperado encontrar viviendo en casa de su padre. Vanessa Thorpe no era así. La verdad no fue un golpe, llevaba días intuyéndola, con cada encuentro, cada descubrimiento y cada muestra de calidez o vulnerabilidad.

El golpe fue admitir su error. Si se había equivocado al juzgar la personalidad de Vanessa, también podía estar equivocado en otras cosas.

Desde que vio su reacción ante la carta, había pensado mucho en la motivación de su emisor. Suponía que alguien tenía algo en contra de ella. En Australia lo había creído, una jovencita trepa podía buscarse enemigos sin pretenderlo. Pero desde que estaba en Eastwick lo peor que había oído decir de ella era: «Es demasiado reservada».

Se oyó un clamor en las gradas. El número tres del equipo local había marcado, empatando el partido. Sabía que el fichaje argentino era un gran favorito de los aficionados.

Vanessa, según había descubierto Tristan, también tenía sus fans.

Sin llegar a la grosería, muchas personas lo habían recibido con frialdad. Otras habían sido más directas. Vern Kramer, por ejemplo, le había dicho que simpatizaba con su causa «eres su hijo, es lógico», pero desaprobaba su táctica. Vern era uno de los amigos más antiguos de su padre, y un experto en polo.

–Yo no lo conozco –decía su mujer en ese momento. Vern estaba protestando una decisión del árbitro con gran vehemencia.

Tristan esperó mientras el linier pitaba un penalti en contra del equipo local. Sonrió al ver el alboroto que eso provocó. Después saludó a Liz Kramer.

–¿Cómo está señora Kramer?

–Bien, gracias –el saludo fue educado pero el tono gélido. Era lógico, aunque le dolió. Liz había sido buena amiga de su madre, visitaba su casa con frecuencia y la recordaba con cariño– ¿Y tú, Tristan? ¿Estás disfrutando de estar de vuelta en casa?

No era la primera vez que le hacían esa pregunta, y cada vez entendía menos su por qué.

–Mi casa está en Sidney –contestó, harto de dar respuestas corteses–. Esto es un viaje de negocios.

–¿Y estás disfrutando de él? –su voz sonó mordaz, como si supiera cuál era el negocio concreto.

–No especialmente.

–Eso me hace preguntarme por qué persistes.

–Tengo mis razones –con lo ojos al frente, observando el partido, percibió más que vio la mirada de Liz clavarse en su rostro.

–¿Cómo está tu madre?

–Recuperándose.

–¿Ha estado enferma?

Él la miró y vio preocupación genuina en sus ojos. De pronto, comprendió que, desde que había llegado a Eastwick, Liz era la primera persona que preguntaba por su madre. Decidió ser directo.

–Cáncer de mama. Ha pasado unos años malos.

–Lamento oír eso.

Observaron el juego en silencio durante unos minutos. Después, Liz habló.

–Espero que encontrase la felicidad que perseguía.

–¿Que perseguía? –Tristan arrugó la frente.

–Cuando abandonó a tu padre.

–Yo no definiría quedarse en la calle sin llevarse nada como abandono –intentó que su voz no sonara amarga, sin éxito. Liz hizo un sonido con lengua, en parte comprensivo, en parte de reprimenda.

–Se quedó contigo, Tristan, lo más valioso de su matrimonio. A Stuart le costó mucho superarlo.

Pero lo había superado. Con la ayuda de una bella y nueva esposa. Eso repiqueteaba en el cerebro de Tristan, y más aún después de conocer a Vanessa.

Desvió la mirada y, como había hecho ya muchas veces, descubrió a Vanessa entre la gente. A pesar de que los sombreros se interponían a su vista, se fijó en su sutil vestido y de que llevaba el cabello recogido bajo un pequeño sombrerito de velo y encaje.

Era como un imán. No la buscaba, con sólo alzar la vista, la encontraba. Desde que había comprendido que su actitud hacia ella había cambiado y reconocido su peligrosa atracción, intentaba mantener las distancias. No evitándola, sino demostrándose a sí mismo que podía resistirse a ella.

—Tuvo mucha suerte al encontrar a Vanessa. Es un tesoro.

—He oído eso varias veces hoy —comentó él con sequedad—. Un tesoro. Una buena chica. Un ángel.

—¿Y te sientes como si tú fueras un diablo con cuernos y tridente?

—Un poco.

—Si quieres dar el primer paso hacia tu redención, puedes traerme otra copa —con una risita y trazas del sentido del humor que él recordaba, Liz alzó la copa de champán vacía y lo miró a los ojos.

Vanessa notó que la observaba. Otra vez. Pero cuando miró en su dirección, sabiendo exactamente dónde estaba, descubrió que su imaginación le había jugado una mala pasada. Otra vez.

Estaba concentrado en Liz Kramer. Con la cabeza inclinada hacia la mujer y un mechón de pelo quemado por el sol sobre la frente, parecía más joven, amable y relajado de lo que Vanessa lo había visto nunca. Alguien se movió, bloqueándole la vista y se dio la vuelta, con el corazón acelerado y la boca seca.

Razonó que era por la ansiedad sobre lo que podría estar hablando con Liz y con innumerables personas antes de ella. Se preguntaba si la estaba ignorando a propósito.

«No» contestó doña Pragmática. «Está haciendo lo que ha venido a hacer». Mezclarse con la gente y charlar. Y no descubrir nada, porque no había nada que descubrir, excepto rumores y comentarios sobre lo reservada que era ella.

Sus amigas le habían dicho que «se hablaba» de ella. Eso no era una novedad para Vanessa, había crecido rodeada de dedos que la señalaban: «Es la hermana de ese chico raro. ¿Sabías que anoche arrestaron otra vez a su padre? Es una familia de perdedores». No le importaba lo que dijeran de ella; pero sí que sus amigas la hubieran creído capaz de ser infiel.

Y odiaba haberse callado cuando debería haberles explicado la razón de su misterioso comportamiento.

El mar de vestidos y trajes veraniegos, sombreros, copas de champán y botellas de cerveza se abrió como el Mar Rojo, desvelándolo. Caminaba hacia ella con una botella de champán en una mano y dos copas en la otra. Vestido con un sencillo traje gris claro y una camisa blanca, igual que otros cien hombre de la multitud, llamaba la atención por su tamaño, su presencia y su movimiento grácil y seguro, de atleta.

Ella sintió un estallido, como si, descorchar igual que una botella de champán, las burbujas inundaran sus venas.

«Eso no es bueno, Vanessa. Nada bueno».

Para dar impresión de estar entretenida, se volvió hacia Felicity y Reed, Emma y Garret, Jack y Lily… y descubrió que mientras ella pensaba, habían cambiado de lugar. Recordó, vagamente, que Lily quería sen-

74

tarse, o que Jack había insistido en que lo hiciera. Debía haberles dicho que se fueran.

Estaba sola. Simuló sorpresa al oír la voz grave de Tristan a su espalda. Sus palabras se perdieron, ahogadas por los latidos de su corazón. Giró.

Él estaba lo bastante cerca como para hacerle sentir el impacto de su mirada azul eléctrico. Fue como una descarga de mil vatios. Debió creerse que la había sorprendido de verdad, porque lo miró boquiabierta y sin aliento.

«Ayuda», gimió su otro yo pragmático. Temía que esa parte de sí misma estaba a punto de desaparecer.

–He visto que no tenías champán –una esquina de su boca se curvó con una media sonrisa–. Creo que eso aquí es pecado.

Ella sólo podía pensar en un pecado: su deseo por un hombre a quien había declarado su enemigo cinco días antes. ¿Cómo podía estar ocurriéndole eso?

–Gracias –dijo, al ver que su sonrisa se tornaba interrogante–, pero no quiero.

–Esta botella es de las de Liz Kramer, recién abierta, sin tocar. Palabra de boy scout.

–Eso dices, pero no pareces un boy scout. ¿Puedo confiar en tu palabra?

Doña Pragmática debía haber perdido la partida, porque Vanessa Kotzur Thorpe, que no había coqueteado en su vida, tenía la sensación de estar flirteando con él. Tristan llenó una copa y le entregó la botella. Ella la miró con suspicacia.

–Tómala –pidió él–. Para que pueda defender mi honor de boy scout.

Sus dedos se rozaron con un cosquilleo eléctrico cuando aceptó la botella. Ella aún no se había recuperado cuando él se llevó la copa a la boca. Sus ojos se encontraron mientras tomaba un sorbo largo y lento.

Sin romper el contacto ocular, sin decir una palabra, le ofreció la copa y ella sintió la tentación de tomarla de su mano, posar los labios en el mismo lugar, saborear su calor en el cristal frío como hielo. Más aún, deseó ponerse de puntillas y lamer el frescor de sus labios. Besarlo como había deseado hacer la primera vez.

—¿Aún no confías en mí?

—No es eso —Vanessa se humedeció los labios—. No voy a beber.

—¿Tienes que conducir?

—No bebo —contestó ella sin pensar… se recriminó por ello. Tenía que prestar más atención; no quería explicar por qué nunca probaba el alcohol, ni quería ver en sus ojos que él lo había adivinado tras investigar su pasado.

Fijó la vista en el partido, simulando interés pero sin ver nada. Si el campo hubiera sido tomado por un equipo de monos montados en camellos no se habría dado cuenta.

Un momento después, un pinchazo en el pecho le recordó que debía relajarse y respirar. Tristan parecía tranquilo, como si estuviera disfrutando del evento como una reunión social, en vez de una oportunidad para investigar. Tal vez había considerado la súplica que le había hecho en el Marabella.

O tal vez esperaba el momento adecuado.

—¿Qué te parece el polo? —le preguntó, curiosa, cuando el árbitro pitó una falta muy protestada.

—Me gusta el juego.

—¿Pero el resto no?

Él lo pensó un rato antes de contestar.

—Estoy disfrutando del día más de lo que pensaba. No esperaba que tanta gente me recordara o quisiera conocerme. Dada tu popularidad, temía que me trataran como a un paria.

—¿Y no ha sido así?

—Debo admitir que he notado cierta frialdad.

—Pero eso no ha paliado el interés de la gente.

—No.

Vanessa miró a su alrededor y percibió miradas curiosas observándolos. Muchas personas, incluidas sus amistades, estarían haciendo conjeturas sobre su relajada conversación con el enemigo. Arrugó la frente para dilucidar qué había cambiado entre ellos. El calor, el magnetismo, la atracción… todo eso lo había sentido antes; pero había un elemento nuevo que no conseguía definir.

No es que estuvieran cómodos y relajados, pero la tensión entre ellos había cambiado.

La sensación le recordó a la primera vez que se había sentado sobre un caballo. Stuart le había regalado lecciones de equitación por su cumpleaños. Pero cuando se subió a la silla no le gustó nada. Odió perder el contacto con el suelo, el no saber si todo iría bien o acabaría con el trasero en el suelo.

Miró a Tristan de reojo y lo pilló observándola. Sintió un aleteo de anhelo en el pecho y desvió la mirada rápidamente. «Oh, sí», afirmó doña Pragmática, «acabarás con el trasero en el suelo».

—¿Te preocupa qué están pensando? —preguntó él.

—Bueno, estoy confraternizando con el enemigo.

—No soy el enemigo, Vanessa —la miró con seriedad—. El verdadero enemigo es quien escribió esa carta.

Tristan volvió con Delia durante el segundo tiempo y ya no lo vio. En realidad sí lo vio, no podía evitar verlo, pero no volvió a hablar con él hasta que regresó a su coche, al final de la jornada. Esa vez su reacción de sorpresa fue real. Caminaba hacia el coche sintiendo el peso de la soledad en el corazón cuando él apareció a su lado.

El peso desapareció y se sintió ligera y risueña, hasta que él clavó los ojos en su sonrisa. Entonces pensó que debía dejar de sonreír como una boba y decir algo que no diera la impresión de que estaba encantada de verlo.

–¿Te gustó la segunda mitad? –preguntó–. Parecías entretenido –inmediatamente deseó no haber dicho eso. También deseó no tener grabada en la mente la imagen de Delia colgada de su brazo, riendo y de puntillas para quitarle algo del cuello de la camisa. No tenía derecho a sentir esos celos posesivos.

–Lo he pasado bien –admitió él.

–Parecías encajar perfectamente.

Él la miró de reojo, preguntándose si se burlaba. Algo cambió en su expresión y su mirada se agudizó.

–Y tú, Vanessa. Encajas como si hubieras nacido para vivir en este ambiente.

El cálido resplandor que le había producido que la buscase se apagó y murió. Decidió que lo mejor sería confirmar lo que hubiera descubierto gracias a Gloria o a cualquier otra persona.

–Mis padres trabajaban para gente como ésta, en la ciudad. Pasé tiempo observando su estilo de vida.

–¿Y soñabas con vivir así?

–¿Qué chica no sueña? –encogió los hombros–. Es la fantasía de Cenicienta.

Llegaron junto al coche de ella, al final de la fila.

–¿Por qué mi padre? –inquirió él, mientras ella buscaba las llaves en el bolso.

Vanessa alzó la cabeza, sin saber si había oído bien. No entendía la pregunta. Los intensos ojos azules chocaron con los suyos un instante.

–Si querías esta vida, podrías haberla tenido con cualquier hombre que desearas. ¿Por qué mi padre?

Ella lo miró, atónita por la pregunta y sus implicaciones. Insinuaba que había tendido una trampa a un hombre rico para realizar su fantasía infantil de Cenicienta. La molestó ser tan tonta. Había sabido desde el principio que Tristan pensaba eso de ella, la pregunta no debería haberla sorprendido.

–Espero haberte entendido mal –dijo con voz tensa–, y que no estés sugiriendo que podría haber encontrado a alguien mejor que Stuart.

–No mejor. Más joven.

–¿Qué podría haberme dado un hombre más joven? –resopló con desdén–. No conozco a ningún hombre, joven o mayor, tan amable, generoso y bueno con los demás como Stuart Thorpe.

–¿Y qué hay de tus otras necesidades, Vanessa? –el significado quedó patente en el brillo oscuro de sus ojos y en la tensión sexual que pulsó en el aire.

Ella movió la cabeza lentamente. No había hablado de esa parte de su matrimonio con nadie en absoluto. Había jurado mantener la naturaleza platónica de la relación en secreto, para proteger el orgullo masculino de Stuart e impedir rumores y cotilleos.

–Eres joven –insistió él–. ¿No querías una familia?

–No.

No era mentira, aunque envidiara a Lily por su futuro bebé. Ya había criado a su hermano, cuando no era más que una niña, agotando su instinto maternal. No le quedaba energía para bebés propios. Ninguna.

–No –repitió con más firmeza–. No quería una familia ni necesitaba un amante. Tu padre me dio cuanto necesitaba, todo lo que había soñado y más. Y decidió dejarme sus propiedades. ¿Por qué no puedes aceptar esa verdad? ¿Por qué no puedes volver a Australia y dejarme en paz?

Capítulo Siete

«¿Volver a Australia y dejarla en paz?»

No, Tristan no podía hacer eso. Nunca dejaba un trabajo a medias. Aún necesitaba saberlo todo sobre Vanessa; pero incluso antes de acercarse a ella en el aparcamiento, había aceptado que sus motivaciones habían cambiado.

Por eso le había preguntado por qué había elegido a su padre. Por frustración. Por autodefensa.

Al ver esa sonrisa resplandeciente dedicada a él por primera vez, había sentido una primitiva reacción posesiva, un «debería ser mía» que trascendía a su deseo por ella. Había necesitado algo que le recordase por qué no podía montarse en el coche con ella, llevarla a su hotel y reclamarla como suya.

Su ferviente respuesta lo había conseguido. También lo había convencido de una de dos cosas: o a Vanessa le había importado su marido de verdad, o era una actriz de categoría.

Si se había equivocado del todo respecto a su relación con su padre, cabía la posibilidad de que estuviera equivocado respecto a más cosas.

Preguntas y respuestas asaltaron su mente toda la noche. Al amanecer, bajó a la piscina del hotel y nadó cien largos. Después pretendía volver a su suite y centrarse en su trabajo ordenado y controlado de lunes por la mañana, donde las preguntas tenían respuesta, las decisiones originaban una acción y donde se obtenían resultados.

Donde nunca daba marcha atrás ante asuntos difíciles, ni dejaba de investigar por petición de una mujer. «Te pido que respetes la intimidad de los demás. Piénsalo, por favor. Piensa en hacer lo correcto».

Una semana después esa súplica aún removía su conciencia.

En vez de trabajar, se encontró conduciendo hacia las afueras de la ciudad, en dirección a White Birch. Necesitaba hechos. Necesitaba verdades.

No sólo sobre Vanessa sino también sobre el padre con el que no había hablado desde que se marchó de Eastwick, a los doce años.

Centrado en su objetivo, no pensó en lo temprano que era hasta que no llegó a la mansión cerrada y silenciosa. Era demasiado pronto para que ella hubiera salido, pero descubrió que no demasiado para encontrarla en el jardín.

El sol había salido hacía una hora y su luz era tan pálida como su cabello y tan diáfana como la gasa rosa nacarada que apenas la cubría. Era una imagen suave y etérea y Tristan se quedó transfigurado por su belleza un minuto de más. A pesar de los veinte metros de césped y los arbustos de rosas que los separaban, percibió su súbita quietud y el asombro de sus ojos cuando lo vio.

Lo cortés era saludarla, quizá con un comentario burlón sobre que saliera al jardín en picardías, y retirarse para que se pusiera algo más... recatado. Lo sensato era girar sobre los talones y salir de allí antes de prestar más atención a lo que llevaba o no puesto.

Pero ya lo había visto y su cuerpo había reaccionado de forma poco cortés e insensata.

Lo mejor que podía hacer era interponer un rosal entre ellos mientras se acercaba, una barrera espinosa que apoyara la que intentaba crear su mente.

«Está prohibida. Quería a tu padre. Fue su esposa durante cinco años».

Los rosales ocultaban gran parte del cuerpo de Vanessa, pero aún podía ver su rostro, su cuello, la piel de sus hombros y el principio de sus senos, realzados por un marco de encaje. Y también veía lo que la había hecho salir de casa tan temprano.

En una de sus manos enguantadas llevaba un ramo de capullos de tallo largo; en la otra un par de tijeras de aspecto letal. La parte de su cuerpo que había reaccionado al picardías, tomó buena nota.

—Espero no haberte asustado. Esa cosa —inclinó la cabeza hacia las tijeras—, parece peligrosa.

—No. Oí llegar el coche.

—Me has parecido sorprendida.

—Creí que sería Gloria, llegando temprano —encogió los hombros y el escote del picardías se desplazó hacia abajo. La mano de Tristan deseó volver a colocarlo en su sitio. Maldijo para sí y metió las manos en los bolsillos, para evitar la tentación.

—No soy Gloria.

—No —aceptó ella con voz suave—. No lo eres.

Sus miradas se encontraron durante lo que pareció un largo rato. Él sentía el pulso de la atracción que latía entre ellos, una energía silenciosa que zumbaba en la mañana de verano. Ella también lo

sentía, lo notó en sus ojos y en el rubor de sus mejillas.

—Debería haber llamado antes —dijo, pensando:
«Diablos, ella también lo siente».

—No importa.

—¿En serio?

—Me has ahorrado una llamada telefónica —arrugó la frente y se puso seria—. Quería hablar contigo
sobre lo que dije ayer… o sobre lo que no dije.

—¿Sobre qué?

—Tu padre. El testamento. No me retracto de nada de lo dicho, pero desde que volví a casa ayer he estado pensando… —hizo una pausa. Aunque sus ojos
parecían despiertos, las ojeras denotaban que no había dormido mucho—. Puedo haberte dado la impresión de que Stuart no quería que recibieras nada. Eso
no es verdad.

—Me dejó mil dólares. Para demostrar que no me
había olvidado.

—Eso fue cosa de los abogados, no a lo que yo me
refería. Te habría nombrado heredero, Tristan, si hubieras venido a verlo cuando te lo pidió.

—Supongo que de eso no debí enterarme.

—Supongo —dijo ella con tono de desprecio. Cortó
otra rosa y la añadió a su colección. Los pétalos se movieron, quizá porque le temblaban las manos. Cuando volvió a mirarlo sus ojos estaban húmedos—. Ignorar su carta, no molestarte en contestar, fue una
crueldad, Tristan. Era tu padre y se estaba muriendo.
¿Qué daño te habría hecho tragarte el orgullo y llamar por teléfono?

El tono ronco de su voz y la emoción de sus ojos
fueron un golpe tal que tardó un momento en com-

prender sus palabras. Después se quedó paralizado.

–¿Qué carta?

–Quería verte, o al menos hablar contigo, para contarte su versión de la historia. Le sugerí que te escri-
biera, porque quizá le resultara más fácil que intentar
explicarse por teléfono.

–¿Y la envió?

–La envié yo misma –lo miró fijamente, la misma
dureza de antes y después con un atisbo de comprensión–. No la recibiste, ¿verdad? Y después, cuando intenté llamarte…

Él le había hecho el vacío, rechazando sus llamadas y no contestando sus insistentes mensajes hasta
que fue demasiado tarde. Su padre había fallecido
una hora antes.

La frustración de pensar en cómo podrían haber
sido las cosas le llenó el pecho, agarrotándole la garganta y el rostro.

–Si tanto quería hablar conmigo, ¿por qué diablos
esperó hasta tan tarde?

–¡Porque era tan orgulloso y testarudo como tú!
Volcó su corazón y su alma en esa carta, y cuando no
contestaste, cuando sólo hubo silencio, se rindió.

–Pero tú no.

Él vio la verdad en sus ojos. Ella había empujado a
Stuart a escribir la carta. Y había hecho todas esas llamadas cuando su padre estaba hospitalizado, en un
último esfuerzo por reconciliar al esposo que amaba
con su único hijo.

–Fue entonces cuando se decidió respecto al testamento –cerró las tijeras y corrió el cierre de seguridad. El ruido metálico puntualizó la decisión de su

padre. Irrevocable–. Dijo que tenías tu vida en Australia. Que eras un hombre de éxito. Que no necesitabas su dinero ni lo necesitabas a él.

Era verdad. A los treinta años, la necesidad de un padre hacía tiempo que se había convertido en un recuerdo amargo y desvaído de los años en los que había anhelado su apoyo en silencio. Aunque hubiera leído la carta o contestado a las llamadas, probablemente habría sido duro y frío.

–Demasiado poco y demasiado tarde –dijo. Pensó que ella discutiría, pero notó en su expresión que había optado por cambiar de táctica. Empezó a andar–. Puede que no lo creas, pero nunca olvidó que eras su hijo. Una vez me dijo cuánto lo había alegrado que triunfaras en el fútbol porque así podía mantener el vínculo. Cuanto más destacabas, más artículos encontraba sobre ti en la prensa.

–Su hijo, el futbolista famoso.

–¡No era así, Tristan! –una chispa vehemente iluminó sus ojos–. Estaba orgulloso de tu éxito, ¿qué padre no lo estaría? Pero lo importante era saber cosas de ti, tener esa conexión. Estudió todas las reglas del juego, seguía las estadísticas y veía todos los partidos.

Hizo una pausa entre dos arbustos cargados de rosas con una expresión tan suave como la masa de rosas que la rodeaban..

–Una noche lo encontré sentado en la oscuridad, en la habitación donde veía los partidos. En la televisión había patinaje sobre hielo, o gimnasia, o algo que sabía que no le gustaba. Pensé que se había quedado dormido y encendí la luz para despertarlo y enviarlo a la cama.

Él la miró y vio que sus ojos estaban húmedos otra

vez. Se tensó para resistir el dolor que le causaba verla y lo que quiera que fuese a decirle.

–No se dio la vuelta porque no quería que viera sus lágrimas, pero las oí en su voz. Comprendí que estaba allí en la oscuridad, llorando. Después me dijo que habías jugado tu partido doscientos y habían hecho un reportaje sobre ti durante el descanso. Estaba muy orgulloso y yo me enfurecí con vosotros dos por no intentar cerrar la brecha que os separaba.

¿Brecha? Lo que había habido entre su padre y él había sido un abismo.

–Eso era obligación suya.

–¿Lo habrías escuchado?

Se miraron unos segundos en silencio. El ambiente se tensó con el eco de la pregunta. Cuando él no contestó, ella movió la cabeza con tristeza.

–Ya imaginaba que no.

–Eso no cambia las cosas.

–¿Tan duro eres?

–Soy lo que soy.

Ella asintió lentamente. La decepción que vio en sus ojos golpeó a Tristan como un martillo eléctrico.

–Y te pareces a tu padre más de lo que crees.

–Amable. Generoso. Preocupado –citó él.

–Orgulloso. Testarudo. Incapaz de dar un paso atrás –entrecerró los ojos y lo miró con una mezcla de reto y especulación–. ¿Por qué es tan importante para ti la herencia? Tu éxito en el fútbol también se repitió en los negocios. Acabas de vender tu empresa, ventajosamente, creo. No puedes necesitar el dinero.

–El dinero no lo es todo, duquesa.

–¿Es la casa lo que quieres? –persistió ella–. ¿Tiene un significado especial para ti?

–Ya no. ¿Lo tiene para ti?

–Significaba mucho para Stuart, así que, sí.

–Pregunto sobre ti –mientras hacía la pregunta, su importancia le oprimió el pecho–. ¿Es ésta tu idea de un hogar, Vanessa?

–Es el único sitio que me ha hecho feliz llamar hogar.

–¿Eres feliz aquí, viviendo esta vida?

–Sí, lo soy –lo miró a los ojos–. Trabajo en comités benéficos. Me encanta mi trabajo voluntario.

–Eres pura filantropía, ¿eh?

Fue un golpe bajo, pero ella lo recibió sin inmutarse. Él percibió que había recibido muchos golpes en su vida. Que era menos delicada de lo que parecía.

–Hago lo que puedo. Y para que no haya malentendidos, me gusta casi todo en mi vida. Me gusta saber que todas mis necesidades están cubiertas y la seguridad que da el dinero.

–Por no hablar de las cosas que puede comprar.

–Las cosas no me importan.

–Me dijiste que te encanta tu coche. Tu ropa no es precisamente de grandes almacenes. ¿Y qué me dices de los adornos? –olvidando la cautela que lo había llevado a mantener la distancia entre ellos, rodeó un rosal y se acercó–. Si las cosas no importan, ¿por qué te afectó tanto que se rompiera la estatuilla?

–Era un regalo.

–¿De Stuart?

Su rostro se ensombreció, pero su mirada permaneció clara, transparente y sincera.

–De una mujer de Nueva York para la que trabajaba mi madre, cuando cumplí doce años.

–Muy generoso de su parte.

–Sí y no. Para ella no era más que un gesto amable con la pobre hija de la criada. Para mí… esa estatuilla se convirtió en mi talismán. La guardaba como un recordatorio de su origen y del mío. Pero no importa que se rompiera –encogió los hombros–. Ya no la necesito.

Tal vez fuera cierto, pero él lo dudaba. Aunque ella le quitase importancia, él había estado allí, había sido testigo de la magnitud de su disgusto.

Por desgracia, él había provocado el incidente arrinconándola y sorprendiéndola con su beso.

Y estaba volviendo a perder los papeles. Demasiado cerca de ella, invadiendo su espacio personal, inhalando el aroma de las rosas y ardiendo de ganas de tomarla en sus brazos, tocar su piel suave como un pétalo y besarla hasta borrar toda sombra de sus ojos y todo recuerdo de otro hombre de sus labios.

Entendía el deseo físico y podía manejarlo. Había estado presente desde el principio, chispeando en el aire cada vez que se acercaban. Pero había algo más, muy peligroso, cuando él necesitaba menos.

–Puede que no la necesites, pero importa –rezongó él.

–No. Lo que importa es cómo quería Stuart que se distribuyera su fortuna. Hablamos sobre distintas asociaciones benéficas y de la mejor forma de ayudar, pero todo está parado por tu demanda. ¿Por qué estás haciendo esto? –sus ojos se oscurecieron con determinación–. ¿Por qué, Tristan? ¿Se trata sólo de ganar? ¿Sólo de derrotarme?

–Esto no tiene que ver contigo.

–¿Con qué tiene que ver, entonces?

La primera vez que ella había cuestionado sus mo-

89

tivos, Tristan la había interrogado a ella. Y había contestado cada una de sus preguntas con sinceridad. Lo menos que podía hacer era pagarle con la misma moneda.

—Se trata de justicia, Vanessa.

—¿Justicia para quién?

—Mi madre —miró sus ojos intrigados—. ¿Sabías que no obtuvo nada del divorcio?

—No puedes hablar en serio.

—Del todo. Después de quince años de matrimonio… nada.

—¿Eso es lo que te consideras tú, Tristan? ¿Nada? —su voz se alzó con incredulidad—. ¿Eso es lo que tu madre te consideraba cuando te apartó de Stuart?

Él había oído lo mismo de boca de Liz Kramer: «Se quedó contigo, Tristan, lo más valioso».

Pero el otro punto de vista de la ecuación hizo que cuadrara la mandíbula y contestara con voz dura y convencida.

—Se consideró afortunada al conseguir la custodia —pero para prevenir una fea batalla legal y que le impidieran salir de Australia, había renunciado a la compensación económica—. Supongo que renunciar a todo por mí me convirtió en algo muy valioso.

Durante un largo momento la cínica afirmación flotó en el aire, reflejando más dolor del que había pretendido mostrar. Lo supo por la reacción de ella, que suavizó su expresión y su voz.

—Él pensó que Andrea rechazaría la oferta. Pensó que negociarían y llegarían a un acuerdo de reparto de propiedades y custodia compartida. No quería perderte, Tristan.

—Entonces ¿por qué no luchó para conservarme?

–No quería alejarte de tu madre –ella movió la cabeza con tristeza–. Le rompió el corazón perder a toda su familia de esa manera.

–Él nos echó. Él se divorció de mi madre. Fue su elección, Vanessa.

–Tenía la impresión de que era Andrea la culpable –dijo ella tras un titubeo–. Que tuvo una aventura… Stuart lo descubrió y la perdonó. La primera vez.

–¿Qué quieres decir con la primera vez? –Tristan se quedó paralizado.

–Quiero decir… –ella tensó el rostro, incómoda–. ¿Cuánto sabes de esto? No estoy segura de que deba ser yo quien…

–¿No te parece que debería oírlo?

Ella asintió y se humedeció los labios.

–La perdonó porque aún la quería y ella prometió que había sido una sola vez, porque se sentía sola y él trabajaba demasiado. La aceptó y cuando le dijo que estaba embarazada se volvió loco de alegría.

–Sé que las gemelas no son de Stuart –le dijo él–. Sé que son mis hermanastras.

–Y eso fue lo que le rompió el corazón, ¿no lo entiendes? Ella no se lo dijo. Le dejó creer que eran suyas y siguió viendo al verdadero padre antes y después de que nacieran. Cuando la pilló otra vez, hizo la prueba de paternidad y descubrió la verdad… y entonces acabó el matrimonio, Tristan. Por eso Stuart estaba tan en contra del adulterio.

Él no tenía por qué creerla, pero lo hizo. Daba sentido a todo y los llevaba devuelta a la razón por la que estaba allí, en Eastwick.

–Por eso añadió esa cláusula al testamento –dijo él. No era una pregunta, sino una afirmación.

No había sido porque sospechara que Vanessa fuera a engañarlo, como había creído Tristan, sino por la infidelidad de su madre. No una vez, como ella le había hecho creer a Tristan, sino varias veces. Y eso también justificaba: que hubiera aceptado las condiciones del divorcio, que hubiera volado a Australia en busca del padre de las gemelas y que se hubiera opuesto a que Tristan apelara contra el testamento.

—¿Sabe Andrea por qué estás haciendo esto? ¿Es lo que ella quiere?

La suave voz de Vanessa interrumpió sus pensamientos, como si le hubiera leído la mente.

—Ya lo suponía —dijo ella, cuando no contestó.

Eso lo trastocó. Sus preguntas, el que ella lo hubiera leído también, el saber que le había dado la vuelta a todo.

Pero hacía dos años que luchaba, y llevaba muchos más convencido de otra cosa. No podía abandonar sin escuchar la verdad de labios de su madre. No sin reflexionar sobre todo lo que había descubierto esa mañana, sin la influencia de unos ojos verdes y una piel con aroma de rosas. Sus rasgos se tensaron con resolución.

—¿No deberías poner las flores en agua? —dijo, señalando el ramo.

Ella parpadeó con sorpresa, como si la discusión le hubiera hecho olvidar por qué estaba allí.

—Yo… sí.

—Tengo que irme. Debo tomar algunas decisiones.

—Espero que me avises… —la esperanza aleteó en su ojos— …cuando hayas decidido.

—Serás la primera en enterarte.

Se despidió y había dado unos diez pasos cuando

ella lo llamó. Se detuvo y miró por encima del hombro. Volvió a desmadejarlo verla con el sol a su espalda, silueteando su cuerpo y sus piernas a través de la gasa rosa.

Supuso que, igual que con las rosas, había olvidado lo que llevaba, o casi no llevaba, puesto.

—La carta de la que te hablé, de tu padre… guardé una copia. Es tuya, Tristan. Si quieres puedo ir a buscarla.

Capítulo Ocho

Cuando Vanessa le ofreció la carta, Tristan se quedó mirándola, con el cuerpo y el rostro rígidos como los de una estatua griega. En un momento dado, la mente de ella jugó con el recuerdo, desvistiéndolo y revelando su piel bronceada y sus músculos mojados por el agua. Él dijo, con voz profunda y peligrosa, que si iba a buscar algo debería ser más ropa, y ella movió la cabeza, confusa. La asombró que hubiera adivinado que se lo estaba imaginando medio desnudo. Se preguntó si era tan transparente.

Pero cuando él la miró de arriba abajo, comprendió que sí, que por cortesía del sol que tenía a la espalda era muy, pero que muy, transparente.

Disimuló su incomodidad. Alzó la barbilla y lo invitó a esperar en el vestíbulo mientras iba por la carta y el archivo de fotos, recortes y recuerdos que había guardado Stuart.

Al principio creyó que no los aceptaría. Después decidió que su falta de respuesta cuando se los puso en la mano no era más que una pose. Vanessa lo entendía bien. Ella también era una maestra en ocultar su corazón.

Él aceptó los objetos con un gesto de indiferencia, le dio las gracias y se marchó.

Vanessa debería haberse sentido feliz por el fin

del drama emocional. Debería estar encantada por haber hablado de algunas de las malinterpretaciones y lagunas de información, y porque cupiera la posibilidad de que él reconsiderara su postura en cuanto al testamento. Sin embargo, su marcha la dejó vacía, inquieta y ansiosa, con la mente llena de preguntas.

Levantó el teléfono dos veces, y una vez el bolso y las llaves del coche, con la intención de presionarlo para conseguir respuestas. Quería saber si tenía alguna idea sobre quién había escrito la carta que lo había llevado a Eastwick y si seguiría investigando las alegaciones. Pero se obligó a esperar.

Él necesitaba tiempo para digerir las sentidas palabras de Stuart, para comprender la verdad de su divorcio de Andrea y del acuerdo de custodia.

El vacío que sentía en el estómago se convirtió en dolor al pensar en lo que él había creído y lo que su madre le había dejado creer. Vanessa sabía, por experiencia, que doce años era una edad muy vulnerable para perder a un progenitor. Pasar por eso en un país nuevo, en otro colegio, sin amigos, considerándose la moneda de cambio en el divorcio de sus padres…

Nunca había visto a Tristan desde esa perspectiva. Muchas de sus características tomaban sentido. Su dureza, su afán por el éxito, su lucha por una herencia que no necesitaba. No se trataba sólo de hacer lo justo por su madre; también se trataba de sí mismo y él padre que había creído que no lo quería.

Casi podía perdonarle su resentimiento. Si le hubiera devuelto las llamadas o dado una oportunidad para explicar las cosas, podrían haber evitado la batalla legal.

El martes por la mañana, tras otra noche en vela,

se obligó a dejar de lado su angustia y seguir con su rutina habitual... pero esa vez se vistió antes de salir al jardín. El martes era uno de los días que iba a Doce Robles, así que cortó flores para varios jarrones y las puso en agua.

Después, fue a la cocina y preparó mezcla para dos bandejas de magdalenas con cerezas y chocolate. La precisión que requería la preparación y horneado la calmaba. Imaginar la expresión de éxtasis de su hermano al abrir la caja y descubrir su dulce favorito siempre ponía una sonrisa en su rostro. Seguía sonriendo con afecto cuando sonó el timbre del horno y sacó las bandejas.

Habían quedado perfectas. Su sonrisa se amplió. Después se dio la vuelta y alzó la cabeza. Todo se paralizó, su sonrisa, su cerebro, sus piernas.

Pero sólo duró un segundo. En cuanto sus miradas se encontraron, sintió una oleada de calor desde la punta de la cola de caballo a los dedos de los pies.

—¿De dónde has salido? —preguntó, con voz ronca de sorpresa y también de placer al ver cómo la miraba Tristan.

—Gloria me dejó entrar. La seguí hasta aquí.

Vanessa había estado tan absorta en su tarea que no había oído la llegada de su ama de llaves. Tras poner las bandejas en rejillas para que se enfriaran, se llevó la mano al corazón.

—Ya son dos mañanas seguidas que apareces por sorpresa. Tienes que dejar de hacer eso.

—Sólo intento igualar el tanteo. Tú me sorprendes todo el tiempo —hizo una pausa y admiró el vestido amarillo sol que ella se había puesto para darse ánimos—. Aunque hoy al menos estás vestida.

La última frase no impidió que ella reaccionara al aprecio que veía en sus ojos ni a la satisfacción de saber que lo sorprendía. Sintió el rubor que recorría su cuerpo y cómo se tensaban sus pezones contra el sujetador. Estaba vestida, pero no tenía rosas tras las que esconderse.

–¿Dónde está Gloria? –preguntó ella, pasando a terreno neutral.

–Guardando las… cosas que me prestaste.

–Oh, no –dijo ella–. No tenías que devolvérmelas, son para ti.

–No las necesito.

–Puede, pero quiero que las tengas. Stuart lo habría deseado.

Algo chispeó en los ojos de él, un destello de emoción, de pena o de arrepentimiento, pero alzó un hombro y desapareció. Se adentró en la cocina y se inclinó sobre la isla de mármol.

–¿Haces repostería?

Por lo visto no quería hablar de la carta ni de su padre. El estómago de Vanessa se encogió de decepción. Pero no podía hacer nada. Quizá si le seguía el juego y charlaban con ligereza, podría volver a encaminar la conversación a ese tema.

–Sí –arqueó las cejas y miró las rejillas–. Como demuestra la evidencia.

Él apoyó las manos en la encimera y se inclinó para inspirar el rico aroma. Alzó la cabeza con tal expresión de placer que a ella le temblaron las piernas.

–¿De trocitos de chocolate?

–De chocolate y cerezas. Con coco.

–¿Saben tan buenas como huelen?

Ella, alardeando un poco, despegó las magdalenas de la primera bandeja y las puso a enfriar. Una docena, todas perfectas. Lo miró con una sonrisa.

—Mejor.

—¿Cocinas otras cosas?

—Sé manejarme en la cocina.

—Quizá debería haber seguido la insinuación de Frank y haber intentado alojarme aquí, en vez de en Marabella —dijo él, soltando una risita.

—No habría sido buena idea —replicó ella—. ¡Buf, nosotros dos intentando compartir una casa!

Igual que él, habló con ligereza y tono de broma. Pero antes de que Tristan contestara, captó el chispazo ardiente de sus ojos. Ambos admitieron en silencio la atracción que había entre ellos, tan palpable como el aroma a chocolate recién salido del horno.

—No —afirmó él con demasiada seriedad—. No habría sido buena idea.

Para romper la tensión, ella le ofreció café.

—¿Y no me vas a dar nada más que café?

«Magdalenas», le susurró doña Pragmática al oído, «se refiere a las magdalenas».

—Bueno, supongo que puedo darte una.

—Y el resto son ¿para?

—La gente de Doce Robles —contestó ella automáticamente, mientras preparaba el café.

—¿Es el sitio donde eres voluntaria? ¿Donde trabaja tu amigo Andy?

—Sí.

—Un nombre interesante. Doce Robles.

Vanessa alzó la cabeza. La expresión de él no denotaba más que simple curiosidad, pero ella estaba demasiado acostumbrada a no hablar de Doce Robles, para proteger esa parte de su vida del escrutinio.

–Es el nombre de la finca –explicó–. Una vieja mansión de estilo georgiano, con un anexo para alojar a los sirvientes, establos y una pequeña granja. Su dueño la donó a una fundación que trabaja con gente discapacitada social y la convirtieron en residencia.

–¿Qué haces allí?

–Ayudo a los terapeutas. Los martes hacemos arte y manualidades. Los jueves cocinamos –hizo una mueca–. El colmo del chic.

Él no respondió con una broma como ella esperaba, sino que la miró con una mezcla de admiración y respeto que no se merecía. Si no fuera por Lew, no conocería Doce Robles y no se habría involucrado.

–No hago demasiado, la verdad, y lo que hago tiene una cierta motivación egoísta.

–¿Cuánto dura tu sesión de hoy?

–¿Qué importa eso? –ella frunció el ceño. Lo miró y se perdió en la intensidad azul de sus ojos.

–Había pensado en ir contigo –soltó un resoplido–. Es mala idea.

–¿Por qué?

–Tengo un vuelo esta tarde.

Aunque eso sólo respondía a medias al «por qué» de Vanessa, captó su atención del todo.

–¿Dónde vas? –se le aceleró el pulso.

–A ver a mi madre.

–¿Vuelves a Australia? –preguntó ella alarmada.

–A Florida. Mi madre se trasladó a Estados Unidos el año pasado.

–No lo sabía –musitó ella.

–Eso era lo que venía a decirte. Por si no regreso. Sólo unos días antes, le había suplicado que volviera a casa y la dejara en paz, pero… Vanessa aspiró una bocanada de aire y la soltó de golpe.

–¿Eso significa que has terminado aquí?

–No exactamente.

Ella apenas tuvo tiempo de absorber la enigmática respuesta. Él rodeó la isla de la cocina y le ofreció su mano. A Vanessa se le secó la boca al ver los dedos largos, la fuerte y viril muñeca.

–¿Esto es una tregua? ¿Una disculpa? ¿O sólo un adiós?

–Puede que las tres cosas –atrapó su mano, rodeándola de calor y rugosidad, pensando que una tregua podría abrir nuevas puertas a su relación–. Y quizá esté haciendo lo que debo hacer. Poner las cosas en su sitio.

–Eso es importante para ti, ¿verdad? ¿Poner las cosas en su sitio?

–Sí.

–¿Y hacer las cosas bien?

–Siempre.

–Así que ahora que conoces los sentimientos y deseos de tu padre harás lo correcto y pondrás las cosas en su sitio, ¿no?

–Ésa fue siempre mi intención, Vanessa –alteró la presión de su mano, moviéndola un poco–. ¿Recuerdas la noche que viniste a verme al Marabella?

–¿A qué momento te refieres?

–A cuando te quejaste de mi falta de destreza.

Se refería a su forma de besar. Ella lo vio claro como el agua, pero no lo había esperado. Ni siquiera cuando él dijo que quería poner las cosas en su sitio y que siempre hacía las cosas bien.

–Si no recuerdo mal… –y recordaba cada palabra– …dije que no tendrías una segunda oportunidad.

–Y yo pensé que te daría la oportunidad de reconsiderarlo.

Ella sintió un cosquilleo de curiosidad en una docena de puntos de su cuerpo. Él se estaba despidiendo, se iba y quizá no volviera. No podía ser tan malo dejarse vencer por la tentación, sentir su boca sobre la suya sin el antagonismo que había dominados su primer beso.

No lo sería si lo afrontaba con los ojos abiertos, como un experimento, como algo nuevo.

–Cinco segundos –enderezó los hombros y lo miró a los ojos–. Tienes cinco segundos para demostrar tu destreza.

Él la miró en silencio.

–O lo tomas o lo dejas –dijo Vanessa. Vio cómo su expresión cambiaba sutilmente. Aceptaba el reto y empezaba el partido. Vanessa tuvo medio segundo para pensar «no conozco este juego», antes de que él tirara de su mano y la acercara a él.

Sin dejar de mirarla, se llevó su mano a la boca. Besó las puntas de sus dedos, una tras otra, y luego el centro de la palma de su mano. Fue algo sutil e inesperado, peligrosamente seductor, y pasó a ser erótico cuando él mordisqueó la base de su pulgar. Ella sintió llamas prendiendo en su piel, sangre, senos y muslos.

Quería más, un beso de verdad, el contacto de sus manos; pero él la soltó. Sin más.

Se marchó sin decir una palabra, pero ella captó el mensaje. Su beso de despedida era una forma de disculparse por el otro y de demostrarla que podía hacer las cosas bien. Muy, muy bien.

–Espera –lo llamó cuando ya estaba en la puerta,

recordando la otra razón de su visita–. La carta de Stuart. Quiero que la tengas tú.

No supo si la había oído o no. Siguió andando sin volver la vista atrás.

Emma Dearborn había querido una boda íntima con sólo familia y amigos, en parte porque no tenía demasiado tiempo para finalizar sus votos con su prometido, Garret Keating, pero sobre todo porque ésa era su preferencia. Pero dejó que sus padres de involucraran y el evento se apoderó del salón de baile y los jardines del Club de Campo de Eastwick; toda la gente importante de Eastwick estaba en la lista de invitados.

Al final le dio igual. Emma sólo tenía ojos para su nuevo marido.

Tras la ceremonia las Debutantes se reunieron para compartir su alivio porque todo hubiera ido tan bien y a elogiar la planificación de Felicity. De alguna manera, lo había organizado todo además de ser una de las damas de honor de Emma.

–No sé cómo lo has conseguido, Felicity –dijo Abby Talbot–. Eres un genio.

–Lo sé –aceptó Felicity con una sonrisa.

Desde que se había enamorado de Reed Nelly su sonrisa era una constante, tan grande y resplandeciente como el enorme diamante rosa que lucía en su anillo de compromiso.

–Miradla –Lily señaló la pista de baile–. ¿Es posible ser más feliz?

Emma y Garret bailaban un vals, perdidos el uno en el otro. Vanessa sintió que su corazón se hinchaba con una mezcla de júbilo por su amiga y de bienintencionada envidia. Pero siguió sonriendo. Con tantas bodas, nacimientos y compromisos, más le valía acostumbrarse a esa sensación.

La sonrisa se apagó cuando vio a Delia ir hacia su grupo, con una mirada depredadora. Vanessa no tuvo tiempo de prevenir a sus amigas antes de que llegara, envuelta en una nube de gasa de Valentino y de perfume diseñado exclusivamente para ella en París.

—¿Verdad que lo estamos pasando bien? —dijo con una sonrisa. Sus ojos, muy abiertos, se clavaron en el vientre de Lily—. Oh, cielos, estás enorme. ¿Deberías estar de pie?

Lily le aseguró que estaba perfectamente. Delia, siendo como era, la ignoró.

—¿Dónde está ese encantador marido tuyo? Espero que no te esté ignorando… ¿No es ése de allí? Está hablando con tu prometido —colocó una mano solícita en el brazo de Felicity y bajó la voz—. Espero que este día no haya sido embarazoso para vosotros.

El prometido de Felicity, Reed, lo había sido antes de Emma, pero ella había roto el compromiso cuando Garret reapareció en su vida. Después, Reed y Felicity se habían enamorado y aunque resultó incómodo al principio todos lo habían superado hacía mucho.

—Eres muy amable por preocuparte, Delia —Felicity agitó las pestañas—. Pero, ¿por qué iba a habernos incomodado?

Delia la miró con lástima y centró su atención en su siguiente víctima, Abby.

—¿Y dónde está tu maravilloso hombre, Abigail? No lo he visto en toda la noche.

—Luke no ha podido venir, por desgracia.

—¿En serio? ¿Se ha perdido la boda de una de tus

mejores amigas? Y eso que tienes tan reciente el fallecimiento de tu pobre madre.

—Está en viaje de negocios —dijo Abby, tensa.

—Pasa mucho tiempo fuera, ¿verdad? ¿Estás segura de que se trata de negocios? Ya sabes cómo son los hombres…

Reaccionar a los dardos de Delia sólo la incitaba a seguir, y habían decidido hacía tiempo no seguirle el juego. Pero tras la tensión de los últimos meses Abby era una víctima vulnerable. Vanessa vio el brillo húmedo de sus ojos. Necesitaba que la rescataran.

—Dudo que sepamos tanto de hombres como tú, Delia —comentó con una sonrisa amable—. Debe haber pocas mujeres tan expertas.

Delia rió, pero sus ojos brillaron con malicia. Vanessa se preparó, su respuesta no sería agradable. Pero fue Mary Duvall quien difuminó la tensión.

—Mirad, Emma se está preparando para lanzar el ramo. ¡No podemos perdérnoslo!

Por supuesto, Mary estaba equivocada, pero todas se pusieron en marcha, queriendo alejarse lo más posible de la viperina lengua de Delia. Felicity fue en busca de Reed para bailar. Lily agarró a Abby del brazo y sugirió que fueran a beber algo frío. Vanessa y Mary se quedaron solas.

—¿Es esto lo que se siente al evitar un fusilamiento? —dijo Vanessa con ironía—. Buen truco, por cierto.

—Tenía que hacer algo. Era la siguiente de la lista.

—Creo que estabas a salvo. No llevas suficiente tiempo de vuelta en Eastwick para que Delia haya encontrado el arma más dolorosa.

Mary no contestó. De hecho, se la veía pálida e intranquila. Antes de que Vanessa pudiera pedirle disculpas por su comentario, Mary se disculpó y fue hacia el cuarto de baño.

Vanessa arrugó la frente. No conocía bien a Mary Duvall. Era una amiga de colegio de Emma, Abby y Felicity. Había vivido en Europa desde que se graduó en la universidad, pero acababa de regresar a Eastwick por petición de su abuelo moribundo. Sin duda, le ocurría algo y Vanessa se preguntó si estaría relacionado con Bunny y los diarios.

Tal vez Mary también fuera víctima de un intento de chantaje.

Estaban al tanto de dos intentos fallidos, pero tal vez había habido otras cartas no denunciadas. Otras víctimas podían haber accedido a comprar el silencio del chantajista. En cuanto a la carta de Tristan, la omisión del chantaje no tenía sentido. A no ser que fuera una pieza aleatoria, sin conexión…

Miró hacia donde habían dejado a Delia. Se preguntó si podría ser la responsable. Una parte de ella le gritó que sí, porque a Delia le encantaba hacer daño. Pero, por otro lado, lo suyo era lanzar sus dardos cara a cara, esperando una reacción para clavar otro dardo en la herida.

Las cartas anónimas no serían su arma preferida.

Y la nota que acusaba a Vanessa de adulterio no estaba escrita con el estilo mordaz de Delia.

Vanessa vio un destello de gasa melocotón de Valentino y siguió a la mujer con la vista. Delia iba hacia la entrada. Aunque Vanessa y las demás Debutantes consideraban a Delia una villana, la señora Forrester no tenía ninguna necesidad de chantajes. Su amante esposo no dudaba en costearle vestidos de alta costura y operaciones de estética sin límite.

Vanessa se dio la vuelta y vio que Lily, junto a Jack, la llamaba. Perfecto. Quería hablar con ellos a solas, y preguntarle a Jack si había novedades en el tema de los anónimos y si había tenido noticias de los abogados de Tristan.

Habían pasado tres días desde su marcha. Vanessa había tenido la sensación de que no volvería y suponía que cualquier noticia llegaría por vía legal.

Los tres días se habían hecho eternos, no por la emoción de que se aproximara el fin de la batalla legal, sino por su intensa decepción. Había pasado dos años anhelando con fervor poner fin a su feudo con Tristan Thorpe. Pero conseguir su deseo no le había hecho feliz.

Todo por culpa del maldito beso.

«Eres un caso perdido», rezongó doña Pragmática, «¿Qué sabe una virgen de veintinueve años de besar? Está claro que sólo quería demostrar algo, empatar el tanteo ganando un reto porque estaba a punto de perder el otro».

Fue hacia la mesa de Lily y Jack. Había dado media docena de pasos cuando intuyó cierta conmoción junto a la puerta… donde había visto ir a Delia. Miró por encima del hombro y sus ojos se encontraron con la causa de todas las conmociones de su vida en los últimos tiempos.

Tristan Thorpe. Allí con expresión determinada y apartando a los que se interponían en su camino. Tenía un aspecto oscuro, amenazador y fantástico. Y se encaminaba hacia ella.

Capítulo Nueve

¿Qué hacía Tristan allí? ¿Qué lo había hecho regresar tan pronto? ¿Qué podía haberlo llevado a aparecer en la boda de Emma?

Las preguntas se sucedían en la mente de Vanessa, mientras su corazón ardía en deseos de cruzar la pista de baile y lanzarse a sus brazos. Iba lentamente hacia él cuando Jack Cartwright se interpuso en su camino.

–¿No irás a marcharte? –preguntó él. Ella frunció el ceno, ya no veía la puerta

–No. Iba a… ver a alguien.

–¿Es mejor bailarín que yo? –Jack giró para mirar en esa dirección. Eso reveló que «alguien» también había sido interceptado.

Por Delia.

Tenía el brazo entrelazado con el suyo y lo rozaba con su voluptuoso cuerpo. Echó hacia atrás la cabeza, como si hiciera una petición. Cuando lo guió a la pista de baile, Vanessa sintió una cuchillada de celos.

Desvió la mirada, pero no lo bastante rápido. Jack clavó la vista en la pareja.

–¿Qué hace Thorpe aquí?

–Bailar con Delia, por lo visto.

–Esperemos que sólo sea bailar –refunfuñó Jack.

La implicación hizo que a Vanessa se le revolviera

el estómago. Bailaban tan juntos que la vaporosa falda de Delia revoloteaba alrededor de las piernas de Tristan. Él inclinaba la cabeza hacia ella, que lo miraba absorta. Ella alzó una mano y acarició su cabello; Vanessa tuvo que tragar saliva para controlarse.

No entendía que se atreviera a tocarlo así, en la boda de Emma, delante de medio Eastwick y de su propio marido. Ni que él se lo permitiera. Frank había sido el único que le había dado la bienvenida e invitado a formar parte de su círculo social.

–En cuanto a bailar… –dijo Jack–. Mi esposa sugirió que me hicieras los honores. Ella está incapacitada para el vals a estas alturas.

Vanessa miró a Lily, que se dio una palmadita en el vientre e hizo una mueca. Supuso que su amiga la había visto sola y con aspecto perdido. Lily siempre se preocupaba por los demás.

Vanessa suspiró. Aunque no quería estar cerca de Delia y Tristan, sabía que no dejaría de observarlos desde lejos. Sería como una película de horror que la atraería, repelería y disgustaría, pero que no podría dejar de contemplar. Al menos, si bailaba con Jack daría la impresión de que no le importaba.

–Me encantaría bailar –dijo, sonriente. Le ofreció la mano–. Gracias.

Bailar con Delia dio a Tristan una nueva comprensión del término «sonríe y aguanta». Ella lo había rescatado de los dos porteros que lo habían seguido, así que estaba en deuda. Podría haber manejado a los porteros solo, pero habría acabado en la calle, porque no tenía invitación.

–Es mi invitado, cielos –había dicho Delia–. No hace falta que consultéis la lista. A no ser que queráis molestar a los Dearborne en mitad de la boda de su única hija.

No podía negarse a bailar con ella. Supuso que un par de vueltas más por la pista serían muestra suficiente de gratitud, aunque si volvía a tocarle el cuello o a hacer otro sugerente comentario sexual, la dejaría plantada sin más. Que lo echaran si querían. Esperaría afuera, como debería haber hecho, para enfrentarse a Vanessa con la nueva evidencia que tenía.

De nada servirían las pantallas de humo. No lo desmadejaría con sus ojos llorosos y sus relatos sobre la última voluntad de su padre y sus años de arrepentimiento. No volvería a convencerlo como a un tonto con sus alegaciones de inocencia.

O el tipo de Doce Robles era su amante o no lo era. Y si no lo era, Tristan necesitaba saber quién era y por qué lo escondía como un secreto pecaminoso.

La vio en cuanto se unió al baile. Habría sido imposible no hacerlo. Incluso en un salón de baile lleno de diamantes y vestidos de alta costura, la belleza clásica de Vanessa resplandecía. No era su vestido, un discreto modelo azul plateado, ni el brillo de sus joyas cuando reflejaban las luces de las lámparas de araña. Era ella.

La atracción que había sentido al conocerla había crecido hasta convertirse en un diablo viviente. No podía dejar de desearla, ni de observarla.

Antes de que acabara la noche, conseguiría descubrir todos sus secretos.

–Ah, así que eso es lo que te ha traído.

Tristan miró a Delia y la vio mirando a Vanessa. Algo en el tono de su voz y su expresión hizo que alzara una barrera protectora. Pero, impasible, hizo un giro para impedirle que siguiera escrutándola.

–No sé a qué te refieres.

–No importa, cielo –Delia soltó una risa cristalina que irritó cada poro de su piel– se inclinó más hacia él y susurró–. Tu secreto está a salvo conmigo.

–No hay ningún secreto, Delia.

–¿No? –ella abrió los ojos, simulando credulidad–. ¿He leído mal esas miradas largas y lánguidas?

Él maldijo para sí. No había creído ser tan obvio.

–Todos esos años casada con un hombre viejo y enfermo –siguió Delia en tono bajo y confidencial–. No pretendo ofender a tu padre, pero entiendo que esté interesada en ti. Yo misma echo de menos el sexo con un hombre joven y en forma.

Tristan se estremeció. Delia estaba insinuando que Vanessa lo observaba y deseaba.

–Nos parecemos mucho, ella y yo. Aunque su Alteza nunca lo admitiría. Pertenece al Club de Debutantes –Delia arrugó la nariz–. ¡Como si ella hubiera sido una Debutante!

–¿Lo fuiste tú, Delia?

Ella parpadeó. Después, comprendiendo que había ido demasiado lejos, soltó una risita.

–Claro que no. No me interesaba el tema de la alta sociedad en aquella época. Estaba demasiado ocupada pasándolo bien.

–¿Y ahora sí te gusta?

–Desde luego, guapo. Me encanta este estilo de vida y lo que conlleva, igual que a Vanessa. Ropa bonita, joyas preciosas, hombres guapos –acarició su hombro y las puntas de su cabello. Su voz bajó una octava–. Sobre todo me encantan los hombres.

No fue tan fácil librarse de Delia como de los porteros. Fortificada por champán francés y el baile, ella lo atacó aún con más descaro. Cuando le sugirió que fueran a su habitación de hotel, Tristan puso punto final al asunto. Se la llevó a su marido, pobre hombre, y le sugirió que la llevara a casa.

Después fue a buscar a Vanessa.

Seguía bailando, pero con un hombre mayor que ni conocía ni deseaba conocer. Aunque había ido allí con la intención de llevarla a algún lugar privado para hablar, controlar el asalto sexual de Delia había agotado su paciencia. No deseaba más fricción que la del cuerpo de Vanessa junto al suyo.

Y sólo podría conseguirla bailando. Pero cuando acabó la pieza y estuvo sola, ella lo rechazó.

–Ya he bailado bastante.

–Yo no –dijo él, tomándola entre sus brazos.

–Necesito un descanso.

–Parecías estar disfrutando con tus otros acompañantes –insistió él, sin cejar en su empeño.

–Ni la mitad que tú.

Ah. Era por Delia. Vanessa lo había estado observando. Sintió una oleada de satisfacción primaria surcar sus venas. La atrajo hacia sí, a pesar de la resistencia que resonaba en su cuerpo tenso.

Sabía que ella, de sangre cálida y dulce aroma era el antídoto perfecto contra el veneno de Delia.

Encajaba tan bien entre sus brazos que se llevó su mano a los labios y le besó los nudillos.

Ella reaccionó como si la hubiera mordido. Y lo

habría hecho, con el mismo erotismo que en la cocina, si se lo hubiera permitido. Pero, a juzgar por su mirada, eso no iba a ocurrir de momento.

–¿Por qué has hecho eso? –exigió ella.

–Sólo intentaba relajarte –volvió a acercarla contra sí–. Estás bailando con la gracia de un tentetieso.

–¿Se te ha ocurrido pensar que podría ser porque preferiría bailar con un tentetieso?

Sonriendo, la arrastró en un giro exagerado. Ella tuvo que relajarse para seguirle el ritmo.

–¿Es por Delia? –preguntó él.

No necesitó su respuesta. La percibió en su tensión y en que perdió el paso. Dejó de burlarse y sitió lástima. Si Jack Cartwright hubiera intentado con Vanessa lo que Delia había intentado con él, Tristan lo habría noqueado en mitad de la pista.

No se molestó en cuestionar la cordura de una actitud tan fieramente posesiva.

–Para tu información, no estaba disfrutando –le susurró, inclinándose hacia su oído.

–Entonces, ¿por qué bailabas con ella?

–Porque impidió que me echaran de aquí.

Ella se relajó por fin, aunque Tristan habría jurado que oía los engranajes de su cerebro. Imaginó que querría saber por qué se había colado en el festejo de boda y tendría que contestarle. Allí acabaría la mujer cálida, relajada y perfecta que tenía entre sus brazos. Resurgirían las hostilidades. Maldijo para sí.

Cuando ella echó la cabeza hacia atrás para mirarlo, se planteó besarla. Para acallar la inevitable pregunta, para ganar algo de tiempo y porque había pasado tres días lamentándose de la oportunidad que había desperdiciado en su cocina. Ella lo había sorprendido con su reto de cinco segundos y él también quiso sorprenderla; sabía que lo había conseguido al ignorar sus labios.

Era demasiado listo para su propio bien.

–Espero que no te tomes muy en serio nada de lo que diga Delia –dijo ella, sorprendiéndolo de nuevo al no hacer la pregunta que esperaba.

–Tengo la impresión de que no sois muy amigas.

–No. Creo… –ella frunció el ceño, pensativa y preocupada, y él deseó besarla para alisar las arrugas. Para librarla de esa ansiedad–. Creo que supuso que éramos almas gemelas por… similitudes superficiales –lo miró con fiereza–. No somos iguales. En absoluto. A ella le gusta jugar.

–¿Y crear problemas?

Sus miradas se encontraron, entendiéndose a la perfección. Pero ella negó con la cabeza.

–¿No crees que podría haber sido ella quien me enviara las cartas? –por lo que Tristan había visto, Delia era la única persona de Eastwick que tenía algo en contra de Vanessa.

–La idea me pasó por la cabeza, pero disfruta repartiendo su veneno en persona. Le encanta ver las reacciones. Las cartas no parec… –se detuvo a media palabra y tragó aire–. Has dicho cartas, en plural.

Concentrados en la conversación, se habían detenido al borde de la pista. Otra pareja chocó con la espalda de Tristan y él hizo girar a Vanessa.

–Deberíamos hablar de esto en un lugar privado.

–Has dicho cartas –insistió ella.

–Hay una segunda. La recibí el martes.

La llevó a los jardines, demasiado despacio para la imaginación impaciente de Vanessa. Para cuando dejaron atrás el perímetro de la piscina y los grupitos de invitados que salían a tomar el aire, en su mente había tantas preguntas que no sabía por cuál empezar.

–Te fuiste a Florida –dijo ella por fin–. ¿Cómo supo esa persona dónde encontrarte?

–Entregaron la carta en el Marabella, antes de que me marchara. Pensé que era la carta de Stuart, la que me prestaste y querías que conservara. Supuse que la habías enviado, con tu tozudez habitual.

–¿Y cuándo descubriste que no era así?

–Después de hablar con mi madre, ayer por la noche –encogió los hombros, tenso–. No podía dormir. Había metido el sobre en el bolsillo de la chaqueta y decidí leer la carta de nuevo.

La carta que le había devuelto porque no pensaba volver a leerla, se dijo Vanessa. Bien. Pero eso era otra historia, para otro momento. Necesitaba información sobre la segunda carta de Tristan.

–¿Es de la misma persona?

–Eso parece –replicó él, con ojos oscuros.

–¿Con las mismas acusaciones?

–Con fechas. Horas. Lugares.

Vanessa movió la cabeza. Ella no se veía con ningún amante. Por lo visto la semana anterior no había probado nada para el. En vez de ira, sintió una oleada de decepción.

–¿Y te crees ese cuento de ficción?

–Hay más –se metió la mano en el bolsillo de la

chaqueta y a ella se le paró el corazón, presentía lo peor–. Una foto.

Ella miró la ampliación, sin tocarla. Incluso boca abajo, entre las sombras del jardín, veía lo suficiente.

–¿Quién es, Vanessa? Si no es tu amante, ¿quién es? –lo preguntó con calma, sin acusación ni antagonismo. El corazón de ella empezó a latir con fuerza, esperanzado. Esa semana sí había servido de algo. Él estaba dispuesto a escuchar. Alzó la barbilla, lo miró a los ojos y habló sin que le costara un esfuerzo.

–Se llama Lew Kotzur. Es mi hermano.

–¿Por qué no me habías hablado de tu hermano?

Habían abandonado la recepción de boda para charlar sin interrupciones. Él conducía y Vanessa hablaba, al principio a trompicones, después con fluidez. Ella descubrió un alivio catártico al hablar de Lew, de su autismo y de lo beneficioso que era Doce Robles para su comportamiento y su autoestima.

Tristan la había dejado hablar sin interrumpirla. Cuando acabó habían llegado a la playa que, a esas horas estaba vacía.

–Quise hacerlo –contestó ella con candidez–. La noche que fui al restaurante, después de hablar con Andy en Poynton, pretendía contártelo.

–Pero no lo hiciste.

–Había demasiada ira y resentimiento flotando en el aire tras nuestra primera reunión. Y luego llegó Frank –sabía que estaba dándole excusas, cuando no las había. Se había asustado o había permitido que su enfado le ganara la partida a la lógica–. Parece que siempre que estamos juntos se produce algún drama emocional y pierdo el hilo.

–La otra mañana, en tu cocina, me hablaste de Doce Robles. Era la oportunidad perfecta.

–Lo era, lo sé. Una oportunidad perdida.

Él no contestó y se volvió para mirarlo. Estaba sentado de medio lado, tamborileando con los dedos en el volante, observándola en silencio.

Ella se preguntó si estaría mirando su boca y pensando en otra oportunidad perdida.

Apartó esa idea de su mente y miró al frente. «Concéntrate», ordenó doña Pragmática. «Ésta es tu oportunidad de aclarar los últimos malentendidos. No pierdas el hilo».

–¿Sabe alguien lo de Lew?

–Gloria. Andy. Jack y algunos profesionales. Pero nadie más en Eastwick. Ninguno de mis amigos.

–¿Por qué no?

Esperando la pregunta, Vanessa ya se había puesto tensa. No esperaba que su forma de pensar tuviera sentido para un hombre como Tristan, que perseguía sus objetivos sin pensar en las consecuencias. No quería exponerse a que él juzgara su persona y su pasado.

–No es una pregunta fácil –titubeó–. No estoy segura de que vayas a entenderlo.

–Pruébame.

–Lew ha sido mi responsabilidad desde que era una adolescente –dijo ella con un suspiro.

–¿Qué les ocurrió a tus padres?

–Ésa es una larga historia para otro momento –que deseó no llegase nunca–. Pero incluso cuando estaban allí, no los veíamos mucho. Estaban trabajando o…

116

–encogió lo hombros– …lo que fuera. Le saco ocho años, así que cuidé de mi hermanito desde que llevaba pañales.

–Tú también eras una niña –su voz sonó airada, tal y como ella había temido.

–Por favor, nada de «pobrecita Vanessa», porque nunca me importó. Ni un segundo. Quería cuidar de él –aseguró–. Necesitaba que alguien lo hiciera.

–Por su autismo.

Vanessa asintió.

–Siempre fue… diferente. Y ya sabes lo crueles que pueden ser otros niños con eso.

–No de la misma manera, pero lo sé.

–¿Te refieres a cuando te mudaste a Australia?

–Es una larga historia para otro momento.

Durante un segundo parecieron entenderse perfectamente y eso dio fuerzas a Vanessa para librarse de parte de sus reservas. «Tal vez podría contarlo. Puede que entienda más de lo que yo esperaba».

–En fin –siguió, con más confianza–. Crecí protegiendo a Lew de insultos y matones, y tuve que luchar con uñas y dientes para que alguien aceptara que su problema era serio. Su bienestar fue responsabilidad mía años antes de que mi madre muriese y me convirtiera en su tutora legal.

–¿Cuántos años tenías?

–Veintiuno.

En la breve pausa que siguió él debió echar cuentas. Dos años viuda. Cinco años casada. No sobraba mucho tiempo.

–Y apareció Stuart Thorpe.

–La respuesta a mis plegarias.

–¿Cómo os conocisteis?

117

–Estoy segura de que sabes que era camarera.

–Eso no es lo que he preguntado.

Vanessa se tensó. «Díselo», susurró doña Pragmática. «Cuéntaselo todo y empieza de cero».

–Uno de mis trabajos era en un restaurante cercano a la oficina de Stuart. Era cliente habitual, encantador, siempre amistoso y considerado –hizo una pausa, tenía la garganta seca. Temía las preguntas sobre las propinas de Stuart o sus artimañas para cazar a un millonario. Pero él siguió callado, esperando–. Un día llegó cuando acababan de llamarme del colegio de Lew. Iban a expulsarlo por su comportamiento violento y yo no sabía qué hacer. Se lo conté a Stuart y se ofreció a acompañarme al colegio.

Él flexionó y curvó los dedos sobre el volante. Ella se preguntó si era un acto reflejo o airado.

–No acepté su oferta.

–¿Por qué no?

–Lew era mi responsabilidad y, la verdad –lo miró de reojo–, me pregunté qué me pediría a cambio.

Incluso a la luz de la luna, ella vio y odió la expresión cínica de su rostro. Pero él le había pedido la verdad, no un cuento de hadas.

–La semana siguiente –continuó ella–, me llevó toda la información sobre Doce Robles.

–La respuesta a tus plegarias.

El comentario la hirió profundamente. Se sintió como si hubieran retrocedido hasta el día en que había aparecido en su puerta, desdeñoso y amargo.

–Yo no tenía dinero. Y la idea de dejar a Lew en manos de desconocidos me enfermaba. Tiré los folletos, pero Stuart insistió. El fin de semana siguiente envió un coche para que nos llevara a Lew y a mí a echar un vistazo. Al ver a los residentes, felices y seguros, supe lo bueno que sería ese lugar para Lew.

—Así que te ofreció matrimonio, y todo lo que eso conllevaba, a cambio de Doce Robles.

Él podría haber utilizado un lenguaje más brutal. Acusarla de haberse vendido, era verdad. Un trueque ventajoso para ella. Pero no como él imaginaba.

—Stuart y yo hicimos un pacto. Lew estaría bien cuidado el resto de su vida. A cambio yo sería su amiga, su compañera y anfitriona de sus fiestas. Una mujer trofeo, sí. Él disfrutaba comprándome cosas y luciéndome del brazo, orgulloso de mí.

Alzó la barbilla y se enfrentó a sus ojos.

—Pero siempre tuvimos dormitorios separados. Era su esposa sólo en papel. Nunca fui su amante.

Capítulo Diez

–Por eso me reí al oír tu acusación de adulterio. No porque fuera graciosa, sino porque me asombró por su imposibilidad. Estabas allí en mi casa, jurando que podías probar mi culpabilidad cuando… –soltó una risita suave– …¡habría sido más fácil probar que no había tenido ningún amante!

Tristan casi se atragantó. Giró la cabeza de golpe.

–¿Insinúas que nunca has tenido un amante?

Ella estudió sus manos un segundo y él se preguntó si estaba reconsiderando su provocativa declaración. «¡Habría sido más fácil probar que no había tenido ningún amante!» Tal vez acostándose con ella y comprobando que estaba intacta.

La idea se volvió visual, sensual, carnal, provocando una oleada de deseo entre sus muslos.

–¿Eres virgen?

–¿Tan difícil te resulta creerlo?

–Tienes treinta años…

–Aún no –interrumpió ella.

–Casi treinta años y eres viuda. Eres tan guapa que podrías conseguir al hombre que desearas. Sí es muy difícil de creer.

–¿Crees que soy guapa? –lo miró con asombro.

Él movió la cabeza con incredulidad. ¡Mujeres!

–Sabía que eras guapa antes de ir a tu casa, y cuando abriste la puerta… –alzó una mano y la dejó caer, sin palabras para describir el impacto.

–¿Cómo lo sabías?

–Había visto tu foto. En esa página web de sociedad –confesó. Ella entrecerró los ojos, pero eso no ocultó un destello de sorpresa, o de placer.

–¿Me estabas espiando?

–Me gusta saber a qué me enfrento.

–¿Y eso te ayudó?

–No.

Estuvieron unos minutos en silencio. El coche y la oscuridad los envolvían en intimidad, pero el ambiente no era del todo cómodo, ni relajado. Tristan sentía la necesidad de decir algo, algo distinto a «esto lo cambia todo» y «vente conmigo al hotel». Ambas frases parecían prematuras, pero cuanto más se alargaba el silencio, más repiqueteaban en su mente.

Nunca se había acostado con su padre.

Ni con ningún otro hombre.

–Gracias por decírmelo –dijo él al fin–. Agradezco tu honestidad.

–Me he quitado un peso de encima –alzó levemente los hombros–. ¿Puedo pedirte algo a cambio?

–Siempre que no sea otro reto de cinco segundos.

Los labios de ella se curvaron con una sonrisa y él recordó lo que se había perdido en la cocina.

–Me gustaría saber cómo te fue en Florida –dijo ella–. Cuando fuiste a ver a tu madre.

A Tristan no le resultó difícil hacerlo. Tal por la honestidad de ella, o el tranquilizador fondo de arena, mar y cielo aterciopelado, o porque ya habían compartido tantas cosas que tenía la sensación de que Vanessa lo conocía mejor que nadie.

Ella sugirió pasear y él aceptó. Mientras andaban, le contó que su madre había terminado confirmando su aventura adúltera con el padre de las gemelas y la subsiguiente traición. No le contó que antes había intentado justificar su mentira ni que después había llorado a mares suplicándole que la perdonara.

Como no quería pensar en esa debacle emocional, siguió hablando de las gemelas, sus hermanastras, y la casa de Perth en la que había vivido hasta independizarse. Animado por los comentarios y preguntas de Vanessa, habló del impacto cultural que había supuesto llegar a un país nuevo a mitad de curso. El chico yanqui de acento raro, que no sabía nada de los deportes locales.

—¿Por eso empezaste a jugar al fútbol australiano? ¿para encajar?

—Era más fácil que el críquet. Y al menos sabía darle una patada a una pelota.

—Y el chico yanqui se hizo un maestro del juego australiano y dio su merecido a los lugareños.

—No me hizo ningún mal —de hecho, los expertos en publicidad habían utilizado eso para convertirlo en una estrella. Y ser tan conocido lo había ayudado en el mundo de los negocios—. Me condujo adonde estoy ahora. Y eso no lo lamento.

Notó que ella lo miraba, absorta. Ya había revelado más de lo que pretendía, más de lo que le gustaba compartir. Pero no tuvo que decir más.

De repente ella tropezó y tuvo que sujetarla para que no cayera al suelo.

—¿Estás bien? —preguntó.

–El tacón se ha enganchado –explicó ella apoyándose en su brazo para liberar su zapato, sin éxito.

Tristan se agachó y vio el tacón de aguja atrapado en la separación de dos baldosas.

El zapato estaba sujeto al delicado tobillo por unas tiras. La visión del bonito pie y las uñas pintadas color rosa perla hizo que le temblaran los dedos y se le nublara la vista.

–Apoya las manos en mis hombros –dijo, con voz profunda y ronca por la súbita oleada de deseo–. Puede que tarde un rato.

–Hay una hebilla en el lateral, ¿no la ves?

Sí la veía, a duras penas. Pero estaba disfrutando demasiado de sentir su peso apoyado en él y tocar su pie como para darse prisa.

Soltó la tira y pasó el pulgar por la marca que había dejado en su piel. A través de las medias transparentes sintió su calor y el perfume de rosas lo envolvió, embrujándolo. Cuando puso las manos en las corvas de sus pantorrillas le pareció oír un jadeo y que ella tensaba las manos sobre sus hombros.

Se puso en pie despacio, rozando su cuerpo y ella, con un suave suspiro de alivio, ladeó la cabeza para recibir su beso. Era el beso que él había deseado darle en la cocina aquella mañana; el beso que parecía haber estado esperando toda su vida. Un sensual juego de entrega mutua, mientras aprendían las formas de sus labios, bocas y lenguas, con un ardor que amenazaba con consumirlos.

Cuando por fin se separaron, su respiración agitada resonó en el silencio.

–¿Y ahora qué? –preguntó ella.

–Eso depende de ti.

–¿Qué opciones tengo?

–Puedo llevarte a casa –ofreció–, o a mi habitación del hotel. Tú eliges, Vanessa.

Vanessa escogió el hotel, porque no quería que nada se interpusiera entre ellos. Ni terceras partes ni recuerdos, ni historias. Pero cuando él aparcó y apagó el motor, tuvo dudas.

–¿Qué estamos haciendo? –preguntó–. ¿Qué es esto?

–Depende de ti –repitió él. La miró con una intensidad masculina que la puso aún más nerviosa–. ¿Quieres subir? ¿Sí o no?

Durante los diez minutos de camino, su lado pragmático había gritado «no» con estridencia. Pero también oía un «sí», un susurro tentador que le aceleraba el pulso en una docena de sitios cuya existencia había desconocido hasta que ese hombre había aparecido en su vida.

Saber que volvería a marcharse influyó en su elección. Podía tener esa noche, disfrutar de la experiencia, decirle adiós y seguir con su vida. Todo ello antes de cumplir los treinta a medianoche.

–Sí –asintió, tragando aire.

Él la tomó de la mano y la condujo al ascensor. Ella se concentró en que no le temblaran las rodillas. Había tomado una decisión. Estaba segura de que llegaría hasta el final de esa… experiencia.

Ya arriba, en la suite, no estuvo tan segura. Cuando la puerta se cerró se le dispararon los nervios. Se dio algo de tiempo simulando interés por el entorno, recorriendo el salón y evitando mirar la cama que había tras la puerta entreabierta del dormitorio.

Recorrió toda la suite, terraza y baño incluidos. Volvió a la sala y se detuvo. Desnudo de cintura para arriba, Tristan estaba agachado junto al equipo de música. La suave luz de una lámpara de mesa resaltaba los largos músculos de su espalda. Como si la hubiera oído, él alzó la cabeza y se puso de pie. En ese instante pareció tan tenso, duro e intocable que ella sintió la necesidad de huir.

Se le secó la boca y su corazón se disparó. Pero sus pies parecían clavados al suelo. Al ver que un músculo latía en su mejilla, comprendió que él también parecía nervioso. Eso la tranquilizó.

—¿Quieres tomar una copa? —preguntó él.

—Si alguna vez fuera a empezar, ésta sería la noche. Pero… no.

Él se quedó quieto y callado, observándola. Ella sintió mariposas en el estómago. No podía soportar más la tensión.

—¿Ahora qué? —preguntó.

—Quítate el collar —dijo él con voz tersa.

—¿No te gusta? —preguntó ella, llevando la mano al delicado collar de diamante y zafiros.

—No.

—¿Y el vestido?

Él cruzó la habitación hacia ella. Captó cómo se ensanchaban las aletas de su nariz, la intensidad de su mirada, el movimiento de sus manos, y todos sus sentidos se agudizaron. Se detuvo ante ella, y le dedicó una larga mirada de aprobación.

—El vestido me gusta.

—Me alegro —se limitó a decir ella.

Los ojos de él se velaron de ternura cuando la tomó de la mano y la acercó. El beso empezó suave, como un roce, un leve cambio de presión del labio superior al inferior, y vuelta. Un beso que era todo lo que él había prometido. Vanessa extendió las manos sobre su pecho, explorando el contraste entre el vello áspero y la piel caliente y suave. Él mordisqueó su labio inferior; fue algo tan inesperado y sensual que, mareada de deseo, se apoyó en él y cerró los ojos.

Deslizó las manos sobre sus hombros, y enredó los dedos en su cabello, asombrada al descubrir su suavidad. Él tomó el gesto como una invitación para profundizar en el beso. Con una leve presión, entreabrió su boca y deslizó la lengua en su interior. El beso se convirtió en una explosión de pasión en menos de un segundo, y ella se rindió al placer.

Cuando su lengua se alejaba, la de ella la seguía, acariciándola y paladeando su oscuro sabor masculino. El deseo la incitaba a perderse en su boca.

Habría seguido eternamente, pero él la devolvió lentamente a la realidad con una deliciosa serie de besos que fueron de sus labios a su barbilla recorriendo el borde de su mandíbula.

−¿Voy mejor? −murmuró él, apartándose un poco para mirarla. Ella sonrió y los ojos de él ardieron.

−Date la vuelta.

Ella se volvió en sus brazos. Su corazón volaba como un pájaro mientras esperaba excitada el paso siguiente. Las manos de él subieron por sus brazos y agarraron sus hombros. Cuando se inclinó hacia delante y le habló al oído, la resonancia de su voz pulsó en todo su cuerpo.

Sus senos se volvieron tensos y pesados. La piel le ardía. Y tuvo que pedirle que repitiera su petición, porque no había captado palabras, sólo sensaciones.

–Apártate el pelo.

Ella levantó los largos mechones con ambas manos. Sintió sus manos en la nuca y que el collar se abría. Él lo capturó con una mano e hizo lo mismo con los pendientes. Cuando mordisqueó su cuello, a Vanessa casi le fallaron las rodillas.

Pero él rodeó sus caderas con las manos, estabilizándola y haciéndola cautiva de los besos ardientes que depositó en un hombro y luego en el otro.

Vanessa no pudo contener el gemido que escapó de su garganta. El eco de ese gemido estremecía su cuerpo, anhelaba apretarse contra él. Suavidad contra dureza. Como si hubiera oído su silenciosa súplica él volvió a abrazarla. Sintió la dureza de su erección y oyó el gruñido ronco que resonó en su pecho.

Arqueó la espalda parra acercarse más y él deslizó las manos sobre sus costillas. Las yemas de sus pulgares rozaron la curva inferior de sus senos y ella tembló de excitación. Nunca había experimentado sensaciones tan intensas. Y aún estaba vestida.

La idea de hacer eso mismo desnuda, hizo que se sonrojara y cuando él le dio la vuelta entre sus brazos vio el mismo deseo que sentía reflejado en sus ojos.

–¿Bien? –preguntó él.

–Oh, sí.

Él besó su boca para apagar el sonido satisfecho. Un beso largo que la dejó jadeando. Después tomó su mano y la llevó al dormitorio. Volvió a besarla.

–¿Te parece que nos libremos del vestido? –sugirió, mirándola a los ojos.

–Sí –musitó ella, con los nervios a flor de piel.

–¿Nerviosa?

–Un poco.

127

–Ya –dijo él, pero sus dedos encontraron con destreza el cierre del vestido–. Yo también.

El corpiño del vestido cayó hacia delante y ella lo capturó entre las manos.

–¿Por qué ibas a estar nervioso tú?

–Por hacerlo bien –dio él, serio.

Al menos él tenía la experiencia de su parte, ella, en cambio actuaba por impulso y reaccionando al tacto seguro de sus manos, al calor de su boca y la erótica humedad de su lengua.

No tuvo tiempo de pensar que «no estaba lista para que la viera en ropa interior», cuando el vestido ya estaba a sus pies. En ropa interior y con sandalias de tacón alto se sentía ridícula y expuesta. Pero cuando vio el deseo primitivo que reflejaba el rostro de él, alzó la barbilla y se obligó a dejar caer las manos.

Él se acercó y acarició sus pezones con los pulgares, hasta que ella sintió que el placer la invadía hasta el centro mismo de su ser. Cuando le quitó el sujetador tuvo un momento de pánico, pero sus caricias la devolvieron rápidamente al placer.

–Tranquila –murmuró él cuando le fallaron las rodillas–. Te tengo.

La llevó a la cama y se tumbó a su lado.

Su boca encontró un seno. Ella enredó los dedos en su pelo, acariciándolo con el ritmo de la succión. «Oh, sí», susurró, «sin duda te tiene». En ese momento su lengua ardiente rodeó un pezón y ella arqueó la espalda. Gritó, suplicante.

Él abandonó sus pechos y descendió. Metió los dedos en la cinturilla de sus braguitas y se las quitó. Ella se sentía como si una llamarada de fuego acariciase su cuerpo. Sintió sus manos en las piernas su boca en los muslos, sus dedos comprobando que estaba lista y dispuesta para él.

Entonces se apartó y ella sintió su abandono en cada poro de la piel. Abrió los ojos y lo vio junto a la cama. Ya sin zapatos, se estaba quitando el pantalón. Se le secó la boca al verlo. Había sabido que era un hombre grande, fuerte y duro, pero nunca le había parecido tan aparente como cuando se irguió, desnudo y muy, muy excitado.

Sintió aprensión y tragó saliva. Tal vez todo aquello no fuera tan buena idea. Quizá debería haber seguido siendo virgen toda la vida.

Pero cuando él terminó de ponerse el preservativo y volvió a su lado, borró su preocupación con besos, asegurándola que tendría cuidando y tocándola con un presión deliciosa, que creaba espirales de placer vientre abajo.

—Por favor —musitó, atrayéndolo. Lo deseaba en ese momento, mientras se sintiera así, a punto de incendiarse—. Por favor, ¿podemos hacerlo?

Los ojos de él llamearon y se colocó sobre ella, entreabrió sus muslos y besó su boca abierta.

—¿Estás segura? —preguntó, tenso de deseo.

Ella respondió levantando las caderas hacia la insistente presión de su miembro.

Con los ojos clavados en los de ella, la penetró lentamente. Se detuvo y el sudor perló su frente; ella sintió un pánico momentáneo.

—No pares —deslizó las manos hacia sus firmes nalgas y agarró sus músculos—. Por favor. No pares.

—Sólo intento ir despacio —jadeó él.

Presionó un poco más y un temblor recorrió los largos y húmedos músculos de su espalda. Ella comprendió cuánto le costaba controlarse y también que lo hacía por ella, porque era su primera vez. La invadió una oleada de ternura.

Alzó una mano temblorosa para tocar su boca y él masculló algo grave y fiero, un juramento o una promesa, y la penetró hasta el final, llenándola hasta el límite con su calor y la enormidad del momento.

Ella movió las caderas, acomodándose a la nueva sensación, sorprendida por la ausencia de dolor y deseando que no acabara nunca. Pero él había empezado a moverse con una cadencia lenta y suave, buscando el orgasmo. Siguió su ritmo mirándolo a los ojos en cada embestida, entregándose por completo.

Él no la dejó atrás. Introdujo una mano entre ellos y la acarició hasta que su mundo se estrechó y convergió en un único punto de placer salvaje. Lo oyó gritar su nombre cuando la siguió al abismo, un grito de liberación que flotó en el aire y se enredó alrededor de su corazón.

Tristan observó a Vanessa dormir, por primera vez relajada, sin barreras. No estaba orgulloso de haberla juzgado y tratado con tanta rudeza, y pretendía compensarla en lo posible. Lo que le había revelado en el coche, sobre su infancia y el cuidado de su hermano, cuando era demasiado niña para esa responsabilidad, afianzó su determinación.

Se había equivocado. Pero iba a reparar su error y estaba deseando empezar.

Acercándose, besó sus labios, el hoyuelo de su barbilla y la fina vena azul que cruzaba la piel casi traslúcida de un seno.

130

El pezón se tensó y ella se despertó. Tardó un segundo en recordar lo ocurrido y ruborizarse. Sus ojos se encontraron, pero ella lo miró con timidez.

Él no pudo evitar un destello de posesivo orgullo masculino. Sonrió y movió la cabeza.

–Una virgen.

–¿No me habías creído?

Era una pregunta trampa. Captó en el tono de su voz que debía cuidar la respuesta.

–No entendía cómo podía ser posible.

–Creo que la respuesta es la falta de oportunidad.

–¿No tuviste novios?

–No. O estaba trabajando o cuidando de Lew –alzó un hombro con indiferencia. Él percibió que no le importaba haberse perdido los amores de adolescencia–. Y me casé a los veintidós años.

Él calló un momento, por un lado quería saber, por otro dejar el pasado atrás. Pero el problema era que quería saberlo todo de ella, incluso lo que sería mejor dejar enterrado.

–Ese pacto que hiciste al casarte… ¿nunca deseaste romperlo?

–No. Yo no veía a Stuart de esa manera. Era más como un…

–¿Un padre? –apuntó él, percibiendo lo que a ella le costaba admitir.

–Como el padre que habría deseado tener. Lo siento, pero es la verdad. Y creo que por eso Stuart sugirió ese pacto desde el principio. Nunca superó haber perdido a su familia. Estaba muy solo, y más cuando envejeció y los problemas de salud lo obligaron a trabajar mucho menos.

–¿Estaba semijubilado?

–Sí. Fue entonces cuando empezó a frecuentar el restaurante. Se sentía un poco perdido –esbozó una sonrisa triste que a él le atenazó el corazón–. Al principio sólo quería ayuda. Después invirtió en Lew y en mí. Creo que nos veía como una familia sustituta.

Eso le dolió, pero no tanto como antes de leer la solicitud de perdón de la carta de Stuart. Y ella había necesitado el apoyo de una figura paterna.

–Dijiste que no veías mucho a tus padres.

–No. Y a veces deseé verlos menos aún –la tristeza ensombreció su rostro–. No entendían los problemas de Lew, no sabían manejarlos. Mi padre tenía un carácter muy violento.

–¿Contra ti y tu hermano?

–Sólo con mi madre. Y ella bebía para contrarrestarlo. Éramos la típica familia disfuncional.

–¿Y nadie lo vio? –preguntó él, airado por tanta injusticia–. ¿Nadie os ayudó?

–Mis padres trabajaban, nos mantenían a su manera. Si las autoridades hubieran intervenido, Lew y yo podríamos haber acabado en hogares de acogida, separados. Nos apañamos. Habría sido mucho peor que un chico como Lew entrara en el sistema de acogida. Y yo acabé aquí, en Eastwick, con todo lo que había deseado.

–Excepto una familia.

–Lew es mi familia –protestó ella–. No me arrepiento de haberme casado con Stuart. Él sabía que lo hacía por dinero; los dos estábamos contentos con nuestra elección.

–¿Y yo? ¿Te arrepientes de esto?

–Eso dependerá –contestó ella, mientras la emociones oscurecían su ojos verde plateado.

–¿De qué?

–De cómo acabe.

–Sólo preguntaba por lo ocurrido hasta ahora –alzó la mano y tocó una marca oscura en su cuello. Una marca hecha por él–. ¿Te arrepientes de esto?

–Aún no.

Eso era algo. Y seguía allí, en su cama. Eso debía tener su valor.

–¿Te quedarás? –tiró de la sábana que ella había alzado para cubrirse, hasta que la soltó. La rodeó con sus brazos y la miró a los ojos–. Quiero compensarte, Vanessa, ¿me dejas hacerlo?

Capítulo Once

Vanessa se quedó. Durmió profundamente y se despertó con el sonido de agua corriendo. Se sentó y vio a Tristan apoyado en el umbral del cuarto de baño. Estaba desnudo, con expresión satisfecha y muy tranquila.

Ella arrugó la frente, preguntándose cuánto tiempo llevaba allí, observándola dormir. Desconcertada, se subió la sábana hasta la barbilla.

Él arqueó una ceja, recordándole que lo había visto todo, y mucho más de cerca.

—Me alegra que te hayas despertado.

—¿Sí? —preguntó ella, suspicaz.

—Estoy preparándote un baño. Si hubieras tardado mucho más habría tomado medidas drásticas.

—¿Cuáles?

Él fue hacia la cama. Sin decir palabra, se inclinó y la alzó en brazos como si no pesara nada.

Ella soltó un gritito, no estaba acostumbrada a ese tipo de cosas. Pero mientras la llevaba al baño, descubrió que le gustaba demasiado para pelear. Protestó un poco cuando la sujetó sobre el borde del jacuzzi triangular. Él, en vez de dejarla caer en las burbujas, se metió en la bañera y descendió con ella en brazos.

—Me alegro de que te quedaras —le murmuró, besándola. Ella decidió quedarse un rato más.

***

El desayuno llegó después del baño y Vanessa se sintió muy mimada.

Cuando acabó de vestirse y entró al salón descubrió una pila de tortitas iluminada con velas y bengalas en el centro de la mesa. Abrió los ojos de par en par, incrédula, y el corazón le dio un vuelco.

—Feliz cumpleaños, cariño.

«No duquesa, sino cariño», pensó ella.

—Gracias —las lágrimas le quemaron la garganta y le costó hablar—. ¿Cómo lo sabías?

—Ha sido una intuición.

«Claro que sabe tu fecha de nacimiento», se burló doña Pragmática. «Y seguramente muchas otras cosas. Te estaba investigando. Rebuscando en tu pasado, acuérdate».

Su buen humor cayó en picado tras pensar eso. Se sentó a la mesa, sopló las velas y simuló pedir un deseo. Estaba lo bastante hambrienta como para disfrutar del excelente desayuno, y él incluso se había acordado de su café favorito; o había consultado al personal del restaurante.

Pero ella no podía dejar de pensar que por maravillosa que hubiera sido la noche, por agradable que fuera su compañía, por seductora que fuera su actitud, el fantasma del pasado se alzaría entre ellos.

—Dime —él se recostó en la silla y la miró—. ¿Qué tienes planeado para este día tan especial?

—Tengo una cita con Lew.

—¿Un almuerzo?

—Un picnic en la playa —asintió ella.

–Puede que tengas que reconsiderarlo –ladeó la cabeza hacia el balcón–. Se esperan tormentas.

Ella frunció el ceño y dejó los cubiertos.

–Podríamos hacer otra cosa. Ir a otro sitio. Puede que deje de llover y sea posible hacer el picnic… –calló y arrugó la frente–. ¿Cuál es el problema?

El problema inicial eran las tormentas, Lew las temía y aborrecía. Pero el segundo era aún mayor.

–Has dicho «podríamos». No estoy segura de que eso sea buena idea.

–¿Qué parte? ¿El que pase el día contigo? ¿O el que pase el día con Lew?

El estómago de Vanessa se retorció como un tirabuzón. Había tantos inconvenientes que no sabía por dónde empezar.

–Lew es difícil –explicó–. Puede ser complicado.

–Es autista. Ya lo has mencionado.

–Creo que no lo entiendes –movió la cabeza–. Necesita rutinas. Cualquier cosa fuera de lo normal, cambios de planes, gente nueva, tormentas… puede desquiciarlo. Difícil puede implicar súbito y violento.

–Me gustaría conocer a tu hermano –afirmó él.

–Temo que eso no es posible.

–¿Hoy? ¿O siempre?

Ella no tendría por qué tener que explicar su decisión. Pero la expresión de él exigía una respuesta y sabía que no cejaría hasta conseguirla. Era mejor contestar con la cabeza clara, antes de enfadarse.

–No es algo personal, Tristan. No llevo a nadie a ver a Lew porque su reacción ante la gente es extrema. O te ignora por completo o se enamora.

–¿Y cuál de las de las dos cosas me crees incapaz de soportar?

Ella lo maldijo para sí. Ya había un hombre difícil en su vida, no necesitaba otro.

Y ése era el quid de la cuestión. Tristan no tenía ningún futuro en su vida. No tenía sentido presentárselo a Lew para luego decepcionarlo.

Sabía instintivamente que Lew adoraría a Tristan. Hablarían de deportes, jugarían al fútbol y hablarían cosas de hombres que ella ni alcanzaba a simular entender. Y unos días, o semanas, después, Tristan se iría y ella tendría que soportar un continuo martilleo: «Dónde está Tristan? ¿Podemos ir a verlo? Dijo que iríamos a un partido, ¿puede ser hoy?»

Peor aún, llegaría el día en el que Lew aceptara que Tristan no lo llevaría al partido. Y ella sería la encargada de enfrentarse a su cantinela de «¿Por qué no quiere ser mi amigo?»

Mi respuesta sigue siendo no –afirmó, rotunda.

–¿Y Stuart? ¿Lo llevaste a ver a Lew?

–Se conocían. Pero él no tenía un rol activo en la vida de Lew.

–Dijiste que vosotros erais su familia adoptiva.

–Dije que pensó que podríamos serlo, pero resultó demasiado doloroso. Lo intentó, pero no quería un recordatorio constante del hijo al que no veía. Esa sustitución no funcionó.

Él no dijo nada. Pero su silencio no satisfizo a Vanessa. Rodeó su pecho opresivamente, recordándole que el conflicto padre-hijo siempre se interpondría entre ellos, causándoles dolor. Y eso le llevó a pensar que tenía que proteger su propio corazón, además del de Lew. Alzó la barbilla, resuelta.

–No voy a discutir esto más. Pasaré el día con Lew. Sola –se puso en pie–. Voy por mi bolso.

–De acuerdo –accedió él con desgana–. Pero esta noche te llevaré a cenar.

–No, Tristan.

–¿Estás sugiriendo que esto se acaba aquí? –sus ojos se oscurecieron peligrosamente.

–Anoche me dijiste que «esto» sería lo que yo quisiera que fuese.

–Eso fue antes de que subieras la escalera y te quitaras la ropa –se levantó y se enfrentaron por encima del desayuno de cumpleaños–. Esto no se ha acabado, Vanessa.

–¿Porque lo dices tú? No podemos tener una relación, Tristan. Incluso si la deseara, incluso si no hubiera tanta historia y conflicto entre nosotros, no podría. Tengo prioridades, y todas para Lew. ¡No puedo tener una relación!

–Entonces, ¿por qué te acostaste conmigo? ¿A qué vino lo de anoche?

–¡Dímelo tú! –le espetó ella, a la defensiva–. ¡Tal vez sólo quería probar mi inocencia!

–¿Pensaste que no te creía? –un músculo saltó en su mejilla. Su voz se volvió ronca y grave–. Espero que lo digas de broma.

Vanessa se alejó de la mesa. Tenía el corazón desbocado por la ansiedad. Cuando llegó al ventanal del balcón, giró en redondo.

–¡Mira esto! Somos incapaces de pasar un día sin una de estas confrontaciones. Con eso ya crecí, Tristan. Por eso adoro mi vida, llena de serenidad y orden. Por eso mi matrimonio fue tan perfecto.

–Me apartas de ti porque tienes miedo –dijo él cuando el apasionado discurso se desdibujó en el aire.

138

–Te aparto porque eres un cabezota que no acepta un no por respuesta.

–Estoy intentando dilucidar qué pasa contigo. Anoche fue… –resopló con frustración y movió la cabeza–. Puede que no te des cuenta, pero fue maravilloso. Quiero eso otra vez, Vanessa, pero no voy a suplicarte. No me pondré de rodillas. No te prometeré una vida perfecta de serenidad y orden porque prefiero tenerte con todo tu ardor y pasión, y sí, incluso con las peleas.

–No te he pedido promesas –arguyó ella, con el corazón a punto de estallar–. Y odio las peleas.

–Ya. Me he dado cuenta.

Ella no supo qué más decir. Había tomado una decisión y necesitaba salir de allí. Ya en la puerta, giró y lo vio en el mismo sitio, inmóvil. Tragó saliva para deshacer el nudo que tenía en la garganta. Había un último tema que tratar.

–No puedo irme sin preguntarte por esa carta. La segunda.

–Se la entregaré a la policía.

–¿Y el testamento?

–Has probado tu inocencia –dijo él tras una larga pausa–. Hablaré con mis abogados mañana. Es todo tuyo. Tal y como Stuart quería.

Sus ojos se llenaron de lágrimas antes de que la puerta se cerrara a su espalda. Las limpió con la muñeca mientras iba hacia el ascensor, deseando estar en un sitio privado antes de que estallara la tormenta emocional. Pulsó el botón y fijó la vista en el indicador de planta. Las lágrimas le atenazaban la garganta.

Al menos podía estar agradecida por una cosa. Él no había insistido en llevarla a recoger su coche del club de campo, donde lo había dejado la noche anterior. Tomaría un taxi. Así no importaría si lloraba.

El ascensor llegó y dio un paso hacia la puerta.

—Espera —llamó Tristan desde la puerta de la suite.

Con el corazón desbocado, Vanessa pulsó el botón de la planta baja. No podía soportar más emoción y temía que una palabra amable, una sonrisa, la llevara sollozando a refugiarse en sus brazos.

«Sería contraproducente», decidió doña Pragmática.

Las puertas empezaron a cerrarse y Vanessa respiró de nuevo. Pero en el último momento una mano enorme las bloqueó. Recordó esa mano en sus pechos, entre sus piernas, llevándola a un clímax delicioso. Y el nudo de su garganta se hizo insoportable.

Enderezó los hombros y tragó saliva. «Por favor, no llores», se dijo, «no llores».

—Has olvidado esto.

Se obligó a mirar lo que le ofrecía en la mano. Eran las joyas que le había pedido que se quitara antes de hacer el amor. Miró las brillantes gemas, un símbolo de la esposa comprada y pagada. Un símbolo de la conflictiva historia que siempre se interpondría entre ellos. Las aceptó y las guardó en el bolso.

—Gracias, Tristan. Por todo —dijo, mirándolo a los ojos. Las puertas empezaron a cerrarse y concluyó a toda prisa—. Nunca olvidaré lo de anoche. Tienes razón, fue increíble.

***

Cuando regresó a su suite, Tristan empaquetó sus pertenencias. Eran pocas; se había ido a Florida con intención de no volver. Y no sabía si se alegraba o se arrepentía de haber vuelto.

No perdió tiempo en dilucidarlo. Vanessa había tomado una decisión y él había estado más cerca que nunca de tragarse el orgullo y suplicar. Con eso sólo habría conseguido pasar otra semana acostándose con ella e instigar una relación a distancia que no tenía futuro, porque ella no quería nada que amenazase la seguridad de su mundo.

Era posible que ella tuviera sus prioridades mal definidas. Quizá se engañaba en cuanto a ser feliz. Pero tenía razón en una cosa: ellos no podían pasar más de un día sin una confrontación.

Eso era lo que más le gustaba de ella: el compromiso fiero que la llevaba a defender sus convicciones y que hacía que su deseo de una vida serena y ordenada sonara a broma.

Entendía sus razones. Después de una infancia tan infernal, era lógico que buscara seguridad. Y gracias al dinero de Stuart la tenía a montones.

Pero necesitaba más. Tenía la esperanza de que un día se diera cuenta, aunque él ya estuviera lejos. Pero antes de marcharse tenía tres cabos sueltos que atar.

Primero llamó a su abogado para pedirle que retirara la apelación contra el testamento. Después llamó a los detectives del caso de Bunny Baldwin para que un agente fuera a recoger la segunda carta.

La tercera tarea era poner las cosas en su sitio y no esperaba que fuese fácil. Suponía que tardaría varios días en encontrar el modelo exacto y haría cuanto estuviera en sus manos para conseguirlo.

Si lo encontraba, bien, serviría como muestra de disculpa, agradecimiento y despedida.

Para empezar la búsqueda, levantó el teléfono y marcó el número que se sabía de memoria.

No podía decirse que la celebración del trigésimo cumpleaños de Vanessa hubiera sido un éxito. Las tormentas no llegaron a Lexford, pero la amenaza de nubes oscuras y truenos bastaba para irritar a Lew. Celebraron el picnic en el salón de ocio de Doce Robles y pasaron el resto de la tarde viendo DVDs con varios amigos de Lew.

Eso no habría estado mal si no fuera porque les gustaban las películas de humor chabacano y grosero.

Aun así, el tiempo que pasó con su hermano le confirmó que había tomado la decisión correcta. Verlo compincharse con sus amigos y reírse de los chistes malos le alegraba el corazón. Sus risas la hacían feliz. Él no habría estado mejor en ningún sitio.

—Mira este trozo, Ness —le dijo por encima del hombro—. Es genial.

Todos los chicos opinaban lo mismo, pero Vanessa puso los ojos en blanco y suspiró. Había puesto el móvil en modo de vibración y cuando empezó a zumbar luchó contra la tentación de contestar.

«¿Y si es importante? ¿Y si es Tristan?»

Sabía que no tenía sentido después de una despedida tan terminante. Él no tenía razón para llamarla ni nada que decir. Eso no impidió que la decepcionara oír la voz de Jack Cartwright cuando contestó.

—No sé qué hiciste con Thorpe ayer por la noche y,

la verdad, no quiero saberlo. Pero lo conseguiste. Su abogado acaba de llamarme. Retira el recurso.

Siguió un momento de silencio y vacío.

–¿Hola? ¿Estás ahí? ¿Vanessa?

–Sí, estoy aquí.

–No te oigo gritar de júbilo. Debo admitir que eso me decepciona.

–Creo que estoy paralizada –contestó ella con sinceridad–. Puede que el júbilo llegue después.

Lo cierto era que lo dudaba. No podía confesar que lo sabía desde esa mañana. No sin admitir que posiblemente había colaborado para que tomara esa decisión entre las sábanas de la suite del Marabella.

Empezaron a arderle las mejillas con el recuerdo. Mientras conducía de vuelta a casa, se convenció de que debía llamar Tristan. Para agradecerle que hubiera cumplido su promesa tan rápido. Pero la recepcionista le dijo que el señor Thorpe se había marchado esa mañana.

Él se había ido y todo había acabado. Dos años de tormento y problemas habían concluido y Vanessa sólo sentía un enorme abismo de soledad.

Capítulo Doce

—¿Sabíais que David Duvall murió anoche?

El miércoles siguiente, en cuanto Vanessa y Felicity se reunieron con Abby en la terraza del club de campo, ella les comunicó la noticia de la muerte del abuelo de Mary. Habían asistido a una reunión del comité social, para finalizar los detalles del Baile de Eastwick y Abby le había pedido que se quedaran a tomar algo, porque tenía noticias.

Vanessa se sorprendió, porque había esperado noticias sobre la investigación de la muerte de Bunny.

—¿Cómo está Mary? —preguntó—. Parecía muy tensa en la boda. Quizá fuera por lo de su abuelo.

—Llevaba mucho tiempo enfermo, pero la muerte de un familiar nunca es fácil —en cuanto terminó de hablar, Felicity hizo una mueca y puso una mano sobre la de Abby—. Yo y mi bocaza, perdona.

—No hace falta que me protejas —Abby sonrió—. De hecho, os he pedido que os quedaseis porque hay noticias sobre el caso de mamá. Quería contároslo antes de lo leáis en el periódico de mañana.

—¿Han arrestado a alguien?

—No —Abby apretó los labios—. Pero la policía por fin ha admitido que lo consideran un asesinato.

—Oh, Abby —Felicity le apretó la mano—. ¿Estás cómoda con eso?

–Me alegra que estén haciendo algo respecto a mis sospechas.

–¿Hay nuevas pistas? –preguntó Vanessa.

–Sí. La policía encontró una pastilla cerca de mamá. El análisis indica que es un placebo con aspecto de digitalina. No entendía que no hubieran detectado el medicamento en la sangre de mamá, ¡yo la había visto tomar las pastillas!

–¿Alguien sustituyó sus pastillas por otras?

–Eso explicaría la desaparición de su pastillero.

Felicity y Vanessa intercambiaron una mirada. Hasta entonces habían conocido las sospechas de Abby, pero ahora había pruebas. El culpable había tenido acceso al pastillero y a la casa de Bunny. Y también sabía dónde encontrar los diarios.

–Tiene que ser alguien conocido –musitó Vanessa–. Alguien cercano a Bunny.

–La policía aún está intentando localizar a la mujer que Edith oyó discutir con mamá ese día.

–Es raro que nadie viera a esa misteriosa mujer.

–También hay algo raro en las cartas –dijo Vanessa, tras aclararse las garganta.

Las otras dos mujeres la miraron, esperando una explicación.

–Ya os mencioné la carta que enviaron a Tristan, sin pedir dinero a cambio… recibió una segunda.

–¿Cuándo ocurrió eso? –preguntó Felicity.

–La semana pasada. Por eso apareció en la boda.

–Me pregunté qué estaba ocurriendo entre vosotros. Cuando Lily dijo que te habías ido con él pensé que deberíamos denunciar tu secuestro.

Vanessa notó el rubor que teñía sus mejillas.

–No fue un secuestro –más bien había sido una seducción–. Aclaramos algunos malentendidos y ha retirado la apelación contra el testamento.

–¿En serio?

–Es maravilloso, Vanessa. ¡Estarás encantada!

–Aliviada, más que nada.

–Deben haber sido unos malentendidos muy grandes –Felicity escrutó su rostro–. ¿Estaban relacionados con las cartas?

–Sí. La segunda carta supuestamente probaba mi adulterio. Había una foto y una lista de fechas y lugares en los que me había visto con ese hombre.

–¿Alguien te siguió? ¿Y tomó nota? Es horrible.

Vanessa asintió. La enfermaba pensar que la habían vigilado así y no lo había notado.

–Tristan ha entregado las cartas a la policía –le aseguró a Abby–. Por si tienen relación con el caso.

–¿Pero tú no lo crees?

–No lo sé –Vanessa encogió los hombros–. No piden dinero. Sólo son… raras.

Las mujeres se quedaron pensativas un momento.

–¿Y la foto? –preguntó Felicity–. ¿Quién se suponía que veías a escondidas?

–A mi hermano –admitió Vanessa por fin.

–¿Tienes un hermano? –preguntó Abby–. No creo que lo hayas mencionado nunca.

–No lo he hecho. De eso se trata.

Más tarde, Vanessa decidió que no había sido tan difícil. Felicity y Abby le habían ofrecido su apoyo, comprensivas y sin juzgarla. Mientras volvía a casa sintió un intenso alivio. Por fin.

146

Tal vez después de eso podría volver a entusiasmarse por su vida. Cuando se ejecutara el testamento podría empezar a cumplir los deseos de Stuart respecto a la distribución de su fortuna. Tenía a sus amigas, su trabajo en comités, a Lew y a Doce Robles. Pronto recuperaría sus rutinas y su vida volvería a ser serena y ordenada.

Cuando abrió la puerta de su casa se sentía mucho mejor. Llamó a Gloria y el sonido de su voz resonó en la casa, sin respuesta.

Fue a la biblioteca y abrió la puerta. Gloria no estaba, pero había un paquete sobre el escritorio.

Tal vez un regalo de cumpleaños retrasado, pero no imaginaba de quién podía ser.

Intrigada fue hacia la caja, que no tenía etiqueta. La tenía en las manos cuando apareció Gloria.

–Ah, la has encontrado –dijo.

–Sí. Pero, ¿qué es? –preguntó Vanessa–, ¿De dónde ha salido?

–La trajo un mensajero. Hace una hora o así.

–¿De quién es?

–No soy adivina. ¿Por qué no la abres y lo ves?

Ella inspiró y empezó a abrir la caja, como era lógico. Sentía un extraño cosquilleo en el estómago.

Dentro había algo envuelto en papel de seda. Apartó capa tras capa hasta desvelar la estatuilla de Lladró.

–Es tu *Chica con flores* –dijo Gloria innecesariamente–. ¿Quién puede haberla enviado?¿

Vanessa vio la tarjeta. Tres líneas escritas a mano.

Poner las cosas en su sitio.
Una ofrenda de paz, una disculpa.
Un adiós.

Lo mismo que él había dicho en la cocina, el día que convirtió un simple beso en un paraíso sensual. Pasó el pulgar sobre la ilegible firma que se nublaba ante sus ojos.

–¿Estás bien, Nessa?

Ella dio la vuelta a la pieza entre las manos y recordó cómo él había hecho lo mismo aquel día. No, no estaba bien. Temblaba de emoción, hasta tal punto que tuvo que sentarse.

–¿Cómo ha conseguido encontrarla? –murmuró. No debía haber sido fácil localizar una pieza creada diecisiete años antes, y menos en una semana. Ni siquiera entendía que la hubiera identificado. Alguien debía haberlo ayudado. Miró a Gloria–. ¿Has tenido algo que ver con esto?

–Lo encaminé en la dirección correcta, o habría sido como buscar la gallina de los huevos de oro.

–¡Yo no quería que buscara nada!

–¿Después de lo que te ha hecho pasar? –replicó Gloria–. ¡Es lo menos que podía hacer!

Vanessa intentó sentirse tan indignada como su ama de llaves. Entonces podría volver a empaquetar el regalo y devolverlo. Le había dicho que la figurita en sí misma no significaba nada. Su simbolismo estaba grabado a fuego en su vida. Ya no necesitaba una imagen, y menos una de sustitución.

Sin embargo, su corazón reconoció que el gesto significaba más que reemplazar un adorno. La figura en sí misma no importaba; era el hecho de haberla enviado. Representaba una disculpa por esos dos horribles años, por todas las acusaciones, altercados y mal interpretaciones.

Para él era importante poner las cosas en su sitio.

Debería aceptarlo y enviarle una nota de agradecimiento, cortés y sincera, y seguir con su vida.

Eso era lo que quería. Eso le había dicho aquella mañana en la suite del hotel. Desde aquel día, incluso había reconciliado su lado romántico con la realidad. Había dejado a Tristan Thorpe atrás, había continuado con su vida, concentrándose en sus prioridades.

Pero sus ojos no podían dejar de leer la nota.

«Un adiós».

Se preguntó si eso era lo que realmente quería. Tal vez había llegado el momento de que ella aclarase una última cosa…

Tristan iba en un taxi hacia el aeropuerto cuando sonó su móvil. Supo que era ella en cuanto oyó su respiración al contestar. El corazón le dio un vuelco.

—Soy Vanessa. Me alegro de haberte encontrado. En el hotel me dijeron que te habías ido y temía… —hizo una pausa, tragó aire y siguió adelante—. Temía que te hubieras ido ya.

—Sigo en la ciudad. En medio de un atasco.

—Supongo que la lluvia empeora las cosas.

—¿Allí también llueve?

—Empezará dentro de poco.

Tristan cerró los ojos y movió la cabeza. A eso habían llegado: a intercambiar frases sobre el tiempo seguidas de incómodos silencios. Suspiró.

—¿Qué quieres, Vanessa?

—Quería darte las gracias por la estatuilla. No puedo imaginarme cómo encontraste la *Chica con flores*. Debe haberte costado un gran esfuerzo, innecesario pero… gracias. Es preciosa y…

Él imaginó cómo alzaba los hombros mientras su voz se apagaba, amenazando lágrimas. Pensar en sus bellos ojos verdes húmedos y en el hoyuelo de su barbilla alzándose para recuperar el control lo dejó sin aliento.

Durante un momento se quedó sin habla. No pudo sino quedarse allí sentado, luchando contra el deseo de hablarle de sentimientos que ella no quería oír y que su orgullo herido no le permitía expresar.

–Es lo mínimo que podía hacer –consiguió decir, con esfuerzo.

–Es curioso –ella soltó una risita nerviosa–. Gloria ha dicho exactamente lo mismo.

–¿Y qué opinas tú, Vanessa?

–Oh, creo que es un buen principio.

–¿No has leído la nota? A mí me parece más bien un final.

–Y tu manera de dejar las cosas en su sitio.

Sí, así era, excepto que no le parecía que lo estuvieran. Ni su marcha, ni cómo estaban las cosas entre ellos, ni esa agonizante conversación de despedida en el asiento trasero de un taxi. Todo estaba mal.

–Antes de que te vayas… –su voz, suave y resuelta, interrumpió su tormenta de pensamientos– …hay algo que quería aclarar.

–Te escucho.

–Aquella mañana, en la suite del hotel, sugeriste que huía por miedo, y la verdad es que estaba aterrorizada –una risa avergonzada siguió a sus palabras–. No había tenido tiempo, ni coraje, para pensar en qué hacía allí contigo ni en qué ocurriría después. Y que quisieras conocer a Lew fue demasiado para mí. No estoy acostumbrada a compartir esa parte de mi vida.

Nunca antes la había compartido como lo hice contigo esa noche.

–Sin embargo, lo hiciste. Para probar algo.

–No. No me acosté contigo para probar nada.

Esa admisión golpeó a Tristan con la fuerza de un martillo, justo en el corazón. Echó la cabeza hacia atrás y se presionó el puente de la nariz, como si eso pudiera contener el gigantesco dolor que sentía.

–¿Estás segura de eso?

–Sí –afirmó ella con seguridad.

–¿Por qué te acostaste conmigo? Lo he pensado y tu explicación es la única que tiene sentido.

–¿Hace falta que tenga sentido? No había otra opción.

–Te di la oportunidad de dar marcha atrás –maldijo para sí–. No te forcé.

–No hablo de fuerza, Tristan, sino de deseo. En la playa… cómo me acariciaste y besaste, cómo me mirabas. No tenías que llevarme al hotel. Podrías haber hecho lo que quisieras allí mismo.

–El sexo en la playa es peor de lo que dicen.

–En cambio, hacer el amor –replicó ella–, no lo es. Al menos en mi limitada experiencia.

–¿Por qué me estás contando esto? –preguntó él con rudeza; diablos, en dos horas estaría en el aire, de vuelta a Australia. No quería pensar en la pasión de esa noche, ni en el dulce sabor de su boca y la sedosidad ardiente de su piel. No quería preguntarse por qué ella no había dicho sexo, sino hacer el amor–. ¿Por qué ahora, cuando estoy a punto de marcharme?

–¿Tienes que irte?

Se dijo que no podía haberla oído bien. Seguramente por el zumbido de sangre y esperanza que asaltaba sus oídos.

—¿Para qué iba a quedarme?

—Esta tarde voy a ir a Doce Robles. Si sigues interesado, podrías acompañarme —hizo una pausa como para tomar aire, valor o ambas cosas. Cuando volvió a hablar su voz sonó fuerte y segura—. Me gustaría que conocieras a mi hermano.

No iba a ir.

Vanessa esperó una hora más de lo que se tardaba en llegar de la ciudad antes de aceptar la verdad. Debería haberlo adivinado por su silencio tras la invitación. Un silencio que ella había llenado hablando de la lluvia y el tráfico y sobre cuánto tardarían en llegar y cuánto le gustaría a Lew conocerlo. Después comprendió que el móvil de él estaba apagado.

Pero estaba segura de que había oído su invitación. No había aparecido porque regresaba a casa. La despedida de la tarjeta había sido en serio.

Aun así, esperó media hora más. Después, tragándose las lágrimas, fue a Lexford sola. Se sentía fatal, pero le había prometido la visita a Lew. Seguiría haciendo lo de siempre, cuidándolo, construyendo su vida alrededor de él y utilizando los bienes de Stuart para ayudar a otros que estuvieran en la situación que había estado ella antes de encontrarlo.

Pero con cada kilómetro que recorría, se acrecentaba su anhelo de tener lo que había visto entre Lily y Jack, Emma y Garrett, Felicity y Reed, ese vínculo de amor sin el cual se había creído capaz de vivir. Intentó que su lado pragmático la convenciera de que su anhelo era por una relación quimérica. Apenas se conocían. Un par de semanas, discusiones, aclaraciones y una larga noche de pasión.

–No es una relación –dijo en voz alta–. ¿Por favor, podrías confirmar eso?

Pero doña Pragmática siguió en silencio, mientras la lluvia seguía cayendo, envolviendo a Vanessa en una cortina gris, tan triste como su estado de ánimo.

Ensimismada, no vio el coche que la seguía hasta que los faros parpadearon una y otra vez, captando su atención. Pensando que era la policía, redujo la velocidad y se hizo a un lado. No iba demasiado rápido, pero podía haberse saltado una señal…

Su corazón dio un bote cuando miró de nuevo por el retrovisor. No era la policía, era un coche gris plateado que aparcaba detrás de ella, en el arcén. Un cálido resplandor iluminó su corazón cuando una sombra alta, ancha y familiar, bajó del coche.

Con los dedos temblorosos por una mezcla de esperanza y alivio, Vanessa se desabrochó el cinturón de seguridad. Su puerta se abrió y, de alguna manera, cayó del asiento directa contra el muro que era el cuerpo de Tristan. Eso fue suficiente al principio: sentir la anchura de su pecho, la protección de su cuerpo y el dulce olor de la lluvia en su piel. Después, él la rodeó con sus brazos y, al sentir los latidos de su corazón, supo que nada volvería a ser suficiente sin la reconfortante fuerza de esos brazos.

A pesar de la lluvia, no se movieron excepto para aproximarse más. Él le apartó el cabello mojado del rostro y la envolvió con su cuerpo. Tal vez eso no fuera una relación, pensó Vanessa, pero estaba llena de promesa.

Cerró los ojos e imaginó durante unos segundos que pudiera ser así de fácil; que arrojarse a sus brazos solucionara mágicamente todo lo que había temido que se interpusiera entre ellos. Pero no era posible.

–Como no llegaste, pensé que te habías ido a casa –dijo, alzando el rostro de su pecho.

–Yo pensé que ya estaba en casa –dijo él sencillamente. Frunció el ceño–. ¿Estás llorando?

–No –no era mentira, dado que las lágrimas formaban parte de la sonrisa que iluminaba sus labios y su corazón. Él limpió la humedad de su mejilla con el pulgar–. Debe ser la lluvia.

–Te sacaré de aquí –dijo él mirando el cielo.

–Ya estamos mojados –se opuso ella, feliz entre sus brazos–. Además, no es lluvia fría –al menos a ella no se lo parecía, envuelta en su calor.

Él iba a protestar, pero ella lo silenció poniendo un dedo en sus labios.

–Has dicho que estabas en casa… ¿quieres decir que vas a quedarte?

–Si tú quieres que me quede.

A ella se le aceleró el corazón. Claro que quería… pero no podía ser tan sencillo.

–Por eso me llamaste, ¿no? –preguntó él–. ¿O también interpreté mal ese mensaje?

–No, oh, no. Llamé porque quiero que te quedes, Tristan –inspiró, más nerviosa que nunca en su vida–. Quiero aprovechar… lo que quiera que podamos tener juntos.

–¿Y qué crees que podría ser?

–No lo sé –Vanessa arrugó la frente, sin saber adónde pretendía llegar él.

–No he vuelto del aeropuerto para nada.

–Esa mañana, en el hotel, dijiste que no habría promesas.

–Tú dijiste que tenías cuanto querías –contraatacó él–. ¿Quieres lo que tienes... o eso y más?

Una semana antes la noción de «más» la había aterrorizado. No había querido esa montaña rusa emocional. No había querido abrirse a la posibilidad de un amor tan intenso y poderoso.

En ese momento, al mirar los intensos ojos azules de Tristan, vio cómo todo vestigio de su vida tranquila, serena y ordenada se hacía a un lado. Sintió miedo, pero alzó la barbilla y se mojó los labios.

–Quiero más –dijo–. Si es contigo.

Él la besó. Seguramente porque llevaba demasiado tiempo esperando para hacerlo. Besó la lluvia en sus labios, sus pestañas, sus mejillas. Después besó su boca con tanta ternura que todos los miedos y ansiedades de Vanessa se desvanecieron.

–Habrá mucho más, Vanessa. Y promesas.

–¿De qué tipo? –preguntó ella.

–Prometo estar disponible para ti y para tu hermano en la capacidad que quieras. Te prometo apoyarte y protegerte –pasó un pulgar por sus labios–. Te prometería amarte, pero temo que eso te aterrorice.

Pero no era así, y eso la preocupó un poco.

–No nos conocemos lo bastante para hacernos promesas. ¿Y si no funciona? ¿Y si seguimos chocando como hasta ahora? ¿Y si esto sólo es...?

Él la besó de nuevo, largo rato, silenciando sus preocupaciones. Vanessa podría haber seguido allí días, pero empezó a llover con más fuerza.

–Tengo que sacarte de la lluvia antes de que te ahogues –dijo él, alzando la cabeza hacia el cielo. Antes de ayudarla a subir al coche hizo una pausa–. Puede que no nos conozcamos desde hace mucho, pero te conozco lo suficiente.

Lo suficiente para quedarse, apoyarla, protegerla y ser su sostén. Para amarla.

La noción no la asustó tanto como imaginaba. «Así que esto es el amor», pensó, maravillada. Podía acostumbrarse a eso. Se puso de puntillas y lo besó.

–¿A qué viene eso?

–Es algo a lo que me gustaría acostumbrarme –sonrió ella–. ¿Te gustaría conocer a mi hermano?

–Lo estoy deseando.

Era la respuesta perfecta y el principio perfecto de una nueva felicidad que ella no se molestó en ocultar. Se había ganado esa felicidad, era suya; comprada, pagada y llegada de Australia, con amor.

DESEO

JENNIFER GREENE
UNA BUENA CHICA

Emma lo había planeado: tendría la boda perfecta con el marido perfecto. Pero entonces apareció Garrett Keating.

Garrett no iba a permitir que Emma siguiese adelante con aquella farsa y qué mejor manera de detenerla que seducirla. Pero si Emma no se casaba antes de su próximo cumpleaños, perdería una herencia de millones de dólares.

PATRICIA KAY
ESPOSA POR UNOS DÍAS

Felicity se había quedado de piedra cuando el exprometido de una de sus mejores amigas la había invitado a pasar una semana con él en las bellas playas de Cozumel. Tenía muchos motivos para negarse, pero Felicity se había subido a aquel avión porque hacía tiempo que deseaba en secreto que sucediera algo así, y parecía que Reid también lo deseaba.

N.º 549

BRONWYN JAMESON
MUJER DE COMPRAVENTA

La última persona a la que esperaba ver en su puerta la viuda Vanessa Thorpe era a Tristan Thorpe, el hijo de su difunto esposo. Tristan se interponía entre ella y la herencia que tanto necesitaba, por lo que, a pesar de la atracción que había entre ambos, Vanessa no podía permitirle ganar.

DESEO

MAUREEN CHILD

TE INVITO A SUBIR…

Cuando Henry Porter le arrebató una propiedad que ella había planeado comprar, Amanda Carey le declaró la guerra a su examante y rival en los negocios. Pensó que disfrazarse de empleada doméstica era la manera perfecta para entrar en su mansión de Beverly Hills y averiguar todos sus secretos, pero no tardó mucho en terminar de nuevo en la cama de Henry. Una vez descubierto su brillante plan, Amanda se dio cuenta de que todo su futuro dependía de un hombre que parecía decidido a arruinarla. ¿O iba Henry a cambiar las tornas una vez más?

N.º 550

EL AMOR SIEMPRE VUELVE

Serena Carey, divorciada y con una hija, tenía que conseguir que la gala benéfica de los Carey saliera a la perfección. Y ese fue precisamente el momento en el que Jack Colton volvió a entrar en su vida. Después de siete años de ausencia, el hotelero estaba más guapo que nunca y la química entre ambos aún era latente. Jack le ofreció un acuerdo al que no pudo negarse. Por su parte, ella le hizo una invitación irresistible. Serena decidió que aquella era su oportunidad de dictar las reglas y cambiar las condiciones del juego. ¿Sería capaz de jugar y ganar en aquella ocasión?

JAZMÍN™

BARBARA HANNAY
DÍAS DE AMOR EN PARÍS

Cuando la sexy Camille Devereaux y el guapísimo ranchero australiano Jonno Rivers se conocieron, la pasión surgió al instante. Pero Camille no tardó en sentirse aterrada por el vértigo de comenzar una nueva relación y huyó a París. Sin embargo, Jonno no estaba dispuesto a darse por vencido y decidió hacer todo lo necesario para convencer a Camille de que aceptara su proposición.

MADELINE BAKER
VIDAS DISTINTAS

Carly Kirkwood había acudido a Texas en busca de tranquilidad, pero en cuanto conoció a su profesor de equitación, empezó a no poder dormir por las noches. Zane Roan Eagle provocaba en ella sensaciones desconocidas, y no tardaron mucho en dar rienda suelta a la pasión. Y, aunque Carly siempre pensó que Los Ángeles era su ciudad, solo pensar en separarse de Zane hacía que se le desgarrara el corazón.

N.º 578

CARLA CASSIDY
EL HOMBRE MÁS ADECUADO

Colette Carson no necesitaba a ningún hombre, pero lo que más deseaba era tener un hijo. Así que se dirigió al banco de semen de la ciudad dispuesta a hacer realidad su sueño. Fue entonces cuando apareció el guapísimo ranchero Tanner Rothman y puso su mundo del revés. Colette no dejaba de repetirse que Tanner reunía todo lo que no quería en un hombre y, sin embargo, no podía negar la increíble atracción que sentía por él.

BIANCA™

LINDSAY ARMSTRONG

BELLEZA ESCONDIDA

Cam Hillier, magnate de las finanzas, necesitaba que una joven atractiva y educada lo acompañara a una fiesta, pues su pareja acababa de dejarle plantado. Por eso, Cam se fijó en la mujer que tenía más a mano: su discreta secretaria, Liz Montrose.

El empleo de Liz no incluía tareas de acompañamiento. Sin embargo, como sólo estaba ella para mantener a su hijita y llevar dinero a casa, no pudo negarse a la petición de su jefe. ¡Aunque ya no se escondería detrás de vestidos anodinos ni gafas de pasta!

AVENTURA PARA DOS

De comportamiento intachable, la señorita de la alta sociedad, reconvertida en periodista, Holly Harding, buscaba su primera gran exclusiva. ¿Y quién mejor que el infame rey de los ganaderos, Brett Wyndham? Sin embargo, cuando Holly conoció a Brett, descubrió en el enigmático multimillonario algo in-

N.º 485

herentemente peligroso que la hizo temer por su actitud sensata y profesional.

Cuando el avión privado en el que viajaban se estrelló en el interior de Australia, se vio obligada a depender de Brett para su protección. ¿Cuánto tiempo podría la inexperta Holly negar la abrasadora atracción que existía entre ellos?

¡YA EN TU PUNTO DE VENTA!

BIANCA™

CAITLIN CREWS
AMOR DE FANTASÍA

Becca Whitney siempre había sabido que la familia a la que pertenecía la había repudiado cuando era bebé. Así que, cuando la convocaron para que regresara a la mansión, la invadió la curiosidad. Theo Markou necesitaba una esposa y Becca sería la candidata perfecta. El trato: hacerse pasar por la heredera de la familia Whitney a cambio de recibir la fortuna que le correspondía… Y sin que hubiera sentimientos de por medio.

MELANIE MILBURNE
UNA PRINCESA POBRE

Alexandro Vallini cometió el error de pedirle matrimonio a Rachel McCulloch, una joven con ínfulas de princesa. Y su rechazo le llegó al alma. Sin embargo, las tornas cambiaron y el destino puso el futuro de Rachel en las manos de Alessandro. Él necesitaba una asistenta temporal y ella necesitaba dinero.
Sin embargo, Rachel se había convertido en una mujer muy diferente de la caprichosa niña rica que Alessandro recordaba. Él tendió su trampa, poniéndose a sí mismo como cebo, ¿pero quién terminó capturando a quién en las irresistibles redes del deseo?

N.º 484

CAROLE MORTIMER
RENDIDOS AL PASADO

Mia Burton creía que nunca volvería a ver a Ethan Black, el hombre que le robó el corazón. Aunque había hecho lo posible por olvidarlo, Ethan había vuelto a su vida con la intención de hacer cualquier cosa por recuperarla. ¿El motivo? Mia tendría que ir a su mansión en el sur de Francia para averiguarlo…

¡YA EN TU PUNTO DE VENTA!

DESEO

*Que no la amaba era una mentira
que se hacía creer a sí mismo*

EMPAREJADA
CON UN MILLONARIO

KAT CANTRELL

N.° 229

El empresario Leo Reynolds estaba casado con su trabajo, pero necesitaba una esposa que se ocupara de organizar su casa, que ejerciera de anfitriona en sus fiestas y que aceptara un matrimonio que fuera exclusivamente un contrato. El amor no representaba papel alguno en la unión, hasta que conoció a su media naranja... Daniella White fue la elegida para ser la esposa perfecta de Leo. Para ella, el matrimonio significaba seguridad. Estaba dispuesta a renunciar a la pasión por la amistad. Sin embargo, en el instante en el que los dos se conocieron, comenzaron a saltar las chispas...

¡YA EN TU PUNTO DE VENTA!

BIANCA

El precio de su libertad:
un heredero para el multimillonario...

EL PRECIO DE SU DESEO

MAYA BLAKE

N.º 216

Convencer al magnate griego Ares Zanelis para que se case con ella es el último intento de Odessa Santella por escapar de su triste infancia. Los recuerdos de Ares la han atormentado desde su malograda aventura cuando eran adolescentes, pero tanto el corazón como el deseo de Odessa explotan al ver que él acepta su propuesta...

Las condiciones de Ares son claras: un matrimonio falso para tranquilizar a su padre, pero con una cláusula especial: ¡tiene que darle un heredero! Odessa teme acabar en una prisión de oro, pero ¿podrá su pasión quemar cualquier barrera entre ellos?

Tiffany

Dos 2 en 1 uno

Amber Lake

La luz de tu mirada

A Ana le llama la atención un anuncio en el que solicitan una joven para cuidar de una persona invidente. No puede imaginar que lo que parecía una sencilla y relajada ocupación se complica al surgir sentimientos que no puede controlar.

Luis, torturado por los recuerdos y por un secreto, vive apartado de la sociedad y se niega a la posibilidad de recuperarse. Por eso rechaza la pasión que despierta en él aquella joven que trastoca su triste existencia.

Un día más en el paraíso

Darren Burke, ídolo del fútbol americano, es acusado de agresión por una aspirante a actriz. La joven retira la denuncia a cambio de una importante cantidad de dinero, no así la acusación pública. Cuando el escándalo se desata, la sociedad en general le considera culpable sin que ningún tribunal haya dictado sentencia.

La periodista Stella Owens se siente fascinada por el misterioso D. Morgan, autor superventas, y decide desenmascarar su identidad. No escatima recursos, algunos poco éticos, para encontrar al esquivo escritor, sin imaginar que en esa investigación va a poner en juego bastante más que su prestigio profesional.